新中国 70 年 70 部
长篇小说典藏

徐怀中

(1929—　　)

当代作家，河北邯郸人。曾获第十届茅盾文学奖。

新中国70年70部
长篇小说典藏

我们播种爱情

徐怀中————著

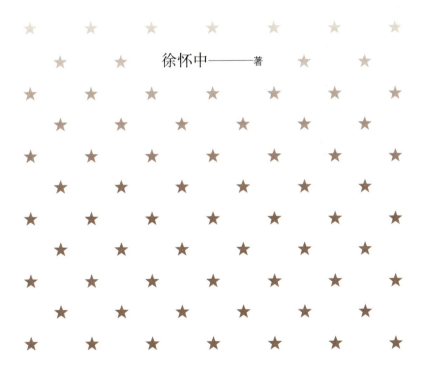

学习出版社

人民文学出版社

图书在版编目（CIP）数据

我们播种爱情/ 徐怀中著. —北京：人民文学出版社：学习出版社，2019

（新中国70年70部长篇小说典藏）

ISBN 978-7-02-015496-8

I. ①我… II. ①徐… III. ①长篇小说—中国—当代 IV. ①I247.5

中国版本图书馆 CIP 数据核字（2019）第 152215 号

策划编辑　胡玉萍
责任编辑　涂俊杰
装帧设计　刘　静
责任印制　任　祎

出版发行　人民文学出版社　学习出版社
社　　址　北京市朝内大街 166 号
邮政编码　100705
网　　址　http：//www.rw-cn.com

印　　刷　河北新华第一印刷有限责任公司
经　　销　全国新华书店等

字　　数　247 千字
开　　本　680 毫米×960 毫米　1/16
印　　张　22　插页 2
印　　数　1—5000
版　　次　1960 年 1 月北京第 1 版
印　　次　2019 年 9 月第 1 次印刷

书　　号　978-7-02-015496-8
定　　价　60.00 元

如有印装质量问题，请与本社图书销售中心调换。电话：010-65233595

出 版 说 明

为庆祝中华人民共和国成立70周年,全面展现中华民族的文化创造能力和文学发展水平,深入揭示新中国70年来的伟大历程、辉煌成就和宝贵经验,激励人们为实现"两个一百年"奋斗目标、中华民族伟大复兴的中国梦而不懈奋斗,我们策划出版了这套"新中国70年70部长篇小说典藏"丛书。为将该丛书打造成思想精深、艺术精湛、制作精良的精品丛书,我们成立了丛书评审专家委员会,成员均为密切关注和深刻了解我国长篇小说创作动态的资深评论家。委员会从历史评价、专家意见和读者喜好等方面对新中国成立70年来众多优秀长篇小说进行综合评定,从中选出70部描写我国人民生活图景、展现我国社会全方位变革、反映社会现实和人民主体地位、弘扬社会主义核心价值观和讴歌中华民族伟大复兴中国梦的精品力作。这些作品,大多为曾获中宣部"五个一工程"奖、"茅盾文学奖"等重大国家级奖项的长篇小说,政治性、思想性和艺术性高度统一,代表了中国文坛70年间长篇小说创作发展的最高成就。

我们致力于"把提高作品的精神高度、文化内涵、艺术价值作为追求"的使命任务,通过这套丛书的出版,在讲好中国故事、传播中国声音、阐释中国精神、展现中国风貌的同时,倡导精品阅读,引领和推动未来的中国文学原创出版。

"新中国70年70部长篇小说典藏"
评审专家委员会名单

评审专家委员会主任： 李敬泽

评审专家委员会委员（按姓氏笔画排序）：

丁　帆	白　烨	朱向前	吴义勤	何向阳
应　红	张　柠	张清华	陆文虎	陈思和
孟繁华	胡　平	南　帆	贺绍俊	梁鸿鹰
董保生	董俊山	谢有顺	臧永清	潘凯雄

项目统筹： 吴保平　宋　强

第 一 章

1

大约是初秋——西藏高原的四季确实不太分明——山岭上已经积了很厚很厚的雪。雪,在太阳照耀下闪射出强烈的银光,仿佛那层层大山不是坚硬的花岗岩,而是透明的水晶石。除去常青的云杉,坡地上的树木已在渐渐地被剥得赤身裸体了。群山所环抱的草原,也已在渐渐地褪去葱绿而显露出暗淡的本色,宛如山洪汇集的一片浑黄的、沉寂的湖水。然而,这草原是辽阔的,一望无垠的!

在草原上,雷文竹满怀兴致地东走西走,这里挖一条壕,那里掏一个坑。从远处看来,会以为他是在刨人参果呢!其实,跟随在背后的陈子璜看得清楚,他并没有掘到任何值得欢喜的、哪怕是一点点什么小东西,只不过按照不同颜色把挖起的泥土分别包成许多小纸包罢了。所以,不管雷文竹怎样热心和着忙,总引不起陈子璜插手相助的兴趣。他只是跟着打转转,最多随便问几句:

“这土,你看怎么样?”

“没有不良的土壤,只有拙劣的耕作技术!”雷文竹以权威的口气回答,随后又补充道,“当然,这结论不是我做出来的,是威廉士。”

“是谁?”

"威廉士,土壤学家。苏联人。"

陈子璜无可奈何地挥了挥手。

雷文竹像抓草药一样装满了最后一个纸包——总算完事了——随后,他背起帆布袋,约陈子璜一同到河边洗手。

"哟!你看,你看哪!"走着,雷文竹意外地压低声音叫了起来,并用手指给陈子璜看。

河湾里,沿着山根背风的地方,落满了一群一群的大雁。远望好像谁撕扯到地下来的、一片一片灰蓝色的天空。雷文竹高兴极了,他只见过排着各种队形伸长着脖颈从高空悠悠飞过的大雁,从来都没见过落到地上的。一直到今天,他对大雁仍然保持着某种亲切的、神秘的印象。因为在人们观念中,大雁不是一种普通飞鸟,而是南北恋人的殷勤可靠的使者。

雷文竹怀着孩子般的心情,轻手轻脚地靠近雁群。不过,他这样小心是多余的。直到他认为已经再不敢近前的地步,雁群依然没有任何骚动。这是有原因的:西藏人把一切有翅膀的全认做是"空中的神灵",任何一种飞鸟,甚至落到闹市大街的时候,都从不曾受到过人的危害,所以它们见人毫不惊慌。

"看!它们不怕我!"雷文竹目不转睛地注视着离他最近的一只雁说,"一点也不怕,就好像它们认识我!"

"嗯!也许认识吧!"陈子璜淡漠地支应道,随后又催促着,"走吧!该回去了,该回去了!"

"等等!你怎么不过来!瞧!多有意思,它身上的羽毛看样子是很光滑的呢!尾巴,它有尾巴,像鸭子的尾巴差不多。可是有些画上画的没有尾巴。"

"好了,好了!走吧!有尾巴是雁,没有尾巴还是雁。"

"真的,这不正确!"雷文竹重复证明道,"可惜我不会,要是我会画,现在我非坐在这儿速写一下不结。不!干脆就画素描,反正它不会动的……"

"行了!你还有完没有?人家画一只雁,你也说长道短。有功夫,你就多琢磨琢磨职务以内的事不好?"

这种不加掩饰的厌烦情绪虽说有些出乎意料,但也没使雷文竹过于不快。他苦笑一声,倒退几步离开了雁群,随着也换上一副公事公办的态度说:

"也好!我也正想提提我职务以内的事呢!我需要回内地一趟。可以吗?"

陈子璜吃惊而反感地望了望他,没有回答,扭回头就走。雷文竹也背起帆布袋,提起镐头,默默地跟在背后。陈子璜走着,并不回头地反问说:

"你离家几年了?"

"四年。"

"啊!四年哪!我呢?三四一十二年,可还没有打算请假回家呢!"

"哪里!我不是说了吗?是职务以内的事。回家,你知道,现在还顾不上。我是为了这些土。这土,需要化验。"

"化验?"

"化验。到农林厅,到四川大学都可以。不过最好准许我到北京农学院去一下。那里的柳雨人教授我认得。当然,没见过面,可是我们很熟识,早就在通信。可以说,我算是他的一个'函授生'。这土可以顺便在他那里化验一下!"

化验?不错!化验是一桩学问深奥的工作。可是说到土,难

3

道土也能化验？土有什么可化验的呢？陈子璜几乎是以一种嘲弄的语调说：

"你是没事找事吧！刚才你不是说，那位土壤学家讲过：'没有不良的土壤！'既然是没有……"

"可是你必须了解土质！"雷文竹也显然有些气了，"是酸性的、碱性的，各种成分占多大比例。知道不？不知道！你并不知道！那么请问你，这种土适合什么作物，适合什么肥料？要想改良土壤，从哪儿着手？"

"要是非化验不可的话，那……我考虑考虑，以后再说吧！不过你也别吓唬人！抗日战争的时候，我也在太行山带过开荒队。从来也没有尝一尝哪一块地是酸土，哪一块地是咸土！"

"你要知道，我们不是什么开荒队。是农业站！"雷文竹突然变得心平气和地说："当然！你是站长，我能去不能去，你完全有权决定。不过，一个农业技术员，我想，他总也该有权请求站长给他仪器。化验土壤要使用仪器的，不是用舌头尖去尝味道！"

"仪器？"

"仪器！"

"哼！仪——器。"

谁也不再说什么了，仿佛他们的争论已经得到统一。像两个全不相识的人一样，各自低头走路。陈子璜走得很快。在军队里待久的人都会有这种难以改变的习惯：即使是闲溜达，也要赶着快步，好像去替一个得了急症的人请大夫，有时意识到没必要，会骤然间缓慢下来，但过不了一时，又会不自觉地加大速度。所以，他和雷文竹的距离很快便拉远了。

陈子璜顺小道穿过阴冷的、不见阳光的杉树林。这时，他开始懊悔起来。本来,他并不想给雷文竹找什么过不去。实在说,无论看哪方面,这都是一个挺能干的青年人。刚才无缘无故往他身上使性子,全是由于自己的心绪烦乱。陈子璜只要一想起他不是别的什么人而是站长,他立刻就会来气的。不错,站长!这头衔分量并不算重,可是,天老爷!好难对付呀!有人说部队后勤工作是最伤脑筋的。陈子璜做过师部后勤处长,但他觉得那比做这个小小的站长要轻巧万倍。一句话,紧跟着站长头衔,就把整个草原都压到你肩膀上来了。这该是多么大的分量呵!也许,换一个精明的人,不消吃力便可以担当得起吧!真的,陈子璜常常这样想。他甚至还到工委会做过这样一次请求。然而,正像他所预料的那样,请求是没有结果的。

前天,陈子璜到工委会去时,工委书记苏易没在家。秘书说他到宗本①格桑拉姆那里去了,有几桩公事必须在那里和她商定,因为宗本是几乎从不到宗政府来的。陈子璜决心等候,晚饭后,书记回来了。

书记约摸有四十多岁,已经在发胖,并且在秃顶了,眼神里时时露出疲倦无力的、忧愁的神情。不过,和他的下属们在一起时,他总是十分愉快和喜欢说话的。他简直坐不住,总是走来走去。现在,他给了陈子璜一支印度香烟,就开始走起来:

"抽一支吧!当然的,这种烟真说不上高明,像辣椒面,而且价钱贵得可怕。"书记把自己预备点燃的香烟扔回到桌上去,"没关系,再对付些日子吧!要不了太久的。等我们贸易公司一开张,马上就有'大中华'。"

陈子璜是不吸烟的,也没心听这些话,没作声。

———————————

① 宗本——相当于县长。

"怎么样？子璜同志，忙得够受吧！"

"要是能忙，再怎么都可以受得住。可现在怕的就是忙不起来！"

"唔!？"苏易惊异道，"你在害这种怕？"

"可不！忙不起来。我已经有些怀疑了，这个推广站到底需不需要还是个问题。要我看，有没有都行！"陈子璜闷声说，"要是非有不可的话，那！换一个同志来做站长吧。吃不消！我是吃不消。趁早，免得以后不好收拾……"

"怎么回事？"苏易重新打量了一下陈子璜，意识到他的来势不小，"事情还没有真正开始呢，你怎么就觉得吃不消了呢？究竟是哪里吃不消？你试着去吃得消不行吗？"

"怎么没试过！我们试过的呀！"陈子璜站了起来，粗声粗气地说，就好像苏易要找着跟他抬杠似的。"我们全体出动，大大小小的庄子都跑遍了。到东家央求，到西家祷告。说我们可以尽力帮助，坝子上又有的是荒地，谁开了就算谁的，既不要交租又不要纳税。可是，你找这一家，他说了：'行！我愿意去开地。开一天要给我两皮袋青稞。要不，半个茶包也行。'你再寻到那一家，他又说了：'行！我愿意开地。开一天要给我像羊皮那么大一块布。要不，许我尽着自己手抓一把盐巴。'可这还算顶客气的呢！有时候说不定还要碰上一两个无赖。他们会嬉皮笑脸跟你打哈哈：'行！我愿意去！可是，开多大的一块地才能给我一个汉人姑娘呢？'呶！听听吧！"陈子璜愤怒地说，"你想尽法子要帮他们弄一块养生地。可他们倒得理不让人，就像有什么事不能不求他们……"

"可是——好了！你停停。他们为什么要这样对付你呢？"

"谁知道。横竖他们是不知道为自己发愁。不晓得你注意没有,他们无论如何都不会为自己发愁。"陈子璜不以为然地摇摇头。

"可是为什么呢?你说这是为什么呢?"

"我想,许是他们对土地没有多大兴趣……"陈子璜断然道,"一句话说完,懒!西藏人生性就懒惰!"

"唔!下这样的评语,你不觉得太早?"苏易停住步,站在陈子璜面前,他还在微微发笑。但陈子璜已经从他的笑容里感到了严厉和斥责,这是从他那双眼睛里透露出来的。苏易带着他那种特有的神情说:"你不是针对某个人下这样的评语。同志呵!你是针对整个的西藏人,一个民族。那好吧!既然如此,你就先把你这个评语保留起来。注意!我说保留,那就是请你存放在自己脑子里。不要再端出来到别人面前去显示你这种'新发现'。当然,我们很快就可以弄清楚你的评语究竟说明了什么。不过,现在我们还来不及为这个吵嘴打架。现在,对我们最当紧的是……"

陈子璜的回忆突然被截断了……

冷不防,从杉树背后霍地跃出一个人来,赤脚光腿挺立在陈子璜面前,把夹道一般的林中小路完全给堵拦了。这个西藏人身架相当魁梧,但很消瘦,赤裸的前胸突现着一根根肋条骨,靠肚脐下缠着一件臃肿龌龊的老羊皮袍,大约就是从这件皮袍上发散出一股扑人的油腥臭气。他的憨里憨气的脸,像他的肩臂一样黝黑肮脏,使人无法看出他的年岁。他的深陷的眼,发直地盯视着陈子璜,这眼光是呆痴的,却也是可怕的。他的绷出青筋的手紧紧攥着刀把……

陈子璜不由向后腰一摸。没有!离开部队时把左轮和胸章帽徽一块上交了。冰冷的汗水登时从两腋淌了下来。于是他机械地厉声喝道：

"做什么！你要什么！你要做什么！"

那人并不答话。随着他的沉沉的、慢吞吞的动作，一尺多长明光发亮的腰刀出鞘了。整个的从铁鞘里拔出来了呵……

2

农业站的人，无一例外都住在阴暗潮湿并且发着土腥的窑洞里。这使苗康提起来就气愤填胸。他被调来以前所听说的，和这相差太多了：全是两层楼房，光身汉住单间，有女人的里外间还带炉灶，是啊！这是起码条件。结果呢？哼哼！"破瓦寒窑"！连附近山庄的藏民也可怜他们了，说情愿把屯草的房子让出一半来。但，大约是为了农业技术推广站的尊严吧，没见谁有过"乔迁之喜"。

在这种情势下，刚刚竣工的马厩便格外让人嫉妒了。它高大、宽敞而又明亮。圆窗户，栅栏门。顶棚是一排细木料，上边盖了一层草，草上又压了一层泥。墙壁用石灰粉刷过。如果去掉那两排木板槽和拴马桩，简直就是一个像样的大厅。这座堂皇的马厩在搭架子时，已经引起附近山民们的密切注视了——就是为了让他们看的呀——这，不能不归功于兽医苗康。本来，陈子璜是不愿意为马厩破费一笔巨大的人力和钱财的。他甚至已经在兽医的修建计划上批了"缓办"二字，可是苗康丝毫不肯放松，他坚持着一条无可批驳的理由：人在任何艰难环境中都能照顾自己，而牲口，离开了人的照料就只会毁坏自己。同时，在请求修盖马厩的这件事上，苗康还以团支部组织委员的名义发动了集体力量，不少团员是他的热心积极的支持者,比如林媛就是其中之一。倒不是这位气象员确切地考虑到了马厩的严重性,她不过心想,既然苗康认为必要,那就是说,这桩事是应当刻不容缓地办理的。

林媛正朝这边走来。照说,她到会计室去绝对不需要路过马厩,但她来了。她双手以轻微无声的动作趴着窗台,探头向里边望去,苗康正伏在槽边,用毛笔蘸着红墨水,往小木板上写着字码。他的头发动人地在额前耷拉着,遮住眼睛。他在工作呢,专心专意工作着呢!林媛不声不响地把他看了好久好久,她不愿惊动他。

不知是无意的,还是听到了她的呼吸。他抬起头,看见她了。

"有事吗?林媛!"

"没什么,我以为这里没人,门开着,怕是忘了锁呢!"她立刻意识到自己并没有在门口,而是趴在窗台上,接着补充说,"马厩里需要装一支寒暑表,我想,站长会同意的。可是应当装在什么地方呢?"

"你进来呀!"

林媛走进去,一边想着要说些什么。她立刻就像平常那样沉着起来了。

"就装在这里吧!靠门近点!"

"也行!"她叉起腰,认真地打量着四壁,"不过还是这里比较合适,恐怕门边容易碰着。你在做什么?"

"写字码。所有的马都要编号。几号马就一定要拴几号桩。"

瞧!他不像别人,他的工作从来都是有条有理的——林媛带着一种说不清是为苗康还是为她自己而骄傲的心情这样想。接着,她走近去,依在石槽上,会神地看苗康写字。浓浓的鲜艳的红墨水顺着笔头淌下去,但在不光滑的木板上立刻就干了,就成了一种暗淡无光的颜色。他写完一块,她就拿了过去,另外递给他一块空白的。从她那种郑重其事的态度看来,似乎这工作是必须有两个人协同才可以完成。不过,如果有第三个人在场,一定可以发现,林媛的注意力并不在这件繁忙的工作上。

可以说,从一起头,林媛就是怀着对苗康的极大敬慕而认识他的。

那次,林媛在河边洗被单,正洗着,忽然背后有人说:

"同志!请问你一声……"

她回过头,一个青年提着皮箱站在跟前。他身材高高的,但并不显得笨重不灵,穿一身浅灰制服,脸孔十分端庄,但不知是哪里略带些女性。他的声音是洪亮中听的,有一种自然的共鸣。

"这附近,好像应当有一个国营农场。我是说农业技术推广站。有吗?"

"有啊!你是到我们农业站来工作的吧?"

"是的!"

"嗄!那边,那里就是!"

顺着她那淌水的手臂,他望见一片土窑,死沉沉的,仿佛没有人烟。几只老鹰在上空兜着圈子……

"怎么样?"她以探索的眼光看着他,"没想到吧!一个农业站会是这样。"

"不!我想到过。我到这里来不是任何人的意思,完全是我自己请求的!"这话,显然是一种由于受到轻视而感不快的口气。他说着,提起箱子,随便点了点头:"谢谢你!"

"等一下!我们一路走不好吗?"她微笑着,十分大方地说,"我这就洗完了。"

　　林媛对每一个新来的人都给以亲切的接待，虽然并没有人交代她这样做。她盼望新来的人就像战士在最困难时盼望前来援助的战友那样急切。而现在，她却有意无意得罪了这个年轻人，她意识到刚才的话讲得不够得体，想要挽回一下。

　　"到农业站来，担任什么工作？"她问话的声调显示出她打算攀谈。

　　"那要由组织上来决定了！"他坐下了，"不过，我是学兽医的。去年从技术专科学校出来。"

　　"是吗？那太好了！你们这可是专门人才呀！在技专住了几年？"

　　"我是插班。只住了两年多，本来我是在学内科。"

　　"转学的，那为什么呢？"

　　"学内科是我父亲的意思。我有两个哥哥都是内科医生，我们家开了一个诊所。可是我，我忽然想到做兽医是最难不过的。比内科医生要难多了！"他谦逊而又自豪地说，"人，会说话，他可以把自己的病症讲得一清二楚。牲畜呢？那就全要看医生的学识，看他的经验，看他的能力！"

　　这短短几句话，给了林媛极为深刻的印象。一个人，应当这样，要有自己独特的、坚定不移的志向……她大胆地望望他，这样想着，从河里捞出并未洗净的被单，丝毫不带客气地说：

　　"来！你抓住那一头，我抓住这一头，我们把水拧干！"

　　一个人是不好对付湿淋淋的沉重的被单。但更主要的，林媛认为这样做是一种亲近的表示。在拧水的时候，她明显地感觉到对方没有手力。这软弱无力的手也是可爱的呵——她爱他了——难道刚刚见面，只经过这么简单的一番相谈，就可以决定爱一个人

11

吗？人们准会带着轻蔑这样责难她。但有什么法子呢？这是她的事。

在每日照常的接触当中，苗康并不是没有觉察的，他不傻。有时，在什么地方不期而遇，谁也没说什么，便匆匆错过了。但只从短暂的对视中，苗康却能完全领略到未婚女子那种不可言传的目光。不待说，这一切对于苗康是十分舒心的。同时，在他的观念中也是心安理得的。就像顺手捡一个自动从树上掉下来的果子，既不费力，又不致遭到非议。他从不曾对她有过什么公然的表示。在她面前，他始终保持着应有的礼貌和严肃。不过，他却善于从细微之处去迎合她，去适应她。她喜欢跟他到河边去闲散，他从不拒绝。而且，当和她并肩向外走去的时候，他暗暗希望别人——最好是所有的人——都能够看见。这时候，他特别感到心满意足。他留意着各种各样的反映：赞同、羡慕、嫉妒、厌弃。但无论你持以任何一种态度，都不致引起苗康反感。更切实地说，他一律欢迎！因为他觉得这是不关紧要的。重要的是你们已经看见，除了我，她是根本不愿意同别人去遛弯啊！

木牌写完了，为了防备不老实的牲口，需要钉高些。苗康要去找梯子，可是林媛立刻提议说：

"何必去找梯子？这样不好吗？你蹲下，我踩着你肩膀，然后你立起来……"

她以不得力的姿态在钉着钉子。仰着脸，手向上举着，可是胸脯又不得不紧靠着拴马桩。这时，她感到一双发热的手，抓住她的腿腕。是他的手！这意思是什么？只是怕我掉下去吗？……

正当林媛怀着说不出的心情在钉第五个木牌时，几个人慌里慌忙从马厩门外跑过，她听到有谁在嚷叫着：

"卫生员！卫生员！"

这是喊林媛呢。农业站现时还没有自己的医务干部，而林媛对这方面又有些常识，一般小事可以应付一二。不过这代理职务在她观念中还很淡漠，因此有人喊"卫生员"她一时竟没有意识到是喊她。

"人家叫你，怎么不应声。"苗康提醒道。

"叫我吗？哎！我在这儿呢！"

"快来呀！快来！"几个焦急万分的声音同时嚷道，"砍伤了！站长叫人给砍伤了！"

林媛像一只受惊的猫，赤着脚从苗康的肩上蹦下来……

3

苏易轻轻推开门，他以为还会像那天一样看见受伤倒卧的陈子璜。但床上只有两条依照乡下人习惯叠成长条的被窝。

李月湘正在切菜，见有来客，在衣襟上擦了擦手就去倒水。

"子璜同志呢？"

"出去了！"

"他怎么走动！受伤才五天！"

"可就是说呢！医生告诉我，半个月别叫他下床。可他，刚才推开窗子，正巧见一只老雕在抓鸭子，他抄起那根步枪就往外走。有什么法子呢？迟了，鸭子早叫啄死了！"

"这会儿他到哪里去了？"

"谁知道啊！喊也不理，叫也不睬。苏书记，你说说他吧！要是身子好，我才不管他呢！爱往哪去往哪去。反正，他的事就没个办完的时候,可这一阵伤口还没定痂就东跑西颠,弄得不好……"李月湘无可奈何地说,"算了吧!什么也不用说,他能听谁的话!随他去!弄坏了伤口就把腿锯掉,让他架着两根拐漫地去乱窜吧!"

她满面愁容,转身坐到床边,捞起一件男人的毛衣,小指头一绕,就开始编织起来,线团在床上转动着。她是闲不住的。苏易每回到这里来,她总是这样,一面絮絮叨叨对丈夫发怨言,一面在不停手地为丈夫忙着。这个幽暗的土窑中,什么时候都是干干净净的。一切摆设什么时候都是有条不紊的。陈子璜随便什么时候撩起床头的被单,底下都有浆洗过的、压得平平展展的衣服。陈子璜吃饭从来没有定规时间,但,只要他往那张矮桌旁边一坐,要不了一会儿,妻子就可以端来热气腾腾的菜饭,并且带着一盘焦得发黑的辣子——这是他惟一的嗜好。不过,至于她自己,那就完全是另一回事了。当她把茶缸递给客人的时候,才忽然意识到自己的衣襟敞开着,于是她慌忙扣住,并且,双手理理蓬松的剪发。照说,无论从脸孔或从身材看来,李月湘都是相当漂亮、相当年轻的。可是,你也不得不感到她像是由于多儿多女,使自己的青春风采过早地、迅速地减退了。

苏易喝了两杯茶,对女主人说了两句没有任何效力的同情的话,就站起来要走。李月湘忙说:

"再等一等吧!他也就该要回来了。"

"是得等,我找他还有事。不过,我想先出去随便走走。"

李月湘知道他要到林媛那里去——这位忙人当中最忙的工委书记,常常专意来看望自己的女儿呢——所以她也就没有再强留。

清早,皮袄很有用。但中午,太阳又会把人烤得头昏脑涨。所以，作息时间表上所规定的两小时午睡，对人们，而尤其对林媛是十分重要的。她夜里要做两次气象记录，因为生怕误时，往往过早醒来，但不敢再睡。她曾要求发给一只闹钟，这样，她便可以直到必要的时刻再起床。但，站长在她那份格式马虎的报告上边批了"缓办"二字。

苏易轻步走近床边，他站着，望着女儿——现在，他只是一个父亲——怎么穿着鞋子就睡了呢！她疲乏了，顾不得脱呀。他想替女儿脱掉鞋子，又怕弄醒了她。就让她这样吧。她睡得多好啊！侧身躺着，胸脯均匀地一起一伏。脑袋枕着滚圆的胳膊，拳头紧攥着，好像手心里有什么珍贵的小物件怕人抢去。一条辫子压在肩膀下，另一条弯曲着躺在枕巾上。她的上翘的嘴角像平常一样，仍旧挂着一丝笑容。大约她在睡熟的时候也忘不掉那些美丽的幻想吧！苏易望着女儿，久久地望着——多么像！多么像她的母亲！

……作为和学生们年岁相差无几的历史教师，苏易和功课最好的女生林一楠悄悄相爱了。虽然，人们看来他对她的态度无异于其他任何一个学生。但，通过那个巧妙的"私用邮箱"——林一楠的笔记草本——他们却暗中相互一天比一天了解，并且相互感到不可缺少了。毕业后，依照自己的理想，林一楠要去投考音乐专科学校。她的手指很长，长得出奇，音乐教师断定她可以成为出色的钢琴家。于是，他们举行了对外人说来简直是迅雷不及掩耳的婚礼；几乎是在送走宾客的同时，苏易把新娘送到车站去了。对于这似乎只是为了公诸于世的结婚，人们有各种不同的评论。有人说，这是男方为杜绝自己产生第二个念头——这谁敢担保呢！有人说，这是林一楠用以摆脱早就围在她身边的几位不易摆脱的崇拜者。也有人认为，这只能证明他们相互之间存在着一种必然的担心,生怕对方受不住长久相别的、时间的考验。

林一楠从音乐学院出来,像她自己所希望的,回到母校做了音乐教师。但过了几年,苏易却忽然要离学校到另一个城市去。并且是在国民党省党部做事。

苏易一走近那个插着青天白日旗的大门,就觉得一阵难以忍受的恶心。实在说,如果他不是一个共产党员,如果不是那种最艰难的地下战斗在等待他,他绝不会把人的尊严丢在门外而迈步进入那道铁的门槛。

为了不和丈夫天各一方,林一楠也到这城市来了。在剧团里担任了一名可有可无的钢琴师。这对她原先怀着的音乐艺术的抱负简直是一个讽刺。她厌烦透了周围的一切:为了仅能饷口的月薪,男人们在舞台上像疯子一样发神经,女人们以卖弄风骚博得喝彩。

在时时感到闷气窒息的生活中,小女儿的降生给苏易夫妇带来了不可估量的欢乐,他们的生活变得有枝有叶了。夜里,当两人都回到家里来,女儿总是从这双手被接到那双手,从那双手又被接回这双手。或者,他们坐到沙发上,把女儿放在当中,热情地评论着,往往又各执一见地争论着,她的哪一点像爸爸、哪一点像妈妈。其实,她根本说不上像谁,出世不久的婴儿是难看的。

"慈母严父"这句话不尽然适于每个家庭。还在林媛刚刚会唱歌的时候——她是先学会唱歌而后才学会说话的——做父母的就觉得孩子已经不小了,不能不开始考虑到,怎样才能把她教养成一个文静有礼、让人见而生爱的姑娘。他们十分严肃地商讨着,决定着。首先,不给她以过分疼爱,不许她随便到什么乱七八糟的场所去耍。其次,要教她尊敬哪怕是只比她大半岁的人。对于这些极平常的"家务决议"，苏易始终就不能像林一楠那样认真严守。为了满足女儿对花生豆的需要，他在衣柜上摆了一个专用的茶叶筒，里边经常保持着一定数目的碎票，林媛可以踩到椅子上去取。如果因为手边不凑巧，主妇用这钱买了别的什么东西，苏易立刻就会照数补齐的。有一次，他要到"奉职"的机关去办公。女儿要求带她去。苏易本来决计不肯，可是，一见她预备要哭，就拉她去了。林一楠知道了这事，就对苏易大发脾气，弄得全家没有吃上晚饭。因为，他把孩子带到一个肮脏不过的地方。在那里，她会看见横冲直撞的宪兵，也会看见袒胸露腿、擦粉抹脂的女人。

一天，苏易回家来，见女儿哭丧着脸呆呆地站在当地。他问怎么回事，林一楠说：

"我罚她站！"

"为什么？"

"那个花瓷盘让她打碎了！"

"就是为了一个盘子？"

"不！她撒了谎，说是猫打的。盘子关在碗橱里，猫怎么能开开门把盘子端出来打碎它呢？"

"就算她打碎的吧！还不就是一个瓷盘？你知道，她每天中午放学回来还得自己热饭吃！"

苏易走过去拉女儿，林一楠威严地说：

"不许她动！她还没站够呢！"

"我替她站行不行？"苏易完全愤怒了！"你见过谁家有这一种规法！"

说着，他像从水火中抢救一般把小女儿抱了起来。但，女儿从他的双臂中挣脱了，依旧站到原地去……

严峻的真正的母亲呵！

她死了——苏易接到一个字条，由于叛徒的告密，他必须立刻离开本城，以至于和妻女告别都不可能。几年后，他随反攻的先头部队入城。然而，梦想已久的团聚没有成为事实；监狱中非人的生活、可怕的瘟疫夺去了林一楠的生命。他只能找到长大了的女儿——她像是代替母亲，仍然流落在那个可怜的剧团里。从那时起，苏易几乎一刻也不能离开女儿了。他不是不明白，对于一个十八九岁的姑娘，做父亲的应当把爱抚完全掩藏起来。可是，不行的！他克服不了自己。

随后，苏易又轻手轻脚离开女儿的床边。他拉开抽屉，从里边取出一个黑皮面练习本，随便翻了翻——这很好，她还坚持写日记呢。昨天她写道：

> 晚间，他查看过马厩，我们就到河湾去了。在石岩上，我们坐了很久很久。我觉得我好像很幸运……

接下去还有几行，但苏易没往下看。虽是自己女儿，不经许可还是不要看得好。如果想知道她个人的事，他可以随时问她的。

4

忽然，传来一声枪响，苏易奔出土窑。

远远地，有一个人跛着腿从河边走来。他把步枪当做拐杖，借以帮助自己。苏易迎上去，原来是陈子璜，他的脸，仍然像从树林里被抬回来时那样枯黄干皱，只是满下巴胡茬子更长了些。当苏易去和他握手时，才看见他提了一只血淋淋的鸭子。

"走火了吗？"

"不！这是野的。"陈子璜把他的猎物一摔，自己也就地坐下来，气兴兴地说，"这哪里是养鸭子？这是造孽！买了一大群，到如今连一个鸭蛋也没捞着。倒已经有五六只喂了老鹰。还有的呢！跟着野鸭子往河里跑，赶都赶不回来。"

"跟野鸭子跑？没有分派人专门照看？"

"怎么没有？縻复生！"

陈子璜一面喊叫马车队长的名字，一面以发怒的目光在人群里搜寻。这时，已陆续聚集来了不少人，只是縻复生不在场。不过他也正沿河岸向这里走来，因为他和大家一样听见了枪声。

跟随縻复生一同走来的还有四五个人。多半是他的队员，也有一两个是生产队的。当他们走到跟前，正要探明枪响的来由时，陈子璜却冷丁地向縻复生发出了质问：

"我交代过你没有！縻复生！鸭子要由你们队暂且负责照管！"

"交代过。"马车队长以敢作敢当的语气回答，但看站长的脸色，知道有些不对劲，于是接着申辩道："不错，倒是交代过。可是，这真有点不大好招呼。我们是赶马车的，谁学过放鸭子呢？"

"放鸭子也得上专科大学吗？你这么大个子，就不能关照住它们别给老鹰抓走？就不能关照住它们别跟着野鸭子往河里跑？"

"这可没法子！那怎么能拦得住呢！"縻复生好像得住理了，装出一副束手无策的神气说，"我们的差不多全是母鸭子，可河里的野鸭子公的倒很多。你说，这……"

他的话还没完，大家就哄哄乱笑起来。陈子璜更加动气了……

"你没法子？好呵！我可有法子。鸭子不是没有价钱的，少一只我就从你的薪金里扣一只的钱。会计！听见没有？照办！"站长吩咐道。随即又转向糜复生,"你说吧!从早到晚你都做了些什么? 是什么事忙得你不可开交? 老鹰在场子上赶得鸭子呱呱地叫,你没看见? 做什么去了? 你刚才做什么去了? 啊?"

"我们到,到河湾里去转了转,想就回来。"糜复生含混其词说。

"河湾里有什么好转的? 嗯? 你说吧! 你们去转悠什么?"

"是……我们在河湾里淘沙,淘河沙。"一个怕事的马车队员代替队长回答道。他有些沉不住气了。

"这河湾里,有,有沙金呢!"另一个队员补充说。

陈子璜怔了一下,他的脸忽然显得有些怕人的样子。他支撑着身子站起来,跛着腿走近糜复生那几个人面前。由于过分激怒,一时没有说出话来,只用发火的眼逼视着他们,看来他简直要挥手打人了。可是,他却意外地降低了声音,以至于仿佛是顶温和地说:

"啊! 这么说,你们是淘金去了。好呵! 很好! 淘到多少? 拿出来,拿出来!"陈子璜伸出手去。

糜复生不得不迟迟疑疑地从袋子里掏出一个方形的小洋铁盒交给站长。成色如何,不得而知。总之,这小盒子里定然是沙金了。陈子璜接到手,看都没看一眼,侧转身,一扬手便把它掷到河里去。铁盒在激流中无声无影地被淹没了。而陈子璜却因为用力过猛而几乎栽倒在地……

始终没有插言的工委书记走近了几位"淘金者"。他以冷静的语调问他们是不是由部队转业到这里来的。他们回答"是"。

"作过战吗?"工委书记继续问。

"作过战!"

"你呢? ——作过——你? 也作过。全都作过战!"苏易从容不迫说，"那么，你们是战士。我想，你们自己明白，什么是战士呢？战士，是最懂得珍惜荣誉的人！可你们呢？好像不怎么把这放在心上。可不是？想想看，你们在做什么！把工作丢开，悄悄溜到河湾去，在那里费尽功夫淘沙金，然后就塞到自己口袋里去……"

几位"淘金者"像听候审讯那样听着工委书记的并不威严的话。而苏易觉得，在这样许多人近乎看热闹的场合下，也不大好过于对他们进行斥责。所以，他简单讲了几句便要大家各自回去做事。不过，当人们散去之后，他叮嘱陈子璜，一定要以最严厉的态度对这件事进行必要处理。

陈子璜从地下捡起步枪，准备回去了。苏易见他的行动那样吃力，便上前去帮扶，并且告诫说：

"不行噢！你再这样可不行哟！伤口没好就出来打野鸭子。已经有人在我这里告了你，说你违反医生的规定。"

"我又不是第一次受伤。砍的地方也还不算太要紧。"

"不要紧？这怕得感谢你那条绒裤，它替你抵挡了一阵，不然……"

"不！主要还是亏了雷文竹赶来得早。要不呵，我迟早也得让那个家伙砍成碎块。好大的力气呀！简直是条阉牛。"

"怎么，你看中他的力气了吧！我也是这么说呢，这样有力气的人农业站是很需要的。是吧？所以我已经把他给你领来了。"工委书记愉快地说。他见陈子璜没在意，大约以为这是说着玩，于是他又认真重复道，"真的！我已经把他给你领来了。你看他能做什么事，就让他在你这里做点什么事吧。这样的一把手还是很难找呢！"

苏易随即向马厩那边喊他的警卫员，要他把人带过来。

"怎么？怎么回事？"陈子璜诧异道："他！这怎么能？……"

"这怎么不能？"苏易反驳说，"你知道他为什么要带着刀藏在树林里等过路人呢？这是'抢福'。本地有这样一种古老的风俗——现在已经不怎么多见了。他们认为，杀死了谁就可以从谁的身上把福气抢过来。所以苦命的人就想用这种法子来改变自己的命运。据我们了解，这青年人，咦！他来了……他有一个很老很老的父亲要靠他养活呢。可是说到家产，他只有那一把刀……"

那个年轻的西藏人已经走近了。在距离几步远的地方，他停住步，发直的两眼注视着陈子璜——他认出他来了——接着又注意到了陈子璜握着的步枪。于是，他分腿站定，拿稳了一个挺胸昂首的架势，随后指着自己心口，粗野而坦然地说道：

"开枪吧！打吧！"

5

不知从哪里来了一帮卖唱的人。他们过分谦卑而夸张地当面奉承农业站是如何富有，站长的相貌又多么和善，并表示情愿无代价地为农业站献演。自然，要是站长乐意的话，他们也不拒绝接受一点什么施舍，比方说两皮袋糌粑面、一条牛腿。或是给些破旧衣物，哪怕是几双磨透底的胶鞋，也就够使他们感恩不尽了。

附近庄子的山民男女全都早早地赶到草坝上来了——虽然没有谁到各处张贴海报——农业站的人就更不用说，有几个特别热心的，还忙着为表演者张罗坐垫、茶水，也有几个自告奋勇的站出来充当"打场"。他们一面使劲推着拥在最前边的喳喳乱叫的孩子们，一面喝道：

"退！向后退，还得退！"

"不成！场子太小。再退五步！"

对于观众当中的汉人来说，深感遗憾的是没有看见什么带弦的乐器。他们只有几面放在架子上的闷声闷气的皮鼓，鼓槌比弹花弓还要弯曲。此外，还有几对绑着红绸的铜钹和两支长管喇叭，然而，无论是敲、打、拍、吹，总是不紧不慢，音调节奏几乎毫无变化。

最先出场的角色，显而易见是一个"女鬼"。戴着拖到腰际的假发和平面的三角形假面，又长又宽的舌头从口中奔拉出来。手里抓着一个用羊皮做成的逼真的死孩子。她以轻盈的步伐激烈地旋转着，腰间五颜六色的彩带像翅膀一样随风飘动起来。绕场飞舞了一周之后开始歌唱了，假面下发出尖厉的女人声音。随即，有八个装扮得又像神仙又像武士的人，也全戴假面，手执镖枪或是龙刀、弓箭，一声吼叫，从四方跃入场中。他们一面蹿跳着把"女鬼"围定，拉开架势向她进攻，一面扯着发直的、劈破的喉咙大唱特唱。词句很难听真，大意不外乎是告诫世人不可为非作歹。

当演员们揭掉假面，坐下来休息喝茶时，观众中不禁起了一阵惊异的啧啧之声。原来，那"女鬼"有着如此的美貌！面庞可爱，皮肤白嫩，由于出力过度，绯红绯红的双颊显得更为动人。这女子娇小纤瘦，但她那高高的胸脯和那赤裸的厚厚的双脚，表明她是一个早熟的姑娘。

糜复生对"女鬼"的那种可怕的印象一下子烟消云散了——实际上不止他一个人如此——他碰了碰旁边的人，用下巴指指那女子，低声说：

"瞧！"

据说,下一场更为精彩,要把短刀插在腋下翻斤斗呢?可是,陈子璜没有这样眼福。主角刚刚上场,李月湘就在他肩后说:

"家里有人找!"

在土窑里等他的是邻近庄子里的几个老头子,陈子璜全认识。

"你们怎么不到坝子上看看热闹?"陈子璜进门说。

"看过了!"其中一个老人平静地说,"你知道吧?这一伙人是来做什么?"

"做什么?不是卖唱的吗?"

"不!是偷马贼!"

"贼?你们怎么晓得?"

"晓得的!"老头子们现出胸有成竹的神气,"上了年纪的西藏人什么都会晓得的!"

"怕不一定吧!"

"你到门口望望,他们正有人绕着你的马厩转圈圈呢!可你们光顾了去看捉鬼。"

陈子璜探身在门外观察之后,多少有些慌了手脚。他想把卖唱的人统统赶走,但老人们劝他不必如此。他们担保说,只稍留点神,夜里别睡觉就行。这一流的偷马贼也有自己的规矩,他们只要能偷走,你追上也不会还给你,甚至,头天偷了你的马,第二天就找上门来卖给你。可是,只要知道已经被人家识破,不能得手,他们就忌讳来第二遭。老人们告辞的时候还再三嘱咐陈子璜:

"当心,照看好马厩。不过,别伤害他们。站长啊!千万别伤害他们吧!他们是贼,偷马贼,可他们实实在在也是一伙可怜人哪!你能答应我们不?不要伤害他们!"

"我答应!"

6

不论那帮卖唱人是不是偷马贼,反正他们没有从农业站弄走什么"油水"。两个放牧员照常早出晚归把马群赶到南山坡去——惟独那里还长着已经不鲜嫩的青草。

这里所说的放牧员也是暂时代职。其中一个是机耕队长朱汉才。

农业站的人对朱汉才有各种印象,总起来说是"不好接近"。这,一方面是由于他不爱说话,另一方面,怕主要是因为他刚来那天就用突如其来的、不中听的话撞碰了人。

"同志! 也是从部队下来的吧?"有人亲热地问他。

"下来的? 不!"朱汉才放下行李,"怎么这样问,为什么要说是下来的呢?"

"那可该怎么问哪?"对方玩笑道,"你是从部队——下来的吗?"

"笑什么! 这有什么可笑!"朱汉才忽然认真地生起气来,"不是上来,可也不是下来的! 知道吧。就是这么来的,从部队来的!"

也许,旁人看来这是无趣的挑剔。说从部队来,和从部队下来有什么两样呢? 朱汉才却只愿意承认他是从部队来的,而不承认他是由部队"下"来的。就为这,他到农业站来还没有喝一口水便惹下了人,直到现在,有人还认为对付机耕队长最好是敬而远之。

第二个放牧员是朱汉才的助手叶海。如果光从脸孔看,这是一个十足的大孩子。可是你看看他的身码骨架吧! 高大粗壮,臂长脚宽。看样子,他只要站稳,让你推你也推不倒的。这样少壮的家伙为什么不留在骑兵团呢? 人们有些纳闷便问他为什么要求转业。

"我要求?"提起这个,叶海便满腹义愤,"还不是他们硬要这么决定,官僚主义!"

"压根就没有征求一下你个人的意见吗?"

"征求不征求还不一个样。不说了! 都怪我自己太傻——在部队,听说要'闹'复员转业了,有些人就害了怕。我想,最'危险'的准是那些年纪大的,或是什么三等残废的人。反正,随便怎么也保险轮不到我头上。所以,讨论报告的时候我自动发言,说我保证绝对服从组织,叫留就安心地留,叫转就愉快地转。第二天,指导员在军人大会上不住地表扬我的态度端正,我就觉着事头不妙,可不是!"

"恐怕……"有人提出疑问,"领导上总不能没有一点道理吧?"

"什么道理!"叶海粗声壮气地说,"我不过黑夜看不见,白天还不是好好的?"

啊哈! 夜盲眼啊! 怪不得呢!

这个"谜"一经揭晓之后,人们便失掉了继续探问的兴趣。可是,叶海却开始滔滔不绝地对人讲起来他怎样给上级"扯皮":

"欢送转业队那天,我躲到树林里去了。一个捡柴的小孩瞅见我,就报告了连部。指导员把我弄回去,先拉我去吃饭,就在伙房跟我谈起来。我说:'要是决计不要我,从花名册上把叶海抹掉就是了,何必要把人撵走?'事务长在一旁插嘴说:'那怎么行? 有你在,就得有你一份供给呀!'我说:'我不要供给,同志们吃剩的我找点吃,同志们穿旧的我搜点穿!'指导员笑了,他说:'要你转业就像是要宰你一样,究竟是怎么回事呢?'这还用问! 就是这么回事,我才当了四年骑兵,正儿八经地参加战斗也才十四五次。指导员又说:'转业到农场,又不是告老还乡,这是参加另一种战斗啊!'我说:'既然也是战斗,我要求带走我那匹马!'我知道,无论如何也不会让我带一匹马走;我想这样胡扯乱扭,把他们缠得伤了脑筋,说不定就把我留下了事,可指导员当下就应承了,他说:'好!咱们一言为定!'谁知道呢!团里早决定抽给农业站几十匹马了……"

或许,正因为马群里有他那匹像兔子颜色一样土黄的青海马,所以叶海对现在担当的职务是满怀兴致的。

当马群安闲地埋头于嫩草之中的时候,两位放牧员摊开四肢平躺在茸茸的草地上,解开扣子,让清晨的阳光照射胸膛。这时,像有谁引动了嗓音清亮的金翅鸟,河对岸传来了一个女子的动听的歌声。这粗犷而又悠扬的音调,在山谷间流荡,发出同样动听的回声:

> 孔雀吃的是毒树叶子,
> 孔雀喝的是苦泉冷水。
> 不是她甘心情愿,
> 命定就是这样啊!
> 孔雀的花冠实在耐看,
> 孔雀的羽毛实在美丽。
> 不是它有意修饰,
> 天生就是这样啊!

朱汉才和叶海一听就知道这是老斯朗翁堆的女儿。虽然因为藏语不太灵光,和她说话并不多。但是,他们俩跟她是很熟识的。

斯朗翁堆家住在靠路口的一所独立庄房里。每天清早,朱汉才和叶海赶着马群上山的时候,就看见一个挺俊气的姑娘蹲在墙外,卷着袖子在做粪饼——把圈里除出的牛粪团成像黑面火烧一样的圆饼，一个一个糊到墙上去晒，这是西藏人最主要的也是最喜爱的燃料——在山上，他们也常常碰见她提着条筐在捡菌子。每天黄昏，朱汉才和叶海赶着马群返来的时候，又总见她拉扯着几个连说带笑的姑娘，到坝子上去跳"弦子"①。往往夜已经很深还不回家睡觉，于是她妈妈站在屋顶上，拖着长音喊她的名字——秋枝！秋——枝！

秋枝在意地唱着山歌从对岸走来。到了河边，她把两条驮着木犁家什的牦牛赶下河去，让它们蹚水而过。她自己，要从"溜索"上过河。溜索，是用许多股竹皮拧成的粗而光滑的大绳，像高压线一样悬过河身，两端牢靠地拴结在两岸的岩石上。对于这无法打桩的山水，这是惟一的巧妙的桥梁。但，不熟练的人常常由于慌张会脱手掉下去，那便不堪想象了；高原的河，只要过膝，在里边就无法站立。然而秋枝过溜索却像走路那样方便。她可以一只手提上东西，另一只手抓住索子溜来溜去。不过今天她没有这样做，她站在石崖上，向对岸招着手，放声呼叫起来：

"哎——哎——"

"噢！"朱汉才和叶海应声了。

"来呀！"

"什么事啊？"

"来把我拉过去！拉过去。"

两位放牧员欣然跑到河边。秋枝像坐了空中吊斗，从竹索上被拉了过来。白白的象牙耳环在她鬓前摆动着。挂在胸脯上的一串玻璃念珠和一个方方的银质佛盒也随着她的动作在晃来摆去——盒里装着用金子换来的活佛的指甲。据说，只要这佛盒不

---

① 弦子——藏族一种民间舞蹈。

离开脖颈,任何灾害邪祸都不能临近其身。

"你过来做什么? 秋枝!"当他们去拦挡水淋淋的牦牛时,叶海问道,"是要犁地吗?"

"犁地!"她用鞭子指着,"就是那一块。"

这块地,长满了草,到处是地老鼠挖的圆圆的小洞。如果不是四围的不深的壕沟,简直看不出和荒坝有任何差异。朱汉才疑惑地问:

"这地,你们去年种了什么?"

"什么也没种。阿爸说,这片地要歇一歇,歇三年。今年就够了,明年,一到河水解冻,就要种青稞。"

斯朗翁堆在当地是稀有的富有经验的老农,他不仅懂得按节令去耕耘。而且,根据收获的情形,他能觉察出土地需要休闲几个秋天。

秋枝解下木犁和家什,开始套牛。放牧员们本想继续帮忙,但他们根本插不上手——真怪!她怎么这样来套牛呢——把套绳拴在牛犄角上,又把一根粗笨的杠子横在两个牛头上,用皮带绑定,大约这是为了使它们在拉犁的时候不致分开。朱汉才和叶海不禁面面相觑,大为惊异,并且终于以干涉者的姿态拦住了牦牛。

"秋枝,怎么能这样套牛? 你弄错了吧?"

"就是这个样子呀! 有什么错?"

"我们只见过套在牛肩膀上,从来没听说谁套在牛犄角上。"

"套在肩膀上?"秋枝失声地笑了,"肩膀上怎么能套得住?"

"我们试试看! 好不好?"

"好啊! 就试试看! 肩膀上?"

套肩膀就不比套犄角,需要牛梭头。可是,这样简单的物件在本地是不可能找到的。于是,朱汉才和叶海决定马上动手来做,他们从树上弄来几根棍子,捆绑成"人"字架子,作为梭头的代用品。但棍子太细,容易伤害牛肩胛,他们立刻脱下自己的衣服来缠裹住棍子。秋枝也怀着同样的兴致在为这桩出奇的试验忙碌,她决然解下自己着身不久的花道围裙,紧紧地缠裹住另一个梭头。开始上套了,两条牦牛对目前这种从未有过的情形无法判断是凶是吉,所以,直瞪着铃铛一般的眼睛,迷惑地望着两位不相识的人怎样把一个木夹套在自己肩上。

当他们按照汉人的方式完成了所有的步骤,预备开始耕作的时候,老斯朗翁堆正好赶到了。看来,这老头子岁数总在五十上下,满脸乱生的胡须已经花白了。不过,看他那红润的发紫的面色,看他那不分冬夏赤裸在外的左臂,就知他仍然是体格壮实、精神饱满的。他见农业站的放马人在帮助女儿,老远就笑哈哈地说些什么道谢的话。但一发现牛肩上那种新奇玩意儿,他立时就有些不大快意了。自然,青年人总是喜爱笑闹,好出怪相,但他不高兴在耕地的时候这样来耽搁功夫。所以,他并不答话便开始去解脱牛梭。朱汉才和叶海起初只是吃惊地望着他,后来,忍不住上前去阻止他了。

"斯朗翁堆,怎么了?你怎么把梭头解掉?你先别忙解呀!"

"走吧!照料马群去吧!"老头子完全是教训小孩的口气,"不要耍起来没有够!"

"怎么是耍!"叶海申辩说,"套牛应该是这么套法才对呀!"

"唔!还说应该!"斯朗翁堆停了手,以嘲笑的口吻说,"谁教给你们这样做的呢?"

"我们那里从来就是这样!"朱汉才竭力使自己的话富有说服

力，"当小孩子的时候，我就会犁地，就会使唤牛，从来就是套在肩膀上！"

"可我们西藏人，从祖上传下来就是套在牛犄角上。我种了四十来年地，从来都是这样的！"

"要是使马来耕地呢。套在哪儿？"叶海歪着脑袋挑衅地说，他断定老头子会因为无言答对而忽然变得狼狈起来，"套在哪儿？你说吧！是不是套在耳朵上？"

"你见谁用马来耕地呢？"显然斯朗翁堆认为这是不屑于回答的，"马是为了打仗养的！"

"那……别的不说吧！到底为什么一定要套犄角呢？"朱汉才问。

"你们见过牛跟牛斗架没有？"老人反问道。

"见过！"

"是用肩膀斗呢？还是用犄角斗呢？不错，是犄角。"斯朗翁堆从容地讲解道，"这就对了！牛的力气全在犄角上啊！"

对于这种得理的说法，朱汉才和叶海并不心服，但却找不出能够反驳的任何根据。无奈只得坐在地头，眼巴巴望着老头子把他们苦费心劲做成的牛梭掷到一边。秋枝看出，父亲使两位放牧员过于扫兴。为了缓和一下，她走过来坐在他俩中间，正想要说什么。斯朗翁堆已经把牦牛重新套过，喊她过去。

女儿牵牛，父亲扶犁，开始耕地了。

笨重的木犁，几乎是直杆不弯的。这张犁还是斯朗翁堆的祖父手里买的，犁头上所包着的一点铁皮已经要磨光了，所以，老头子曲背蹬腿，吃力地向下按着犁身。这样，犁尖才勉强插进土中。更不景气的，这种犁根本没有铧，耕起的泥土不能顺序翻向一边，而是顺犁头一滑,向两边摊开。表面看起来,新土盖了很宽的地面。实际上,一来一往只是划了一道很浅的三角壕,到处是壕沟,像洗衣服用的搓板。这样便等于整块地里的泥土只有一半被翻过了,松动了;其余的一半仍旧没有被犁尖碰着,仍旧是硬实的。而且,翻土不好,草根依然向下埋在土中,它们不仅不必害怕枯死,而且只要见雨就会长得更旺盛。然而,仅只这样划划地皮,已经使两只牦牛吃尽苦头了!因为套绳拴在牛角上,所以,当它们向前拖动沉重的犁身时,势必得抬头仰面,鼻孔朝天,全靠着脖颈去拉。这怎么能得力呢?但它们确乎卖尽了力气。累得舌头都掉出老长。斯朗翁堆呢,还时时抡起皮鞭来,毫不心疼地抽打它们——耕地的时候不舍得抽打牲口是要被人笑话的……

两位放牧员无言地望着,望了好半天。当他俩无奈向马群走去时,朱汉才问他的助手说:

"农技员往内地去了多少天了?"

"你说雷文竹?"叶海暗暗掐算着,"有……总有一个多月了!"

"嘘……"朱汉才轻轻叹了口气,"回来吧!快回来吧!"

"就是,他回来就好了,要是真的弄来那'家伙'!"叶海摆出一副掌握轮盘的架势,"哼!叫他们看看吧!"

7

除了没能到北京和柳雨人教授一会之外,雷文竹对于在内地这一个月的奔忙结果是颇为满意的。他不仅在四川大学化验了土壤,买齐了所需的各样菜种。同时,也在完成站长交予的另一项繁重任务:押运省农林厅拨发的大量马拉农具和一部匈牙利拖拉机——目前只能调拨给这样独独的一部——一部也好！朱汉才和他的队员们想这"家伙"快要想疯了。

卡车都响起了马达，就要开动了。雷文竹忽然看见一个女学生——他断定是女学生——把着最后一辆车的车门，在和司机争辩着什么，他走过去。

"还是请你把我带上吧！"她央求着，"我就是到这个农业站去的呀！和你们完全一路！"

"我说过了，不成！"相当年轻的司机从驾驶台探出了衣帽不整的上半身，"你去买客票吧！这里有客车通西藏了！"

"票卖完了！一张都没有了！"

"那，你就等等吧。别着急，三天一班，公共汽车的坐垫要舒服得多呢！"

"我已经在小店里等了两天两夜了。要工作呢！我是到那里去做工作的！畜牧技师。"她觉得司机把她看成什么人的家眷了。

这话，对执拗的司机仍旧没有发生什么效力。但是，雷文竹却由于喜出望外，几乎要叫出声来。多巧啊！原来她不是什么毫不相干的同路人，而是派到农业站来的畜牧技师，他立刻觉得她已经是久已相识的同伴了。他本想近前跟她握手，但旋即又改变了主意，先扭头对司机说：

"让这位同志上车吧！"

"我已经跟她自己讲过了，不好办哪！"

"这有什么难办的呢？"雷文竹反驳说，"机器只占了你半车厢，随便哪个角落都可以坐。一两个人才有多重！"

"倒不是怕我的'吉斯'拉不动一两个人。我们同行说定了，要纠正脑筋呢！"

"脑筋?"雷文竹不解,"你们要纠正谁的脑筋?"

"纠正别人的脑筋啊!错误印象!你不知道,好些人挖苦我们当司机的——要是男同志想在路上搭搭便车,理都不理,一踩油门就开过去了。要是女同志搭车,只要抬抬手就停车了,还请到驾驶室里去坐——你说吧!这是不是胡诌乱扯?非纠正纠正不可!不管男女,一律对待……"

"唔!是这么回事,那问题太严重了!"雷文竹逗趣道,"应该纠正!不过,这一回先马虎点,从下一个人起你再开始吧!"

"不!谁也一样,说不行就不行!"

"你怎么啦?磨起牙来没个完!"雷文竹像在教训司机了,"你知道不知道这个车队由我负责!全权负责!"

"那!既然负责,咱们把话说清,这算是你带的女客,可不是她一抬手我就……"

"随便你怎么说。"

"那好吧!请上车!"

雷文竹先上去,撩开棚布。畜牧技师就迅速递上了她的非常轻便的行李。当雷文竹哈着腰伸手拉她上车的时候,司机过来以真诚好客的语气阻拦道:

"你就坐驾驶室,请吧!"

"不!上边通风。在下边一闻汽油味就要晕车!"她说着上去了。

雷文竹在车厢前头安置了两个有靠背的舒适位子。他们对面坐下,车子开动了,一起步就猛冲起来,车后立刻掀起了浓重的灰尘。司机要在仅有的两位乘客面前露一手呢。

倪慧聪——雷文竹觉得她的名字很好听——斜身依着车厢

板,面冲前坐着,一声不响地望着倒流而来的公路和移动着的山野。但脸上却现出一种明显的、羞怯不安的神色。不难看出,她在生人面前不惯于泰然处之,更不惯于讲话。对雷文竹主动而周到的帮助连一声"谢谢"都没有说。(她已不止一次地用眼睛说过了)但,这使雷文竹感到十分快意,他喜欢这样。

不觉,在少言寡语中过去很久了。雷文竹为了改变这种气氛,极力地寻找各种话题。而在海阔天空的闲谈中,雷文竹却以注意倾听时那种通常神态作为掩护,公然地、长久地望着倪慧聪。望着她那女运动员一样的、发育匀称而苗条的体态,望着她那腼腆的、皮肤稍稍发黑的面庞,望着她那平平的眉毛和正被山风吹拂着的柔软微黄的头发,他觉得她的一切一切都极为平常,说不上太漂亮,但又绝不能说不好看。当她用水汪汪的、并不算美的眼睛望你的时候,你立刻会觉得她是温顺的、纯洁的、信任别人的。越是这样越使人感到亲切。至于有些姿容出众的女子,倒往往引起雷文竹的不满。她们因为充分了解自己是如何引人注目,所以任何举止都要加以做作,而且故意显出庄严、淡漠的样子,仿佛根本看不见什么别的人。

没有太久,倪慧聪也随便多了。她开始接二连三地问起农业站的情形,特别是有关畜牧方面的各种情形。在雷文竹的回答中,如果和她原先所想象的相吻合,她便露出一丝快意的愉悦的笑容。如果和她原先所想象的大有出入,她便露出一丝惊讶或不安的神色。她问得相当仔细,甚至连多少年之后的事都要追根究底加以询问。这,雷文竹也不能给她什么具体回复。他只知道,在不久的将来。这个小小的农业技术推广站将会成为一个规模可观的国营机耕农场。而周围的西藏人——山民们和牧人们,也将渐渐地成

为这个农场中的重要成员。不过,大凡晓得的任何情况,雷文竹都不厌其详地告诉了她。最后,她还直接提名问起了兽医:

"你跟苗康同志一定很熟吧?"

"很熟!是我们的兽医,你认识他?"

"技专同学,他比我高一班。怎么样?身体还好吧?在学校的时候他常爱发疟疾。"

"很好!现在他很好……"

苗康成了谈话的中心,在谈到关于他的工作情形时,雷文竹看出,倪慧聪希望听到的是和他的健康情形同样——很好。事实也是如此,关于苗康的工作,确乎找不出任何可以指责的地方。所以,雷文竹尽量满足了倪慧聪的愿望。不过,虽是讲,而他实在已经有些言不在意了,他甚至承认自己的心绪开始莫名其妙地、防不胜防地慌乱起来了。当说到苗康怎样以全票被选为青年团支部组织委员时,畜牧技师脸上泛起一片微微的红晕。虽然,她把自己的情感掩藏得很好,但,雷文竹却在一瞥之间觉察到了。她多高兴啊!在为他高兴呢!看来,他们不仅仅是平平常常的同学……不过,也不绝对;就是这样,久别的老同学,很快又要相见了,这种激动是可以理解的呀……不!不是这样。她的眼睛就明明告诉了你,完全是另一回事!

农业技术员尽了很大努力,才使自己平静下来。这时,他开始觉得自己未免可笑,太可笑!你对她有什么真正的了解吗?没有!可以说还是陌生人。她对你有过什么神秘的暗示吗?没有!可以说她还没有认真留意到你。那么,你凭什么这样想、那样想!他觉得有些羞愧了,仿佛他对人家一件什么贵重物品一度起了偷窃之念。不过,谢天谢地,好在她没能觉察出来,她依旧面冲前坐着,山风依旧在吹拂着她的柔软微黄的头发……

　　早已被忘到一边的司机，却一直没有忘记他的一对乘客。为了使他们满意，在颠颠簸簸跨过了一段坡道之后，他开到了全速。车，像一只巨鸟驮着雷文竹和倪慧聪向前飞去。没鸣喇叭便从旁超越了一辆喷过漆的、表面很新而内里破旧的车子，不一会，就把它丢在后边很远很远了。

8

　　直通拉萨的康藏公路正在赶修，逢山开山，遇水架桥，通到农业站所在地还差四十多公里。雷文竹的几辆车子只能在"终点"卸货。他让倪慧聪照料着东西，自己雇了一匹马回去叫人来运。

　　还没等雷文竹把话说完，人们已准备停当，连夜上路，第二天一早便赶到了公路终点。除了陈子璜以站长身份对倪慧聪表示欢迎之外，别的人只顾上驮子，装马车，几乎没有谁跟她打招呼。这使她显然地感觉到：现在，农业站最迫切需要的是拖拉机、步犁、种子，或是别的什么东西，而畜牧技师，好像是无足轻重的。这倒也没什么，何必计较这些呢！可是，另外一件事却使她颇感不安，甚至不快。她一眼就看出来，在所有人当中没有她的同学苗康。为什么他没来呢？

　　当浩浩荡荡的骡马大车队回到农业站来的时候，坝子里跳舞的姑娘们早已各自回家去了。这就是说，天色很晚很晚了。但，陈子璜当下就命令生产队全体出动，上好所有的犁铧，准备明天一早就要下地，还决定立即安装拖拉机。他去找朱汉才，一进门，见他正跪在地铺上聚精会神地看书，叶海也跪在铺上看一张图，蜡烛快要烧着头发了。一见站长进来，朱汉才就兴奋异常地说：

"你瞧！站长！我们农技员多有心眼！"他拍着铺上的几本书！"要不是他替我弄来这些……那可就……"他又低头看起来。

朱汉才的确感激雷文竹，多亏了他把有关这一型拖拉机的说明、图解全替他搜罗来了。否则，他根本没办法把一堆堆零件装成一部可以开动的机器。

朱汉才原是汽车部队的副连长。有次，往火线运弹药，敌机炸断了途经的一座石桥，但他并未发觉，照直开过去，翻到河里去了。经过急救，带着石膏夹板在医院里躺了两个月，总算没残废。可是，只要疲累过度或阴天下雨，他的腰部就会难以忍受地发痛。就为这讨厌的病根，他不得不离开他的连队，离开他的"嘎斯"。不过，也好！他早蓄意要"玩玩"另一种方向盘了！

因为朱汉才平常难得对人家说起自己，又因为他要保藏那一套褪色的军装留做纪念，从来没舍得穿过一次，所以，农业站的人大半都认为他无疑是个真正的拖拉机老手。现在才知道，原来是个"冒牌"的！机器给他摆在脸前了，他才慌手慌脚向书本向图解求救。

朱汉才让叶海去喊几个人，到时候打打下手。其实，人们全没睡，叶海一出来就被拉到一边，七嘴八舌向他提出疑问：

"你们自己觉着多少有几分把握没有？"

"机器可不比别的。外行人趁早别在它跟前逞能！"

"我看哪！先别着急安装吧！耽误些工夫事小，摆弄坏了谁担着！"

"我想，我们站要是死乞白赖地要求，一个报告接一个报告，省里总不能不考虑考虑。哪怕他拆东墙补西墙呢。也得先给我们抽一个内行来。"

"据你看怎么样？叶海,老朱那两下子行不行？"

"为什么不行？我说你们用不着担这份闲心！"叶海很不自在,他觉得不信任朱汉才——至于他的助手那就更别提了——是没有任何根据的,"拖拉机又不是什么稀奇东西,有什么了不起！他并不是没开过！"

"你是说汽车吧！"

"那完全是两码事！汽车和拖拉机根本不是一路……"

"不！说的就是拖拉机！"叶海宣布说,"在河南黄泛区,他参观国营农场,跟那里的机耕队长谈了总够两个钟头,也亲手在机子上摸索过一阵子。告诉你们吧！不管什么机器,不摸就罢,他只要一摸,哼！"他见别人并没有心服口服,于是又滔滔不绝地接上说,"你们知道不知道他是怎么学会开车的？比起来,汽车要更难些。可是,没有一个人教,他还不是自己摸会了？淮海战役的时候,缴获了很多车子,缺人驾驶,上级指定他们十几个人学开。可是没有油。他们就推,那么大十轮卡车就吭哧吭哧地愣推啊！这样大家才能轮着学打方向盘,学换排挡。进了徐州,搞到几桶油,这才在公路上学跑。可到考车的时候,他一根竹竿也没碰到……"

安装工作在朦胧的月光下开始了。

尽管人们仍然对朱汉才抱着半信半疑的态度,可是,却都在他的指令下七手八脚地忙碌起来。朱汉才用手电筒照着图解,叫着各种怪里怪气的名称,斩钉截铁地给包括站长在内的所有打下手的人发出命令。如果遇上手笨的,安不上那些不能相差分毫的机件,他便亲自去安。如果安错了,又安错了,他只简单地命令道："拆！""再拆！""还要拆！"有的人已经觉得大伤脑筋,尤其是繁复生,他有意地打了两三次呵欠(这是第二个整夜没有睡觉了)。不过,朱汉才并没有接受这个隐晦的提议让大家休息一会。不知道用了几个钟点,总算依照图解所规定的步骤全都完成了,可是还余出来几个小零件,用叶海的话说,"找不到婆家"。去他的吧!以后再替它想办法!

人们如释重负,坐下来,以轻松愉快的心情在等待机子发动。忽然,出了一件意外的事,喷灯不能用,漏油。在汽车上磕碰坏了。没有它是不可能把冰冷的机器发动起来的。朱汉才想了想,决定另生一个炉子。可是火苗不旺,热量不够。叶海着急说:

"要是能有个风箱扇着点火就好了!"

"我去拿!"一个女子的声音,"我们家有牛皮风箱!"

当大家惊异地应声望去时,秋枝已经离开马厩墙角,沿着土坎匆匆跑去。她的健美的身影很快便在昏暗的空间隐没了。

夜,就要结束,但黎明前的一阵还是很黑的。

第 二 章

1

从农业站背后土包上,可以隔河望见更达土司的庄院。红色的黄色的平顶楼房,高高低低,一层摞一层。四周筑着一道不规则的围墙,好像一座古老的山城。而土司本人的住宅却鹤立鸡群一般从"山城"之中突起,下宽上窄,宛如高耸的方形堡垒,下半部全是光光的墙壁,靠顶部才开了不多几个枪眼似的小窗户。看来,假定有谁企图前往攻打,即使带有炮队也还是难以攻克的。这不仅因为"堡垒"的墙壁足有三公尺厚。而且,它是修筑在陡峭的半坡之上——虽然草原上很容易找到风景秀丽的场地——它,对一面说,紧依着不能登临的雪山;对其余三面说,却都是居高临下。站在平顶上,可以遥望方圆五六十里以内的河谷、草地、森林、村庄、牧场。就近之处,连一只羊子的走动都可以清清楚楚地看见。

方形"堡垒"内部,是宽敞的通天大院,正中,有一个三尺见方的"上马台"。靠近楼梯口养了十几条肥头大耳的披毛狗。如果你想登楼,必须穿过狗群。每层楼都有许多小屋子,大半都空着,间或也住着几个娃子、卫士、信差、背水的、牵马的、洗羊毛的、做油果子的、杀牛的、熬酥油的或是别的什么佣人。连接每层楼房的是壁陡的木梯和阴暗狭窄的走廊。如果两个胖些的人在走廊里相遇,

41

须得有一个人回让,否则便甚为为难了!所以,无论人们有什么急要的事要见土司,也休想蜂拥而至,只能排成一串,曲里拐弯地通过走廊。往往由于看不见,还容易迷失路途。

格桑拉姆住在第四层。冲着天井的四壁,全是淡色玻璃门窗,所以室内光线很充足。正中是她的客厅,地板上铺了薄薄的华丽的英国地毯,放了八张单人沙发。靠墙的条桌上,规规正正摆着两套待客的器皿:如果客人喝酥油茶,便用那套刻纹的白银杯盘;如果客人喝清茶,便用那套透亮的江西瓷杯盘。四根雕花方柱跟前都置有圆几。每张茶几上又置有一架交直流飞歌收音机。这倒不是主人想收听什么(根本没有买干电池),而是因为这种由印度进口的货物式样精巧美观,更主要的是因为它的价格昂贵,所以才买来摆设的。

向左进小门便是经堂,本来,里边是漆黑一团的。但因为点了上百盏的长明灯,所以能够看见赤金的释迦牟尼①塑像和高大的宗喀巴②泥雕,以及别的数目可观的佛像。每尊佛像的肩头手臂都搭着一条条雪白的哈达③……

和经堂相对,便是挂着布幔的格桑拉姆的内室。陈设极为简单,除去上了锁的几个橱柜之外,几乎再没有什么大件东西了。墙上挂着几幅彩色的美女画像。格桑拉姆本来很不喜欢这些西洋人的样子——她们只在腰间缠了一丝细纱。可是,从她住进这个房间一直到今天,也没有动手去取掉。床——不!西藏人是不睡床的——只是就地铺了几层垫子,上边盖着一条拉萨花毯。这个软绵绵的舒适的铺位,设在靠窗子的地方。冬天,不消起床,只伸手

---

① 释迦牟尼——印度迦比罗小王国之王子,佛教创立者。
② 宗喀巴——黄教祖师,明代人(1417—1478),达赖、班禅均为其大弟子。
③ 哈达——崇高尊贵的礼品。绢类,一般为白色。

拉开黑绒窗帘，早晨的太阳便可以晒到身上来。

格桑拉姆半坐半躺斜依在垫子上，她的眼睛漫无目的地时而注视这里时而注视那里。忽然，她看见了挂在床头的那张当年的放大照片。这是一个长睫毛大眼睛的风韵艳丽的青年妇人——她正以一种嘲讽的神气冲她微笑着——格桑拉姆意识到这就是自己，连忙把眼光从照片上移开了。她回过头，本想把梳妆桌上的镜子拿起来，但立刻又决定不动它，她不愿意看见自己——消瘦，憔悴，两眼失神，嘴角下拖着，琐细的皱纹像小虫子一样爬满了眉头……

她的装束也非常朴素，甚至显得过于简陋。穿一条酱色长布袍，上身披了件蓝绒衣。两条夹着红绳的辫子，敷衍了事地盘在头上，快要松脱了。脚上拖着睡觉前穿的便鞋。本来，她完全可以每隔三两天便更换一套足以显示自己新鲜和富有的异样的盛装。但她没有这样做。早先，由她自己费神置买的各色各样珍贵的服饰，早已失掉了她的喜爱，十二年以来，她几乎没有再用钥匙去开过靠墙的那些衣柜了。

外边，时起时落地传来一种遥远的却震撼着山谷的声响，"噗噗嘭嘭……"像一个看不见的巨人，刚从长眠中醒来，连连咳嗽着，打着喷嚏，想要翻身站起来。这两天，总在响着这种神秘的声音。是什么呢？格桑拉姆想到"堡垒"顶上去望望，但她走到客厅却又忽然改变了主意，返回卧室，紧紧把门关上，又歪到垫子上去了。并不是从今天起，很久之前就是这样，无论发生什么事，她都不愿意知道，不愿意过问，一切声音她都不愿听见。本来，经堂里专门雇请了两个有道的喇嘛，长年累月为土司的家人们诵经。但格桑拉姆讨厌日夜不息的低沉的哼哼之声，所以他们被赶到楼下家庙中继续坚持这种不可从简的职务去了。不仅如此,格桑拉姆时时都在力图使自己的头脑停止活动。她觉得,最好是能够没有知觉地活着,她不愿意想起任何事物。可是,无论如何做不到,不管她睁着眼或是合上眼,总不可逃避地要这样想那样想……

她最容易带着依恋的心情回忆自己做江玛古修①的那些年代。多么叫人难忘啊!那时候,她是不知忧虑,无拘无束,欢乐的,傲慢的。如果愿意,她可以任性,放荡……许多贵族小姐嫉恨她的容貌,相互串通,跟她疏远,企图使她陷于孤立,使她愁苦。但她毫不在乎,她故意去跟她们交往,跟她们亲热。尤其是当她们的父亲们为了什么而聚会行宴的时候,她总要拉着一帮江玛古修在公众面前出现,好把她们比得无地自容。不少有体面的男人都胆怯地或是直截了当地跟她靠近。但她拒绝和他们眉目传情。她看不起他们,她怀着自得,戏弄着他们……

忽然,所有这些如梦如醉的忆景在一刻之间消失得无踪无影了。因为,格桑拉姆头一偏,隔着玻璃窗看见了丹夏——她的儿子。更达土司的惟一真正的继承者——他趴在阳台栏杆上,用一条长绳拴住自己的小皮靴,然后,牵住绳头,通过三层楼房直垂到院子里去骚扰那只熟睡的老黄狗,使它由于不得安生而猖猖吠叫起来。

丹夏常常幻想着跑到野外去,跑到庄子里去,或是跑到牧场上去,寻找和他年纪相当的伙伴,扔石头,捏泥人,或是打架都好,可是始终不能如意。他不可能轻易被准许离开"堡垒"。即使他可以随意外出,而人们,哪怕是稍稍懂事的孩子,看见了"赞普"②也绝不

————————

① 江玛古修——小姐。
② 赞普——王子之意。

会近前和他玩耍。只会带着景仰而畏惧的神情匆匆避去。所以，丹夏慢慢也就把那些美妙的幻想打消，而安于这个窄窄的阳台了。按说，在这空无一物的地方，他能钻研出挑逗老黄狗这种有趣的游戏，不能不算是聪明伶俐。但，现在格桑拉姆看见自己的独生子，照例又生厌起来。觉得他是那样傻，那样蠢，那样不中用！不过，她也照例很快又冷静下来。儿子，这是自己的儿子啊！为什么要恨他？如果要恨他的话，只能恨他长得太慢了，直到今年他才十四岁……

孤儿寡妇特有的自怜自惜的感觉又紧紧抓住了格桑拉姆。她觉得世上再没有人比她们母子俩所承担的痛苦更重了。她不由得又怨恨起丈夫降泽工布。他不适时宜地升天去了，全然不顾浩大难理的家业、二十六岁的妻子和刚满两岁的幼子。接着，格桑拉姆又不可避免地追忆起一桩桩使她痛心和恼恨的事来。久远的先不去提它。上月，她的寿诞喜庆之日，有几个涅巴①就没有来，连他们的女人们也没有来。土司的生辰年月他们谁都清清楚楚，可是他们就好像根本不知道这回事。先前，降泽工布在位的时候，每隔十天，他们总要到这个客厅来聚集，问问有什么事务要办理。而且，礼貌周全，毫不疏忽。可是现在，他们好像已经记不得土司家的大门是朝哪面开着的了。不错，他们的先人为土司出过力，流过血，甚至是屡立战功的元老。不过，你们自己也想想吧！是谁封给了你们庄园和科巴②，是谁使你们世世代代身名显贵呢？

想到这，格桑拉姆心中又在暗暗感激俄马登登。他是涅巴当中惟一没有故意忘掉土司存在的一个人。他像早先一样热忱地、

---

① 涅巴——职位。相当臣子或管事人。土司之下设四大涅巴，分掌军、政、民、刑四职，由世袭的大头人中推选，土司加委产生。
② 科巴——直属于头人，由头人分给一些养生田地，世世代代为头人耕种支差。

忠实地、总是精神百倍地在履行自己的义务。十二年以来,他独当一面,为女土司照料着一切……

仿佛和格桑拉姆的念头相呼应,正巧这时候一个娃子在门外低声通报说:

"俄马登登涅巴要见!"

女土司没应声,这就是说,她准予接见。

俄马登登矮而肥胖,一件紫咔叽长夹袍,勉强地罩着他那臃肿的身体。然而,他的脑袋却小得过分,所以,当他沉着地从阳台上走来时,很像一口大钟在移动。他的脖颈,不!他没有脖颈,代替脖颈的是一个鼓鼓的大肉瘤,像是多余长出来的另一个没有五官的脑袋。当然,人们看来,这未免有失一个涅巴的体面。不过,俄马登登本人却丝毫没有这类感觉,这有什么?它既不妨碍吃饭,又不妨碍喝水,也不影响他合理合法地占有四个姿色非常的女人。

俄马登登站在客厅等候接见,可是土司却在里边唤他,他只好轻轻揭开布幔,走进内室。领受赐坐之后,他便殷勤地发出一连串的问候——近几天觉睡得怎样?胃口如何?要不要骑马到树林里到河边去游游,附带也察看察看庄园。

格桑拉姆觉得对方的话语中带有怜悯的意味,这使她很不自在。站在这样的地位难道还需要、还能允许别人来对她发慈悲吗?同时,她看出涅巴也不是专为问候而来的,所以,她几乎没有作什么回答便反问道:

"有什么事?"

"没有什么紧要的事,你看见'狮子'了吗?"涅巴又问——因为匈牙利拖拉机水箱前方画有一头彩色的雄狮,所以当地人就把它尊称为"狮子"了。

格桑拉姆莫名其妙地抬起眼来。

"唔！这么说你是没看见。我可看见了！前天,我从东谷回来路过草坝的时候看见了。"涅巴做着手势开始讲述:"铁呀！全是铁铸成的。比骆驼还高,是两条宽铁板,像链子一样拖带着往前走。能自己拐弯,也能倒退。只要一走动就'空！空空！'地吼叫。站在旁边耳朵都要震得发痛。一吼叫,上边的铁筒里就像喘气一样往外冒烟……"

格桑拉姆把涅巴所描述的这个"怪物"和自己近两天听到的那种震荡山谷的神秘的声音联系起来想象着。

"有一个当兵的人,坐在'狮子'上,掌管进退转弯。还有一个当兵的人坐在后边犁架上,掌管犁刀。你知道这'狮子'有多大的力气呀！犁架子下边挂着五把大圆刀。一趟犁过去足有这块地毯这么宽……"

俄马登登所说的两个当兵的人,是机耕队长朱汉才和他的助手叶海。拖拉机的第一次开行,在他们看来是隆重不过的事,所以才特意把妥为保藏着的军装穿了出来——虽然他们的军装早已是褪了色的。

俄马涅巴企图把自己的见闻详尽地传达给女土司,好引起她的重视。但由于他当时实际上是站在远处观望的,所以还不能逼真地描述出来。

那天,得知了讯息的山民们差不多全都到坝子来了。

拖拉机像一艘在陌生海洋中试航的战舰,沉沉地缓缓地从一望无垠的草原上驶过。五铧犁深深地插入从来没有接触过犁刀的土地,掀起了黑黑的带沙的泥土,宛如船舰过后所带起的波浪。这泥土,发散出一股新鲜的、又腥又香的气息。这泥土,把一切杂乱的枯草覆盖了,掩埋了!成群的乌鸦从空中并翅飞下,在犁沟里捕啄刚刚被翻出来的不知睡眠了多久的土虫。

山民们——男人、女人、老人和孩子,像被一根根看不见的长线牵扯着,跟随在"狮子"背后,走着,跑着,叫着。他们郑重地跪下去,把潮湿的、从来没有被阳光照晒过的泥土抓到手心里,然后又让它慢慢地从指缝间漏下去……

这一切,俄马登登是没有看见的。不过另外的一些情形他却从远处留意到了。

"有一个姑娘,许就是那个老斯朗翁堆的小女子吧!她也坐在'狮子'上。就像她也能在那里做点什么似的。"俄马登登继而陈述道。不住地切弄着他手中的一串珠子。旋即,他的神情语气变得越发严肃和沉重起来:"还有,今天清早,我看见十几个差巴①都扛着农业站的铁犁往坝子里去,还赶着马。见我,都回身往旁边一拐,就像没瞧见。看样子,他们一定是,是想给自己开一片养生地呢!"

尽管俄马涅巴的语势显得怎样严重,格桑拉姆依然很淡漠,没有什么特别的反应。大约,从起始她就心不在焉,要不干脆是没听见。

格桑拉姆忽然感到一阵昏眩。血色从她那本来就没有血色的脸上退去。她只觉天旋地转,仿佛她身居的这座高耸坚固的楼房立即就要倒塌了。她再也无力支持。于是,她闭上眼,瘫痪似地倒在垫子上。

俄马涅巴慌忙站起,近前去,十分吃惊地说:

"怎么!你……"

---

① 差巴——直属于土司,由土司分给一些养生田地,世世代代为土司耕种支差。

女佣人一边护理格桑拉姆躺好，一边对涅巴解释。说这是因为她昨天一直在阳台上坐到半夜，受了风。同时，刚才直腰坐的时间又太久了些，所以昏倒了。最近这些天，格桑拉姆常常这样昏倒呢！

"唔！许是中了魔。"涅巴说，"是！准是！这得要打卦。你们好生照应着，我这就到庙子上去，去找活佛打一卦。"

2

更达寺。一座座金顶在夕阳下闪着奇异夺目的光辉。但，金顶下一道道红墙却已是十分暗淡了，好像干涸的血的颜色。在林立的高杆上扎满了经幡。风一吹便哗哗地飘动起来，有如轮船上的万国旗号。到处可以听到喇嘛们瓮里瓮气的齐诵，到处可以听到不紧不慢地在捶击闷声的皮鼓，到处可以听到没有音阶的粗音喇叭在嘶鸣……

就在这种复杂的音响所交织成的庄严肃穆的气氛中，呷萨活佛由正殿慢慢走到露天平台上来。在这里，他把古铜色袈裟轻轻一提，盘腿坐在垫子上，便伸出他那骨瘦如柴的手开始翻诵经文。虽然他戴了银丝老花镜，但看起一行行的木刻大字来依然相当吃力。

呷萨活佛今年整整八十五岁了。还是第四十九代更达土司在位的时候（这是他的亲表侄。如果丢开佛位不说，四十九代土司应当称呼呷萨为姑父。）他已经被接进更达寺了。十二岁，到扎什伦布寺①学经。从这时起，在七十多年漫长的岁月中，在孤单的平淡

———————
① 扎什伦布寺——在西藏日喀则。

无奇的生活磨炼中，使他除了经文之外对于一切一切都失掉了需要的感觉。他并且发现，经文不只能使自己真切地识见神明，详尽地了解西藏古史，而且，其中也确乎有很多是对于世人大有益处的学问。比如，他就不知反复多少遍研究过"墨纳"①和"泽珠"②。他常常在自己左腕上试验诊脉，甚至在山里收集过许多种什么草根、木皮。也托人到印度去购买过什么珠宝粉末。当然，在人们看来这是大可不必的。因为，他身上就有许多除魔治病的灵丹，如头发、指甲等等。人们得到这些，都会如获至宝，情愿付出极高贵的代价。但是，呷萨活佛还是专心一意，不知疲倦地诵读和研究"墨纳""泽珠"。虽然由于慎重，他还没有用自己的配方医治过一个病人，但他越来越相信自己会成为一个手到病去的"门巴"③。

不过，近几月来，呷萨活佛对自己的埋头钻研是否具有什么重大意义产生了不可克服的疑问。工委会在农业站旁边开办了一个卫生院。这个免费诊疗院的一切设备，都还处于临时性的简陋不堪的状态。从院部到病室，只占有五个帆布帐篷和一所当地人的两层土房。内外科只有三个大夫和五个女护士。而应诊的人却日夜川流不息——由于饥饱不定而消化不良者，身受刀伤的械斗者，难产的妇人，眼圈肿烂的烧火娃子，沾染淋病的青年商人等等——但，卫生院好像没有怎么费力就使所有这些人得到了万分满意的救治，以致使他们牵着整头的羊子前往敬谢。当然，这也并没有降低寺庙的威望。因为，当病人们在庆幸自己痊愈的时候，不能不首先感激寺庙打卦的准确性——山民们无论采取什么方式医治自己的疾病，总要先去求卦。实际上，等于在寺庙里挂号而到卫生院去

---

① 墨纳——药神经。
② 泽珠——延寿经。
③ 门巴——医生。

治病。这种情势，呷萨活佛了解得很清楚。作为神明，最重要的应当是诚实；他不愿意欺瞒别人，更不愿意欺瞒自己。所以，最近他对任何一个求卦者的回答总是不假思索的，千篇一律的——到卫生院去治。

当呷萨活佛刻苦地、然而却是陶醉地开始诵读第一经文的时候，他仿佛觉得自己已经步入无人相扰的、幽静而奇特的境地。他甚至完全忘掉了自己的存在。但，突然间一阵女人的笑声惊动了他。他立刻重新意识到自己仍旧没有脱离这可厌的、很可厌的人世。

活佛诵经的平台背后，正冲着俄马登登家的林卡①。每天傍晚，涅巴的妻子们像犯人放风似的，在这范围不大的围墙以内闲散。她们既不歌，也不舞。而且，彼此之间也很少答话。只是无所事事地来回走走。其实，这不过是多年来所养成的一种习惯而已。她们对林卡没有任何兴趣。这里只有两排长得枝枝杈杈的宽叶柳，几盆白菊虽然置放在玻璃顶温室里，但却早已枯萎了。

俄马登登的妻子当中，最年长的一个和他同岁，四十九。最年少的一个比他的女儿茨顿伊贞小两岁。而所有的妻子们，不管谁，论起容貌全赶不上茨顿伊贞。也许这和穿着很有些关系吧！她们当中，有的是根本懒于装扮的。有的则头上堆满了金银首饰，胸前挂满了珍珠项圈，连衣钮儿也都用了碧玉宝石，而且又尽力挑选各种鲜艳的绸缎来给自己制作衣裙，看起来，刺目耀眼，极不协调。茨顿伊贞却与众不同。她很懂得，服饰悦目不在于华丽而全在色质的素静和雅致。就看她现在穿着的一身吧！像羽纱一样薄薄的宽袖衬衫是鸭蛋青色。罩在上面的紧身绒坎肩是墨绿色料。而直

---

① 林卡——公园之意。

遮到脚面的长裙,还是用鸭蛋青和墨绿两色呢料剪成窄条拼在一起的。系在耳上的四五寸长的耳坠,也是用淡色芙蓉石镶嵌的。她不梳成几十根细辫拖到腰间,而是用一个象牙发押把乌黑的长发收成一束,散披在肩后。这样,就使她的头部和面孔显出一种特别娇弱的媚态。并且,她对于香粉、口红的应用,也不像别人那样过分,能够做到适可而止。

刚才一阵笑声,就是茨顿伊贞发出的:她由侧门出来,走进林卡,便瞧见了察柯多吉"相子"①。他正坐在高出围墙的石台上,向远处,更确切地说是向正有一头铁狮在奔驰着的草原上瞭望着,凝视着。她蹑手蹑脚走上石台,撩起长裙,猛然蒙住了他的脑袋。他霍地往起一站,把她扯带得仰面朝天栽倒了,他随即又俯下身去,在她的脖子里搔痒。于是她尖声地格格大笑起来,像一条刚放进煎锅里的活鱼一样在地下翻滚着。这时候,一个佣人规规矩矩立在台阶上禀报说:

"来了一个骑马的人,说是给相子送信的!"

茨顿伊贞不耐烦地说:"你把信要过来,放到相子屋里去不就完了?"

"不行! 他说一定要当面见相子。"佣人莫可奈何地说。

"一个骑马人?"察柯多吉思索了一下,忽然醒悟道,"唔! 唔! 不! 不要! 我屋子的门锁了,我就去! 就去!"他说着,撒开茨顿伊贞的手。显然因为过于性急,扑通一声,跳下了台阶,匆匆忙忙跑走了。

呷萨活佛窥视着这一切,心中又涌起一阵嫌恶之感,他从来就不喜欢察柯多吉。虽然,这个未曾上年纪的人,相貌堂堂,举止文

---

① 相子——职位,低于涅巴,专门经管财务。

雅,对人又是一味地和气可亲,但呷萨活佛还是不喜欢他,简直可以说十分嫉恨他。这主要是由于他破坏了历代常规,而在更达家取得了相子的地位。这是绝不能容忍的!相子,应当由世袭的贵人当中选定。而他是什么人呢?认真说,他是一个无家可归的浪荡汉。要是有家,为什么他到这里来已经四年了从来也没有提起要回家!由于这,呷萨活佛不仅不喜欢察柯多吉,甚至对他不信任起来。他为什么竟会那样有钱呢?初来的时候,他毫不吝惜地献给寺庙成包的黄金,送给土司和涅巴成箱子的白洋。一个无依无靠的单身人,如果不去打家劫舍,绝不会如此富有的呀!但呷萨马上就对自己解释得明明白白的了。并且,他不得不暗自钦佩察柯多吉的精明才干。听说从前他曾在一个大喇嘛寺里做过"会手"①,现在,他带领一支五六匹马的商队,去山里山外收销大宗的虫草、麝香和鹿茸。而看起来却还轻松得很呢!随即,呷萨活佛把他的满腔厌恶一转而至俄马登登身上去了。他对这位涅巴早已有一种固定的印象,觉得他活在人世不为别的,只是为了储积一箱一箱雪白的银元。如果能够的话,他甚至会把神都出卖掉去换银元呢!为什么,察柯多吉来了不久他就百折不挠地在格桑拉姆面前推举他做相子?为什么呢!连娃子们也没有一个不知道,俄马大涅巴和外来的相子合伙经营生意呢!不过,他只管按期提取红利,不曾在资金当中加进过自己的一个小铜子儿。

天色已经暗得看不清字了,呷萨活佛合起经本准备回屋去,心里仍然在气愤着俄马登登。没想到俄马登登正立在他身后。

俄马登登已经在呷萨身后站了很久。他不声不响,像发现了奇迹似的,出神地注视着捧在活佛双手上的经文。一定是什么突

---

① 会手——专管生意、账目的人。

如其来的念头在激荡他，竟使他忘掉礼节，抢先说话了：

"唔！经书已经旧成这样了！"他感叹道，"瞧！你瞧，这几张全都破了呢！"

"是啊！"活佛冷冷地说，"旧了，也破了！"

"重印吧！印新的。"

"重印！钱呢？"

"钱？花吧！横竖这样的经文不重印是不行的！"

"不！"活佛仍旧淡漠地说，"要印，不只我这里的二百四十部，全更达，大大小小十七个寺庙，各庙子里都有几百本经，都旧了，都破了！"

"那就全都重印啊！"俄马登登用慷慨的态度说，"有多少本旧的就印多少本新的。好吧！这桩事我亲自来办理。印！要印！"

虽然，在活佛面前是绝不敢空有允诺的，但呷萨依然不对这件事抱什么认真的希望。所以，他未做任何表示，便慢步向佛殿走去。这并没有使俄马登登扫兴。相反，当这件为神效力的事情一经决定之后，他显然是异常轻快的。

"唉！看看吧！这成什么话！"涅巴继续感叹说，"经本全都旧了，破了！可是没有人照料！"

当他走到楼梯口时，才恍然大悟自己原是为女土司打卦来的。于是急忙转身回去，详尽地对活佛叙述了格桑拉姆的病症。不过，他一面说，一面已经替对方预备好了这一卦的答案——到卫生院去！

但，全然出乎所料。活佛耐心地听完了求卦呈词之后，一言未发，只是叹息了一声，轻轻摇着头，便回身向佛殿的角落里隐去了。这使俄马登登感觉到，他仿佛在说：

"她的病,神明也无能为力!"

3

"伶俐的布谷啊!
除了你,再也没有我心爱的鸟。
如果你不相信我说的话,
就请飞遍那高高低低的石崖,
在崖顶上你偷偷去听,
是真是假你自会知道!

威武的骑手啊!
除了你,再也没有我心爱的人。
如果你不相信我说的话,
就请走遍那大大小小的村庄,
在村子里你细细去问,
是真是假你自会知道!"

姑娘们唱着。天一黑,他们就带着黄昏的醉意唱了起来。

但,今晚她们忽然离开坝子,迁移到朱汉才和叶海住的土窑门旁去了。那一块高低不平的场子实在过于窄小,对于十多人来说,舞步是展不开的。不过,姑娘们还是迁移到这里来了。

每支歌差不多总是由秋枝引头的。可是,当大家随起应和的时候,她便不再作声了,好像是在对大家指名她要听哪一支歌子。她轻轻摇动着身子,踏着琐碎的舞步,而通过人们肩头的空隙向朱汉才、叶海的土窑凝望着。往常,在黑夜,总是可以从自家屋顶上远远望见这个小小的透亮的窗户。现在,月亮刚上来,为什么窗户已经黑洞洞了呢？该睡了！他们驾着"狮子"劳累了整整一天，该睡了。不！他们一定没有睡。许是吹灭蜡烛，坐在黑黑的土窑里听着呢！他们在听呀！她于是骤然唱起来，嘹亮动听的嗓音突出在众人之上，宛如一股格外清澈洁净的泉水，虽已流入大河，却没有被混淆和淹没。

其实，那个土窑中空无一人。

农业站主要人员都被召集到站长家里去了。因为这口窑比较宽畅，便义不容辞，兼做了会议室。而李月湘，也就自然而然地担当了招待之责。她给每个人倒了水，便扭身坐到最背的角落去，一面编织毛衣，一面用显然属于局外人的态度在倾听人们发言。

因为大家都有不移的主见，而且，都在焦躁地三番五次地重申自己的理由，所以，会议的秩序——大家没有注意。

"喂！喂！不要嚷！不要嚷啊！"陈子璜抬起双手不停地从空中向下按捺，"这是开会，不是赶集！一个说了一个再说嘛，反正谁都有发言权！好吧！现在……"他忽然觉得完全不需要再作什么争执，他脑子里已经有了断然的结论，所以，没有给别人留下一点插嘴的空隙，就紧接上说，"现在，大家也都很清楚，四外这些庄子的人，都开始看中了步犁，都想要我们用步犁去替他们耕地。往后只怕更会忙得叫苦连天呢！可我自己很高兴，我想，大家心里也一定觉得很畅快。不过我也真有点犯愁。我们一共三十部七寸犁，可是，能抽出手来去掌犁的，就光是生产队的人，还不到二十个。这怎么能行呢？无论如何是不行的。我看哪！就这么办吧！全体！我自个当然也不例外。从明天起，每人一部犁，哪个庄子要，就到哪个庄子去。有求必应！我想，用不着我多絮叨。明摆着的事，非这样不可！这是首要任务；至于别的，就先缓缓，以后再说吧！像机耕工作、畜牧工作、气象工作，还有，农业技术员的……"

"对！站长的意见我赞成！"

"不同意！我不同意！"

"也只有这么办！反正人就是这么多。你不……"

"报告！我反对！"雷文竹刷地站了起来，"说得难听些，这有点像赶羊。我认为，绝不能因为某一项工作重要，就不分男女老幼一拥而上。凡事总应当照前顾后。比方说，我，我不能老像前两天那样，整天到地里去掌犁。我需要，我迫切需要考虑实验地的试种区划，考虑施肥计划。比方说，朱汉才和叶海，除非拖拉机需要加水之外，根本不能停手的。想想看！农业站没有自己的大田，连块实验地也没有，凭什么去指导人家？再比方说，林媛的事，这是不消说的，怎么可以搁起来呢？气象工作啊！至于畜牧技师，同样的，我想，她……"雷文竹忽然截住了自己的话，迅速向和他相距不远的倪慧聪望了一眼，"当然，她可以表示一下自己的意见。不过，据我想，畜牧方面有很多工作也同样是非常紧迫的……"

倪慧聪是惟一直到现在还没有发言的人。她坐在靠墙的矮凳上，仰着脸，凝望着雷文竹，倾听着他的议论。从她那在灯光下闪烁的眼睛里，雷文竹看出了被掩饰着的微微的激动和显明的赞同、信赖。他脑子里立刻映过一个对自己很满意的念头。

从各处，七嘴八舌向雷文竹提出了疑问、质问：

"就这么各顾各？只管自己的事？"

"应当服从首要任务啊！要不，光让我们生产队这几个人去掌犁，那……"

"要知道，人手不够啊！"

"正是因为人手不够才不能那么硬拼！"农业技术员觉得他已

经得到有力的支持,更加从容地反斥道,"同志们明白,我们又不是来给本地人打短工的,怎么能挨户上门去替人耕地呢?好吧!就算能够这么做,那充其量也只能使出去三十部犁呗!三十部犁又挡什么事?我提议,"他差不多完全冲着站长说,"由生产队负责,到各庄去开办农具训练班。先把种地有经验的人找来,或者是请来,就在田里套上牲口当场教。然后,他们自然会转教别人。步犁可以统统出借,不够的话,号召各庄子凑钱,我们代购。"

这意见,立刻得到了绝大多数人热烈拥护,有两位事后高明的人还互相表白说:

"我早就有这种想法!"

"刚才我就打算要这么发言的!"

不过也有人在摇头,他们坚持着相反的意见。

"这么想想当然是不错!"

"西藏人,哼哼!只怕不是那么容易学会哟!"

陈子璜开始摇摆在这两种意见之中了,因为,他在会议上往往比较冷静,而当他冷静的时候往往是拿不定主意的。

正在这时,从门外传来一阵马蹄声,随即,号角"呜——呜——"地开始在山谷的夜空里嘶鸣起来。

这号角,会场上的每个人都很了解。用当地人的话说,这是从"上边"下来了"哼查"①,有要事前来沿庄吩咐。他在马背上吹过一阵号角之后,便会扯起吓人的嗓门开始大呼小叫。所以大家不再作声,想要听个究竟。

这号角,像快刀一样斩断了姑娘们的歌声。同时,除去完全耳聋的老人之外,庄子上所有的人,也都立刻停止了手头的活计,从

---

① 哼查——下属之意。担任送信、传达令旨等事。

窗口探出头来,带着惶恐不安的、等候宣判的神情,在倾听那简短的不容回话的通告。

　

月亮被忽然涌来的浓重的乌云所吞没,夜更深更暗了。

陈子璜抱着发冷的膀子,依在门框上,一面呆呆地望着全然望不见的草原,一面想起林媛上午送来的气象预报——明日拂晓,暴风雨。

李月湘不声不响把黄呢军用大衣拿给丈夫,便系起短短的北方女人的围腰,开始在火台边忙碌起来。陈子璜从地里回来太晚,一到家,人们已经陆续到会了,因此他没有来得及吃晚饭。

像往常一样,没用多一会,主妇便端上来一碗美味的热汤,而且也没忘记带来那一盘炒辣椒。陈子璜懒懒地坐到矮桌旁边去。他刚刚拿起筷子,忽然在碗里发现了几块蛋黄。这使他立即想起了糜复生懒于照料的、到处乱跑乱卧的鸭群。于是,他严厉地问道:

"这鸭蛋哪来的?"

"快吃你的吧! 天都要亮了!"

"到底是哪来的?"陈子璜虎地立起,"你说呀!"

"怎么?"李月湘感到事情严重,"捡的呀! 下午,我去河边刷靴子,看见几只鸭子在野草里卧着。回来的时候,看见草窝里有两个鸭蛋,我就捡……"

"捡! 捡! 这是偷,偷!"陈子璜暴怒着,"给我丢人! 你知道不知道鸭子是谁的!"他火兴兴地把筷子往桌上一扔,尽自倒到床上去了。

好一阵,李月湘没动地方,痴痴望着桌上那碗热气腾腾的蛋黄汤。

陈子璜和身穿着大衣歪歪斜斜躺着,把一张宽大的床铺霸占完了。李月湘赌气从床上扯过一条被子,坐到灶火口,仰靠着墙,用棉被围住自己。看来,两个人都像安然地睡去了,只是谁都忘记了去熄灭点在桌上的蜡烛,它依旧在照亮整个土窑,照亮这个似乎已经分居的家庭。

李月湘已经忍受到了最大限度。热泪悄悄顺着她的眼角淌下来。

从部队刚刚稳定下来起,李月湘便千里迢迢从北方到南方寻找丈夫来了,至今已有两年出头。虽说时间已久,但李月湘仍旧是时刻怀着异常甜蜜幸福的心情。因为她重新得到了陈子璜。仿佛是由于不慎把一件最珍爱的物品掉进了滚滚大河,过了很久很久,大水忽然干涸,意外地又在河底找到了它。到农业站来以后,虽然疲于奔忙的丈夫常常顾不上理会她,甚至像忘记了她的存在。但是,这并没有使李月湘感到冷漠、孤独、沉闷。相反,这正是她理想中的安适的生活。她只要和丈夫在一起就会感到完全的满足。像已往那样天南地北是多么可怕呀!她简直不敢回忆自己是怎样熬过了那漫长的岁月。同时,忙碌,不停地为丈夫忙碌,更使她感到安心,更增添了她生活的光彩。除了这,她再没有什么需要,再没有什么奢望了。

但是,在最近几个月当中,李月湘也不止一次地像现在这样伤心流泪。这就是说,陈子璜不止一次地像今夜一样,平白无故地找碴儿跟她使性子,跟她怄气,训斥她,整夜地不理她,甚至直到第二天早晨还不吃她做的饭。为什么呢?李月湘尽力使自己镇静些,她默默地想:是我待他有什么不到的地方吗?不!除了要辣椒以外,他从来没有挑剔过什么。要不,莫非已经有点嫌弃他的女人了!不!李月湘刚要这么想,就开始悔恨自己的心眼不好,她相信丈夫就像相信她自己一样。那！到底是为什么呢？我有什么错处呢？李月湘思前想后。结果，照例又归罪于自己的不曾生育。她在做新媳妇的时候，就听左邻右舍的嫂子们说过。男人，都有一种怪性，当他们年轻的时候，生怕自己的女人有了孕，他们认为女人只要一养孩子，马上就难看了。同时，马上就会把温存和情爱全部、最少是一多半从丈夫身上转移到孩子身上去了。可是，等他们一过三十岁，那就整天巴望着能有个孩子，男孩女孩都行。要是女人没有替他养儿生女，他黑夜就会无缘无故骂你。你要还嘴，他就敢捶你……李月湘开始自责自遣起来，到过年他就满三十四岁了，可是，还没有给他养一个儿子。是啊！没有孩子算个什么家呢？她甚至有点恐慌起来，疑惑自己是不是能够生育。而当她这么一想的时候，不觉就低低地哭出声来了……

陈子璜听到了妻子的呜咽——不用说，他根本没有睡——这呜咽立刻引起了他遥远的、历历如目的回忆：

……九年前，他在分区游击支队做通信排长。一天夜里，接到命令要过平汉路东去，正好，在经过他的村子时，队伍要停下来检查行装。这里离日本人严守着的铁路已经很近了。于是，他跑步到自己家门口。站在那里好一会，不知为什么，总是不敢敲门。终于敲了。狗已经完全不认识他，汪汪叫着……

家里人都噙着欢乐的眼泪围住他，问他能在家住几天。他不得不照实说，他请准了十五分钟的假。做父母、做兄嫂的虽然都不忍离去，但还是马上离开了他的屋子，为的是让他能够和自己的妻子多在一起待一会。他们结婚不满三个月，然而相别已经三年有余了！

她扑过来，扑在他胸脯上。像现在一样，痛心地低声呜咽着。

他紧紧搂抱住她抖动的身子,不知所措地说:

"别哭!别哭!你说话呀!这不是,我回来了!回来了!"

可是,她没有说话,她没有什么要说。在这种情况下,她只需要哭。

十五分钟到了。

"我要走了!"陈子璜说。

她不哭了。猛然抓住他的双臂,狠命地抓着,就像谁要把他从自己手里抢去,夺去。这时,陈子璜的小侄子在门口怯生生地说:

"叔叔,队伍在街上排队呢!"

于是,她松开了手,轻轻推了他一下。但,她没有力量把丈夫送出门槛。她回身爬到炕沿上,又低低地哭起来。他跟过去,无声地抚摸了一下她的头发,随即转身跑出了大门……

幸福的、悲切的相会啊!

陈子璜回想着。心中开始强烈地怜惜起妻子。她为你,把人生最珍贵的青春无言无语地掩埋到十二年的痛苦的生活中去了。十二年哪!可是你呢?你给过她什么?你连一句感激的话也没有对她说过呀!相反,倒是三天两头给她找气受,让她难过,让她哭。难道她为你流过的泪还不够吗?陈子璜恼恨着自己。不应当责怪任何人,只能责怪你自己性子不好。就会欺侮自己的女人,遇事就往她身上发气。特别是今天夜里,简直没有道理呀!不错,她捡到鸭蛋是应该缴公的。她没缴,做了汤。可这算什么大不了的事!明天可以按市价缴给会计两个鸭蛋的钱。公家账上只要有这笔进项不就行了!

陈子璜移到靠墙根去,在外半边床上铺好一条被子,摆正了枕头,用那种低沉的、似乎仍然没有消气的语调说:

"还不睡觉,在那里坐着做什么!"

对方理都没理。

又过了一会儿。李月湘听到了趿拉着鞋子的脚步声。显然的,丈夫已经下床,照直地向厨房走来,她赶忙用被子一下把头盖住。陈子璜低着头站在妻子跟前,温和地,像照料小孩子一样说:

"瞧!天多晚了。睡去吧!"

对方还是不理,哭声倒更重了些。

陈子璜坐下去,和妻子并排坐在木板上。并且,伸手去掀她的被子。她狠狠推开他的手臂,重新蒙住脑袋。

"你还有个完没有?"这话显然是用抚慰的语气说出的。

"你骂人,也不问明白了再骂!"李月湘语不相连地说,"那两个鸭蛋,我,我捡到,就去缴,缴给会计,他说,上个月发薪金,零钱找不开,少给了你八百,这就算顶那个数,不是我……"

"别说了。不管怎么吧!我不是生你的气,不是!我是生我自己的气。你知道,我是多倒霉呀!"

就这样,沉默着,沉默了好大工夫。陈子璜叹息了一声说:

"多倒霉呀!凡是作难事都碰到我身上来了。工作刚刚有了点起色,刚刚开了个头。可是现在……你也听见'哼查'喊叫了,从明天起,这一带村庄上所有的男人,年轻的、年老的,都要到河西林子边去造纸。两三个月都完不了!"

李月湘从被子下边露出满是泪痕的脸来,望着垂头丧气的丈夫说:

"更达土司管的地面不是很宽的吗?"

"是啊!方圆几百里地呢!"

"那,做什么偏叫这几个庄子的人去造纸呢?"

4

"……譬如,当然,这个比方不一定恰当。"苏易又从容地接上说,"譬如,过去你在部队上带兵打仗,每到一个新的环境里,总是要首先了解一下当地情况。最少,你得看看天候,看看地势。是啊!你连处在怎么样的一块天空下面、怎么样的一块土地上边都不知道,还有什么更重要的事情需要知道呢?"

陈子璜一言不发,像一个站在讲台前受教训的小学生。

"也许,你觉得这是无足轻重的。可我倒认为,后天党委扩大会上应当把这个问题提出来讨论一下。我希望你做一个思想准备,如果会上有人根据这一点批评你——无论怎么样严厉的批评,我都不反对。"工委书记继续说,口气缓和了一些,"当然,我也不能推卸自己的责任,我对你几乎没有什么帮助。不过,坦率地说,这主要还在于你自己。刚才我长篇大论讲了足足两个钟点,这一些,只要你多少留意一下有关文件,哪怕是留意一下报纸,也就不至于让自己的脑子那么空白,空白得可怜……"

这时,公务员走进来,说有客人要见书记。于是,苏易用估量的目光最后望望陈子璜,便出去了。

陈子璜依在窗台上,始终没有动。他茫然地凝望着窗外,凝望着风云莫测的天空。

工委书记再进来的时候,脸上带着显然的兴奋神情。不过,陈子璜并未察觉到这一点。苏易一进来,他便从窗口转过身来低声地、没头没绪地说道:

"我打算到更达土司……"

64

"错了！"

"唔，我打算到更达宗本那里去拜访一下。明天就去！"

"立刻！不是明天！立刻就去！"书记满意而严肃地说，"去的时候不要忘了拿哈达，另外还要带些礼物。第一次嘛！既做客总不应当空着手去呀！还有，你是站长，是一个'有身份'的人。一定要带一个人跟随你。他负责拿礼品，你自己只是当面的时候敬过去。人家要还敬你什么的话，收过来当下就交给你的随员。听清没有！况且。你回来的时候恐怕天已经黑了，还要路过林子呢！带一个人也好，有备无患。不要像上次——唔！我倒忘了！他怎么样？就是要抢你'福'的那个年轻人，还是那么凶吗？"

"呵！他呀！跑了，早跑了！你把他领去的时候他不就声明过吗！他说过要跑的。"

"嗯！还是怕。他总认为你迟早要报复、要杀死他。"苏易无奈地摇着头。

工委书记把一口袋银元交给陈子璜。这是格桑拉姆宗本本月份的薪金，托他顺便带去。

"如果她不收的话，"书记叮咛道，"她很可能还是不收。那你就把款数报一下。告她说，我们暂且代她保管着。呶！你看！"

苏易拉开抽斗。里边并排放了同样的五口袋银元。这就是说，格桑拉姆宗本已经到任五个月了。

陈子璜戴好帽子，意欲起身。苏易一边收理几个文件一边说：

"稍等等，子璜同志！三个人一起走吧！我们有一段同路呢！你知道刚才的客人是谁呀！经理！新派来的贸易公司经理。嘘！总算来了！我这就跟他一起去看地址。"

"怎么？就盖房子吗？"

"那还用说，当然要盖！而且要盖一座满像样的大楼。不过地址可得慎重选择。这和整个市容有很大关系……"

工委书记很有兴致而认真地谈论着。仿佛正在绘制区划图的那座新的小而精干的城市已经在这荒漠的更达坝上出现了。

在门口，苏易介绍农业站站长和新到的贸易公司柴经理相互认识了一下。不过，握手的时候陈子璜感到对方绝不像一个经理。他观念中的经理是年高脱顶的、身矮肥胖的——因为他常常在舞台上看见这一型的已经公式化了的经理。而这一位呢，是个细高挑，而且年轻得过分。

路上，柴经理很希望工委书记能够针对他方才在会客室所提到的几个问题作出肯定答复。希望从公司的业务方面得到工委书记具体的指教——既然做书记，他一定是精通各种行道的——老实说，由于忽然间的身居要职，使他感到十分沉重、恐慌。他恨不得有谁能把做经理的秘诀一下子"倒"给自己。本来，他是作为会计被派到这里来的，但苏易告诉他："你是经理。"这里最迫切需要的是经理，即使差池一些也好。不然怎么办呢？公函上写道，目前再不可能派来什么人了。

然而，工委书记一点也没有满足这位年轻经理的渴求，似乎他竟然把贸易公司这么重大的事情忘掉了。一路上，他尽在文不对题地——经理觉得是这样——讲着更达土司。而且从古至今，一世一代地讲。不仅对于柴经理，凡是新来人，苏易总要像一个爱好说故事的老者那样不厌其烦地对他们讲起这些的。也许这是历史教师的习惯吧！

……传说，第七，也许是第八世藏王时，有一位骁勇而年轻的三品武官率兵和吐谷浑①征战，屡屡获胜。但他倨傲于自己是开疆

---

① 吐谷浑——所据之地为今之青海一带。与吐蕃（西藏古称）相交界。

拓土的功臣,言语之间对藏王颇有得罪。因而被贬为庶民,并且不准返回逻娑①。于是,他只好到当地的一个大土司家去做娃子。不久,他和土司的女儿私通了。土司见到事已至此,况且,他原也是贵人,就索性把女儿许给他,并赏给他"跑马一日"之田,让他自立。他本来是十分善骑的,翻山涉水并不择路,一日之内便跑了五千多里的一个大圈子。于是这片天地当下就归他据有了。这便是第一代更达土司。

这样,前代后世传袭下来。有时兴盛,有时衰微……

据老年人讲,很早很早以前,更达土司就和权势均衡的左邻隆热土司交往甚厚。不是相娶,便是互嫁,重亲垒戚,层层牵扯,都有些难以理清头绪了。到了五十代更达土司降泽工布,当然也没有例外。他的妻子格桑拉姆便是隆热土司堂叔的大女儿。但,也正是在降泽工布这一代,两家土司突然间断绝了历代深厚的情分,一变而为冤家死敌了!

事情是先由隆热土司自家引起的:

隆热土司最爱打猎。一次,为了追赶一只皮毛贵重的麂子,没留神被头上的树枝把他撞下马来,而他的脚却还套在镫圈里。这样便惨不忍睹地被来不及收步的快马拖死了。事情就出在这里,谁来继位呢?他既无子又无女。依照涅巴们和长辈们的公议,应当由土司的弟弟上来继位。他们认为,除了他,再没有任何一个合法合理的继承者了。但是,土司的堂叔——格桑拉姆的父亲——却站了出来,他坚持说土司并不是没有自己的亲生儿子。有的!不过是私生子。可是,这又有什么呢?这一点也不应当妨碍这个私生子占据自己该占据的地位呀!涅巴们对这位主持公道的老者

---

① 逻娑——藏之都城,即今拉萨。

反感透了。因为,那个私生子的母亲正是他第二个妻子。以往,他从未打算承认这件事实。而现在,他却不容置疑地要别人承认这件事实。

就在这种不可开交之际,接二连三地发生了奇怪的可怕的事:最先,那个孩子在玩耍的时候从屋顶上掉下去摔死了。跟着,土司的弟弟喝了一碗奶子之后忽然浑身青肿当晚咽气了。又接着,人们发现土司堂叔的全家都躺在自己院子里,而大门却从外边上了铁锁。并且,用石灰围着院墙撒了一道界线,表示不准任何鬼魂从里边出来。

格桑拉姆得知了这事,只是哭,毫无主意地痛哭。而她的丈夫降泽工布却不然,他一得知,立刻采取了行动。连夜征集三百多名差巴,横枪纵马,直奔隆热庄院而去。隆热家正在动乱不宁,突然大敌临头,在措手不及的情况下,寨墙很快便被攻破。经过一阵枪鸣人吼、刀击马嘶,战事迅速地结束了。除掉土司弟弟的小女儿契梅姬娜之外(早几天她到外祖母家去没回来),所有隆热土司的家人,不是挺枪挥刀就义,便是赤手空拳倒下。当降泽工布带领他的勇士们离去时,这座偌大的繁盛的庄院已经没有了任何一点声息和动静,只听到埋头于尸体间的老鹰和乌鸦时而发出一两声干叫。

这样,降泽工布不仅替妻子尽了应尽的复仇的天职。而且,从那时候起,他再走入隆热土司的领地时,就自然而然产生了一种新的感觉,觉得和走在自己的领地上没有什么两样。不过,当然的,在某些地方他还要百倍警惕和严加防范。

5

让谁充当自己的随员呢？陈子璜想。大家都忙得不能脱身，抽出任何一个人来都会有损于工作。最后，他决定让李月湘去放鸭子，把糜复生替出来跟他辛苦一趟。

当两个初来者转过上马台走向楼口的时候，受到了狗群的意外袭击。它们一声不响，抖擞着浑身长毛冲直扑来。糜复生一见来势不善，就想抬脚踢去。陈子璜立即用目光阻止了他。幸而，拴在脖颈上的皮绳正巧使它们的嘴头够不着人。

登上几层壁陡的楼梯，绕过几道阴暗的走廊，终于到达了宗本客厅门口。然而陈子璜和糜复生已有些气喘吁吁了。

往里通报的女佣人出来回话：

"宗本说，很对不住！今天是'凶日'。"

陈子璜立刻就灰心失望了。依照西藏人，特别是贵人们的风俗，在"凶日"是绝对忌讳会客的。所以，他一面摆摆头，让糜复生把那一口袋银元递给佣人，一面说：

"麻烦你交给宗本，这是她本月份的薪金。"

女佣人一转眼就又出来了，手里原份提着那一袋子银元。

"宗本说……"

"好吧！"没等佣人讲完，陈子璜便开始对她交代道，"这总共是一百六十四元整，我先带回去，请你告诉宗本，她这一笔款子暂且在工委会保存着。"

这样，拜访便迅速而干脆地结束了。

陈子璜不禁后悔起来，他甚至觉得到这里来近乎自找苦吃。

而縻复生,则是满心的气愤。就算凶日吧! 对客人也不妨接待接待的呀! 他觉得,这无非是想摆摆宗本的气派罢了。总之,他们在十分扫兴的情绪下走出了格桑拉姆宗本的庄院。

刚出寨门,迎面跑来了一匹马。骑者是一个穿戴讲究的中年英俊的西藏人,他一看清了陈子璜和縻复生,脸上现出一个振奋的表情。随即,像个骑兵那样两只发亮的红皮靴"卡"地一碰就跳下了马,笑容满面迎上前来,用一种谦恭而又自信的、恰到好处的态度说:

"什么时候来的? 站长'本布'①?"

陈子璜惊异了,他竭力要回想起来这是谁,但是无从想起。

"不认识吧?"那人坦然地说,"自然的,我,一个相子……不过我早就认识你。我就是这样,总想多认识一些'本布',"他说着,轻轻地、几乎看不出来地对陈子璜点了点头。

相子。陈子璜记起谁说过俄马登登涅巴家的善于理财的相子。只是忘掉了他叫什么。

"你,你是?"

"我的名字? 察柯多吉!"他随便道了姓名,立即换了一副事体严重的语气说,"这再好也没有了! 刚刚我赶到宗政府去找苏易'本布',可是他不在。巧得很,你来了! 跟你说也是一样的。"

陈子璜纳闷地问:"什么事?"

"是这样,昨天夜里,有一群偷马贼进了寨子。"

陈子璜和縻复生注意起来,立刻联想到了那一伙卖唱人。

"他们也真算有本领,牵走了格桑拉姆宗本七匹马。全是顶好的马呀! 连皮鞍都带走了。可是有一个人没跑脱,被提住了。你

---

① 本布——官或大官。

们是知道的,偷马贼要是不让人逮住,那就是自己的运气。要是一让人逮住,那!照规矩,先挖掉两个眼珠,再剁掉两只手,然后才放掉。你们想想吧!挖了眼珠剁了手,就是放开了,还能活吗?自然的,我恨他们,为什么要偷别人的马!可是,我是个生意人,我做过喇嘛,喇嘛。"察柯多吉加重说。并把两只手重叠着按在心口上,他的神色不仅激动而且悲怜、伤感。看样子,他竭力抑制着自己才没有在农业站"本布"面前掉出泪来,"我实在见不得,我连听也听不得,一个人,这是一条命啊!可是现在,那个偷马人就要被……站长'本布',就烦你,就请你去去吧!"

陈子璜和糜复生有些呆愣了,不知所措。

"去吧!"相子继续央告道,"去跟俄马涅巴说一说。我……涅巴手下的一个相子,求情是一点事也不挡。可是你,你是站长,你是'本布',要是你肯去说情……"

陈子璜脑子里迅速地映过那伙卖唱人的消瘦、饥饿的面孔,以及他们要求施舍破衣烂鞋的谦卑、寒碜的神情。同时,他也记起那几个老农再三再四的恳求:"……他们是贼,偷马贼,可他们实在也是一群可怜人哪!你能答应我们不?不要伤害他们!"而当他这样想的时候,已经不由得回过身,随着察柯多吉相子向寨子走去,糜复生紧跟在后边。

察柯多吉径直领着陈子璜糜复生绕过小街,向寨后广场上赶去。

广场正中扎了一个帐篷。帐篷边站着几个持枪带刀的卫士,他们因为没有守好马圈,一大早就被涅巴照例"赏"了四十皮鞭。所以,臀部虽还在隐隐作痛,但却格外警觉和精神抖擞。涅巴俄马登登独自坐在帐篷——临时审判庭里,悠闲地玩弄着手中的那串佛珠。这串佛珠除去睡觉时他是绝不释手的。并且,用一个精巧玲珑的细花瓷小杯子在喝青稞酒,完全是若无其事的样子。

两位突然来临的客人,并没有引起涅巴的什么惊奇,他连欠一下身都没有舍得。但,察柯多吉有意夸大其词地对他说明陈子璜的身份后,他就像被什么刺了一下似的,站起来,微笑着连连点头,表示已经久仰,陈子璜也突然想起未得机会献给宗本的礼品。于是,依着苏易所教导的仪式,统统送给了涅巴。俄马登登把礼品一样一样收下,交给应时而来的一个佣人。随即,他开始回敬了。他回敬的惟一的礼品就是刚刚收下的那条哈达。这是流行在贵人们当中的被认为是最良好的一种回敬方法,他比陈子璜更为庄严和小心地敬献过来。好像这条尊贵的哈达在倒过一次手之后,变得更为尊贵了。

宾主坐定,还没等找到什么话题,便见那边熙熙攘攘拥过来一帮人,罪犯被带到帐篷前边来了。

縻复生坐得靠外,他一眼便看出,罪犯不是别人,就是前天装扮"活鬼"的那个女子。他不自觉站了起来,心,激烈地跳着。

紧跟着,大步跨上来两个黧黑的、留着长发的赤膊壮汉。他们不慌不忙,把必用的器具摆在犯人脸前。其中包括两把宽刃的藏刀和两个可以利利落落把眼珠取出来的小竹管。此外,由于涅巴想得周到,也还来了十几名携带各种法器的喇嘛,他们在较远的地方盘腿坐下,相互闲聊起来。因为,现在没有他们的什么事。他们到这里来,是防备万一犯人当场死去,好替她诵经超度。

然而,她,偷马贼,罪犯,对于这情景却丝毫没有加以注意。她瞧都没有瞧一眼摆在她脸前的藏刀、竹管以及那一群善心的喇嘛。仿佛这一切和她并没有任何关连。她挺着被撕破了前襟的胸部,站在帐篷前面,镇定地等候着将要发生的一切。她那凶狠的、挑衅的、还带有一种嘲弄的眼光,透过散乱在脸上的头发直直地注视着俄马涅巴。这可怕的神态,让人觉得她又戴起了假面。不能想象,她就是在跳舞场使众人啧啧称羡的、娇小、纤瘦、双颊绯红的那个动人的女子。她简直像落入陷坑无法脱逃而随时准备拼命的一头小兽。

俄马登登仍旧玩弄着佛珠,也始终没有停止喝酒。他一句话也没说,他无话可说,说什么呢? 对于这种明目张胆的盗贼原是无须乎作什么审讯的。他只消作个手势,负有专责的人们便可以各行其是了。

陈子璜也看出了这一点,他对自己说:不能再等了,千万不能再等了! 他尽力使自己平静一些说:

“涅巴! 你打算怎么样发落她呢?”

“依着规矩!”涅巴指指自己的眼睛和手臂。

糜复生想讲话,被陈子璜斜了一眼便忍住没有讲。

“涅巴!”陈子璜忽然变得沉着起来,“昨天夜里,总共丢了几匹马?”

“七匹。”涅巴伸着指头。

“追回来几匹呢?”

“嘘!”涅巴摆摆头,十分着恼地说,“全都拉走了!”

“那! 就是说,她没有偷马!”陈子璜肯定地说,“不是吗? 要是她偷了,一定会连人连马一起捉住的。”

“可是!”涅巴怀着为失却七匹马的气恨说,“你知道是在什么地方捉住她的? 在宗本房后的干草堆里捉住的,她要点火呢!”

“点火?”陈子璜望望犯人又问道,“去逮她的时候,她正在点火？”

“没有点。可是在她手心里攥着火石！”

俄马登登说着，预备对那两个汉子挥手，挥他的握着性命的手。糜复生看在眼里，刷地一下站了起来，但陈子璜又用目光狠狠威逼了他一下，他于是骤然静止在一个要想发作的姿态中。不过陈子璜自己也并未迟疑，他立即伸出右手在涅巴面前拦挡说：

“等等！请等一等！涅巴，你看！你自己也带着火石。”他指着俄马登登腰间的打火包，“这一点也不稀奇，谁都有啊！有的人吸烟要用火石，有的人要烧茶……”

“唔！这么说，你是要我……”俄马涅巴仿佛恍然大悟地、慢吞吞地说，“明白，我明白！是的！既然这样，凭‘本布’的情面是应当宽恕这个女犯的。不过，好吧！我们还是看看她自己的气数吧。要是她的气数没有尽，神灵自然会来保救她。”

俄马涅巴从桌上拿起精巧玲珑的细瓷杯，困难地走出“审判庭”。人们立刻向两边分开，让出一条路来。他摇摆着臃肿的身体，笨拙地向前迈动步伐。每走一步，认真地报出一个数字，仿佛他在丈量土地。当他走到五十步的地方，就突然停住，原地转过身子，向着执法的壮士们轻轻招了招手。于是，犯人马上被推了过去。年轻的女犯对涅巴怒目视着。看来，如果不是双手被绑着的话，她甚至立刻会扑上去撕他，咬他。但俄马登登并没有理会这些。他像执行一种仪式似的，郑重其事地把那个瓷杯平平稳稳搁在女犯的头顶上。

察柯多吉相子看见这样情形，显然开始失去了他始终保持着的沉静，他靠近陈子璜小声说：

“站长‘本布’，枪法怎么样？”

"什么？"

"问你的枪法。你看，涅巴要让你射杯决赌呢！"

"不！我……"

"怎么？不行吗？那你可以出钱请人代你打这一枪，涅巴这里并不是没有养着好枪手。自然的，这得要不少钱呢！等等！听我说，不过，救人当紧！我倒情愿帮凑一些钱……"

"不！"陈子璜直直地说，"我不赌！"

"那你打算怎么办呢？"相子慌乱地焦急地说，"无论如何还是请你……就算我替她求你，求你！"

这时，俄马登登已经摇摆着身体返回帐篷来了，他照原样坐到垫子上去，手中切弄着佛珠，以玩味的语气对陈子璜说：

"站长'本布'，哎！"他用下巴指指五十步以外的犯人，"就烦劳你来决一决她的命运吧！不过，要是一枪不能把那只杯子打掉的话，那可就……"

糜复生把一只紧攥的拳头用劲往桌上一按，插嘴说：

"要是一枪打掉了杯子呢？"

"那，我发誓！"涅巴爽快地说，"亲手解开绳子放她走！"

"不！不能这样。不能这样！听我说……"

陈子璜站起来，伸出双手，正要阻挡。可是糜复生已经不顾一切地从后腰上抽出三号驳壳枪。一面顺势在大腿上扳开了机头，一面对那女子呼喊道："不要动！"随即，他仿佛根本没有注意目标，右臂向前一扬——"当！"

粉碎的瓷杯从犯人头顶上飞散开去。

6

农业站"本布"的礼品相当丰厚。按说，俄马涅巴的妻子们每人都可以得到一份。但，他们大多数都没捞到什么称心的东西，尤其是最年轻的那一个，当别人在争执自己一定要这一样或要那一样的时候，她却独自到林卡散心去了。她不想要什么，她什么也不喜欢。同时，她也知道，即使她去加入讨论，提出自己的具体要求，终究也还是枉然。所以，她对礼品的分配是漠不关心的。不过，在丈夫的特别偏护之下，她最后还得到了一包水果糖。这倒使她十分满意。这个刚从牧场上被买来的女子，还是第一次吃这种方块的、甜得要命的东西呢。更主要的，她还打算把这一包水果糖好好保藏起来，悄悄托人带到牧场去给她的弟弟。但是，当她一想到孤苦伶仃地站在羊群里的年幼的弟弟时，立刻坐到地上发起呆来。无言的泪水，掉在包糖果的纸上，扑达扑达响着……

那么，绝大部分贵重礼品都到哪儿去了呢？不难想象，都在茨顿伊贞房子里。现在，她正一面嚼着水果糖，一面拿着两块素色绸子在腰际端量着。为了做一次通盘考虑，她从牛皮箱里把原有的几段绸料也抖出来，放在一起作比较。不过，到底哪两种颜色调配成一身才更雅一些，她久久不能确定，所以她决定到察柯多吉相子那里去。他在这方面的鉴赏力总是高出一般人的，同时，也往往和她的观点一致。但察柯多吉的门又锁了——成天锁门！

被释放的偷马犯蹒跚地走在山道上。可是她仍然不相信自己被释放了。她觉得这桩事过于意外，甚至离奇，像通常在梦中的情形一样。不！这不是做梦！死死地束在手腕上的绳子已经解脱，只留下了几道深深的发红的沟印。她顾前照后,并没有人监视她,阻挡她。真的!她被释放了,她自由了。她愿意往哪里走就往哪里走。但,现在她是要往哪里走呢?不知道,她一点也不知道。她只是在走,不停地走……

上到山腰,道路更窄了。靠里是不见顶的绝壁,靠外是晚雾弥漫的深渊。就在这时,后边传来了急促的马蹄声响。近了,越来越近了!

骑在马上的是察柯多吉。他一拐弯正望见那女子钻进路旁草丛,于是把马勒住,跳下来,松了一口气,慢悠悠地走进去,对草丛中说:

"那么矮的草藏得住人吗?我看见你了!"

那女子直直地站了起来,毫无惧色,眼睛似乎在燃烧着烈火。

"喂!你怎么这样看着我?"相子笑着,竭力松快地说,"我赶上来,并没有什么别的事,只是有几句话要跟你说。"

对方依旧不动,眼里依旧燃烧着烈火。

"真的!并没有别的什么事!"察柯多吉重复道,为了更有效地缓和局势,他找了块石板坐下来,点上一支烟,"只是有几句话要跟你说,说完了,你还只管走你的。来!坐下,坐到这里!"

"我不坐!"

"也好!站着说也一样。我想问一问,你叫什么名字?"

"蛛玛!"

"不!"察柯多吉沉着地微笑一下,"你不叫蛛玛!"

"什么!我,我叫什么?"

"契梅姬娜!你的名字是契梅姬娜!"

那女子骤然变得异样了。仿佛受了电刑,她的手臂、她的腿、她的全身都开始微微颤抖,脸部痛苦地、难看地抽搐了几下,眼睛里的怒火已经熄灭,凝结在冰冷的、极端的绝望中。稍时,她低沉而惨厉地叫了一声,就疯狂地向悬崖的边沿扑去。

在这危急的瞬间,眼明手快的察柯多吉平地跃起,拦腰把她抱住了——险哪!几乎连他也一起带下无底的怪石嶙峋的山涧——她死命挣扎,用指甲挖他,咬他的手背。但他不松开,忍着奇痛,把她抱到路当中,放在一块石板上,用力按住她的双肩。终于,她被制服了,不动了。察柯多吉在衣襟上撕下一片布,揩揩自己的出血的手,很快恢复了那种常有的平静说:

"你要做什么?"

"死!"

"为什么?"

"有人知道了我的名字。"

"可是,知道你名字的只有一个人,独独的一个人,我!"

"那就请你让我死!"她就要站起,"我可以自己死!"

"等等!"他又按住她的双肩。

"怎么?你非要亲手杀死我不行?那,来吧!我愿意死!只是请你说给我,是谁差你来赶我的?是不是她,格桑拉姆……"

"错了,你完全想错了!听我说!"察柯多吉惊觉地望望左右,"你晓得我是谁吗?自然的,你不晓得。我可以告诉你,我和你一样,我到这里来,在更达庄院里做相子,不是为别的,是为要报仇,替我的父母报仇!"

契梅姬娜依然未动神色,只是抬起那猜忌的目光,迅速地望了相子一下,又背过脸去。

"本来,我发誓说,要亲手杀掉降泽工布,杀掉他!把他的头砍下来！把他的骨头砸成碎末！"察柯多吉深恶痛绝地说，并且咬牙切齿地在空中挥着拳头，"你知道的，他死了。得暴病死了——他早就该死啊——不过，还有人替他担当着我的世仇，他还有女人，他还有儿子！"

这话，那么严重地引起了契梅姬娜的共鸣。她仿佛从麻木中恢复了知觉似的，用手支起自己的身体，仰面向着天空，嘶哑地、可怕地重复着相子的话：

"他还有女人！他还有儿子！"

察柯多吉没再说什么，很严肃地对契梅姬娜点点头。这，不只是同情，而是一种祸福同当的盟誓的表示。契梅姬娜也完全领略到了这一点，她立刻换上几乎是亲人的目光，望着察柯多吉问道：

"你，你的父母也是死在更达土司手里的？你是……"

"不要提这些。快不要提这些吧！"察柯多吉慌忙阻止道，十分伤感地把头偏向一边，"一说起这些往事来，心里难过啊！反正，只要我不死，我是忘不掉这个冤仇的！算了！还是不说这些吧……现在你打算往哪儿去呢？"

"不知道！"

"还想不想去找那帮卖唱人？"

"不！他们是一伙穷汉，偷马贼！"契梅姬娜鄙弃地说，"他们就只知道偷马卖钱，糊自己的嘴，养活家小。别的什么都不问，什么都不知道！"

"对！和那一群蠢货混在一起没有用，你不能对他们有一点什么指望。你瞧，他们弄到七匹马跑得没影了，倒反差一点把你送了命。唉！你呀！"察柯多吉沉重地叹息着，"你也太傻了！就说把那几堆干草全都点着，那又有什么用呢？格桑拉姆和她儿子住在第四层楼上,有多高啊!还全是很厚的土墙,把干草烧尽也燃不起她的庄房呀!不行!我告你说,不行的,你就听我的话吧!我什么都替你想好了。这,得要等机会,迟早她总会下楼,总会要出来的。那时候,就可以从远处⋯⋯"

察柯多吉小里小气地、不明显地勾了勾自己的食指。

"可是,我没有枪。我也不会放枪呀!"

"别急呀!这还用得着发愁?"

"你?"契梅姬娜奋然站起,眼里充溢着信赖、企望。

"不是我。我在十步开外,就连一头大牛也射不准。"

相子自嘲地笑笑,把那支踩扁了的外国香烟拾起来塞在嘴角,掏出火柴,用他那染满了血的右手轻轻一擦,火柴棒立时燃烧起来了⋯⋯

第 三 章

1

差巴们,不! ——因为需要,他们已经是名副其实的造纸工人了——工人们成群成伙在林场撑起了牛毛帐篷,支起了烧茶的洋铁锅。而且,他们差不多把家中仅有的糌粑面都带来了;在服役期间如果不把自己的肚子填饱是不行的。总之,他们都定居下来了。从开始剥树皮到制成粗糙发灰的印经纸,需要相当艰难和漫长的过程,他们不能不作长久打算。

但,第三天"哼查"来了。在一阵号角之后,他宣布:所有的人都可以立刻各自回家。究竟为什么停止造纸而放人们回去呢?他没有说,工人们当然也没有问。一方面不能问,一方面也不需要问。横竖"哼查"没有发疯,他不会私自发布这样的号令。就像一群被判处了重罪的犯人突然又受到了赦免似的,每个人都怀着新的忧虑,慌忙打点什物,准备尽快地离开林场。

快回到家的时候,老斯朗翁堆的心情才真正平复下来。山谷里迎面刮来一股凉飕飕的风,一天比一天冷了!这使他意识到,应当想法弥补白白失去的三整天的时间,赶快把几块坡地翻过一遍,之后,又得趁没落大雪之前赶忙去割满一屋子草,为牦牛预备冬天的口粮。可是,那头母牛的肚子已经很大了,自然不能再用它去拉犁,而单靠那头犏牛就是打死它也拖不动木犁的呀!怎么办呢?还让自己的女人挎上绳套和牦牛一起去拉犁吗?她已经不年轻了啊!让秋枝去拉吗?她还没长成人呢,不能把她弄成一个弯腰曲背的难看的姑娘!自己去拉吗?倒是可以实实在在顶上一头牛,可是又有谁能扶得了犁呢?斯朗翁堆盘算着。他决定先去割草,等母牛生了以后再说。现时,谁都在忙着耕地,去借人家的牲口怕是不好张口呢。

斯朗翁堆刚回家,便参与了妻子和女儿的热烈争论。

因为太缺人手,大家都忙着地里的工作,农业站准备请一个放牧员。秋枝一听说这事,立刻跑去找畜牧技师倪慧聪,虽然她是新来的人,但已经应承做秋枝的姐姐了——西藏姑娘最喜欢和要好的人结为"拈香"姊妹。

"倪慧聪姐姐!听说,农业站要找一个人去放马?"

"是啊!要请一个放牧员。"

"要男人还是要女人?"

"都行!会放马就可以!"

"你看我行不?要我吗?"

"你?怎么不要呢!"倪慧聪亲热地拉住她的双手,"听人说,你很会骑马,还能认识好几样毒草呢?"

"那!你替我说给站长,可不要再应许别人了啊!"

"好吧!可是,你家里愿意吗?"

"愿意!"

正相反,不仅母亲坚持不准许,父亲也站在反对的一面说话:

"庄子上青年人多得很,你不去也会有人去的!"父亲证明道。

"可是,我想去呀!"

"你想！谁来贴粪饼呢？谁来挤奶子呢？谁来……"

"粪饼我夜里贴，奶子我夜里挤！"

"夜里，夜里！"母亲一边撕羊毛一边唠叨，"天一黑，谁还能找到你呀！半夜还不回家，在坝子上嚎啊！跳啊！死叫都不应声！"

"我已经跟人家说定了啊！"

"你说了不算数！"

"怎么不算数，反正我要去！"

"那你就试试吧！看我不打断你的腿！"父亲威吓着；虽然，他不仅从未打骂过女儿，就连一个真正厉害的脸色也没有给她看过。

争论正相持不下，忽然有人在拍门——山民们无论白天黑夜总是关门的。

"斯朗翁堆！斯朗翁堆！"门外的人喊道。

秋枝正在打酥油，一听这声音，立刻把长竹筒靠在墙角，顺手提起裙边，敏捷地下了独木梯。她抽开门栓，轻轻拉开一扇门，两个不常来的客人——朱汉才、叶海——出现在跟前。显然，他们早已在等候着开门的人了。在这当儿，秋枝只顾用意外惊喜的代替语言的目光直望着客人，却忘记自己的身子正堵在门口使客人不得进来。

"你阿爸回来了没有？"

"回来了，在上边！"

山民的土房分为上下两层：上层居住，并有可供打晒青稞的平顶；下层，除了两三步宽的小方院以外，就只是排列着支撑整个房屋的无数根柱子，用来做畜栏。

秋枝领着客人穿过必经的、草粪气味十足的牛圈。然后指指独木梯请他们上去：这是一根并不粗大的树干，只用斧头在正面砍了一些等距离的、窄窄的斜角形缺口，几乎无法插脚，看来，势必要像爬电线杆一样才能上去。秋枝见客人对这木梯有些踌躇，于是她抢前一步，提起裙子，赤裸的双脚踩住木梯的缺口，迅速灵敏地登上了平顶。随后又回转身来，伸手向下去拉朱汉才和叶海。

斯朗翁堆全家团团打转地忙碌起来——山民们对于待客向来是异常热情和殷勤的，何况是这样不平常的客人呢！老头子用抹布使劲揩拭着油腻腻的矮桌，而他的妻子还把地扫了一遍，以致刚刚抹过的桌面上又落了薄薄一层灰尘。秋枝为客人铺好了垫子，就从橱子里抱出几个木碗，一连换过几道水，洗了又洗，擦了又擦，不一会，那张小矮桌上便摆满了酥油茶、糌粑面、酸奶子、黑糖块……总之，凡是一个山民家里可能有的待客食品，他们都端来了。而所有这些吃食全都散发着一种强烈的膻腥气。没有吃惯的人，不要说沾口，老远嗅到便有些扑鼻难忍了。但，朱汉才和叶海却好像满合口味地吃喝起来。他们懂得，对于西藏人热情的款待是万万不可推却的！否则，他们不仅认为你见外，而且会认为你瞧不起主人。果然是，当他们俩用手在木碗里揉好糌粑的时候，秋枝和她的父母显然都表示十分愉快和满意。

本来，在擦洗木碗时，秋枝给客人预备了一连串难以解答的问题，全是关于"狮子"的，比如说：它那震破耳朵的吼声是从哪儿出来的？是不是从冒烟的筒子里？它为什么又能往前走，又能往后倒？要是你想叫它拐弯，它还照直往前走怎么办？叫做汽油的那种臭水哪里去了，为什么光见倒进"狮子"肚里去，没见流出来？可是，当她正想寻找机会插口发问时，却被客人的话阻隔了。叶海早就急于要表明来意，他在吃了一碗糌粑，认为已经完全对得住主人之后，便抹抹嘴角对斯朗翁堆说：

"有点事,得跟你商量呢! 我们问过别人,都说这得问你……"

"跟我商量吗?"斯朗翁堆纳闷地说。

"是这样,"朱汉才接上说,"我们实验地正当中,你知道,不是有一个很大的玛尼堆①吗? 我们想问问你,是不是能把它移动一下?"

"你看,这好比玛尼堆!"叶海把盛酸奶子的小瓷盆摆在桌子正中,随便用自己的拳头围盆子绕了几圈,"拖拉机——我是说'狮子',过来过去都得绕着它转大圈,又费油,又费工夫,实在别扭得厉害。要是能够……"

移! 自然,这是简单不过的事,只消把它搬到别处去就是了。可是,玛尼堆是可以随便移动的什么东西吗?

从斯朗翁堆记事起,这个玛尼堆就像一座隐秘莫测的石山一样矗立在坝子上。在他看来,他的一家人和牲畜、房屋、庄稼,以至于树木,一切一切,所以能受到看不见的神力保护,和这个玛尼堆是有着直接关系的。所以,他每年都要把卖羔皮或是挖药材所赚的钱全部留出来,请人雕刻大块的经石,在跳神节②那天连同哈达一齐送到这里来。因为喇嘛庙对刻经的取价高得可怕,有人说,玛尼堆是用银元垒起来的,那么,其中绝大部分的银元,就是斯朗翁堆年复一年的纳献。

正冲着自家门口的这个玛尼堆无形中给斯朗翁堆带来了重大而神圣的责任。他觉得自己必须时刻照料,如果玛尼堆受到任何一点亵渎,都会招致对他的相当的罪罚。记得秋枝八岁的那年,因为不懂事,曾经在上边坐了一小会儿,结果,这年冬天一只活蹦乱跳的小马驹被狼拖走了。又一次,他的妻子在说到玛尼堆的时候,

---

① 玛尼堆——刻了经文的青石堆。人们为什么事对神许愿,便跪在这里磕头,一连磕几天,甚至几十天。
② 跳神节——藏历八月二十九日。相传为谢神逐鬼的日子。

伸出一个指头远远地向那里指了一下——这是最普通,也是最严重的犯忌——结果,第三天她就病倒了,烧得翻来滚去,满口胡说,几乎出什么好歹。现在,农业站这两个青年人竟然提到要把玛尼堆全盘地移到别处去。想都不敢想!

"不行!不能移!"

答复是那样简短、直率、坚定。朱汉才和叶海都看出,根本没有一点商洽余地了。为了不致使双方都过于难堪,他们继续在僵冷不安的气氛中坐了一小阵,而后便起身告辞。

朱汉才和他的助手扫兴回来,走过田间大道时,看见农业技术员正坐在土丘上画什么,膝盖上垫了一块大木板。他们走近去一看,原来这是一张"作物区划图"。

"技术员,你这图上画没画那个玛尼堆?"叶海冲口问。

雷文竹没应声,只用铅笔在图纸正中指点了一下。

"唉!要是能把它移个地方就好了!"朱汉才叹息道。

"是啊!如果能移一移就好了!"叶海重复说。

朱汉才和叶海的口气,显然是带有鼓动性的。他们希望农业技术员能对这事做点努力,但雷文竹却并不表示多大的热心。他知道这种努力是无望的,也是不得当的,所以他宁肯不声不响,怀着遗憾的心情在图中最显要的位置画上一个卵形的大圈。

2

雷文竹没有必要的测绘用具。全部制图过程就像写生一样是靠眼力和步数来计算完成的。单就形式来说,这简直像一张令人眼花缭乱的军用地图。因为作物种类异常繁多,而又苦于没有较大的图纸,所以,图面上字线密布,错综复杂。而且,因为工作在野外进行,还没有绘完一半,图纸已经被弄得脏旧难看了。不过在画完最后一条线,填好最后一个字的时候,技术员内心却涌上一阵无可言喻的兴奋。当他把区划图平展在自己面前时,他所看见的不是纵横的虚线,也不是注解和数字。不是!是什么呢?是秋天!金色的秋天:太阳就要落山,可是,在地里,在打谷场上,人们依然忙碌着,一个个张着收获季节所特有的笑脸。在田间大道上,车马辘辘和人们高亢的歌声连成一片……是的!一个画家,在完成他的巨幅画稿时,他在画布上看见的不是杂乱无章的炭笔道印,而是一幅动人的、活的图景。

照理,雷文竹早就应当给柳雨人教授写封回信了,但他决定区划图脱出后再说。现在图画起了,由于心里高兴,他当即动笔写信。他首先按照图面把种植计划做了详尽的介绍,接着才写到教授来信中所提问的关于他个人的一些情况:

　　……就是为了这个志愿,或者说是为了这个幻想,我决心请求调换工作到农业站来。工委会已经批准了,我们局长还跟我争执不休。他硬说我是瞧不起边疆的小邮电局,这一点我不承认。但他说我是想逃避单调、枯燥的报务工作,这一点我不完全反对。事实上,在旧社会时我完全是为了不挨饿才去做译电练习生的。这么些年,我对这工作始终没有培养起兴趣来。附带说一句,假如不是这种生活对于我太单调、枯燥,我也不至学会吸烟。不过,我不承认我现在是想从邮电局逃走。只不过是因为我不甘心离开农业的缘故。

　　所以能够如愿,并不是我真具备了些什么。多半是沾了一时派不来人的便宜。否则,我也绝不会不自量力地接受任何负责技术的职务。

您很想知道我学农的情形,可是我能告诉您一些什么呢?

读到高中二年,因为经济不支,我不得不停学。后来,多方托人,才被介绍到农业大学的附设农场去做工友。在那里,我对蔬菜和果木发生了很大兴趣,为了得到知识,我向校长室申请公费半读,大约是怜念我家境贫寒,允许了!不过得经过简单口试。确实简单:讲师只随便向我说,"你读过魏斯曼和摩尔根①哪些著作"?我一句话也回答不出来。这两位,虽也有些耳闻,但他们的大作我却一无知晓。讲师笑了笑对我说,"好好在农场做事吧!一个园艺工的薪水已经不算低了!"

假如说我曾学过农的话,情况就是如此。

至于另外还有一些情况,他并未在信上写明。

在附设农场的几年中,除了分内的劳作之外,他经常偷偷地在田间做各种试种、嫁接。成功的喜悦没有人分享,失败的苦恼也没有人分担。夜来他也经常躲在自己的小偏房里,拼命翻抄别人的讲义,疯狂地"啃"着持了别人借书证弄来的大部头中外名著。

关于您对达尔文自然选择学说的讲解,反复阅读过几遍,仍然只能明白大意,俟后还要参照书本提出几个具体问题请教。

实验地冬麦下种后,我就着手温床育苗工作,当地菜种如萝卜、莲花白等已收集了一部,内地瓜菜种买到三四十种。您寄来的粒皇后、克里木胜利者、女集体庄员②等几个外来品种也已收到,谢谢您!

---

① 魏斯曼和摩尔根——前者为英国生物学家,后者为美国生物学家。
② 番茄种、西瓜种、甜瓜种。

另，烦您代找一点较可耐寒的茶籽。藏胞多食肉类、牛油。茶叶对他们就像水一样重要。但，此地从未生长过一棵茶树。他们年年都必须付出很高代价，去找商人们换取"捧捧茶"——这种茶简直是连枝带根混杂在席包里。

我知道，这里是世界屋脊，地面平均在海拔四千公尺以上。对一切试种都是不能盲目乐观的。不过，我却总习惯往好的一方面设想。因为我相信那句话——不能坐待自然界的恩施，要向自然界索取……①

敬礼并紧握您的手。祝教授们及在校同学们好。

您的学生雷文竹

雷文竹拿着信亲自到宗政府去付邮，他想顺便给工委书记看看他的区划图。但他立刻又决定不让任何人看见。明天的专门讨论会苏书记是要来参加的，雷文竹想把区划图在会上出其不意地展现在众人眼前。不过，当他走过气象台时——人们都这样称呼林媛和倪慧聪共住的土窑——却不由得放慢了步子，并且终于在这门口站住了。他心里立刻对自己承认，他想进去，想让她第一个看到这幅区划图。可是，为什么？为什么你要主动地、专门地跑到这里来呢？因为需要征求她对草图的意见，好着手进行修改。那么，别的人呢？谁的意见都应当听取的呀……既然不能使她置信我是有十分必要才来的，那就绝不可以进去的。他决定离开，然而他的脚并没有马上接受头脑的支配，仿佛地下有一块看不见的磁石把他吸住，迈不开步子了！正在犹豫不定的当儿，畜牧技师轻轻咳嗽了一声，出来了，以致使他要走又感到有些来不

---

① 米丘林语。

及了。

倪慧聪一只手拉开虚掩的门，一只手还在扣住胸前的纽扣。很明显，因为傍晚的凉气，她刚刚给自己身上加了一件绒线衣——这使她越发像一个运动员了。大约，对站在当门的雷文竹感到有些意外，直用询问的目光打量他。雷文竹觉出了这一点，很快占先说：

"你受凉了吧！怎么咳嗽？"

"没有啊！"她仿佛是回答，又仿佛是反问。

雷文竹随即就觉得自己的语句中包含了不适当的关怀意味。于是他似乎为了改口而接着说：

"马群回来了没有？"

"没有呢！就该回来了。有事吗？"

"没什么！"他又感到第二句发问也太盲目，不得体。

"你手里是什么？是不是种植区划图？"

"嗯！也算是图吧！你怎么正好就猜到了？"

"昨天我跟站长讲，实验地很快就要翻出来，应当开始考虑作物种植计划了。他说：你才想起来？技术员早在画图呢！干吗你要保守秘密呢？快，拿来看看吧！"

"好吧！"他说着蹲下去，准备把图摊在地上，"不过你得多提意见，越具体……"

"哎！等等！这里怎么行？看弄脏了！"

倪慧聪赶过一步，慎重地把图从地上收起来，像端着菲薄的娇贵的玻璃品一样，先自走回土窑。雷文竹随后跟了进去。区划图马上就平展在倪慧聪的洁白的被单上，她双膝跪下，用手按住总在顽强地卷起来的图纸。她是那样专注地、仔细地研究着每个小方格里所标明的字码。当她的目光由小麦实验区转移到牧草种植区时,雷文竹特别警觉起来。像一个小学生担忧地望着老师当面在给自己判卷。不过,他很快便宽心了,因为她那善于掩藏的神情告诉他,她很满意。本来嘛!她怎么能不满意呢?她还能作什么苛求呢?他甚至还替她在图格中标写了各种不同的牧草品种——山西紫苜蓿、察北的燕麦、小青穗、猫尾草、北京一二七号……但看完了图以后,她却以遗憾的不满足的语调说:

"要是牧草种植区的面积再能扩大一点就好了!"

"嗯!是不够宽绰。"农业技术员承认道,"可是你要知道,整个坝子的可耕面积有一定限度。同时,根据目前情况看,主要应当种植谷物。当然,也许我有点本位观念……"

"那你自个儿检讨去吧!我可没说你本位不本位。"女畜牧师笑道,随手从衣袋里掏出几张小纸给雷文竹,"请你看看这个。"

这是一份报告的草稿,字迹十分潦草。

从农业站隔河望去有很大一片滩地。显然,这片滩地的形成是由于上游地势较低,当春夏多雨时,河水暴涨,溢出河道,一漫而过,把对岸的土地整个淹没,等到秋冬水落,淤沙留在原地,因此变成了一片干旱不毛的滩地。畜牧师到对面坡地去了解野生牧草时,忽然注意到了这种情势。于是她沿河查看了一番,结果是令人乐观的。她回来就想找站长去谈,但又觉得口头谈不够郑重,不足以引起重视,所以写了这份报告。她建议从上游处筑一道堤坝,使洪水不再为患。这样,那片沙滩的土壤稍加改造就可以作为一片最优肥的土地应用起来。这片地是可观的,如果像畜牧师所希望的全部用来种植牧草的话,那将要百倍于雷文竹图中的牧草区。

农业技术员完全被这份草稿所吸引了。现在他比完成自己的区划图时还要激动得多,兴奋得多。

"太好了！太好了！今天晚上我非在会议上念念不可！"雷文竹把报告草稿举起来，"行！倪慧聪！你的眼睛真行——不！应当说是脑子——你的脑子真行！你看我，每天从那里过来过去多少趟，可就没发现。"

"你算了吧！还不知道能成不能成呢！"

"为什么不成？当然成！你写的这个地方我很清楚。河水到那儿正要拐弯，力量已经大大减小。堤坝就依着山脚往下修。"雷文竹比划着，"用不了太高。当然，得要厚实一些。总之，我敢担保，不会不行的！"

"我也是这么想。看那里的水势，我认为……"

"不过你的报告这么写可不行！"雷文竹兴致太高，已经不大听人家说什么了，"应当写得确切。堤坝需要多高，多长，用什么材料，约摸要花费多少工，都应当有数字才行。"

这方面的事倪慧聪想得不周到，也不熟悉。她要求技术员抽时间再陪她去实地研究一下，好正式完成报告。雷文竹欣然答应了下来。接着，他们便计议如何使用这片新地，谈论得那样具体、认真。仿佛那里已经不是起伏不平的沙滩了。畜牧师说，她可没有本位观念，并不要求把这片地全都种上苜蓿，但要有相当的面积种成猪草。她打算在这里办一个像样的养猪场，并且提议将来把粉房也设在这地点。而雷文竹呢，想从堤坝上留一个水闸，开条渠，把发电厂设在这里靠河边的地方。不过因为没调查，他暂时没有言语，只用铅笔在自己的图纸上做了一个不明显的记号。

正在他们谈论热烈时，听见门外有人说话：

"喂！你好啊！"

"啊哈！是你呀。好！好！什么时候回来的？"

"刚到！我问你，畜牧技师在哪儿住？"

"谁？噢噢！她跟气象员住一个窑洞。"

不知倪慧聪听没听出询问者是谁，而雷文竹在第一句时便听出来，这是苗康。

两个礼拜以前，苗康就遵照工委指示，离开此地到左近的牧区去了。那里宗政府正在试办一个流动兽医站。除了以正式医生资格参加诊疗以外，苗康的主要任务是在实际工作中摸索一些经验。迟早在更达宗也要设立一个兽医站，甚至是规模宏大的兽医院呢！原来，苗康打定主意最少要在那里逗留一两个月，等各方面就绪之后再回来。可是，前天夜里，听工委一个工作员报告了几项关于农业站的小小的新闻之后，他便决然改变了自己的预定计划。当即找到兽医站主任，说他思考再三，觉得必须尽快回去，因为农业站那么大的畜群长时间脱离兽医，委实是令人担惊受怕。兽医站主任当然没有权利强留。于是，苗康反复地表示过歉意，并跟同行们道别之后就快马登程了。

苗康的脚步声已经很近。倪慧聪依旧面向下注视着区划图，仿佛任何声音都不能使她分心。

雷文竹忽然像想起误了什么大事似地说：

"这样吧！草图先放在你这儿，我还得去……以后找时间我们再详细谈。"

在门外，雷文竹和苗康几乎撞个对胸，他们简单地打个招呼便错过了身。

面对面的最初的一刻，蓦地从铺上立起来的倪慧聪，和突然停步在门口的苗康相互无言地凝望着。仅就他们没有呼唤彼此的姓名这一点来看，就足见这绝非同学之间的那种别而重逢。

苗康被他固有的理智所约束,才没有用伸出的两臂去拥抱倪慧聪。而只紧紧地把倪慧聪伸过来的手握在自己掌心里。此时,倪慧聪的心被狂热所充塞着,激荡着。她那端正严肃的脸上,涌起一阵阵红潮,眼睛闪耀着炽烈的、幸福的火花……但,也就在这甚为短暂的一瞬之间,一切都改变了,虽然并不明显,但却是截然地、急转直下地改变了! 她的心,像骤然冷却一般被极端空虚的感觉所攫据。眼眉间,立刻罩上了一层阴郁的、暗淡的纱雾。她随即低下头来,用力从苗康的紧握中把手抽出来……

这反倒使苗康重温到一种舒心愉悦的感受——她没有改变啊! 像从前一样,总是不安、羞涩的样子!

"我就知道是你啊!"苗康欢快地说,"在牧区,有人告诉我说,农业站新派来一个女畜牧师。我根本没再往下问,姓什么叫什么全没问,我断定这不会是别人,是你! 我断定是你。"

"是吗?"倪慧聪垂下眼帘,躲开苗康那感动的、热烈的目光,"那为什么呢?"

"这还用问我? 你又不是不知道!"

苗康不止一次写信到省农林厅,希望在分配下一班技专毕业生工作时,能够考虑到他的代表着两个人的一点不算过分的请求。这一层,倪慧聪的确早就知道的。

苗康用埋怨的口吻继续说:"为什么你事先不写封信告诉我呢?"

"不! 我想,我到这里来不可能有别的什么原因,只是因为这里需要人!"

倪慧聪说着,勉强地微笑了一下,连她也立即感到自己面色是僵硬的、难看的。她随即背过身去,整整桌上的书籍,移动一下墨水瓶,又从暖壶里倒出一杯由于超过保温时间而冰凉了的水。这琐细、迟疑的动作,显然是机械的,下意识的,只不过是一种掩饰不了什么的掩饰而已!苗康已经开始察觉了这情形,他心中不禁一怔,仿佛吃错了药似的。不过,凭着特出的沉静,使他没有过于慌乱或目瞪口呆。他也暗暗希望这是自己的敏感。他竭力保持着原有的语调继续说下去,好像他并没有注意到一点点什么不自然的征候。

"当然,这里需要人。不过我觉得,的确,组织上总是善于照顾人、体贴人的。当初……"

"牧区兽医站情形怎么样?"显而易见,倪慧聪这发问并不是为了得知什么。

"兽医站吗? 一般还好! 不过,他们那里技术条件比较差些……真的! 当初,我以为离别,即或是长时间的离别,并不可怕。但是……"

"你听!"倪慧聪向窗外摆摆头,又打断了对方的话。

远处送来隐隐约约的马嘶声和女子们的歌声。

"马群回来了!"倪慧聪掠了掠鬓发,一边说,一边就要向外走,"我得到马厩去!"

"你等等!"

苗康堵在当门,用异乎寻常的目光盯住倪慧聪的眼睛。倪慧聪好像经不起这样审视似的,慢慢把头偏过去,侧身站着,一动不动。就在这紧张而长久的沉默的对峙中,苗康明明白白回答了自己——只在刚刚走近气象台时才忽然印上脑际的那种疑虑,已经不可避免地成为事实了!

"请你让一让!"倪慧聪终于说,"请你让我出去!"

这语音是颤抖的,软弱的。但苗康觉得,这话含有一种抗拒不了的威力。他向旁边一靠,闪开了路。但他并没有随即离开气象台,他扶着门框,注目地、茫然若失地望着渐渐远去的倪慧聪的背影。

此时,秋枝和几个姑娘正捡菌子回来。她们跟随在农业站马群后边,高声地、深情在意地唱着一支仓洋嘉错①的歌:

> 马儿往山上跑,
> 可以用绳索套住。
> 爱人起了反抗,
> 神通也捉拿不住呵!

3

下午,林媛到她爸爸那里去玩。

像历次一样,女儿的到来总要引起苏易内心的愉快。但也像历次一样,他总要首先对女儿进行严格的查问:

"请过假没有?"

"请过了!"

"不请准假可不要随便往这里跑噢!"

他警告着,随手拉开抽屉,取出两个蜡黄蜡黄的大梨——在此地,新鲜水果,哪怕是顶差的,也像沙漠中的泉水那样珍贵。这两个糖梨,还是前天由省城来的一位处长送给苏易的。

看见梨,林媛高兴得几乎要跳起来,她抓起一个,用没有技巧的动作削去了皮,先递给父亲,接着又去对付另一个。但父亲立刻阻止她说:

---

① 仓洋嘉错——达赖六世(1682—1707)。他作有情歌多篇,广泛流传于西藏民间。

"那一个留着明天吃吧！给！先吃这一个。"

"你呢?"

"我不爱吃这东西。"

"你骗人。我记得妈说过,你顶爱吃梨。有一次她跟你到果园去,那里各种各样的水果都有,可是你就只喜欢梨。"

"哪来这么多啰嗦话！快拿去！我这里还有。"

林媛不情愿地接过削好的那个梨,用裁纸刀一块块切着放进嘴里去。

公务员送来晚饭——漂着油星葱花的汤面条。这是因为书记身体不好而给予的一种特殊优待。苏易一面拿起碗筷吃饭,一面问女儿:

"来的路上碰见你们站长没有?"

"我老远地瞅见他拐到庄子上去了!"

"唔！这么说,他还没告诉你啰?"

"有事吗?"

"本来,这应当由站长正式通知。不过,你既然到这里来了,不妨先告诉你——准备让你担负一件新的工作呢。"

"做什么?"

"教师,小学教师！"

"让谁? 我?"林媛十分惊异地站起来,"让我当老师?"

"是啊！"

"我看,我还是做气象员吧！"

"当然,气象员是要你做,可是教师也要你做！"

苏易立刻从女儿的眼间看出了他所预料的那种犯愁的神色。这情绪也立刻传染了他。的确,对于另一个人,这也许是轻松的,根本算不得什么。可是,对于她,一个差不多未曾经事的女孩子可就不同了。先不提边地小学教师的责任是怎样不可想象的繁难,只是应付现有的工作,已经够她吃力的了。她不就常常处于疲累困倦的状态中吗!如果再交托她另一件工作,那无异于把两根铁轨同时压在她的左肩和右肩上。但,苏易也不可能不站在另一个角度去考虑:这样双重的重担,应当加到谁身上去呢? 还是加到自己女儿的身上要得当些。虽然,他并不百分之百地相信她是胜任的。

"……我想,这情形非常明了,"苏易解释说,"譬如,你刚才提到果园。一片很大很大的果园,如果不能从自己的泥土里培育出树苗来,单凭从别处移植,就算是全都可以种活,那终究还是无济于事的呀!"

林媛默默地听着,看看捏在手中的梨核。刀子切透的地方,露出来一颗颗饱满的紫黑发光的小梨籽。

"此地的孩子格外多,走过小胡同的时候,都几乎有点觉着绊腿。可是,除了寺庙里的小喇嘛之外,没有一个识字的。我们进行过了解,一个都没有呵!"苏易微锁着双眉,停顿了一小会才又接着说,"今天会议上专门讨论了这桩事。暂时我们还没有力量在各区普遍开设学校,文教厅在明年初才能往这里派人。同时,现在就那样做,结果怕也只会是徒劳无益。可是,必须着手做个样子出来看看。为将来打下实实在在的基础。当然,不消说,这是非常困难的,无论哪一方面都是非常困难的。不过我倒真替你高兴,你想想吧!此地人会因为你,开始相信自己的孩子也完全可以变成有学问、有本事的人。是啊!你是此地有史以来的第一个教师!"

"可是,我……"林媛激动地、怯怯地说,"我连一天都没有住过师范学校呀!"

"那有什么!"苏易替女儿表现出不在乎的样子,"你现在是气象员,可是你连一天也没有住过气象学校呀!"

"好吧! 先试着做几天看吧!"

林媛的话虽这样说,但,发光的眼睛却告诉人,她正被热情和自信激励着。苏易觉得他不必再说什么,只把不曾削皮的那个大黄梨塞进女儿的衣袋。林媛忽然仰起脸来问道:

"藏文呢? 藏文课怎么办? 我……"

"我们准备和宗本商量,从更达寺请一个格西①喇嘛来担任藏文课。"

"那好! 课本呢?"

"你说呢?"苏易反问道。

"我自己编写!"

"我抽空也还能帮帮你的忙。虽说没教过小学,也总还算教过六年书。"

林媛微笑着点了点头,这是女儿对父亲的依赖的笑。

4

回到农业站时,姑娘们正三五结伴,向一处聚集——这就是说,天黑了。林媛被她们拦住,吱吱喳喳戏闹了一阵。而后,她怀着从父亲那里带回来的兴致向气象台走去。走到岔路口,见苗康的窗子上透着亮——回来了,他回来了! ——于是她不由得停住了步。但,恰巧就在这一刻,那窗户里的灯光一下熄灭了,变成了一片昏暗。这使她暗自感到一阵羞喜:他不是写过信说不会很快

---

① 格西——僧人学位,近似博士。凭才学考取。

回来的吗！刚才的灯亮，一定是谁到他那里去取什么东西呢！

旁边有人走过来。

"那是谁？雷文竹吗？"林媛问。

"是我！"

"哪儿去？"

"随便走走。"

到跟前，雷文竹留心打量一下气象员。从她站立的位置上看，从她的神情上看，他立刻得出两个结论：第一，她想到兽医那里去串门。第二，直到此刻，她还不曾得知他早在汽车上便证实了的确凿无疑的事情。伴随这结论，雷文竹心中产生了一种强烈的念头。他觉得有必要立即向林媛提出告诫，严重的告诫：

"一块到河边遛弯去吧！好不好？"雷文竹突如其来地邀请道。

"怕不行啊，九点四十分还得做记录呢！唔！不过去走走也好，还有一会儿呢！"

林媛答应下来了。她想在遛弯时告诉雷文竹知道，她就要做老师了。不过还没等她开口，雷文竹便占先说：

"是这么，有件事，我想告诉你。"

"我知道，是站长让你通知我的吧？工委书记已经直接跟我讲过了……"

"不是站长，是我自己……"雷文竹不自然地说，"我自己想跟你谈谈！"

"好的！"林媛说，一面用好奇的目光重新端量了一下农业技术员。

他们并排向河边走去。一个倒背着手，一个双叉着腰，迈着那种真正的散步的步子。雷文竹终于低声说：

"你晓得不晓得，为什么畜牧技师来的第二天，就向站长请求要离开我们这里？"

"不晓得呀！原先我猜想，她是想回内地，或者是嫌我们农业站太小，施展不开。我就跟她说，再过一两年我们这小站就要变成一个像样的国营机械农场。她说不是！她只是要求调动一下地方，到别的农业站去。真奇怪，她就是看不上我们这儿，就是想离开我们这儿……真个的，你说呢？究竟为什么？"

"这，早应当留意到的呀！可是你……我就正要提醒你……"

"什么！什么事？"林媛一下站定了，十分诧异地等待下边的话。

雷文竹也随着站住，林媛这么语气严重地一问，他有点慌了。仿佛他的话将会引起可怕的后果，于是他忙接上去改口说：

"……我是想提醒，提醒你经常留意气温突变。要不然，到临时我们应付不了……走吧，再往前边转转！"

别说这位技术员关于气候问题的提出是那么做作，即使他的嘴再巧些，也不能挽转自己造成的局势了。林媛不缺心眼，只听他那句少头无尾的话，她心中已经有了七八分。等他再慌神慌气一改口呢，她全然明白了。转念之间，她已经肯定了事态的全部真实。她本无须乎再要他提醒什么，无须乎再向他探问什么。但，她不相信，她不承认。她不愿意承认。所以她还是要向他探问，不，简直是追问，仿佛女畜牧师申请调走的动机只有雷文竹才了解，而他却替她百般掩藏。

雷文竹含混其词，笨拙地拖延了一阵，终于无可奈何地说：

"如果你一定想知道，我想……可以说，这，也许和你有些关系！"

这话是林媛已回答了自己的。可是,听到由另一个人口里说出,仍然不免为之一震。她偏过头,站立在那里,仿佛思想和周身的神经都已凝结了。她的失神的大眼睛,呆呆地盯着去而不返的河水。

而雷文竹却因为这样点明道破的话语而立刻镇定下来,立刻变得冷静如常了。他用类似教训的口吻接上说:

"他们是同学,无论从哪一方面比较起来,他们都在先。只是说相识吧,也要早得多。当然,我不是说,你没有那种权利。可是,你做什么要妨碍别人?难道你能够看着一个人因为你感到痛苦?"

林媛依旧没动,没作声,她没听。

最后,雷文竹还慎重地补充了一句他认为必要的不可不说的话。但,当他要说这句话时,却侧过身背着林媛,似乎他的话不是针对她,而是针对着荒野,针对着夜空。同时,声调是那样困难,还带着竭力避免的颤音:

"你要知道,她爱他!她很爱他!"

5

倪慧聪今晚就寝特别早,但她不能入睡,久久不能入睡。

她带着羞愧的心情回忆起当她拿到农林厅公函时是怎样高兴;她马上就到长途汽车售票处,担心着还会有所变更。接下去,又记起到农业站来的第一个夜晚:

在公路终点,他就迂回着由陈子璜口中探知了一项足以使她感到扫兴的消息——兽医到牧区去了,过一个月才能回来——她所以没把自己的到来预先告诉苗康,原是想使他喜出望外的。尽管如此,总还是到这里来了呵!

当晚,所有的人都忙于整治步犁,安装拖拉机,几乎没有谁顾到女畜牧师。好在站长特意嘱托过林媛,因此,她以对待每个新来人的热心招待了倪慧聪,以致使后者无法过意。她还抱来很多干草,在自己室内的另一端为倪慧聪打了一个舒适的地铺——按说,畜牧师不仅应有单独的住室,而且还应该有办公室。没办法!惟独马车队旁边还闲着一口土窑,但又颇有倒塌的可能。

林媛有这样一种习性,或许是本能,凡是跟她年岁相仿的女子,不论你是什么样的性情:爱说好动的、稳静拘谨的、谦逊的、傲气的、热情的、怪僻的——她全可以跟你一见如故。她能够迅速地消除你和她之间的距离,促使你当即跟她熟识起来。倒不是这个女孩子有什么独到的本领,事实上,她不过是凭着自己固执的、火一般的亲热,以及主动的、推心置腹的攀谈。而对于倪慧聪,当然就愈发不能例外,因为,这是她惟一的将要长年共处的女伴,不!女友。

就寝之后,气象员结束了关于农业站繁琐的介绍和解答,开始向女友询问起来:

"哪儿人哪?"

"东北,哈尔滨!"

"怎么南方口音挺重的?"

"从不满两岁离开,直到现在,我还没去过东北。'九一八'以后,我们家逃到天津,'七七'事变那年,又逃到重庆。"畜牧师回答说。

"重庆我去过,什么都好,就是太热,像个大锅炉。……那么说,你从初小到专科都是在重庆上的?"气象员又问。

"不,专科在成都,金陵大学由南京迁到大后方之后分出来的。"

"哎！你一开始怎么选上了这一门的！"林媛更认真地问,"听说畜牧科女同学很少很少,几乎没有！"

"谁晓得！我自己也不晓得为什么,总之是很喜欢！你呢？怎么选上气象这一门呢？学了多久？"

"什么学呀！根本不能算学过。我爸爸,你知道不？就是此地工委书记,带我来,可是做什么呢？我什么也做不了。正碰上这里要气象员要不到,就把我给送到航空局去,请人家大致教了教。今天还是一知半解,不过勉强应付应付就是了。本来我是想去考学……"

"考什么？"

"艺校。"

"呵！要当歌唱家是不是？"

"去吧！听我这豆沙嗓门。怎么能唱歌呢！我是想学跳舞,小时候在剧团里跟一个白俄练过芭蕾。可是,只能算胡来！在那种环境当中,谁有心思真正学点什么！还不是……"

"我听人说基本训练很重要。你既然经过基本训练,那就有了一定条件,如果能够再……"

"得啦！你知道,做一个舞蹈演员当然必须具备许多条件。可是,很重要的一项是身材。看我！"林媛自己笑起来,那么坦然,"再过些日子不知更要胖成什么样子了。我真羡慕你！"

"快别提我吧！笨死了！"倪慧聪也笑起来,"在学校连课间操都做不好。"

如此,话一扯开,题目相当宽广,并且变化莫测。最后,以青年女子们纵情畅谈时所不易忽略的一个项目做了收场。

"恋爱了吧?"林嫒问。

"你呢?"倪慧聪以攻为守。

"怎么说呢! 也算也不算。"

"为什么?"

"其实,不过只是日常那么在一起聊聊。我的意思是说,还并没有,并没有肯定什么……可是……"

"可是都各自明白! 是不?"

这话在林嫒听来格外快意,以致使她全然沉浸到陶醉的感觉里去了。但,她总还没有忘记用显然是故意的、淡漠的口吻说:

"不过,我倒并不希望太快。干吗那么早? 慢些可以多了解,缺乏真正的了解怎么行呀! 况且,在一起的日子还长……"

"这么说还就是我们农业站的? 谁呀?"

"反正,以后你自己会知道,现在告你说你也不认识!"

倪慧聪猜想林嫒隐告名姓的不是别人,正是和她同路的那位农业技术员。这并非有什么根据,因为她在汽车上就曾奇怪地想过,像他这样的,对于姑娘们"危险"最大。现在,她甚至已经在替林嫒感到满足和高兴了。

"他担任什么工作?"倪慧聪的语音显然是明知故问的。

"兽医。他是我们团支部组织委员。"

"……!"

对方不作声了。一直不作声。

林嫒如梦初醒,记起了畜牧师的旅途劳顿,于是颇有歉意地结语道:

"哟! 看我,你一定困极了,睡吧!"

……

倪慧聪不能入睡,久久不能入睡。

相随这些回忆,产生了一个敏感的疑问:天这样晚了,大约已经快到了做记录的时间,气象员怎么还不回来呢?她揣度着,想象着……终于,她作出一个决定——明天搬出气象台——既然这样,你应当退避,自觉地退避。为什么要站到别人当中?为什么要让人家感到碍手碍脚?但,她存心冷静地劝诫自己的当儿,两颗滚热的泪珠从眼角悄悄滑落到枕巾上去了。

6

和林媛分手后,雷文竹没有回家,却独自沿河而下,继续溜达了很久。此刻,他的心境是异常矛盾的。时而,他觉得内心很平静,甚至很满意自己。今夜和气象员的谈话他事先并没有明确的打算,而是临时意识到的。然而这谈话对于他,却仿佛是完成了一件有准备的、重大的工作。对的,我这样做是对的。如果我根本不知道什么情况,那就又当别论,既然是知道,那我就有责任……不过,雷文竹内心却又禁不住有些纷乱,以至于懊悔起来。他简直弄不清刚才的行动是为什么,这跟你有什么相干呢?是谁的事就让谁随意好了!他开始承认,这样做是违背自己意愿的,甚至是愚蠢的……

雷文竹仰起脸盲目地走着,忽然发现前边有人影,月色朦胧,看不大清。只见那人把一匹马赶下河去,随即很熟练地从溜索上滑过河去了。雷文竹想起了上月里轰动更达的那帮偷马贼。他立即警觉起来。但那人过河以后并没有上马而去,却从马背上卸下了什么东西。接着,雷文竹模模糊糊看见他摸索着把牲口套了起来,开始在耕作了。有这么勤俭的人哪!几乎是半夜了,还到地里来,是谁呢?

这是老斯朗翁堆。

前两天,农业站第一期步犁训练班开课了。附近各庄都有人来报到。但是,当地最富有经验的老农斯朗翁堆却没有来。站长陈子璜觉得这未免有些煞风景,就亲自去请他。但他不在家,割草去了。

步犁训练班全部课程都是套着牲口在坝子里进行的。所以,除去报过名的正式学员之外,常常簇拥着更多的"旁听生"。其中包括那些来往过路的外乡人,起初,他们只是由于好奇想凑过来看看热闹,但是,他们的好奇很快就被好学代替了。他们往往大吃一惊,猛然觉悟到在这里耽搁太久,误了行程,于是不得不快马赶路……

斯朗翁堆上山割草时,步犁训练班正在上第一堂课。他本想绕弯来看一下,但是被路遇的叶海折了兴头。

叶海从地里回去取修理工具——拖拉机出了点小毛病——和斯朗翁堆走了个碰面,他随口招呼道:

"忙呵!到哪儿去?步犁训练班你报名没有?"

"报名?"斯朗翁堆反问。

"报名。就是把自己的名字……唔!这么说你没报。那你去瞧瞧吧!哎!在那里!"叶海指指忙碌的人群,"你瞧瞧!瞧我们犁地是怎么个犁法,瞧我们套牲口是怎么个套法。快去吧!"

叶海讲话时带着明显的挑衅的神色,并且扮出一副狡狯的、胜利的笑脸,这立刻就使老斯朗翁堆更改了他原来的打算,他一面转

身走去,一面拒绝道:

"不!没工夫呵!我要割草去呢!"

为了套牲口的事,斯朗翁堆曾经过于憨直地教训过朱汉才和叶海,后来他暗自有些愧感了。(那时候,谁晓得他们竟是两个会驾"狮子"的、有能耐的人呢?)不过,叶海刚才的态度却实在使斯朗翁堆不快。尤其是对一个上了年岁的山民,这简直是一种伤害,他从心里恼了:为什么非得去瞧瞧你们犁地怎么个犁法?为什么非得去瞧瞧你们套牲口怎么个套法?我自己不会犁地吗?我自己不会套牲口吗?

然而,在事实面前,斯朗翁堆常常是屈服的。

几个要好的邻人见斯朗翁堆没到训练班去,黄昏时不约而同都到他家里来闲坐了。他们谈起"狮子",语气总是客观的,仿佛是谈着神妙莫测的事。但一谈起步犁,每人都有自己的独特的形容和热情的评语。原先,斯朗翁堆最担心牲口吃不消。可不是!牲口木犁还拉不动呢,更不用说这种全身是铁的步犁了。但据这几位训练班的学员们说,恰恰相反,步犁虽全身是铁,但轻巧得出奇!根本用不着抡鞭子,只消吆喝一声,牲口就会毫不吃力地往前走去。对掌犁的人来说,那就越发省劲了;你只消松宽宽地扶住就行,根本用不着曲背弯腰去按住犁身。至于犁铧,斯朗翁堆就想不出它会有什么用场。但据学员们述说,犁铧简直像一只万能的手,它把翻起的新土顺序拨到一边,把杂草严严地压住……总之一句话,步犁是无可非议的。

斯朗翁堆不能不从实际出发为自己盘算一下:为什么我不像别人那样,也到农业站去借一头牲口借一架步犁呢?天气一天一天在变,母牛又不知什么时候生犊子。那几块地总搁着不翻,等上了冻可怎么办哪！可是，他又有些不甘心这样做。别人会怎样谈论呢？看吧！老斯朗翁堆终究也还是来求农业站了！特别是朱汉才和叶海，他们会怎样来奚落这个老头子呢？再说，步犁是不是真的就那么灵便！这也还不一定。最后，斯朗翁堆要求邻人把借来的马和步犁转借给他。他要亲自到地里来做一番考察。如果步犁不得力，那也就死了心，如果步犁真的那么灵便，那就趁天黑，神不知鬼不觉地把两块河湾好地翻一翻，其余的以后再打主意。

雷文竹想知道这是谁黑更半夜到地里来干活，他不声不响从溜索上过了河。斯朗翁堆刚刚开始耕作，见雷文竹意外地出现在面前。他不禁有些惶恐起来，仿佛他是在干一件不名誉的事。

"我当是谁呢！你呀！老斯朗翁堆！怎么这时候下地呢？"

"我……横竖也睡不着，我是想……"老头子支吾道。

"唔！在做试验！好啊！好啊！"技术员高兴极了，他原以为这老头子要固执到底呢，"怎么样？这东西还可以吧？"

雷文竹这样兴致，使得斯朗翁堆也立刻自然和快活起来。

"倒是顺手，很轻快，不过要是能再犁深点，犁宽点，那就越发管用了！"斯朗翁堆遗憾地回答说。

"怎么！太窄吗？来！我看看！"雷文竹接过步犁。

斯朗翁堆尽顾忙着到地里去试用，他只简单听人家讲了一下。关于如何调节犁沟深浅这一层技术，他并没有弄明白。现在，经雷文竹一指点，他才吃惊地发觉，原来步犁不是件死的，而是件活的东西。你只消把那根小铁棍抽出来换一个孔洞，犁沟的深浅宽窄就可以随之发生改变。斯朗翁堆被这意外的发现震惊了。当他亲自调整了步犁，得心应手地继续耕作时，欢喜得直对牲口乱喊乱吆。

雷文竹跟在背后走了几趟。他很赞叹这老头子的粗糙而灵巧的双手：

"斯朗翁堆！你明天到农业站去扛一架步犁来使唤吧！用不着进训练班。你完全可以自己使用它了！"

"那！牲口呢？你晓得，我那头奶牛怀着犊子。"斯朗翁堆带着坦率的、感激的口吻说，"要是能行，我还想借头牲口，用不了很久，也就是几天的工夫。"

雷文竹想了想答应道："行！我给站长说说，就从马群里抽给你一匹。"

"你说马？我是想借一头犏牛。马是打仗才……唔！这没有什么两样，就借给我一匹马吧……唔！对！我想起来了！"斯朗翁堆变得那样兴奋，显然，他对自己忽然产生的念头感到非常满意，"你刚刚提到马群，不是说农业站要找一个放马的人吗？"

"是啊！我们打算请一个放牧员！"

"你看我那个小女子能行不？要是行，明早上我就叫她去。横竖她在家里也做不了什么事，光知道耍。"

7

放牧员秋枝对自己的工作十分热心，每天傍晚还要和她的"拈香姐姐"一同到马厩去切草。按说，这项工作不在放牧员职责以内，也不在畜牧师职责以内。因为饲养员白天在步犁训练班忙一天，黑夜还得起床几次喂牲口，她们俩想自动帮他们做点事。同时，这些天女畜牧师的心境也很坏，她不愿意有一刻的空闲，所以尽可能往自己身上揽些事情干。只要忙着，心里就会稍为轻快一点的。

秋枝双手挟着干草向铡刀下掖着，一面仰起脸来问：

"倪慧聪姐姐！你说，真的能学会吗？"

"你眼睛要看着点呀！小心我把你的手指头切掉。学会什么？"倪慧聪吃力地按下铡刀，她的头发，随着身子的动作一抖一散。被切断的碎草从刀口处飞溅起来，"唔！你是说学会驾'狮子'，是不是？能！怎么不能呢？谁都能学会！"

……这些天，拖拉机在耕靠河岸的一条地。每当夕阳西下，马群走出山谷到河边饮水时，秋枝就从马上跳下来，向"狮子"跑去。于是，朱汉才会立刻煞车，让她上来，在机器轰鸣中提高声音给她讲述：怎样转弯，怎样倒退，怎样可以走快些或走慢些。并且还让她坐在他的位子上——这位子软软的，能够把人弹得一跳一纵——他甚至放心大胆地让她驾驶了不短的一段。她紧紧握住震动的方向盘。这时，她的心充满了欣喜而又充满了恐慌。她高兴，当这奇怪的圆盘完全在她把握之中，"狮子"照样驯驯服服地在向前走。她又害怕，也许"狮子"会趁着朱汉才没有亲手捉它，突然乱拐乱窜，或是暴跳起来。

除了秋枝，还有不少几个青年人常常到坝子上来拜访拖拉机手。他们全都要求朱汉才一下子把什么都教会。这使朱汉才很喜欢，不过任务赶得太紧，抽不出工夫，只好许愿说："……一等冬天，多少空一点，你们就来找我吧！要想学的人，都能学会。"于是，这些热心的青年人就和秋枝一样，迫不及待地盼望起冬天来。

"可是，我听说，像这样的'狮子'，北京再也没有了，只有这一个，真的吗？我想，总该多少还有几个吧？"秋枝遗憾地问。

"哪里话！"倪慧聪禁不住笑了，"有制造'狮子'的工厂呵！"

"工厂？工厂是什么？"

"以后,你一定会亲眼看见的!工厂可不是一个什么物件……"倪慧聪本想做一番讲解,忽然见一个老妇人慌慌张张向马厩走来,她问秋枝,"你看,那是谁来了?"

"阿妈!是阿妈!"秋枝也被老妇人的慌张所怔惊,她立刻迎上去。

斯朗翁堆使用步犁技术良好,被农业站聘为教员。他昨日到一个远道的山庄去了,过三天才能回来。临行时,特别吩咐他的老妻两件事,第一,要给代耕的人往地里送酥油茶;第二,母牛最迟在明日太阳当顶的时候就要生犊子,一刻也不要离开它。果然,今天中午,母牛便开始表现出明显的征候,它站不定,卧不稳,并且低低吼叫。可是,现在天已经要黑了,它还没能生产。老妇人焦急了,害怕了!她甚至疑惑母牛肚子里是什么怪物。于是,她不得不违背丈夫的叮咛,离开母牛跑到农业站来求助。

倪慧聪听了语不接气的陈述,觉得事情很急迫,必须立即帮助这个惶恐的老妇人。但是,在这方面她全无经验,她只有安定老妇人说:

"不要紧,不妨事的。你稍等等,我去替你请兽医!"

"请谁?"

"兽医,给牲口治病的'门巴'。"秋枝解释道。

但,倪慧聪还没有走出两步便骤然停住,扭回头来说:

"秋枝,要不然你去吧!"

这些天来,苗康根本没有再和倪慧聪讲过话。她像躲避瘟疫一般躲避着他。这让苗康无时不感到近似受辱的痛楚,以至于使他气恼了。他决策说:好吧!这没有什么不得了,你怎么对待我,我也会怎样对待你。因此,他尽力表示对倪慧聪漠然、疏远、强硬。不过,他自己明白,他并没有对方那样认真。这只用一点事实便足以表明:无论到什么时间,如果你想找到畜牧师而又不知她在哪里的话,那么,你去向兽医打听好了,他立即可以给你无误的回答。他总在留意着她。比如刚才吧,倪慧聪和放牧员到马厩去,他便知道,他从窗子里远远瞅见了。

秋枝急急地撞进来。

假如这姑娘只把她妈的话重述一遍,苗康早已答应这轻而易举的出诊。可是,这姑娘最后附了一句多余的话:

"……倪慧聪姐姐说,请你到我们家去看看。"

于是,已经预备动身的兽医一转念又坐了下去,推诿说:

"嗯!你看,我正有些事,不得空。就让畜牧师跟你们去吧!谁去也一样的。"

他所以要这样做,倒不是介意没有先来请他。他量定,没有接产经验的畜牧师绝不会贸然前往。如果他推诿一下,她准会亲自来找他,跟他磋商能不能把别的事先搁一搁。这样,无论她是否情愿,她势必得向他走来,她势必得破例先对他讲话。他想借着职务上的交涉打开目前的僵硬局势。并且,还能使自己保持住明面上的被动地位。

因之,苗康怀着满意的心情,一边料理器具和工作衣,一边设想着和倪慧聪谈话时持以何种语调和态度。但,结果完全出乎意料,等了一会儿,他从窗缝里望见畜牧师随同秋枝母女径自去了。

苗康立即回复到痛楚的感觉中。并且,这种痛楚的感觉多倍地加重了。他认为这是倪慧聪故意在摆设对他的羞辱。他也加重地被激恼了,好吧!这没有什么了不得,你怎样对待我,我也会怎样对待你——他更为坚定地下了决心。

已经走出了门,苗康还未能肯定自己上哪里去。看见抓在手里的工作衣,他意识到,是要去马厩为畜群检查口蹄。是的!要去工作！跟着,常有的那种庄严的情感唤醒了他。他痛心地质问自己,难道你请求到边地来,就是为了被这些无聊的生活琐事所烦恼吗？多不值得！他甚至不自觉地挥了一下手,仿佛把纠缠在他身上的什么东西一下子甩得老远。

但,当兽医发现自己散漫的步履开始和马厩背道而驰的时候,他不得不向自己承认,他原来不是决定去检查口蹄的,而是要到气象台附近走走。

只是不久以前,苗康还在暗自忏悔:的确,关于和倪慧聪的关系,不该对林媛守口如瓶,更不该一味地迁就着林媛,给了她过多的,甚至是确定的希望,结果,把自己沉陷于不可自拔的境地了。但此刻,苗康却感到这种暗自忏悔大大地有负于林媛。换句话说,他反转来为这忏悔而忏悔起来了。他开始怀着依恋之情,回忆起他和林媛在一起度过的那些情思相印的、使他心神快慰的时刻。总而言之,当他慢步向气象台走来的时候,几乎是一切一切都模糊了、消失了,在他的直感中,只有林媛的存在才是真实的。

气象员林媛高仰着脸,正在观望风杆上的十字形小风车。多山谷的高原地带,风向是无规律的,所以,这个小风车一忽儿这样转,一忽儿又那样转……

听见脚步声,林媛回过头来,见是苗康,立刻就现出一副慌乱不定的神色。

从做气象员以来,林媛未曾误过记录。但跟雷文竹到河边遛弯的那天夜里,她没有做记录,独自在气象台门外待了整整一夜。她很害怕天亮,天亮以后她便不得不和人们相见,然而她不愿意再让任何人看见自己。特别是不能想象怎样再和倪慧聪见面;不用说,在倪慧聪的观念中,我已经是一个很不体面很不体面的角色了！我趁着她不在，偷窃了她，欺侮了她。她是永远不会理解我的，永远也不会原谅我的。可是，我有什么错呢？我没有错！我一点错也没有！这应当由苗康来负责任，完全由他来负责任。我差不多是直截了当地问过他，他不仅没有半句透露，听口气，他简直从来没有留意过任何一个女孩子……林媛越想越气，恼怒极了。她竟到苗康那里，不顾一切用拳头去捶他的房门。

和衣躺在床上的苗康以为出了什么意外。连忙爬起来开门。气象员跨步进门，火气冲冲地站在他面前，他不禁为她的来势吓了一大跳。

"什么事？"兽医问。

林媛不作声，仍旧那样站着。借着月光，兽医看见林媛的两眼直直地、愤愤地盯着他。

"找我什么事？"苗康重复问，声调更加平静了，"说呀！你怎么不说话？"

气象员激动得嘴唇都在抖动，瞧吧！他倒像不知道什么似的。她觉得她就要说出顶难听的话了，但终究还是没出声。对峙了一阵，她陡然背过身，随后把房门"砰"地一带，跑走了。

是啊！林媛能说什么呢？她没有可以说的话，一句也没有，苗康从未明确地用语言或用文字向她要求过什么，也从未明确地用语言或文字答应过她什么。就是说，林媛没有任何依据可以就私人问题去质问苗康，没有任何权利去斥责苗康。然而，这是她无中生有，自作多情吗？不！绝不！在超出一般的频繁的接近当中，苗康的态度是那样无可置疑地表明他在接受林媛寄托于他的情感。并且，他时刻在以微妙的手段来助长这种情感，使爱的火焰在这个少女的胸中燃烧得更高更烈。

正是因为这,林媛特别不能忍受。他把她弄到这样一种难堪的地步。使她感到屈辱,却又无话可说。全农业站的人都知道她在追求一个男人。可是现在人们会怎样想呢?呵哈!原来是这样!气象员!你呀!……

这突然打击,对林媛是非同小可的。她觉得她必须重新认识一下苗康。她回忆起以往每次接触,都感到心中绞痛。因为当时愉快、幸福的感受原来全是不真实的,全是可笑的。她是怎样赤裸裸地把自己的情感在他面前暴露出来呀!然而这对他呢?只不过是临时满足一下虚荣心,满足一下他精神上的某种需要。是的!他不曾讲过一句可以让人抓得住的谎话,但这比公然说谎要坏得多。他对她的迎合、亲近,以及在个人接触中他那挑逗性的言行、神情,便是一个大的骗局。不是吗?

扼要说来,在林媛心目中,苗康的地位发生了绝对的改变。她是那样蔑视他。这蔑视是在一时之间形成的,又迅速又果断,就像她初次见面时便决定爱他一样。林媛甚至已经暗自发誓,从今往后再也不理他,全当不认识这么一个人。也许有人会不以为然,觉得这未免过于偏激,但有什么法子呢?这是她的事。

现在,兽医忽然向气象台走来。林媛怀着警惕、厌恶的心情想立刻躲避,她合了本子意欲进屋,但苗康已接近了她,以他那固有的、亲切的口吻说:

"林媛,我看你在这里观察很久了,是什么风啊?"

本来林媛是决计不肯答话的,经他这样一问,她却随即报以一个戏弄的微笑——最少他觉得是这样——咬文嚼字地回答道:

"反信风!"①

———————

① 反信风——气象用语,指风向无常的风。

8

凭常识判断,这母牛是"头位上胎"难产。不过,倪慧聪并没有立刻采取什么措施。更确当些说,她不敢采取什么措施。侥幸心理支持着她,等等吧!可能情况会变好些。再等等吧!也许就要好起来了!再等等吧……

半夜了!松明已经像柴火似地烧了一堆,但,母牛还没能生产。

它的身体抽搐着,四腿抖动着,尾巴不停地摆打膨胀的肚子,嘶哑地、凄惨地哀吼着。它的充血的大眼睛困惑地望着三个围在它身旁的人——在倪慧聪看来,它特别在望着她自己,她觉得它就要开口讲话了。

老妇人也用同样困惑的眼光,不时望着倪慧聪。她那苍老的、由于担惊而有些惨白的脸孔上,似乎鲜明地"刻"着两句话:"救救我们的小牛吧!救救我们的母牛吧!"

倪慧聪暗暗握住拳头,她决定行动!

首先,她要秋枝母女立刻把那间放什物的敞房收拾出来,干干净净地打扫一遍,不!得要打扫两遍。再铺上一层新鲜干草,要厚,越厚些越好!随后,就把卧在畜栏之中的母牛牵进屋去。老妇人觉得这样做是大可不必的,不过,她还是唯命是从地执行着倪慧聪的一切吩咐。

倪慧聪剪了指甲,脱下上装和绒线衣,把衬衫袖子高高地卷起来。从手指到肘弯用碘酒擦抹了一遍,又用热水洗过。她似乎十分熟练地在完成这些步骤。但,心中却是那样紧张,胆虚。她竭力鼓励着自己:没什么!这不是很简单的事吗?没做过,可看见过的呀!……当所有必要的准备都已停当之后,倪慧聪的心情忽然改变了,她仿佛被断绝退路一般稳定起来了,大胆起来了。

事情并不繁难。她伸进一只手,正过了胎位。于是,没过多一会,一个小生命降生了!一个精壮的小生命。

倪慧聪连忙用消毒剪刀剪断脐带,在断头处擦了碘酒,掏出自己的漂白绸手帕,把黏糊在犊牛眼角的液沫擦掉。犊牛的眼睛张开了!惊异地、好奇地望着——望着人,望着母牛,望着墙壁,望着干草,望着门外,望着一切……它什么也没有见过呀!

起初,小东西是站立不住的。显然,它头重脚轻。两条软软颤颤的前腿一曲,便向着正欲扶它立定的倪慧聪栽倒下去。

"看哪!跪下了!它跪下了!"老妇人含着两眼激动的泪水对倪慧聪说,"它在谢你呢!看哪!它给你跪下了!"

秋枝高兴得叫起来。多么逗人喜欢的一只小公牛呵!满身绒绒的卷曲的黄毛,白白的鼻孔,漆黑的小蹄子,短短的细尾巴向上翘着,两只薄得透明的小耳朵微微摆动着……她俯下身,鲁莽地搂抱起小牛,她在它的两只玻璃球一样的眼珠上照见了自己兴奋若狂的面孔……

筋疲力尽的母牛立即向秋枝伸过头去,愤怒地连声吼叫着。老妇人向女儿嚷道:

"给它!快给它!没听见?它在骂你呢!"

这一本正经的话,把倪慧聪引得格格笑起来。她一面嬉戏地附和,一面从秋枝怀中接过牛犊,送它去吃初乳。对于小牲畜,初乳的适时和满足是异常重要的,不然,会严重地妨碍它的发育。

当小牛犊在那庞大鼓坠的乳房下胡乱地顶撞着的时候,产牛弯过脖颈，用它那惟一能够表现母爱的多刺的长舌，把它的初生婴儿舐得通身发明。

又为善后琐事忙碌了一大阵，已经是后半夜了。

倪慧聪这才感到一阵后悔；这是关于两条生命的事，我不应当来冒险的呀，本该由兽医来做手术。她这样一想，又不禁涌起了心中的痛楚，于是她怀着伤感，无力地坐了下去，方才的振作、兴奋，一下子消失了。她在学校时便幻想过那种浸透在甜蜜中的有意义的生活：苗康在行医时，她站在一旁做助手，而她的工作，苗康又能给予不少帮助。可是现在呢？算了！想这些做什么！畜牧师尽力排除自己的软弱、痛苦的念头。她决定洗洗手便回家去。刚站起身，只觉猛地一阵昏厥，头晕脑涨，眼前一片发黑……她赶紧抓住门框。由于过度紧张和长久的忙碌，她已经四肢酸麻，疲惫不堪。然而这情形并没有被秋枝母女理会到。秋枝烧开了铜锅里的水，就在灶火口睡着了，而老妇人尽顾在张罗着铺垫子，抹桌子，沏奶茶，端糖块……

盛情难却，倪慧聪只好强打精神爬上独木梯，到主人的房间去坐一会儿。

倪慧聪喝茶时，老妇人盘腿坐在她对面，用她那昏花的两眼默默地凝视着她。刚才在为母牛接生时，她是以尊敬的、感激的目光在望她，而现在，老妇人的目光却完全是爱抚的、母性的。这使倪慧聪有些忸怩不安了。老妇人有这样狂热的、在外人看来是不可思议的习性：她特别疼爱女孩子。她往往把左邻右舍的姑娘们视为并且待为自己的女儿。

"你几岁了？"老妇人问，似乎在问一个刚会说话的幼女。

"二十一！"倪慧聪庄重地回答。

"二十一？唔！一般大，你跟她正好是同岁呢！"

"谁？"

"我第四个小女子，就是末后生的一个小女子。你跟她一般大呢！她也二十一岁……我是说她要活着的话……"

倪慧聪简直摸不着头脑。她知道，秋枝小她两岁，可是？老妇人怎么竟说她末后生的女儿和自己一般大？她不由得向灶火口望了一眼。老妇人看出了她的疑念，对她摆了摆手，意思是"别作声"！她探过身，对女儿轻轻叫了两声。

秋枝没应，她睡熟了。

"这小女子，"老妇人指指秋枝，"不是我自己生的！"

"那是……"

"捡来的。当真！是捡的，你听我说。"老妇人尽量压低了声音，"斯朗翁堆到山里去找虫草，远远看见十字路口摆着一件什么东西。斯朗翁堆走过去解开一瞧，是孩子，一个女孩子！他就拾回来了。是啊！拾回来了。不用说，生她的那个女人把她摆在路口上就是要人捡的呀！这还不定是怎么样一个苦命的女人呢！"

倪慧聪又留意望望熟睡的秋枝，她低垂着头，几十根很细很长的发辫，通过肩膀一直奔拉到地下去。

"我把她裹在怀里，暖她，喂她！"老妇人继续说，"她吃了我的奶，就对我笑。笑得那么好！当下我和斯朗翁堆说定把她留下做女儿。很快，她就会'阿妈，阿妈'地叫了！等她长到五岁，我和斯朗翁堆商量，给她取了名字，你说，这名字好听不？"

老妇人自己的神色已经作了回答："好听！再没有比这好听的名字了！"

倪慧聪又问："可是你刚才不是说，你生过四个女儿？"

老妇人陷入了恍惚、沉思。显然这话题触动了她的情肠。

"是四个，四个全是小女子。可是，一个都没有留给我呀！她们来了，又走了！来一个走一个，谁都没有留下。这是天命，天命啊！斯朗翁堆和我，都不该有自己的女儿，都不能有自己的女儿！"她低了头，垂下她那本已下拖的棱瘦的双肩。沉默了一阵，她才又忽然开口，声音激亢而颤抖，带着一股无名的怨气："谁都知道，斯朗翁堆，我丈夫，是那么强壮的一个汉子！被他那两条胳膊抱紧，人的骨节都会发响。我呢，我年轻时候也是那么壮实的女人哪！我的奶头又大又硬。"她胡乱抓着她那塌陷的前胸，"奶水总在自己往外流，把布衣都湿透了。可是，我就是不能用我的奶水喂养我亲生的儿女。为什么呢？哪怕是两个、一个……"她仿佛理直气壮地质问谁，但骤然间又变得丧神失力。她深深叹息了一下，摇着头，随后走到灶火边，把秋枝的发辫轻轻理到身后去，并且往女儿身上盖了一件父亲的羊皮袍。

"恐怕是，我想！"倪慧聪疑惑地说，"这四次生产都是怎么收生的？唔！我的意思是问你，你生孩子的时候别人怎么照拂你来着？"

"唉，看你说的什么话！生孩子是顶晦气顶晦气的事，别人谁肯挨近呢？全得自己来。觉得不行了，我就自己到牛圈去。生了，我自己用牙把脐带咬断……"

"怎么？"倪慧聪大吃一惊，"到牛圈里去生吗？"

"牛圈里！"

"为什么呢？"

"在牛圈里生的孩子，才能像牛一样有力气。你知道，我们这些差巴们、科巴们，不论是男是女，从小到老都是出力做活的，没有力气怎么能行呢!"

9

被派往牧场去的工作队,总共包括五个人:农业技术员、畜牧师、放牧员以及两个赶马车的。

雷文竹和马车队员到牧场的任务是,收罗上百万斤的马粪,并且察看可以行走马车的道路。等步犁训练班工作告一段落后,立即出动全部车辆连同山民们的牦牛,尽快把粪运到地里去。

关于肥料,农业站并不是欠缺考虑和准备。他们曾到各庄动员山民们积肥,并且修盖厕所。但,几乎所有人都认为这桩事是可笑的,荒唐的。粪,难道能对庄稼有所助益? 他们只肯信赖世代流传的可靠的经验:如果一块土地开始懒于生长,那么,只有让它休闲,一年、三年、五年,以至十年,直到它愿意让人再度耕种。因此,当农业站清除厕所时,山民们,特别是姑娘们,总是在一旁捂着鼻子笑呀笑的,把挑粪的人笑得要对她们发脾气了。近处山坡和坝子上也都散乱着不少的兽骨。农业站原也曾想着手搜集,烧制骨肥。但,山民们马上推出几个长者前来劝阻——可以说是一种和颜悦色的抗议——他们断然说,这样做会使牲畜成群成群地死去。于是,也只得作罢。

倪慧聪的任务是对牧场进行视察,调查。省农牧处指示说,明年要在这牧场上试行"草原管理"。所以,她必须尽早地拟出一个初步方案提交到上边去研究。她想,这方案的主要内容应当是换种牧草和实施分区轮牧,借以使牛马、特别是羊群更为兴旺起来。据说,以往此地羊毛产量之高相当可观。但近年来,牧民们都视养羊为畏途！经倪慧聪了解，证明在这一带正蔓延着一种细叶子毒草，并且普遍发现了肝脏虫卵，这也是必须在方案中提到的。其次，畜牧师还准备选买几头好样的本地母羊，用来和茨盖公羊进行人工配种——她想把在学校时便酝酿已久的梦想变为事实。她要培育出一个适应高寒地带的新羊种，这种新的，高大而漂亮的羊子将要由她——由倪慧聪亲自来命名呢！不过，目前她还不愿意对人承认这桩事。

秋枝也随同前往，完全是由于她的"拈香姐姐"的提议。因为，识别毒草，挑选母羊，秋枝全都在行。此外，倪慧聪的藏语很差，有时还得由秋枝来充任"通司"①。

工作队在晨曦中向牧场进发。

雪山后面，开始现出柔和的曙光，随着一阵微风，奶白色的、有如薄纱般的晨雾飘然退去了！于是，骑者们恍然发现已经进入这样一道秀丽的、长廊似的山谷。

坡地上，密集地排列着参天青松。它们不像北方庙院中的那种古松般的曲拐、苍老，而是挺挺站立着。针枝从树干的根端便向四外伸展出来。像一座座墨绿的宝塔，显示出骄傲的、不可动摇的神态。而在它们身旁，又滋长出一株株只有茶杯那么粗的云杉。这些不肯示弱的小杉树，为了夺取阳光，像春笋一般拼命地向上拔去，直到和老松并驾齐驱。林中，不时传出婉转悦耳的鸟啼，但因为枝叶稠密，却无法看见它们——谁知道这是些什么样的羽毛华丽的异鸟呵！灌木里，一群群雪白的贝母鸡，正在寻找吃食，它们那样忙碌而又安详，当骑者们从旁走过时，它们也只是抬头望望，并没有一点逃避的打算，以致使人们不忍更进一步惊扰它们。山

---

① 通司——翻译。

脚下,一条碧绿的小河在潺潺作响。河对岸正有几只牡鹿在饮水,听见人声,都异常警惕地仰起长长的颈子,立即箭一般地隐没到林间去了——显然,它们注意到骑者当中有人背着长枪呢!

山风迎面,拂动着倪慧聪微微发黄的短发,悄悄把披在她肩上的一条天蓝色纱质头巾掀落了,但她并未察觉。因为初到高原,她比别人格外着迷于从前只在书报和画册上观赏过的景色。特别使她惊叹的是遍地盛开的殷红殷红的野花,仿佛谁在这罕有人迹的山谷间铺撒了一层红粉。而他们的马蹄,就踏着这红粉向前走去……

雷文竹走在倪慧聪背后,他本想下马替她捡起纱巾,可是,他把脚脱出镫圈时,忽然意识到这举动有些近乎献殷勤——最令人讨厌的一种对待异性的态度——于是,他只提醒说:

"倪慧聪同志,你的头巾掉了!"

倪慧聪摸摸肩头,随即跳下马去。当她弯腰拾起头巾时,意外地发现,那种开满谷地的野花原是十分奇异的:它的每个细枝上,都长出八片叶子,靠下的五片,仍旧是绿色,就是说,仍旧是叶子,而紧靠枝头的三片,却成了红色,成对角向外翻卷着。构成了一个三瓣形的小巧的花朵。倪慧聪顺手切下两枝,她禁不住惊喜地叫嚷起来。

"喂!你看哪,雷文竹,你看!"她赶上去,向雷文竹举起被草丛中的朝露浸得湿淋淋的手,"你看,多有意思!我向来都不怎么喜欢花。在学校,我简直就不理解那些学花卉的人。可是这种花我真喜欢,好看极了!这花叫什么名字?"

"不知道!这里说不清有多少种花没人叫得出名字来呢!"雷文竹接过去,也不无兴味地研究着那两朵小花。

　　为什么这种并不出色的花竟幸运得到了倪慧聪的喜欢呢？因为，别的花，尤其是那些最知名的，像玫瑰呀、牡丹呀、玉兰呀、丁香呀……都要依靠许多许多叶子来陪衬。要不然，它们就不能显示自己的娇美。而这种花呢！它最自然不过，它自己也就是叶子，平平常常的叶子，不过，它究竟还是与众不同，它是花朵！

　　牧民们不仅把工作队待做嘉宾，并且把他们的光临视为牧场的光荣。大家都爽快地给了各种帮助，使工作队感到意外方便和顺利。这一方面是因为牧场的人有着喜交好客的习俗；另一方面，也是主要的一方面，牧区里早在流传着关于农业站的某些带有传奇性的新闻——一桩非同小可的事情发生了，对于远方的震动比起当地来往往是有过之而无不及的。

　　第五日中午，工作队告别了牧场，返回农业站去。

　　穿过峡谷时，忽然起了风。这山地的狂风，任性怒吼着，尽力摇撼着一切。平坝上的野草顺风铺倒了，河水掀起了汹涌的波涛，森林也呼呼滚动起来。同时，浓重的乌云也从山顶沉沉压下，顿时变得昏天暗地……一场暴雨不可避免地来临了！

　　前方，一个小山庄已经在望，骑者们本欲驱马赶去，到那里借宿躲雨，但他们背后都牵了肥胖的母羊，不能纵马。

　　雨，说到就到，霎时之间便倾盆而下，并且夹带着蚕豆那么大的冰雹，劈头扑脸打来，人们简直遮挡不暇。受惊的马，在雨雹中睁不开眼睛，狂乱地暴跳着，使人难于控制……正处于无奈之际，忽然发现靠左手树林中撑着一个帐篷。不知谁叫了一声，大家便不约而同拨马赶去。这帐篷在狂风中鼓胀着，飘荡着，像一只颠簸不稳的小帆船，而他们也正像坠水者抓住了救命的船边，不管人家是否答应，就一个紧跟一个钻了进去。

帐篷里,只有一个十二三岁的牧童。起初他很惧怕,但经秋枝三言两语说明,他立时安定了,并且,喜形于色地学着大人的样子张罗款待起来——他意识到自己是主人。

雷文竹摸摸孩子的头说:"就你一个人吗?"

"还有阿爸。他到大庄子上换盐巴去了,怕得要雨过了他才能回来呢!"

小主人在帐篷正中燃起牛粪,许是他觉着火苗太小,还不住往火上加些碎柴。而后他提议:

"快脱掉衣服吧!脱下来烤干!"(没有第二身衣服的牧人都是这样做的。)

经这孩子一提,大家不觉打量一下自己。他们淋雨时间虽很短,但已完全像从水里打捞上来的。特别是没经过这种遭遇的倪慧聪,更显得狼狈不堪。现在,她可怜地弯着腰,向上屈伸着两臂在拧落头发中的雨水。湿透的衣裳紧贴住身子,显现出她整个体态的轮廓来。

无疑,主人的话很对,如果不脱下衣服烤干,不仅很难度过寒冷的夜晚,明天也将无法上路。而且很容易受凉得病——雷文竹已注意到,倪慧聪牙齿在格格打战。看样子,她很难再支持下去了。

但,五个人围在火边。站着,谁也没有动静。

"我看!这么着吧!"雷文竹决断地对两个马车员说,"我们三个人还是赶到刚才瞅见的那个小庄上去歇一晚,明天大伙再一同走!"

"住得开!就在我们篷子里吧!"牧童连忙说,"等一会儿,你们烤完了衣服,我就把地下都铺满垫子,能住得开的,我们有毛垫子！"

"天都黑了！瞧！"秋枝接上说，"那么大的雨，怎么能走呢！你们准会迷路的！"

倪慧聪双手向后理理潮湿而粘连的头发，侧身朝外边望了望，对雷文竹说：

"得了！一块在这火边站站吧！也许雨就要停了。"

"不！这样的雨你不要指望它会很快住下。"雷文竹又扭头对两个不太情愿的马车员，多少带点逼迫的口气说，"走吧！"他说着先自钻出帐篷。

外边，狂风吓人地呼啸着。夜来了！雨更大了！

倪慧聪醒来，觉得闷气，为了不惊动秋枝，她轻轻掀开小主人为她们盖在身上的老羊毛毯，便悄悄出了帐篷。她在门口伸了个懒腰，深深地吸了口新鲜空气。

拂晓的山谷是这样清爽而又恬静。除了草丛中什么小虫在唧唧作乐之外，什么声音都没有。群星，好像知道黎明即将到来，尽量在高空闪放它的最后的余光。天，异常的晴朗，如果不是遍地的积水，简直看不出昨夜曾经有过那样一场经久不息的暴雨……记起暴雨，倪慧聪便有些懊悔起来：那时，无论如何还是应当把雷文竹他们强留住的。谁知道他们是不是找到了投宿的地方呢？找到了！一定找到了，山民们乐于收留遭难的行路人。可是，会不会真的走迷了路，走到什么荒无人烟的山沟里去？不会！这里离那小庄子原是很近的呀！她这样反复想着，走到了大树下。十几只母羊，同时抬起头来，用那迟滞的哀怨的眼光向倪慧聪望着，仿佛要对她诉说一夜受屈的苦衷。倪慧聪真有些可怜它们，鬼东西，忍着点吧！回到农业站，一切都会使你们满意。而后，她把斜搭在肩上的料布袋解开,想趁早把两匹马喂一喂,天一亮,便到庄上去找雷文竹他们一同上路。

就在这时,听见背后有什么声响。倪慧聪回头望去,只见四五条黑影快步向帐篷逼近。他们手中好像提了什么,是枪!到了帐篷口,一个留在外边,猫腰探头向四外窥测着,其余三个一拥而进。

接着,帐篷里传出秋枝尖厉的撕裂夜空的惊叫和那牧童的嚎哭。又接着听见激烈的挣扎之声。

"快!快呀!"站在外边那人粗野而慌张地嚷道,"快拖出来!拖出来!拉走!"

坏人,是坏人哪!

倪慧聪发根骤然一紧。她本能地从地上抓起两块石头,她要冲过去,去救援秋枝……但,她猛地止住了步。她觉悟到,凭自己单单一人,凭手中的两块石头,怎么去对抗四五个持枪行凶的人呢?那不仅不能解救秋枝,定会一同被拖走,一同被杀死。看来只有赶紧到那小庄去,赶紧去把雷文竹他们找来。于是,她扔掉石头,迅速从树上解开马缰,两手一扶,纵身跳上马背——平时她绝不可能这样跳上去的——又在马胯上拍了一巴掌。那匹精灵的马,好像也明白目前情势的火急,它一动步便纵驰如飞,烂泥积水从蹄下四溅起来。

不消说,这匹跃走的快马已被发觉!随即枪声响了!一枪、两枪、三枪……

倪慧聪只觉有人从背后搡了一把,用力是那样猛,几乎把她推下马去。她双腿夹紧马腹,把身子俯低,尽量俯低。心中不住地对着马说:快!快!还要快!求你再快些吧!

靠近山庄一带是凹凸不平的。马,像一辆将要倾翻的车,开始

128

乱颠乱撞,倪慧聪前倒后仰,扭动身体,拼命地保持平衡。这时,她才意识到自己没有备上皮鞍。忽然,马头向下一栽,打了前失,倪慧聪随着扑到马脖颈上去了。她双手死死抓住马鬃,而这马又忽地跃将起来,不择地势向前奔去。这样,倪慧聪便像表演骑术似地被悬吊在马颈上,丝毫不敢松手。终于,在跃越一道相当宽阔的壕沟时,它把它的骑者摔开了!摔开去好远好远。

倪慧聪腾空跌落在地上。轰然一震,她觉得一切都从眼前消失,一切都不复存在了。

大约是感觉到背上的负荷突然取消,那匹马兜了一个大圈,又回到倪慧聪跟前,垂下头去,在她身上嗅了嗅,无可奈何地喘着气,打着鼻响。随后,又高仰头颈,抖动着长鬃,连连向远方嘶鸣起来。

倪慧聪似乎是被这马嘶惊醒的。她很快恢复了知觉。她觉得浑身酸痛麻木,她觉得神志昏眩沉重,像通常在噩梦中所有过的,欲言不能,欲动不得。她强撑着想要挺身站起来。可是她摔倒了。右腿失效地折曲着,支不住身体,仿佛是一条不属于自己的假腿。她明白了,这腿被摔得脱了臼,她再也不能站立了!于是她顿时感到一阵寒心,感到软弱无力,也感到孤单无助,她甚至要哭叫出来了。然而那四条黑影又在她眼前显现,秋枝的惨叫也在她耳边响起。她立刻觉得神志真正清醒过来了。她奋然将头一扬,把散落在脸上的头发甩到后边。她决定爬!爬!爬到那小庄子上去。

像是在游泳;倪慧聪的两臂交替着向前伸去,手,抓住草根。胸部匍匐在泥泞中,脱臼的腿死板地被拖带着,在身后留下一条车辙似的印痕。她爬着,竭力全力向前爬着……

雷文竹和马车队员听见连声枪响,预感到有所不测。他们没讲什么,一骨碌站起来,提枪冲出土房拉了马就走。有几个前往相助的青年山民也掂着老式步枪紧紧跟随在后边。

倪慧聪抬头见几匹马闪出村口,向她直奔而来。可以看出,为首的骑者便是雷文竹。她随即摆着手向他们呼叫道:

"不要! 不要到这里来! 快去……那边,帐篷那边! ……"

倪慧聪竭力喊叫,觉得自己的声气很大。事实上,她那沙哑的、颤弱的、仿佛被窒闷了的叫喊根本没有被谁听见。他们仍旧驱马朝这厢奔来。

到跟前,雷文竹一切都明白了!

当他跪下一条腿,俯身去抱起倪慧聪来的时候,发觉她右肩上有血。血,隔着衣袖浸透出来。血,染红了她所匍匐的一片土地。于是,雷文竹毫不犹豫地扭住倪慧聪的领口,顺手从她的衬衫上撕下一块布,迅速地包扎住伤口。

直到这时,倪慧聪才知道自己受了伤。而她一知道,便立刻觉着剧痛难忍。她咬住下唇,忍着。并且拒绝别人扶持,用责令口吻,对雷文竹和两个马车员说:

"怎么还呆在这儿! 秋枝,秋枝……拖走了! 拖走了啊!"

雷文竹异常激动,紧握了一下倪慧聪受伤的手,把她交托给几个山民。他和两个马车员跃身上马,拼命挥着鞭子向帐篷那边飞驰而去。

第 四 章

1

（此地，可说是另一个世界。这小世界，是以层层险峻的雪山和条条急湍的冰河作为屏障而存在着的。）

在这块天地中，邦达却朵是人人敬服的至高的主宰者，是一呼百应的"王子"。

邦达却朵原是一个权势极小的、依靠战功而取得地位的头人。不过，他有一门显贵的亲戚，所以家中的豪华不亚于任何一家土司。然而像西藏古谚中所说的：祸事往往会忽然降给最幸运的人。在一次残酷的战斗中，邦达却朵所有的亲人几乎全被杀害了。他只把小外甥女儿驮到马背上逃命出来，好容易才摆脱了仇人的跟踪，邦达却朵还没有来得及弄明白发生了什么事，他已经成了一个流浪人。他不得不隐名埋姓、盲目地顺着山谷小道往前走，觉得哪里也不能落脚。

一天，迎面过来一帮朝佛的人，把邦达却朵拦住，夺走了他所有的银钱和吃食。也许有人会怀疑，这难道真的是朝佛的人吗？不用怀疑，这帮人的的确确是到圣地拉萨朝佛去的。他们严循着西藏人朝佛的规矩，一路上磕着"等身头"——每磕一头正等于自己身体的长度。若是要过河，还事先端量一下河身多宽，计算好在这距离内应份磕多少头,先在这岸磕够了数目,然后蹚水而过。那么,他们既要朝佛修善,为什么竟又干这种抢劫勾当呢?不!他们可不这样想,朝佛归朝佛,抢劫归抢劫呀!要知道,他们皮袋空了,口粮已经断了几天。这群远道去祈求幸福的人不愿意半途而废,更不愿意饿死在遥远的异乡。如果邦达却朵可以忍忍,这桩事当然会无声无响地了结。但他不是弱者,同时,他满怀怨愤还正无从发泄呢!于是,荒谷中展开了一场惊心触目的、殊死的格斗。邦达却朵单人独骑,前攻后挡,左劈右刺。结果,他虽多处受伤,然而敌方中已有两名相继在他的并不锋利的腰刀下坠马而死。其余三名见势不好,连忙举刀跪下了,照常情说,在这种怒火万丈之时,这几个人的生命是在所难逃的。可是邦达却朵没有杀他们,他对求饶者向来是一律宽恕。

邦达却朵凭了这种超人的勇猛和无限量的义气,很快在山里闻名了。并且,竟然有些漂泊者远道前来结识他。起初,邦达却朵不过是被动地跟他们交往交往。但,后来他便主动地招募起这些人来。到目前,他已经聚集了上百号人。邦达却朵统统把他们待为手足,不仅平起平坐,而且吃穿享用也完全一样。那么,他这样做是什么目的呢?这一层邦达却朵暂时不想告诉任何人。

不消说,这群无家无业的武士全要靠自己的本事来维持生计,那便是劫掠、窃盗。所以,他们称邦达却朵为"王子"不过是为了自尊,实际上,称他为首领要恰当得多。

然而,目前这里真正的主宰者已经不是"王子"邦达却朵了,也不是别的什么人,而是"圣主"。是谁把"圣主"引到这深山老林里来的呢?这不能不归功于环球布道会①的教士马银山。

---

① 环球布道会——在宗教外衣掩护下的反革命组织,曾活动于康藏某些地区。

邦达却朵原来十分轻视这个新近在山中出现的汉人，若是依着伙众们的意思，早要把他结果了，事实上这也很方便，他只带了几个"教友"。而且，教士本人又是那么干枯矮小，邦达却朵和他对面时，总觉着可以轻轻把他抓起来摔出一丈开外。但，时刻面临死亡的马银山，却是那样异乎寻常地镇定，仿佛信任自己的颈子不可能被割断似的。并且，在当晚他便取得了邦达却朵五体投地的敬畏。

马银山设宴款待"王子"。邦达却朵怀着戏谑和好奇心理，带着几个人赴宴去了。至于满桌子美味的食品就先撇开不说。单说酒——邦达却朵很警惕，他只从教士喝过的瓶子里倒出来喝——这是一种什么样的酒啊！喝下去，浑身酥麻而又清爽。以后，为了满足邦达却朵和武士们对酒的欲求，马银山便常常奉送。每当夜色来临，他们围着野火，哼着什么不堪入耳的歌调，啃着半生半熟的烧牛腿时，便尽量地往肚里灌着这种"仙酒"，其实，这不过是掺了少量酒精的河水罢了。

更重要的当然还不是酒。酒宴完毕之后，马银山邀请邦达却朵到他房里去坐坐。刚刚迈步进门，这位沉沉欲醉的"王子"就由于惊吓一下子清醒了大半：他既没有看见油灯，又没有看见蜡烛，然而，房间里却是光亮刺目，有如置身在当午的阳光之下。这时，教士迎上前来，露出两排整齐而细小的、老鼠一般的牙齿微笑着。他笑时总把扁平的鼻子向上一耸一耸，这鼻子在他窄条条的脸上不适当地占据了过多的地盘。随后，他忽然神色庄严地对他说：

"看见没有？这是'圣主'。"

邦达却朵这才注意到摆在桌上的那尊金光闪闪的圣像。

"听我说，邦达却朵！我想，你一定还不认识'圣主'吧！可是

'圣主'知道你,早就知道你!"教士的语气不急不缓,似乎在谈着极平常的,并且是和他本人无关的事情,"你是谁? 只怕你自己还不明白呢!'圣主'说,你是王子,你是真正的王子啊! 你应该管辖很大的地面呢! 比随便哪家土司管辖的地面都应该大,要大得多!"

"……"

"可是,有一些事情,不! 有很多很多事情,你都不知道应当怎样做。这不行呵!'圣主'让我来就是为了这个。说良心话,我本来是不怎么情愿的,是呵! 我为什么要情愿离开自己的家,离开亲人,钻进这个山沟里来呢? 可是,不来不行呵! 我得随时把'圣主'要对你说的话转告给你!"

邦达却朵似懂非懂,不时向桌上揣度那尊小小的金像。

"唔!"教士仿佛省悟地接上说,"也许,你觉得,是我凭自己的嘴随便这样讲的吧? 不! 邦达却朵!'圣主'是常有的! 这意思就是说,不管我们在做什么事,或是睡觉,走路,无论什么时候,他都和我们在一起。就说刚才我们喝酒的时候吧,他也在旁边的。凡是你说过的每一句话,他全都听见了! 好吧! 要是你想明白,'圣主'愿意把你刚才说过的话重说一遍,用你的声气,用你的口音重说一遍。听! 你听!"

就在这一瞬间,奇妙不过的事情发生了!

邦达却朵听见自己在说话,在笑,饮酒、咳嗽、瓶杯的碰响也都听见了。这声音是那么细致、遥远,但又真确、清晰。是从哪里传出来的呢? 像是从墙壁里,也像从屋顶上,又像从地底下。不! 这声音是从人所不知的什么地方传出来的呀! 就连小孩子也知道,声音这东西是一去不复返的,为什么邦达却朵竟第二次听到自己的声音了呢? 这空荡荡的、窄小的房间里,除了他和教士再没有第三个人。显然这就是他，是"圣主"的声音啊！倘使不是勉强保留一点"王子"的自持力，邦达却朵一定要跳出门去，逃开这发着自己声音的神秘而可怖的房间了。

2

有一天，天已经很晚很晚，邦达却朵的外甥女蛛玛还没有回篷子里来，他便差人去喊她。但没有找到，有人说见她跟"买"马的人一同出山去了。因为马匹缺少，王子派出十多条汉子到山外去"买"。这帮人是一大早动身的，就是说，蛛玛已经出走整整一天了。邦达却朵一听，十分惊慌，并且立即吩咐派人去追赶，要把她拦回来。当时，马银山正在"王子"这里闲坐，见他如此慌乱，就问是怎么回事。

"我说过，不许可她去！可是，你瞧！她就背着我偷偷地走了！"邦达却朵着急地说。

"那怕什么？过几天她就跟他们一块回来了！"教士宽慰道。

"不！你不知道……随便哪一次她要出去我都不问。可是，这一回她不能去呀！"

"那为什么？"

"你晓得他们这一趟是到什么地方去'买'马？晓得不？"

"到哪儿？"教士反问道。

"到更达！更达！……"

邦达却朵加重语气回答道。并且在他说到更达这个地名时，脸上现出难看的、异样的表情。这使马银山暗暗吃惊、纳闷。他决心即刻探问出究竟来。起初，邦达却朵不大愿意讲，但他既已有所吐露,便也只好把严守多年的秘密在这位"圣主"的代理人面前加以公开了。

追述往事,邦达却朵不能不首先提起外甥女儿的真实姓名;她原不叫蛛玛,而叫契梅姬娜。

十多年前——那时契梅姬娜不过六七岁——由于继位的纠纷引起一场战争,结果酿成了隆热土司灭族断后的灾祸。当时,契梅姬娜如果也在家,自然也会和长辈们一同倒在血泊中的,但正巧她被邦达却朵舅舅带走了,因为年老风瘫的外祖母想要看看她。事后,不知怎么被更达土司降泽工布知道了。他随即便派人前来,想要斩草除根。邦达却朵得到信息,话都没来得及说,把小外甥女抱到马上就逃,不分日夜地逃……

这种骤然的、大不幸的遭遇,使得契梅姬娜过早地变为成人了。她很少说笑、玩耍,常常陷入呆痴、沉思中。夜里常常梦见从前所有过的那种随心所欲的生活,梦见父母无止境的溺爱,梦见家族中所有的亲人,梦见属于隆热土司的繁盛的庄院……而醒来时却往往痛苦地哭叫起来。她还常常向舅父问起更达土司,问起格桑拉姆。于是她便又多次地梦见她的仇人,梦见她自己亲手把他们杀死,他们的头颅从她的刀下滚落,滚出去好远,然后她又去刺砍他们的尸身……总之,在契梅姬娜幼小的心灵中便树立起坚定的复仇的欲念。她并不幻想什么幸福,幸福和欢乐对她是永远不会再有第二次了。她甚至一点也不珍惜自己。只要能够达到复仇的目的,她愿意付出一切,当然也包括生命。仿佛她只是为了完成一次野蛮的仇杀才出生到世上来的。

昨夜,听说有人要到更达去"买"马,契梅姬娜私下向舅父请求准许她也随同前去。她特意说明,她只是想去看看更达土司的庄园是什么样子,绝不会惹什么是非。但还是没有得到许可,于是,今天一早她偷偷溜走了。

邦达却朵非常焦虑,他明白,契梅姬娜绝不只是为了看看更达的庄园。她说不定会干出什么样的傻事,这后果是难以想象的,他甚至已经产生了各种各样很坏的预感。同时,契梅姬娜这样做也很使邦达却朵心中难过。很明白,她没有把复仇的希望完全寄托给她的舅父,而是寄托在她自己身上的。她哪里知道,多年以来,他始终把这当作是自己的庄严的、不可推却的责任。他没有对契梅姬娜应许过什么,并且一直避免对她提起这些悲痛的往事。他觉得,这样的重担不可能也不应当由一个弱小的孤女来肩负,而应当由他一个人承担。他相信,他能够把隆热土司的领地从仇人手中夺回来,交还给它的真正的主人。不过,邦达却朵不是一个孩子,也不是一个缺少聪明的人。虽然他早已在山里做了"王子",手中已握有一干人马,但,一年一年过去了,他仍然没有动作。因为他不能不掂量一下自己的实力,没有十足把握,他是绝不轻举妄动的。

教士马银山稳静地在听邦达却朵的叙述。仿佛在听一个早已熟知的故事。但实际上,邦达却朵的话使他振奋异常,这对他是一个意外的发现,是一个极其有价值的发现。原先,马银山对这位山中"王子"并不抱有太大的指望,只不过是看中了他的一百多个能骑善射的、勇于拼杀的兄弟。现在看来,这种估价是不足的。原来邦达却朵有如此一位外甥女儿,原来他们和更达女土司之间有如此的纠葛。这可以从中做多大的文章呀!

"依我想,你用不着派人去追她。"教士劝阻道,"你们每回出山'做生意'的人不都是平平安安地回来了吗?"

"不！你不晓得蛛玛的性子。她准会……不！得把她弄回来！"邦达却朵说，"不管她愿意不愿意，就是拖也得把她拖回来！"

"可是，他们已经走了一天，怕赶不上了吧！"

"赶得上，骑我的马去！"

"就算赶得上，他们已经出了山。在外边可不比在山里呀！"教士警告道，"你那么一弄，反倒会坏事，会让人家生疑。唔！这么办吧！我正有一个人要出山到更达去。你写封信交给他带去，要他们都转来，不在更达'买'马。这样，蛛玛也就不能不跟着回来了。你看怎么样？好的！就这样！这样最稳当。"

邦达却朵没有再坚持自己的做法。

教士的确差了一个人出山到更达去，这位使者也的确带了邦达却朵"王子"的一封信，但他并没有把这封信交到。他根本就没去见那帮偷马的人。不过，他倒是把教士写的另一封信亲自交给了收信者。

3

他们又来了。他们不是稀客，山里人都认得，这是相子察柯多吉的商队。

马银山教士想把原买的几十个麝香转让给察柯多吉。可是，周旋已经不止一两次，总还未能成交。今天，又在那间小阁楼里讨价还价呢！

这间小阁楼在二层屋顶上，居高而孤独，左无邻，右无舍，教士独自住在这里。他有一种怪癖，每当他在家的时候，总要把那十分轻便的惟一的小木梯抽到上边去。所以，登门交易的察柯多吉到来之后，还是教士给他放下梯子他才上去。

马银山没有给予察柯多吉任何招待，他抽上梯子，便又回到遮了布帘的窗前，俯身去擦修一堆机器零件。察柯多吉也并不见外，他拉过凳子坐下，从口袋里掏出火柴。当他喷出第一口烟时，便以愤愤的、训斥的语调说：

"你们做什么？是发傻是发疯！就那么需要女人吗？"

"唔！我说呢！你怎么一上来就带着一股火。"马银山微微露牙一笑，回头斜测了察柯多吉一眼，"难道你以为做教徒的还会去抢人家的女人不成？"

"那是谁？是谁从牧场上把她弄走了？"

"还用说，'王子'的人，"教士颇有乐趣地说，"他们探听到有汉人姑娘进山到牛场来了。费了好大事才去弄来，哼！原来也还是一个'蛮'家姑娘。好厉害呀！简直是一头狼，一头小母狼！乱抓乱咬，他们围成一圈要笑她，可谁也不敢挨近她。有两个人过去扯她的裙子，让她把手背上咬得直流血！"

察柯多吉撇了撇嘴，不知他是在鄙弃那"一头狼"，还是在鄙弃被"狼"咬得流血的人。

"上午，我把她叫来，想随便问问。可是，好言好语跟她讲了半天，她连一声都没有应。好像她根本不会说话，直用眼睛冷冷地瞪着我。看样子，她恨不得把自己的眼光变成两支箭穿透我的心，把我射死！"教士不由得用袖口在他深陷的老鹰一般的眼窝里揉擦了一下。

"多余！"相子继续训责道，"何必要随便问问！她知道什么！她不过给他们放放马！"

"可是，我真不理解！"马银山晃晃手中的小钳子，很不以为然地说,"就像她也算是什么人似的!一个蛮婆娘嘛!是的,她不过是给他们放放马!可是,她竟然也会那么认真!真叫人不明白!他们究竟能给她什么了不起的好处!哼!活见鬼!"

"你不明白?"相子吐出个烟团,意味深长地说,"可是她明白。她明白他们能给她什么好处。明白得很咧!"

教士努努嘴,连连摇着脑袋。

"邦达却朵准备怎么处置她?"察柯多吉又问。

"他们要锁着她,往外传'风',让她家里来人赎她。可是要带着大洋来,最少得这个数!"教士的手指迅速变换了几个数字。

"好!好得很!嘿嘿!"察柯多吉恶言冷笑道,"不过,等他们把'风'传出去以后,就先把老鹰召来,等着给自己天葬吧!你也在内,教士!不错,会有人来赎她。可是要来赎她的绝不是一个人,带着来的也绝不是银元……"

"别担心,相子!他们准备怎么处置是一回事,她应该得到怎么样的处置又是一回事。这个,请你信任一下'圣主'吧!他也不是那么太不中用的。"

说要往外传"风",察柯多吉的确有些忿怒,但教士的话使他宽心了。与此同时,他也意识到他刚才言语之间带了过多不得当的上司口吻。他想缓和一下,于是到马银山身后去,关切地看他擦修机件,并突然变得和颜悦色地说:

"怎么样?我能帮帮忙不?修理收音机我还是把好手。"

"你没看清,是钢丝录音机。"

"唔!是录音机吗!"

"没什么!可以弄好的。"

"嘘……修吧!修吧!如果你的钢丝转不起来,那你的事情可就不容易喽!"

这话不假,马银山对"王子"邦达却朵任何大大小小的要求都是以"圣主"出面的。也就是说,他借着暗置在天花板上的钢丝录音机可以随心所欲向邦达却朵提出任何要求。

"是啊! 我也是这么说呢!"马银山苦笑了一下。也换了悠闲的、谈家常的语调反问,"怎么样? 你在俄马登登家里过得怎么样?"

"还不就是那样!"

这话题,当即触起了察柯多吉的烦闷。他懒懒散散地在地下转了一圈。像被什么压歪了似的倒在板床上,但旋即又忽地坐了起来,满腹怨尤地说:

"人要是倒了运,那可丝毫没法! 一生一世都该倒运! 直到你死才算完事,只好听便! 办事处①撤出拉萨的时候,我还想,这倒也好,可以回南京去了。谁知到了这儿,忽然确定要留人下来。自然,我不反对,这里需要留人,应该留人。可是,根据什么理由偏偏非把我留下不结!"他把再也无法捏住的烟头狠狠抛到地下去,并且加上一脚,"办事处人员当中,我们同行的也不只是我一个人哪!"

"唔! 平静一点吧! 何必呢? 讲这样的话对你有什么用!"马银山以教导的口气,轻言慢语说,"我从来不相信什么运气。我觉得,人生,不过是一段很短很短的行程。各自都有各自不同的路子。究竟自己的前景如何,谁也不能预断。所以说,当你走的道路艰难的时候,不要去嫉妒别人,尽管走你的! 也许,经历过了这一

---

① 办事处——系指国民党反动政府 1939 年所设立的所谓"蒙藏委员会驻藏办事处"。1949 年被西藏地方当局逐出。

段,会忽然发现你前面的路子又宽阔又平坦呢！那时候你就会想,幸亏我这么走了过来！"

"够了！"察柯多吉插言道,"我跟你不同,我醒着呢！"

"的确！事实如此！"教士没理会相子的岔言,"让我看,无论处在什么样的境遇当中,都无须乎愁眉焦心,那是自找烦恼。况且据我所知,原来你能答应把自己放在此地,一多半也还是出于本心。我知道,这里某些方面,对于你毕竟是有相当吸力的。"教士偏过脑袋,隐隐地微笑着,第三次露出他的老鼠一般的牙齿,"其余的姑且不论,就讲涅巴的女儿……"

"我请你不要以己度人吧！"相子认真辩解道,"不管哪一方面,我都不承认值得我留在这个鬼地方遭罪。更不要提那个涅巴的女儿了。像你说的,一个蛮婆娘！她十六岁就打过胎……"相子十分嫌恶地扭过脸,但紧跟着又说,"喂！我托你找的东西呢？忘了？"

"什么？唔！那东西！记着呢！可是,"教士为难地说,"在我们这样的地方,像六〇六、九一四那类东西可不比虫草、青果那么方便哪！"

"那么,看来我真的要到他们的卫生院去喽？"相子不悦地说。

"去呗！那有什么！卫生院里什么病都治的。我早就说过,这对一个相子的名誉也根本不会有什么损害。而且,你常到那里去还可以'增长见识',一举两得,何乐而不为呢？"

"得！得！得！不谈这些了,管他呢！"察柯多吉愤愤地挥了挥手,仿佛把不名誉的疾病以及使他懊恼的念头扫除了个一干二净。

"好吧！不谈这些了！"教士也正言道,"我们说点正经的。怎么样？这些天你的事情还顺手吧？"

"总算还不错。不过我又得埋怨你一次了！你的信来得晚了一点，"察柯多吉回答说，"当天黄昏，他们在更达坝子里卖唱，我去了，可是没找到机会单独跟那位江玛古修认识一下。黑夜，他们动了手，拉走几匹马。她呢，就到格桑拉姆宗本的楼下去放火。结果让人抓住了……我给你的回信上已经写过，真的！得要感谢农业站那个马车队长。要不然，契梅姬娜只好白白的把命丢在那儿。我们也就别想借她什么光了！现在要是少了她，戏就不怎么好唱呢！"

"我也这么说，是得感谢他。恐怕你们涅巴大人也没想到一个汉人会有这么一手枪法。"

"那自然，他要知道就不会跟他们打赌了。他心想他们不敢自己开枪射杯，准定得要请他家里的枪手来代替——他专门养着两个会打枪的人——这样，他欠身都不欠，就可以得几百块银元。可是这一回，俄马登登失了算。"

"哈哈！他也该吃点亏了。"教士嘲笑地说，随即又正色问道，"那么'王子'的外甥女儿你安置妥了没有？"

察柯多吉很有分量地点了点头。

"在什么地方？"教士又问。

"你想呢？"

"我想……你一定能把她安置到最得当的地方去！"教士现出狡狯的一笑。又露出了他的老鼠一般的牙齿。

"谢谢你的信任！"察柯多吉略带傲慢地说，"不过，'王子'这一边希望你能多尽点力。万一他要差一个什么人去找她，哪怕只在路边跟她打个招呼呢，那就不好收拾。我们有话在先，到那时候，我可负不起什么责任！"

"好的！好的！'王子'这边由我兜着。"教士停住工作转过身来,庄重地应承着,并且向前探伸出他那脏污不堪的双手。

4

夜风,无情地在抖乱秋枝的已经散乱的辫发,撕裂她那已经被扯得遮掩不了身体的衣裙。她走着,走着,赤着脚在山谷中走着,根本没觉到棱棱如刃的乱石的割刺。由于思想极端混乱,她也无法弄清自己正走向哪里,要去做什么。仿佛这是放牧晚归,也仿佛这是迎着黄昏的歌声向坝子上走去。但,当她侧目望见跟随在她身后的、巨大而变形的身影时,不禁打了一个寒战,她清醒了。秋枝啊!你不是往别处去,你是往河边去。你不是去做别的,你是去赴死!

刚才,就当着秋枝的面,邦达却朵"王子"像吩咐一件琐细小事似地吩咐去把她处死。

"喂!哪个去?跟这个农业站的女人到河边。对她后脑勺放一枪,"他边说,边用力吸食一块牛脊椎中的骨髓,"然后把她扔到河里去!"

坐在"王子"旁边的那个瘦小枯干的汉人露出牙齿笑了笑,低声对"王子"咕噜了几句什么,于是,"王子"又立即补上说:

"要带皮绳,往她身上绑一块大石头再扔下去。要不,会顺水漂出山去的!"

一个身架魁梧的青年汉子,憨里憨气应声从人群里站出来了。

"王子"看了看他说:"好的!你去吧!你的力气大,你能往她身上绑一块很重很重的石头呢!"

对于死,秋枝丝毫没有感到畏惧——这是山民们值得自豪的自然而然的习俗。只要懂事的孩子便会懂得要对死不惧——不过，并不是说，秋枝不知道珍惜每人只能有一次的、对她说还只是刚刚开始的生命。并不是说秋枝不清楚"死"对于一个人有着怎样的意义。不！她很清楚，所以，当她意识到自己正一步一步向河边迈进，一步一步向死迈进时，她感到一阵难以忍受的痛楚，两眼热泪夺眶而出，像两道流星似的，在月光下一闪便跌落到地上去了。

闪电划破夜空，总是短暂和急促的。但由于它的光亮异常强烈，因此，哪怕是顶细小的东西，也能在这一闪之际分明地显现出来。现在，秋枝的心境正如同这种情形。她无论想到什么，总是极为短暂和急促的，但由于在将死之前，对一切都有着异常强烈的恋念，因此，哪怕是顶细微的事体，也在她一闪而过的脑际分明地很不协调地重映出来……

秋枝仿佛看见了阿妈。阿妈正用她那昏昏花花的两眼望着她，她常爱这样好半天直直地望着女儿。望呀望的，总是望不够。仿佛阿妈正在给她编辫子。她那双干瘦的带着母性的慈爱的手，轻轻从女儿的鬓旁理过。她也似乎隐隐听见阿妈正站在屋顶上唠唠叨叨喊她："秋枝，秋枝，回来睡吧！看天到什么时候了啊！"……秋枝又仿佛看见了阿爸。阿爸的胡子是很硬的，像干草根一样，小时候，阿爸常用胡子在她的腮上刺磨，又痒又痛。阿爸的脸孔总是绷着，叫人感到害怕。可是，他的心肠却是那样善良。有一次，她逮住了一只麻雀，把它拴在羊栏旁边。阿爸趁她去贴粪饼的时候偷偷把它放了。他说："这是一只老麻雀，窝里准定有小雀子饿着肚子在等它衔东西回去呢！"为这事，她哭闹了一场，阿爸要她去放牛，她赌气没去。现在想起来后悔死了！她就这么一次没听阿爸的话……阿妈呀！阿爸呀！这会儿你们在做什么？在撕羊毛吧？

在用步犁翻地吧？你们在想着女儿吗？你们的女儿要死了！她再也不能看见你们了啊！她要死在河底，身子绑着大石头……秋枝又仿佛看见了倪慧聪，她并且忽然记起了那晚在小帐篷里的情形。于是心里默念着，倪慧聪姐姐！他们放枪，可打到了你吗？不！不！他们打不着你的。我知道，你一定牵着那几只母羊回农业站去了。倪慧聪姐姐呀！你还记得吗？你给我讲工厂，你说我可以亲眼看见，是啊！我本来是能看见的。不光能看见工厂，我没听说过的，我想都没法想的好多好多东西，我都能看见！可是，不行了！我什么也看不到了！我的好姐姐呀，我要死了！在河底，身上绑着大石头，水里的大鱼小鱼会来吃掉我的眼睛……秋枝又仿佛看见了朱汉才、叶海以及农业站的许多人，她耳边又响起了隆隆的声音，"狮子"在吼叫！它喷着青烟，像喘气似地向前爬。五个明光发亮的犁刀，一齐插进地里……秋枝又仿佛听见，朱汉才对她说："你能学会，秋枝，等到了冬天，稍微空闲一点我就来教你，你一定能学会！"是啊！我本来是能学会的，不光能学会驾"狮子"，还有别的好多好多事，我全能学会呢！我的手脚是灵巧的，我要学什么就能学会，我能变成像你们一样有能耐、有本事。可是，不行了啊！我哪里还能等到冬天！一小会也不能等了，我就要死了！在河底，我的手被绑着。我连一点点什么也不能学了！我连一点点什么也不能做了……接着，秋枝又想起了朱汉才和叶海每天早晨赶着马群从她门前向山坡走去。想起他俩怎样用树枝做成牛梭头。想起她从老远望着他们透出灯亮的小窗子，想起他俩到她家里去做客，脸上的汗和土和成了泥，手上染着油污。她想起了……

忽然，秋枝发觉她已经走近了河边。山洪在月光下翻腾着疾驰而下，像一条滚动着的大蛇。秋枝看来，这大蛇正待要咬死她，

146

吞没她！适才，历历在目的回忆像断了线的风筝，不知飞到何处去了，那幸福的景象像水泡似的一下子消散了。并且，所有的意念都显得是那样可笑、虚幻。此刻，在她的头脑中剩下来的只有一个字，死！死！

可是，为什么我要死！为什么要害死我！不！我没有罪——秋枝觉得她要大叫起来了——我不死！我要你们死！要你，啃骨头的王子去死！要你，露着白牙的教士去死！要你们，向倪慧聪姐姐放枪的人去死！要你们，和农业站作对的人去死！

秋枝陡然旋转身体，异常猛烈地、狂野地向在她背后的执刑人扑上去。双手抓住了他的枪筒。但，这青年汉子的力气有多大呀！他横过枪身，当胸向外一推，秋枝便像被牦牛抵撞了似地倒退几步仰面摔倒了。她的散乱的发辫已经浸浮在岸边的浅水之中了。

紧跟着就是"当"的一声震耳的枪响。

秋枝觉得轰然一怔，仿佛整个的心身迸裂了！她对自己说：死了！死了！我已经死了！可是，为什么我还能看见天上的星星？为什么我还觉出来自己躺在什么地方？为什么我还能吸气？为什么我的心还在跳？不！我没死，我还活着！于是，她站起来了，昂然地站起来了！像一棵风暴中的云杉。她用极端仇恨的、极端轻蔑的眼光盯着那"武士"，等他再开第二枪。

执刑人走过去，走到秋枝跟前，用平静的声调对她说：

"不要夺我的枪，我并没有想打死你！"

秋枝没有理他，仍旧用极端仇恨的、轻蔑的眼光盯着他。

"你走吧！你跑吧！"执刑人向远处指着，"瞧！你瞧！出这山口，往东拐，翻过一架大山，然后，沿河向下走，一直向下走，就到了更达。你听到我的话没有？我让你走！我让你跑！"

秋枝还是没有理他,仍旧用极端仇恨的、轻蔑的眼光盯着他。

　　"你怎么老这样看着我?好吧!看吧,看吧!你记住我的样子。告你说,我的名字叫郎加,郎加!回去说给农业站'本布'。你没有死,就是因为他。要不是他,刚才我这一枪是不会放空的!你知道吧?他捉住了我,本该杀死我,可是他没有。这桩事我记着呢!你告诉他,我郎加不是一个没有心肝的人!"

第 五 章

1

工作队遭受袭击后,宗政府有关部门随即派出一支武装,一来要寻救秋枝,二来要进行必要的侦察。的确是很意外的,这个牛场离更达最近,公安部队常在这一带活动,没想到会出了这样的事。

不消说,这对斯朗翁堆夫妇是一个沉重的打击。尤其是老妇人,她连茶也不想煮,奶子也懒得挤了,整天泪淋淋的,如痴如呆地坐在门前。或坐在屋顶上向山道眺望。邻人们都以最大的同情来宽慰她,有的甚至替这个失去理智的老妇人去问卦,到玛尼堆上去磕头许愿。农业站可就更加焦虑了,因为这姑娘是作为放牧员,作为农业站的一员随工作队进山去的。同志们都很难过,很激愤。特别是机耕队助手叶海。他一听说,就从拖拉机上蹦下来,找站长请求,非要跟宗政府的人一起进山去不可,站长好费力才算劝阻了他。……

总之,这桩事使整个农业站都处于沉闷的气氛中了。不过,人们并不恐慌,一切都照常进行。马车队也照常到牛场上去拉粪,但为了谨慎起见,陈子璜决定亲自带队前往——他的作战经验可以应付任何情况。

土窑里还有些昏昏暗暗,陈子璜便带着睡意摸索着穿起衣服,

把棉被轻轻加盖在李月湘身上,生怕把她弄醒,可是李月湘偏在这时醒来了。她睁开惺忪的眼看了看丈夫,随即说:

"把身上的衬衣脱下来吧!该洗了!"

"不慌吧!还能凑合几天。"

"还凑合呢!都发酸了。"她从枕头下翻出浆洗过的、压得平平展展的一套白布衬衣,"你自己不觉着,可往人跟前一站,那股汗气谁闻了谁讨厌!"

搁在过去,不消谁提醒,只要衣服一脏,陈子璜便立刻会脱下来往床角一丢。可是现在,他总拖延,不愿意更换。

前星期,苏易到农业站来。陈子璜对他诉起了人手缺少的苦处:别的不提,库房、农具至少应当有一个专人来负责管理。可就是找不出人来,老鼠把装麦种的布袋咬了好多洞。一对粪桶在太阳地撂着,晒裂了,不能使唤了……不过,陈子璜也明白,他无论怎样诉苦也白费。工委书记连一个人也不会派给他的。

"你的人已经够多了!"苏易果然这样说,"特别是找一个库房管理员,更不用费难。我敢说,你能找到这样的人:又经心,又靠实,做这件事是再合适也没有的了。"他一边说,一边带着夸耀的神色望望坐在火台前面的李月湘。

"我?"李月湘有点慌张了,"别说笑吧!苏书记,我能做什么!"

不是说笑。李月湘正式地做了农业站库房管理员。

这职务,想来是平常、简单的,但事实上却沉重而繁杂。不待说,对于李月湘便更有许多难处。因此,她每时每刻都怀着紧张的心情,带着急迫的动作,身心贯注地在履行落到她肩上的职务。正如一个初学游泳的人跳入了滔滔洪流,丝毫不敢大意。

但,李月湘并没有在波涛大浪中感到无力和虚怯。正相反,她

150

内心却感到了从来没有过的充实。

以前，李月湘见丈夫在为工作忧虑、发气、争吵，她总是暗暗感到难受。因为丈夫无论怎样奔忙劳累，怎样受熬煎，她也只能从旁观望而无能为力。另一方面，她注意到，倪慧聪和林媛却和自己不同。站长和她们俩商谈什么事情的时候，总是用那种庄重的神情和信赖的语调。而对她，对他自己的妻子却从来不这样。一想到这，李月湘便立刻会伤心，羞惭。她觉得自己是无用的，是站在行列之外的，是不能和农业站任何一个人相比的。可是现在呢？她也像别人一样，有了自己的职务，再不是根本不关紧要的人了。她已像倪慧聪、像林媛、像农业站所有的人一样和站长——她的丈夫——并肩走在一起。一句话，她觉得自己完全成为另一个人了。

陈子璜虽则遵照工委书记的意思委任了李月湘。但他总觉得她不像一个掌管全站物资的库房管理员。他想，就让她暂且凑合着吧！但等随便找到一个什么人，马上就把她换下来。可是，李月湘到任不满五天，站长便发觉：仓库顶上漏雨的裂缝用草泥补严了。装种子的布袋已经不堆在潮湿的地上，而吊上了耗子难以接近的木架。所有的农具：七寸犁、钉齿耙、宽镐头、背筐、洋锹、镰刀……分门别类，像阅兵分列式似地摆在敞棚里。而且，陈子璜还在生产队听到过这样的议论："哎哟哟！新官上任三把火，一点也不假。我们李主任办事手续好严呀！""哪个李主任？""库房管理处主任哪！""唔！她呀，那自然啰！这是我们站长的内当家嘛！""不知道她由哪儿搬来的这套规矩。我要一条扁担，使唤一小会儿就完事，可她非得要我一口说定什么时候送回来，还得把我的名字写到她那个破登记簿上！"——陈子璜曾见他的妻子用旧报纸订了一个不整齐的小本，但他没想到那便是后来挂在敞棚柱子上的登记簿。

从此,陈子璜觉得,如果从农业站再找出一个像李月湘这样勤勉认真的库房管理员来还是不怎么容易呢!他仿佛初次明确地意识到他的妻子的存在,并且是那样显著地、不可缺少地存在着。他除了在表面上继续保持着做丈夫的严峻、威仪之外(他认为不能不这样),却不禁暗自带着几分愧感,谴责着自己。他觉得,对于妻子来说,他完全是一个不通情理的冷冰冰的人!

陈子璜再也不能像以往一样,衣服脏了就脱下来往床角一丢。别的人,在完成本分工作之后,总可以多少得到一点闲散的空隙。而他的妻子,除去竭尽全力在对付职责以内的大大小小事体之外,并没有谁替她解除或是减轻繁琐的主妇的劳务。

“快换吧!”李月湘欠起身,又一次催促丈夫。

“算了!正晌午日头很毒,我自己在河边搓一搓,晾到沙滩上,一小会儿就晒干了!”

“那是做什么!你找着让别人骂我还是怎么的!”

“我看就改天再说吧!你哪儿有工夫!”

“白天没工夫我不会夜里洗!”

争执的结果,确定把换下来的衣服拿给蛛玛去洗。

蛛玛从俄马登登那里被放以后,无处投生,又找到农业站来恳求怜惜。农业站既然挽救了她的生命(这不能不归功于糜复生那如神的一枪。虽然他因为决赌的事受到了严重批评),自然也不吝于给她帮助。结果,在舆论支持下,她被允许住在马车队旁边那个破窑里,依靠揽洗衣服挣些零钱来维持她孤苦的生计。陈子璜觉得,把衣服送给蛛玛洗是顶合适的:一方面能为妻子替出些时间来,另一方面又能作为对这个无亲无故的异乡女子的一点周济。

李月湘匆匆忙忙梳了头,在鬓后系上了她最近才加饰的一条宽宽的黑绸发带——一个工作人员,站长的女人,头发总跟鸡窝似的像什么话——随后便出去弄引火柴。她一开门,发现窑洞前摆着一堆什么东西,上面盖了白花花的一层夜霜。是谁丢在这里的呢?她走过去翻看。但,她立即惊叫着缩回了手,不由得退回门里去了。这不是什么东西,是人,一个死人。

左邻右舍的人都衣帽不整地冲出了窑洞,一拥而上,七手八脚地扶着死者仰坐起来——这是一个相当衰迈的老头子。那丛生的胡须上挂满了无数个小小的露珠。他的宽大干皱的脸,完全是土灰色。皮肉像松散粗糙的沙泥,这一块块沙泥上,又布满了像用三角刀刻出的深纹。总之,这老者整个的面部是脏污的,僵硬的,可怕的!他头上扣了一顶呢质礼帽。可以看出这帽子原先是属于贵人或是商人的,现在虽已破旧不堪,但戴在他脑袋上仍然显得有些不相称。上身裹在一件牧人的老羊皮袍里。腰间横插着一把生锈的折断一半的藏刀。下身则穿一条不知从哪儿弄来的油污的棉军裤。他没有鞋,两只脚上穿了两只不同的袜子,一只是粗白布袜,另一只是颜色鲜艳的女式毛袜。

陈子璜把手伸到那老羊皮袍里面去,立即感到了死者的心脏还在跳动,微弱地,但却是沉重地在跳动。

"他活着呢!"陈子璜正要这样说。可是,恰在这时,发出了几个不约而同的声音:"瞧!瞧!眼睛。瞧他的眼睛……"

老人的眼睛缓缓地、十分勉强地睁开了。这眼睛是那样无力,像是一个极端需要睡眠的人硬被扰醒了。他审视一下围在他身边的人们,随即,下巴微微颤动起来,抖落着须梢上的霜花。可以分明看出他要讲话了。

"听……听说……这里正在……正在放麦种？借给我吧！借给我吧！"他不随和地伸出两只干柴一般的手，"我不要很多，一点点！要一点点就够了。"

这话，乍听似乎是莫名其妙、没有来由的。但，在场的每个人都理解这话的意义。因为大家已经注意到放在"死者"身边的那半截洋铁罐，显而易见，这物件是用来沿门讨乞的。

2

陈子璜吩咐妻子，赶紧把昨天剩下的米饭热一热给这老乞丐吃，并且给他找一双旧鞋。随后，他便到马车队去张罗套车。

一早，马车队出动了，后边还跟着几十头牦牛。无论是马车队员还是本地人，差不多全都带了武器。好像不是到牛场去拉粪，而是奔赴前线。

过河时，陈子璜远远望见雷文竹和几个生产队员扯着绳子，摆着小旗在测量什么。

前些时，雷文竹看过了畜牧师关于修筑堤坝的报告稿，引起了他的极大兴趣。当时约定一同到现场测量，以便起草正式的报告。但因为大田的工作紧迫，后来又进山到牧场去，事情便一直被耽搁下来了。紧跟着就出了事，现在，倪慧聪因为受了枪伤在卫生院休养，而雷文竹手边又堆了不少的事。看来，他们的计划更得拖下去了，可是，雷文竹忽然决定把别的一切先甩开，用突击的方式来做这件事。一方面，这工作的确也不宜再迟；另一方面，也可以说雷文竹这样做是为了倪慧聪。他决心在倪慧聪住院期间完成测量，开始修筑堤坝。他相信这样会使倪慧聪高兴，会减轻她精神上的烦恼,甚至会减轻她伤口的创痛;她虽然躺在病床上,她虽然在忍受痛苦,可是农业站却开始在完成一项重要的、甚至是了不起的工程。而这正是根据她的提议和策划来做的。

这两天,雷文竹埋着头,日夜忙于张罗这件他不熟悉的工作,测量,计算。总算求出来几个大的数字,虽说并不细致,但他认为,即使马上动工也没有什么大的难题了。

马车大队已过来了。雷文竹一边收回拖在地上的皮尺,一边迎上去:

"站长! 你真的要自己到牛场上去?"

"这还能说假? 赶车我还是一把老手呢!"

"怎么样? 那我就不去了吧? 路,马车队的同志认识,粪集中在什么场子,他们也知道。"

"行啊! 我昨晚上不就说,你用不着去了! 唔! 对了! 要是家里有什么事你就替我照顾照顾。"

"好吧! 你等等,站长!"农业技术员赶上两步,"有件大事要请示你呢! 本来应当由倪慧聪同志写正式报告——这完全是她出的主意——可是她在卫生院,况且报告上怕也不容易写明白。正好,你到这儿来了,我这就跟你介绍一下吧!"

"介绍什么?"站长把牲口吆喝到旁边,勒住套绳,停了车,让后边的车辆和牦牛过去。

于是,雷文竹比手画脚,以快活而又十分郑重的语调开始了他的富于想象的口头报告。因为是在实地,所以讲得又是那么周详和确切。根据他的描绘,你仿佛可以看见:从山脚起沿河而下筑起了一道雄伟的石堤,汹涌的洪水用尽全力向石堤上冲撞一下,然后不得不掉转头来,顺从地由河道流出,石堤背后,已经不是一片不毛的沙滩，而变成了农业站第二个大田；在这肥沃的大田中，根据畜牧师的计划种植了多种多样的牧草，并且，根据她的计划，家畜场和粉房也设在这里；更使人神往的是，在河堤打弯处修起了一道水闸，从闸门入口，又沿着山根挖了一条水渠，直通到下游，跟农业站隔河相对的地方，水电站就设在此地，这水电站规模很小，可是，对于未来的更达机耕农场和附近的居民们已经足够了。当然，如果需要，还会出现别的什么建筑物，这里有空阔的地面，傍山近林，不仅可以就地取材，而且四周环境也很适意……

雷文竹的言谈、动作并不夸张，仿佛他所谈论的不过是一项很轻易很平常的工作而已。然而，你却不由得会感到他是那样有气魄，那样自信。你不禁会被他的想象和描述打动。尤其是陈子璜，作为农业站站长，对这样的事该报以多大的热情啊！但，恰恰相反，陈子璜并没有什么特别的反应，他的态度是淡然的，待听不听的样子，好像雷文竹并不是在对他作一项事关重大的提议，而是在跟他讲一个无趣的故事。这一点，雷文竹有所觉察，因此，越到后来越讲得不带劲，以至于不能不虎头蛇尾地结束了他的口头报告。

"唔！这么说，你们是打算从这里修一条大堤！"站长终于答话。

"用不了太大太高。"雷文竹连忙说明，"夏天发大水也不过是涨到……"

"反正得修堤。摆几块石头总不能把水挡住。"

"那当然！不过你要知道，只要这道堤一修起来……"

"知道！我知道！牧草地、家畜场、粉房，还有水闸、发电站。好啊！这还用说？再好也没有了！我倒希望今天下午我们就把这些都办妥。可这不是现在的事呀！同志！这是将来的事！"

陈子璜说着，顺势把缰绳一抖，车轮向前滚动了。农业技术员一边快步跟随，一边质问道：

"为什么不是现在的事情呢？"

站长扭回头来从容回答说："因为现在根本办不到！"

说话间，马车越走越快，雷文竹很难再跟得上。他只好追赶几步，抓住前杠，跃上车去。这时，他已经十分不悦了：

"办不到吗？那为什么呢！"

"怎么！不服劲？好吧！那你就试打试打看！"

"行啊！我就试试！可是你叫我怎么干？空着两只手……"

"那你要什么？"

"人！"

"人——"陈子璜苦笑了一下，"老天爷！我到哪儿去给你弄人来！你自己去找吧！你看农业站哪一个人能抽出来我就给你哪一个。"

"为什么光说农业站？就算农业站全体出动，总共才几个人！"

"可就说呢！"

"我们不会请工人吗？"

"啊！说得倒轻巧！请工人！要花钱不要？"

"当然要花钱！"

"要花！钱从哪儿来？"

"那我不管！这是你的事！"

"……"

沉默了！谁也不再说话。马车依然在辘辘地往前走，已经走出很远了。看来，如果站长不给雷文竹满意的答复，他会赖在车上不下来的。

"好吧！好吧！我考虑考虑！"陈子璜终于无奈地说，"以后再说吧！"

"以后！以后！这就是你的逻辑。造好计划送上去，你就在上边批上'缓办'两个大字，找你谈，你就是'以后再说'！总是以后！请问你，以后是什么时候呢？"农业技术员异常愤慨，以斥责的口吻嚷了起来。

"你还有完没完？"陈子璜发火了，"你马上就要动工还是怎么！就算是修吧，也得要等到冬天哪！现时地里家里都忙得磨不开身，你叫我怎么办！你说吧！你叫我怎么办！"

"可是不能等冬天呀！修堤得要挖沟打根基。到冬天上了冻就更费事。我认为必须趁着现在……"

"行啦！你认为，你认为！你是谁？是不是上边专门派你来管我的？同志！你知道不知道我是干什么吃的？不管好赖，我是站长！至少暂时还没有撤掉我的职。那我就有权照我的意思办事。"

陈子璜的突然盛怒更使雷文竹气愤了，不过他却强制了自己，仿佛骤然间就恢复了镇定：

"那好吧！既然是这样……"农业技术员不想再说什么了。他做了一个准备姿势，从马车上跳了下来，但旋即又跑步追上前去，以冷静的语调对站长说：

"不过，我先在这儿给你申明。回头我要去找苏易同志。"

"要告我？"

"我不会告状。不过，我想把这一个建议直接提到工委会去。"

"随你的便！"

陈子璜一扬手，鞭梢在空中打响了，马车轮更快地向前滚去。

158

3

雷文竹在工委会没有找到苏易。工委书记到更达小学去了。

有将近三十个人正在为更达小学赶修校舍。其中有一部分是雇请的小工;另一部分则是自动来帮忙的热心的家长们,虽然,他们对未来学校的想象是那样模糊,但他们却肯定让子女念书总归会有益处的。前几天,宗政府宣布呷萨活佛为更达小学名誉校长,这更增加了当地居民对学校的信任和希望。不过还有不少人对这桩事根本不发生兴趣,他们认为,让子女们成天坐在学堂里,总归是失算的,一个七八岁的孩子能做好多事呢! 因此,自动报名的不多。林媛只得挨门挨户去登记学龄儿童。就这样,某些家长还极力隐报自己的儿女,仿佛在逃避"支乌拉"①。林媛问过几个孩子:"你愿意不愿意上学?"他们大多是坦白地回答说:"不愿意。"——分明是做父母的已经事先警告过孩子了。同时,新近在各庄上又传播着一种为人们半信半疑的流言,说孩子们当了学生,将会被弄到很远很远的地方去,替汉人打仗送命……

不过,事情可并没有因此被阻拦下来,相反,在校舍尚未落成以前,宗政府便决定暂借农业站的草棚开学了。只是因为到校学生太少,不得不把开学式推迟举行。但总算开学了。

苏易到学校来的时候,正在上汉文课。他轻步走近草棚,不! 轻步走近教室,倚在门旁望着整个课堂。学生们,有一些是坐得端端正正的,挺着胸脯,倒背着手,看来满有一种军人的尚武精神。而另外一些则是斜七扭八地趴在不够结实的小木桌上。猛一看,

———————

① 支乌拉——支应差役。

课堂里异常肃穆,没有一点动乱现象。可是,你留意桌子下边吧!那里并不平静,不是这只脚在踩踏那只脚,就是那条腿在踢蹬这条腿。就像浮游在水面的一群小鸭子,表面上都是那么稳重老实,但水下面的双脚却忙得厉害呢。

林媛背着身正在向黑板上写字。俨然是一个庄重的教师啊!她高高抬起右臂,紧捏着自制的又粗又长的粉笔,为了让学生能够看清笔画,她写得很大很慢。但,一个字还没写完,只听有人高声叫道:

"江古修!"①

所有的学生都向教室后角转过脸来。喊声是降嘎发出的。这是一个胖得几乎眉眼不分的孩子。他已经从座位上站了起来,肮里肮脏的脸上带着冤屈和愤怒的神色。

林媛回过头,望了望降嘎,随后十分不悦地向他走去。看来她一定要给这学生什么教训了,但她到了降嘎跟前,却临时换了和气的语调说:

"你刚才怎么喊来着?重来。"

降嘎一愣,侧目望了望同学们。这时,他才想起林媛不知多少次郑重其事地对学生们讲过,谁也不许喊她"江古修"——真奇怪,对女人来说,这是最尊贵的称呼,可是为什么她听见就像挨骂一样不高兴呢?——而现在,他又重复了这种错误。于是他立刻用手背擦抹了一下拖出的鼻涕改正说:

"老师!"

各处随即响起了吃吃的哄笑。

"好的,这才对!"女教师点点头说,"你有什么事?"

———————

① 江古修——太太或贵妇。

"你瞧!"降嘎伸出一个血淋淋的指头,一面告发和他共坐一条板凳的小姑娘,"她把我的手割破了!"

林媛有些吃惊。不过,见这孩子并没有因为受伤而嚎哭,便很快恢复了镇静。她没说什么,拉住他的手腕便到黑板后边去了。那里摆着一张小桌子。林媛拉开抽屉,取出一个小镊子,夹着药棉,蘸了红汞,在伤口上涂抹了一番,敷了磺胺粉,随后用一条纱布把受伤者的手指裹起来。苏易从旁望着这一切,他不禁暗暗对自己说:"她比我要难多了,我做教师的时候只是教书。可她现在还得兼做护士。"的确,林媛是十分重视这种护士工作的。因为她的学生们常常不是跌伤、碰伤,便是相互用什么"武器"割刺得流血不止。

包扎完毕,女教师便转来究问那个小姑娘。

这女孩子看来有八九岁,长得很好看——她那俊俏的小脸盘上又生了那么一对令人见爱的、水灵灵的大眼睛——在所有学生当中,林媛顶喜欢这小姑娘(虽然她常常暗自忠告自己应当毫无分别地喜欢每个孩子)。从做学生的第一天起,她便依照老师所说的,总是把脸洗得干干净净,衣服穿得齐齐整整。并且,差不多天天都是她第一个到校。每当林媛东跑西跑到各处去"拉"那些迟迟不来的学生时,这女孩子早已坐到自己的位置上去了。可是,现在她忽然做了"凶手"。林媛不能不以十分严厉的态度对她说:

"你讲讲吧!为什么你要用小刀割别人的手?"

"不是!我没有割他的手。"小姑娘站起来——她没有忘记跟老师讲话的时候应当站起来——闪动着她那长长的、微微向上弯曲的睫毛申辩,"我没有割,我的小刀在我的口袋里装着。这个,就是装在这个口袋里。他伸进手来,想把小刀掏走。怎么行呀!我削铅笔得使唤小刀呢。我不要他掏,他就夺。我捉着刀把儿,他捉着刀刃。一夺一夺……他的手就……就破了!"

林媛断定,这女学生的话是实在的。因为"原告"已经把头耷拉下去,显然没有再作什么辩驳的意思。于是又转脸问他:

"是这样不是?"

他不应声,好像不是问他。课堂里起了一阵悄声议论。前排一个最小的男学生跪在凳子上高声说:

"是这样。老师!准是这样!他总是拿别人的东西!"

女教师当即感到降嘎是那么讨人厌。她甚至要鄙弃地对他说:"你不是学生,你是小偷!"但她终于没有讲出口来。孩子们还没有听说过"小偷"这个新鲜的词儿。如果做老师的这么讲了,学生们便会记在心里,并且,会忘记这胖孩子姓甚名谁,而常常带着满意的语调喊他"小偷"的。"幸亏没有那样讲呀!"林媛自责自谴地想,一面挨近降嘎,微微弯下腰,以柔声但又包含了应有的斥责口吻说:

"往后可不许再这样了!啊!你知道吗?不作声拿别人东西是最丢脸的!要是我这样拿了人家的东西我就羞得不敢再见人了。干吗要把手伸到别人口袋里去呢!你要用小刀,可以好好地跟人借呀!'让我用一用你的小刀吧!'她一定会借给你的。你说!"林媛转身对小姑娘说,"他要借你的小刀使一阵儿,你借给他不?"

"借给!"

"你听!她说借给你。你也不用掏,也不用夺。接过来就用,用过了就还给她!'给,还你的小刀!'这样,下一回你要用,还可以再跟她借。你说呢!我讲的对不对?"

"……"

"同学们！我讲的可对？"

"对！"

"听见没有？大家都说对！"林媛托起降嘎的下巴，使他仰起脸来，"你说，'我往后再也不拿别人的东西了！'好吗？怎么不出声！你跟大家说，'我往后再也不拿别人的东西了！哪怕一丁点小东西也不拿'……你说呀！"

为了满足老师和同学们的要求，降嘎本来可以随口应承下来的，可是，他不会说谎。就是说，在保证不拿别人一丁点小东西这件事上，他不完全相信自己，而他又明明知道，对于这种问题，是不能做否定回答的。因此，他只好顽强地保持着沉默。然而老师却一定要他回答，他开始感到不可开交地狼狈起来了。

就像是得到了信息一般，正巧这时降嘎的母亲来了，"解救"了她的儿子。

这是一个和她儿子体格适得其反的、瘦高的女人。她撩起围裙，习惯地擦弄着双手，以匆忙的步子从苏易身边闪过，走进教室。她一进门便气高声厉地对儿子嚷道：

"该死！你跑到这儿来做什么？回去！"

降嘎看了看女教师，看了看同学们，把受伤的手抽回到袖筒里去，带着被"逮捕"的神情，顺从地向母亲走去。

"等一等！"林媛一壁说，一壁赶过去，"大嫂！你知道，降嘎是来念书的呀！你看，这么多孩子，不都是来念书的吗？"

"念书？唔！念吧！叫他们念吧。他可得回去！"女人把孩子拉过去，"他爸爸有病，躺在垫子上半个多月了！不错，农业站是帮我们翻了地。可我得照应病人，没人弄水，没人捡干粪。再说，牦牛也得要人去放呀!"

"那……这么吧! 再过一会让他回去,你没看,"林媛指指黑板,"正在上课呢!"

女人没有弄明白林媛的话,因为她无法了解"上课"是什么意思。所以推着孩子的肩膀就要走,林媛着急地伸出两臂。

"我说了,不能走!"

"怎么啦?"女人立即光火了,"这是谁的孩子? 我的! 是我的孩子。我可不让他吃了糌粑任什么事都不做。走!"

"不! 我是说,要等一等。等一小会儿就让他回去……"女教师一半生气一半央求说。

"让他走吧!"苏易终于从门旁站了出来,"让他走吧!"

林媛放开拦在当门的手臂,那女人拉着自己的儿子理直气壮地走了。

随后又有几个学生乘机从教师身旁溜了出去……

4

怎样才能使家长们不再从教室里把学生夺走呢? 苏易没有立即找到满意的答案。他和几乎被气哭了的女教师约定今晚在一起认真研究,现在他要到校舍建筑工地去。

校舍是在一所建筑物的废墟上重新修盖的。当地老年人全都知道,这座建筑物最早以前是清兵盖起来的营盘,后来,国民党军队又稍加修补做了自己的兵营。为了赶工,在风雨中支撑了几十年的残墙断壁现在又都被充分利用起来了。所以,整个校舍的院墙显著地分成了两半:下一半是古旧的,上一半则是崭新的。

建筑者们都在忙碌：挑土，和泥，截板，砌墙，打夯——劳动和着歌调的节拍进行——西藏人在盖房子的时候是不能不唱歌的。

工人当中，有一个显然已经不适于再做这类活计的老头子。他深深向前探着肩，弯曲的两腿吃力地支架着身体，但他双手的动作却并不比别人缓慢，这便是前几天倒在陈子璜门口的那个老乞丐洛珠。苏易到这里来主要就是为了看看他，跟他聊聊。因为，老者被证明是一位四五十年以前享有过盛名的骑士，这就使曾作过历史教师的苏易更加注意。

书记用藏语和山民们打过招呼，随后，他一边卷起袖子开始砌墙，（山民们颇为诧异，一个大"本布"为什么能像真正的泥瓦匠一样会干活儿呢？）一边和老人攀谈起来。老头子虽然不断地涨粗了脖颈干咳，像牛一样呼噜呼噜地喘气，但他的耳朵却没有失效。并且，他竟像说书的人那样健谈呢——倘若不是如此，便不会有人知道这个四处漫游的老乞丐有过怎样平常而又不凡的经历了！

"……跟英国人打仗吗？嗯！打过的，这我记得很清楚。我九岁的那一年，我父亲就跟英国人打过仗。等到我二十六岁的那一年①英国人又来了。"老人不慌不忙道，"听说英国离我们这地方很远。中间隔着很大很大的海，走十年都走不到呢！可是他们忽然间就来了！带着枪，带着炮。就像野猪闯进林卡一样……"

就是老人说到的这些不速之客们，宣称他们是世界上顶顶"文明"的人。他们要西藏人不必自惊自扰，尽管站在门口、路旁迎接他们好了！是的，西藏人"迎接"了他们，按照自己的风俗"迎接"了他们——从茂密的森林里用不会落空的枪弹"迎接"他们；从陡立的峭壁上用无法躲闪的滚石"迎接"他们；从平坝草地上用捕兽的

---

① 英帝国主义曾两度派兵侵入西藏，第一次在1887年，第二次在1904年。

陷阱"迎接"他们;或者,干脆诀别了自己的亲人,拔出腰刀,像"贵宾们"希望的那样:站在门口,站在路旁,去"迎接"他们……

那时候,这位二十六岁的强壮的士兵,不仅在他们代本①里尽人皆知,甚至在整个后藏都是闻名的。他常常同了伙伴们横枪跃马去访问英国兵的帐幕。据说,有一夜,他不住气刺死了整整一百个英国兵。这数目,显然是人们根据愿望逐渐添加而成的。实际上,当夜他只完成了这个数目的十分之一。照他自己的说法,这是因为来不及:

"不行啊! 我们不能在英国人的棚子里停久。要弄得很快,很利索。我从来不用刀尖去刺他们,我总是这样!"老乞丐把并住五指的右手在空中劈将下来,"可是,你知道,切断一根脖颈多少得用点功夫。他不是那么心甘情愿,不能让你一下子就了事!"

虽然像这样的猎手到处都有,虽然西藏人勇于付出性命——在后藏的一次战役中,曾有四千多几乎是赤手空拳的男女奋战而死——但是,胜利者终于还是那些到别人土地上来的、装备精良而富有战争经验的"文明人"。他们既然战胜了,当然就要取得战胜者所要攫夺的一切,于是,许多重要的西藏城镇"有凭有据"地变成了他们的商埠;于是,紧跟在军队后面的一串串的商业家、"探险家"们,大模大样地在各处施展起他们的本领来了。

"可是,不管怎么样,"老人的昏花的两眼异样地闪烁着,仿佛又回到了他的当年,"我们西藏人没有饶过他们,我们着着实实地打了他们! 这谁都知道,连英国人也知道我的名字。"

正因为英国人知道了他的名字,所以,洛珠不得不以"凶犯"的身份远离家乡,逃到西康来,在一所红教寺庙里做了喇嘛。但是,

---

① 代本——西藏军队编制单位,相当于团。

没过多久,已经削发的洛珠又不得不重新拿起了他的长枪和腰刀。

"……是我乐意跟别人使枪动刀? 不是! 可有什么法子呢? 事情总是这样,逼得人没有路走。就是跟英国人打仗的第二年,满清皇帝差了边官凤全①要到拉萨去。他不骑马,坐在轿子里要人抬着走。走到巴塘②忽然让人杀了。说是牛场上的人杀的。你想,这怎能了结呢! 皇帝当下就点派了一个本布,领着很多很多的兵来了。这个大本布的名字叫赵尔丰③,我们西藏人到什么时候也忘记不了他。要是小孩子哭得哄不住,你只消说:'赵尔丰来了!'他就乖乖地闭住嘴不敢再作声。"

关于赵尔丰怎样借故发兵进藏,怎样骇人听闻地杀戮"番民"……所有这一切,苏易在做历史教师的时候已经知道了。但书本给人的印象究竟是遥远的。现在,听这位身经其事的老人的叙述,觉得格外真切。

洛珠讲道:他所在的寺庙居高,并且筑有很厚实的围墙,所以人们都聚集到这里来坚守。满清皇帝的兵虽多,还动用了五门大炮,但整整两个半月都没有能够称手。为这事,赵尔丰的胡须和头发全都变白了。后来,因为水源长久地被断绝,人们陷入了干渴、昏迷的困境,几乎无力再移动自己的身体,寺庙被攻破了……

"到底寺庙是什么时候攻破的,我不知道。"洛珠说,"我受了伤,死过去了。等我醒过来的时候,见月亮很明,这是当天黑夜还是第二天黑夜我也弄不清。四外,除了老鸦乱飞乱叫,什么声音也没有。地下满是一片一片的水,哪里是水,血! 血呀! 我就在血滩

---

① 凤全——满清驻藏帮办大臣,赴拉萨途中为藏民截杀。
② 巴塘——位于原西康省中南部。
③ 赵尔丰——原为道台,后为川滇边务大臣,驻藏大臣。光绪三十一年(1905年)统兵入藏。返来时辛亥革命爆发,于成都省被四川都督尹昌衡处死。

上爬着,翻开一个一个尸首去看:有差巴们,也有土司,头人,也有喇嘛;有男人、女人,也有孩子。我知道了,除了我,凡是守在寺庙上的人再没有一个活着的了……"

洛珠一步一个血印爬到庄子上去。别人用麝香给他治伤。半年以后,伤好了,身体依然很强壮,但他却变成了一个跛子,完全失掉了从前那种英俊的骑士的仪态。

他为了活下去,试着做过各种各样的事,总是很难维持住一个人的起码的生活。以后,又到商队里去给人家牵骆驼。走遍了前藏、后藏,也到过加尔各答,但他始终是一个一无所有的穷汉。

后来,洛珠又流浪到西康来了。这回他很走运,遇见一个有着羊群和十几头母牛的寡妇。从各方面说,这无亲无后的寡妇都很需要他。虽然他已经不年轻,虽然他一条腿长一条腿短,但他毕竟是一个强壮的男人。起先,她雇他做活。没几天,他便搬进了她的帐篷。过了不到三年——他四十四岁的时候——他们养了儿子,一个结实得像父亲一样的儿子。

"那么,你的儿子呢?"苏易问。

提到儿子,洛珠仿佛受了无形的一击。脸色立时阴暗下来,现出悲愁、痛苦的神情。由于这种悲愁、痛苦的感觉,又引起一阵经久的、难堪的干咳。命运使这流浪汉变成了一个有家有业的牧人。更重要的,他有了儿子。不用说,他本来可以依靠亲生儿子的奉养,舒心适意地度过晚年,用家庭的温暖来补偿几十年来在艰难历程中所受到的创伤。但是,他没想到,正在这过于衰迈了的晚年,他又变成了一个孤苦的流浪汉。

"前年年底,国民党二十四军从这里退走。他们抢啊!抢啊!不要命地抢啊!"老乞丐停住了工作,把拿在手里的一块旧砖头摔到地上去,怒气十足地说,"要不是我已经上了七十,我还要打他们,像打英国人一样,像打赵尔丰一样,着着实实打他们！明明是抢人,可他们还满有理呢！说是要把往年拖欠的捐款一次收清。你是晓得的,山里人,要是让人把积攒的一点钱搜去,把青稞、糌粑拿去,把马和牦牛拉去,他们还能指靠什么过下去！多少人家,就这么眼瞧着给踢踏了！走散的走散,讨乞的讨乞。我呢,也没能脱过去。里里外外,凡是值几文钱的东西全给拿走了！他们抢完了就走也算。不！他们不走。走不了啊！你想想,他们弄了多少东西,连喇嘛庙的金顶也'买'下来了。他们到处抓乌拉去运送。年轻人钻山入洞地躲呀！藏呀！可你能全都躲得开吗？我儿子就让他们给拖走了……到今天,已经是二十五个月零九天了。我总在找,找！总想能找见他,哪怕只是看他一眼呢！可是,唔！别说什么犯忌的话吧……不！我不怕,我不在乎这个。我想,他多半是不在世上了,跟他阿妈一样,'走'到我前边去喽！"……

5

洛珠再不是一个孤老头子了。根据苏易的建议,他已经正式被农业站收留。自然,留下这样过于衰迈的人,等于让他在这里养老。可是,倘若农业站不肯收留他,让他继续流浪,那么,这个曾经着着实实打过英国兵、打过赵尔丰的老骑士便很难再拖延多少时日了。

然而,在别人奉养下过日子对洛珠可一点也不习惯。照说,在他这样年纪,饭后只管敞开胸怀去晒太阳好了,不会有人说他的。但他却尽量去找事情做:扫地,饮马,放羊,喂鸭,往田间送水送饭,帮助库房管理员收理农具……都少不了他。此外,他还担当了守夜人的职务。这并不是谁委任他的,而是因为他感到必要而自己任命自己的。农业站一无高墙,二无大门,要是再没有一个守夜人那怎么能行呢?这样的事,洛珠也很在行,他从小就喜欢跟随父亲在军营里巡夜,父亲死了,依照西藏军队历来的习俗,他承袭了父亲的武器和地位。便开始作为一名正式的兵士去执行巡夜任务,后来,他又跟随商队跑里跑外,每当别人钻进帐篷入睡以后,他便持枪横刀在附近转来转去警戒四方。

天虽刚近黄昏,外面已经静悄悄的了,因为奔忙一天已经过于疲累,大家都各自回家,准备休息。这时,洛珠带着他那把在和英国人厮杀中折断的藏刀,开始出巡了。这是他做守夜人的第一天,如果这时你能遇见他,你会看到这个老兵的神情是多么庄重啊。虽然他已经不能把自己的腰板挺直,虽然他已经不能控制自己的两腿在走路时不要发抖。可是,他却显然企图使自己的样子尽可能威武一点。

当洛珠因为腿酸正准备坐下来歇息时,看见一个人从小路走来。要是换上别人,也许一眼便可以看出这是谁。洛珠的目力是糟糕的,不过,他望见来者走到空场中时停在那里了,便断定这不是自己人,于是他退避到墙根黑暗处窃视。那个人向四外张望了一阵,便朝马厩走去,立在门口,向里望了很久很久,可是没进去,回转来又向羊栏走去,在那里俯下身去看羊子,随后,又拐过气象台,经过库房门前,并且到鸭棚那里绕了一下。洛珠心中已经完全肯定了,这是一个盗贼。不然,这时候为什么到农业站来?要是有事,为什么又始终不声不响,也不进任何人家里去?为什么偏偏在马厩、羊栏、库房这些地方兜圈子?接着,他又见那人向朱汉才、叶海住的土窑走去,在窗前停住了步,对着窗户站了好长时间。"狮子"就停放在窑门口,洛珠见那个人紧挨着"狮子"转,并且用两只手去抓摸。不用说,这是在寻索什么可以拆卸下来的东西——看!这没有守夜人怎么行呢?

洛珠觉得不能再迟延了。他赶近前去,从背后一把扭住了盗窃者。然而对手不是好惹的,旋转身来当胸一推,洛珠身子摇晃了一下,仰面跌倒在地了。守夜人连忙骨碌爬起,抽出他的半段腰刀。对方也已顺手抄起靠在旁边的一根镐头把子,拉出了抵抗的架势。当洛珠正要再度上前时,忽然发现他的对手原来是一个姑娘,一个年纪很轻的、体弱的姑娘。他惊诧异常,不禁有些发愣了。

"来吧!你敢动我!我不怕你!"那姑娘先开口说话,语气是沉着的、愤怒的。仍然保持着原有的抵抗姿态。

"你,你是谁?"守夜人问。

"你管我是谁!"

"你到这儿来做什么?"守夜人继续盘问。

"你管我来做什么!"

"……"

朱汉才和他的助手都在准备就寝,忽然听见窗外有人争闹起来,一出门,见洛珠正和一个姑娘对峙着。待这姑娘向他们转过脸来时,朱汉才和叶海一同惊叫出来:

"秋枝!"

……秋枝在半道上碰见了被派去寻救她的人,仿佛仅仅是中途失迷,并未经过什么意外,但,当她撩开脸上的乱发认出这些人时,便立地昏厥过去。于是,她被送进了卫生院,很久很久才从昏迷中苏醒,醒来便哭,哭得那样悲痛。她病了!发高烧,总在四十一二度,常常胡乱说一些怕人的话,有时睡得好好的忽然惊醒了,一下子从床上坐起来……

医生说病人神经受了刺激,特别需要静养。为了避免她精神振奋,除了父母之外,一般的探望者是不准许进见的,所以,这几天农业站的人虽川流不息地到卫生院来,但他们只能看到另一个住院的人——倪慧聪,而见不上秋枝,仿佛她是在患着恶性传染病。朱汉才跟叶海第五次到卫生院来时,曾要求趁病人在睡着了的时候进去看看,只消看看就出来,但还是遭到了值班护士的婉言拒绝。

今天,秋枝的景况已经好得多了,甚至医生都准许她到野外去散散步。她散什么步啊! 一出卫生院,她便迈着软弱的、不太稳定的步子径直向农业站走去了。虽然阿爸阿妈常来看她,并且,为了满足她的要求,每次来都要向她报告一下农业站当天的活动情况,但直到现在还没能看见农业站的任何人,所以这仍然不能解除秋枝的疑惑。前些时,她在发高烧中做过一个梦,梦见山里的那帮歹人,不知怎么一下子就拥到农业站来了,他们把朱汉才、叶海和别的人都绑起来,身上拴着大石头,扔到河里去了。随后又用刀砍死了农业站所有的马、羊、鸭子,随后又把"狮子"砸得稀烂,随后又在库房点起火来,那个"王子"从火里烤好一根牛腿骨,填在嘴里啃着,那个又瘦又矮的汉人喇嘛在旁边直笑,露出白牙……

秋枝希望这只是一个噩梦,但她却克制不了心中的疑惧,她相信这是真实,因此她怀着侥幸和恐怖到农业站来了。

当秋枝在农业站的空场中停住脚步,贪婪地向各处观察一番之后,心中的阴云霍然退去了;四外静悄悄的,一切都跟先前一样,这是多么好啊! 她几乎要叫喊起来。她看了马厩,马在吃料,嚼得格嘣嘣地响；她看了羊栏，羊群安静地卧在地上；她看了库房，库房锁得好好的。她走到朱汉才和叶海的透着灯亮的窗前，这灯光，这窗子，对她是多么熟悉，多么亲切呀！她想往窗格上敲敲，她知道，只要轻轻敲几下，房门就会打开，但她没有敲，只是望着，久久地久久地望着，仿佛她敲了会使主人生气。她发觉"狮子"就在身旁，于是，她像审视珍宝似地欣赏它，抚摸它。水箱、履带、坐垫、轮盘，什么都还是完完整整的。

忽然，她被一只手从背后抓住了，回过头，看见一个陌生的、凛人的面孔，显然她已被捕获。秋枝立刻跌回到她的噩梦中去了——在她现在这种精神状态下，直觉是很容易错乱的——于是，她恶狠狠推开敌手，抄起一根木棒，准备以强力应付一切。

朱汉才、叶海见是秋枝，一同惊叫起来。看他们俩那种惊异、欢欣的样子，简直会以为秋枝是死而复活的。

叶海什么也没说，扭头就跑，差不多每家土窑都跑到了，像传扬一个非同小可的捷报，拍着人家的门呼嚷道：

"喂！秋枝来了！秋枝来了！"

于是，整个农业站喧腾起来了。已经就寝的人也都穿起衣服开门出来，人们一面向机耕队拥来，一面相互传告：

"你知道不？我们的秋枝来了！"

"快去看看吧！我们的秋枝来了！"

"说是我们的秋枝来了，在哪儿呀？"

"……"

听见吗？在人们的传嚷中，有一句共同的用语，那就是："我们的秋枝。"

的确，经过这场意外的风险，在农业站每个人的观念中，秋枝这姑娘已经不是一个被雇请的放牧员了,而是"我们的",是农业站的秋枝。

秋枝被紧紧围住。她不习惯地接受了每一个人的紧握和问候。这些人之中,有一些是她不太熟识的,是过去没有怎么注意到的。现在呢,她噙着眼泪,带着十分的感动,无言地一个挨一个望着他们。她觉得随便谁都是这样知己、亲热。这是可以理解的,她曾经认为绝对不能再见到这些人了,然而现在却又见到了他们,她回到他们之中了。

还没能来得及讲叙什么,两个护士气喘吁吁找上门来。她们要秋枝立刻回卫生院去,说着就上前拉她的手。秋枝挣脱了,并且往人后躲闪,仿佛人家的来意是极不友好的。农业站的人也七嘴八舌地从旁求情,说她既然不愿意回去,就让她留在这儿好了,我们会很好地护理她;或者,至少也让她在这儿多待一会儿。但两个护士执意不允,要知道,她们俩已经因为疏忽大意受到了医生的指责。病人只被准许在近处散散步,怎么竟放她走这么远到农业站去了呢?她的身体还十分虚弱,而且,严格说来,她的精神状态还并没有百分之百地恢复正常。

6

倪慧聪在秋枝之先取得了医生的出院签证。但她并没有执行医生的忠告。回到农业站来,家门还没进,就去看她的那几只本地母羊。虽然它们过得显然十分舒适,还像从前一样肥胖,但在畜牧师看来,却觉得因为离开了她的亲自照料,似乎羊群已吃了不少的苦头。她用左手——右臂被一条白布兜着吊在脖子上——在它们茸茸的脊背上顺摸着,以至使它们由于领会到主人的怜爱而舒服地抖擞着浑身长毛。

今天,倪慧聪更进一步要求到地里去。她看到,为了能够尽快播种,每个人都忙得脚不落地。而她呢? 已经有整整九天九夜躺在床上,什么事也没有做! 早上,雷文竹临下地的时候告她说:今天一定要完成苜蓿地的撒粪工作。这更使她着急不安了。瞧吧! 别人全做了,把什么都做完了:翻了地,撒了粪,下了种。我呢? 连边也没挨! 将来我望着遍地绿茵茵的苜蓿,心里会觉得不好受,会觉得难为情。我这算什么样的畜牧师呢!

"不成! 不管你怎么说,反正什么事我也不许可你做。现在你的任务只有一条,休养!"站长坚定不移地对倪慧聪这样讲。但,他没有能别得过倪慧聪,终于还是找了事给她做。不过这工作是比较轻松的,让她到斯朗翁堆家里去帮着做些家事。因为秋枝在住院,斯朗翁堆又很忙,只有老婆婆在家,一定有不少杂务事需要帮助。并且她会很寂寞,倪慧聪去还可以安慰她,使她愉快些。

倪慧聪接受任务后,立刻便到斯朗翁堆家去。当她拐过马厩墙角时,远远望见兽医苗康拿着一根又细又长的树枝向河边走去。他拖着肩,垂着头,显得那样忧闷、孤独,甚至倪慧聪觉得他有些可怜。

……当倪慧聪看见工委书记、站长和许多同志都围在她的床边时,她几乎要哭出来——只在这时她才想哭——但她却用微笑宽慰大家……与此同时,她觉察到在慰问者当中缺少一个人——苗康。是的! 他没来。这使倪慧聪感到一阵比负伤更甚的剧痛。难道他不晓得? 没有人告诉他? 不! 他不会不晓得。为什么没有来呢? 唔! 他不会来的! 他为什么要来! 已经不是从前的他了!

是的！一切都改变了！完全不是从前的他了啊！可是，尽管那样吧，对一个受了伤的人，认识她的能假装不知道？

苗康并非不想探望倪慧聪，只是他觉得不适于和别人一同前来，所以，直等人们在护士的催逼之下渐渐离去之后，他才单独地郑重地走进病房。

畜牧师醒来时，发觉一对熟识的眼睛正从很近的地方看着她——苗康已经在这里站了好久好久——这是他，他来了！终究还是来了！于是他们的目光相触了，凝结了。这是同样炽烈的、为对方所能明了的目光。以往不可协调的情感，意外地、如同噩梦一般地消逝了！事实上，许久以来彼此不睬不理，使他们各自的内心都感受到了极大的苦痛。现在，他们在一忽之间摆脱了这种苦痛，因而两个都激动得涨红了脸，一时不知该说什么好。

"不要动！你不要动！"苗康见倪慧聪要抬起身，连忙按住她的双肩说，"躺着吧！就这样好好地躺着吧！"

"那么，你坐吧！"

"怎么样？"

"还好，没伤着骨头。医生说，取出了弹头，要不了太久就会好的。"

苗康长吁了一口气，接着说："当时我真怕！大家告诉我说是在右臂，我想，万一势必要动手术的话……"

"那有什么可怕的！"倪慧聪的心境很快平静下来了，她松快地说，"即使锯掉了右手，还有左手呢！喂，你坐下呀！这儿，就坐在这儿吧！"

苗康脱下他的漂亮的蓝咔叽布外衣，随后便坐在床沿上，并且伸手去抚摸她的火烫的额角。这使倪慧聪立刻回想起三年前曾经有过的同样的情景:在技专,她病了,他整天守护在她的床边,像现在一样,时时伸过他的冰凉的手来抚摸她的额角。

"你还记得吗? 苗康! 那一次,我得了重感冒……"

"怎么不记得。那时候你老是要赶我出去:'走吧! 你上课去吧! 走吧!'到现在我还不明白,为什么你老赶我呢? 其实我已经请准了假。"

"晓得你请了假,可我们女生宿舍里不光住着我一个人哪。再说,我又不是什么了不起的病,你老是待在那儿,让人家看着够多没意思……哟! 我们扯这些做什么!"倪慧聪悄然一笑,低下眼睛,"谈谈别的吧! 告诉我,马群怎么样? 还好?"

"难道你想会有什么不好?"苗康近乎得意地说,"你当然了解,我们马厩管理比较正规,马群一回来就按号头拴好,有条有理! 至于畜病,用不着太担心,我几乎是每天按时检查,一旦发现有什么不好的征兆,我会立时采取行动的;虽说我们农业站医药器具各方面条件都很差。"

"倒不是担什么心。我是想,我们得下功夫把饲养工作做一些改进。看我们的马,大半都露着肋条。这可不大好! 在明年春耕以前,我们得要让所有的马都变得像一匹真正的马。"

值班护士走进来说要取弹头了,让倪慧聪到手术室去。苗康想跟着去看一看,护士不允许。他也没有再作进一步的要求,在人身上动刀动剪这样的事他不大敢看呢! 因此,他仍旧留在病房里等待。

手术完了,倪慧聪被扶架回来。可以看出,由于麻醉剂的效力已经退去,她正在忍受着难以忍受的疼痛。她咬紧下唇,眉头上冒出一颗颗的汗珠。她的手微微地颤抖着,她就用那颤抖的手把一个纸包递给苗康——里边是一颗发锈的手枪弹头——以郑重而又轻松的语调说：

"这个。你看！我得保留着做个纪念！"

对倪慧聪的这个小小的纪念品，苗康根本没有理会。他异常紧张地看着她脸上的汗珠，看着她的抖动的手，看着她的缠满了白布的右臂。

"痛吗？"他怯怯地问。

"痛！"

"瞧！这有多糟。这全怪我！"苗康带着负罪的神色自责，"谁也不怪，全怪我！"

"什么？"倪慧聪抬起眼睛。

"全怪我！"苗康的口吻是沉重的、真诚的，"我真后悔！知道这样的话，我无论如何也不让你到这里来的。即使我们不能在一起，也比这样强！让你受这么大的……我一想起来就后悔，如果子弹再偏里一点……多危险！只要再偏里一点点……"

"……"

倪慧聪没作声，望了望苗康，随后紧紧闭住了眼睛。

待了一阵，兽医忽然换上愤懑的态度继续说：

"我觉得，这件事领导上应当负责任的！人命是可以开玩笑的吗！既然连最起码的安全保障都没有，那为什么要把人家往危险的地方派！当然了，他们是不在乎的，身边就住着公安部队。"

"……"

起初，倪慧聪以为苗康是在随便说呢！可是看他的神色，听他的语气，她知道这些话是从他内心发出的。这使她全然被震惊，以至不知所措了。一种奇怪的感觉豁然地袭击了她，她仿佛看见坐

178

在床边的不是苗康，不是那个和他一块儿参加过入团宣誓的同学，而是另一个人，是她不曾见过的一个人。不！这是他，这是苗康。这些不可能从他口里说出来的话，正是他说出来的。倪慧聪先是为这些话感到不快，接着，当她迅速地、认真地、逐字逐句体味这些话的时候，禁不住从心里涌上一阵对苗康从来没有过的嫌弃之感——她自己也暗暗惊异于这种感觉所形成的突然的明朗。

苗康没防备他那简短的三五句话会引起了怎样意想不到的后果，同时，也没有留意对方有了什么样的反应。他尽管在抱怨领导上疏忽、不负责任，并且反复地、懊恼地述说，当他再三写信到农林厅请求把她分配到这个边地农业站来时，万没想到竟会使她遭受如此可怕的、危险的磨难。并且，他一直在反复地责难他自己："这全怪我！我真后悔，要知道这样，那时候无论如何也……"

"好了！别再讲了吧！"畜牧师终于按捺不住了，"我一点也看不出这件事应当怪这个怪那个！"

苗康十分诧异。他觉得倪慧聪神色的突然变化是不正常的。于是他从床边站起，不由自主地向后退了一步。

"后悔！我不懂得你后悔什么。我可不后悔！"倪慧聪继续说，"如果说后悔的话，那只有是后悔进山的时候我自己身上没有带武器，此外再没有任何一点点可后悔的！"

"你，你听错了我的话呀！"苗康焦急地解释，"我是说，假定你从学校毕业以后不要到这里来，那就不至于……"

"为什么？为什么不要到这里来！"倪慧聪质问道，尽力把自己的音调压得平稳些，"莫非我到不到这里来是决定于某一个什么人？没有的事！我所以到这里来，不可能有什么离奇古怪的原因。我到这里来只是因为这里需要人！"

"我到这里来只是因为这里需要人。"这句话倪慧聪曾经说过。那是在"气象台"里作为久别重逢的首次"畅谈"时说的,苗康记得很清楚,因此,一听这句话,他当即醒悟过来了。唔!原来是这样……

"我知道,倪慧聪!你一定听到一些什么话。"沉默了一阵以后苗康镇静地说,"其实,这!纯粹是你的误解……"

"什么?我不明白,我一点也不明白你在讲什么!"当然,倪慧聪并不是不明白,她明白,但她害怕了!她本能地害怕他面对面提起这件事,因此她抬起左手极力地制止他,"别讲了!你什么都别讲!"

"的确!纯粹是误解,像电影上常有的那种情况一样。想想看,假如我……"

"好啦,好啦!我累了,得休息一会儿。请你出去吧!"

"等等!至少你得让人家把话讲完吧!"

"走吧!你有你的工作呀!"

"你这是……怎么?又要赶我吗?"

"去工作吧!去吧!"

"不!你听我说……当然,我要去做我的工作。不过,"苗康下意识地正了正领扣,随即他的语调显然强硬起来,"不过,我真没想到,你竟然会……我觉得,在我们的思想里,还存在某一种陈旧观点!甚至于,可以说这种观点很俗气。只要想一想,何必自己扰乱自己呢!你要知道,在一个单位里工作的人,为了工作关系,他们不可能避免相互接触。不可能!难道,仅仅为了他们没有避免接触,就对他们乱做判断!难道……"

"陈旧""俗气""判断"这些辞句使倪慧聪烦透了!那么严重

地激恼了她。她骤然坐起，顺手抓起放在小桌上的铜铃……

护士应着"丁丁"的铃声撞进来，以为病人发生了意外。

"这位同志要走，找不着门。"倪慧聪用握了铜铃的手指着苗康，"请你把他送出去吧！"

苗康来不及穿好他的外衣，便被不知所以的女护士推着"送"出去了。

可是，没隔多一会儿，护士又轻轻推开门说：

"又有一个男同志来看你。他说……"

"男同志，男同志！"倪慧聪没有好气地说。此刻，"男同志"对她是再讨厌不过的了，"叫他走！叫他走吧！谁我也不见，谁我也不愿意见！"

护士出去了，但很快又返回来说：

"那位同志讲，他要送你一点东西呢！要是不见人，我看你就把礼物收下吧！"

"不要！我什么都不要！我什么都不稀罕！"

……

事情已经过去了一个多星期，倪慧聪的心情早已冷静下来了。现在，她远远望见苗康向河边走去，望见他那拖肩垂首、忧闷孤独的样子，不禁对他怜惜起来，并且暗暗责备起自己来。那时候，他是讲了一些蠢话，可是，为什么竟能使他说出那样的话呢？为了你！可不是吗？你受了伤，你在忍受痛苦。在这种情形下，站在他的地位，自然而然地会找一些贴己的、富于情感的话来抚慰你。这是可以理解的，可以原谅的呀！有什么值得吃惊呢？为什么要立刻对他进行打击呢？毕竟他是农业站团支部组织委员……随之，倪慧聪便也回想起苗康对于那件使他们如隔鸿沟的事所作的解释。当时,她对于他的那些话反感得听都不屑于听。可是现在,当她客观地、仔细地来审虑那些话语的时候,她不得不承认,她动摇了。同时,她不得不开始怀疑自己:大约在你思想里确实还隐伏着一些陈旧的,甚至是俗气的东西吧?大约你确实是在自己扰乱自己吧?试问,到现在为止,你看见了一些什么可以说明问题的事实呢?没有!什么也没有看见。你听到了一些什么可以作为凭证的传闻呢?没有!除了那一晚间气象员所讲的含含糊糊的一席话之外,什么也没有听到过。而且,她所讲的"只是日常那么在一起聊聊",不正是苗康所讲的那种不可避免的接触吗!那么,既没有什么充足的根据,你为什么要把别人的作为尽往不好的一方面去设想呢?为什么呢?倪慧聪考问着自己。最后,她不得不满怀羞怒,把一种她认为是最可厌的感情归咎于自己,那便是——嫉妒。

苗康走远了,他的背影已在河湾消失。倪慧聪轻轻叹了一声。我怎么竟那样不容分说地从病房里把他赶出去了呀!可怎么好啊?是利用适当机会,表示一些不明显的但可以被领略的歉意呢?或是挨过相当时间,等事情在对方印象中淡漠下去之后再作计较?倪慧聪迟迟不能确定。一仰头,却恍然地发觉自己仍旧停立在马厩墙角——哟!我在这儿站了多久呀——她慌忙回顾四厢,看有没有人注意到自己,而后,整了整绷带,便继续向斯朗翁堆家走去。

7

斯朗翁堆家虽说敞着门,可是没有人。据邻人说,老头子赶着马,扛着七寸犁翻地去了。本来,斯朗翁堆的地早应当翻完了的,可是,因为他被步犁训练班聘去做了"助教",好些天来尽在帮助别人掌犁——斯朗翁堆乐意帮助人,这是没有谁不知道的——所以自己的地便被迟误下来。至于他的老妻,又被卫生院跑来一个穿白围腰的姑娘给叫去了。这话使倪慧聪立刻心跳起来,不要是秋枝有什么好歹吧!

倪慧聪想马上到卫生院去看个究竟,但正在这时女主人回来了。瞧老妇人那愉悦的神色,倪慧聪立刻放了心:

"是秋枝要人来找你去的吧? 今天怎么样?"

"你说秋枝? 她很好! 早两天她就在满世乱跑了!"女主人一边料理奶茶,一边说,"卫生院那个小女子来喊我去不是为这,是有别的事呢! 我们到西坝去了。"

"什么事呵?"

"你猜猜吧……噢! 你猜不到啊!"老妇人兴奋地说,"他们专意使人来叫我,是要我去看……怎么讲来的? 噢! 收生! 要我去看收生。是个年轻女人,她是头一次,又碰巧是双胎,要不是请卫生院的人去,我看……"

倪慧聪全然明白了。那次,听了关于在牛圈里生孩子的话之后,她当下便跑去,就这件事和卫生院交换了意见。最后确定,再遇接生,一定要把这位被天命所压服的母亲请去,好让她知道:为什么她的四个女儿竟那样硬着心肠,一个跟一个地离她而去。

接着,老妇人兴致勃勃地叙述起她所看到的情形,还时不时插入自己的评语或见解。最后,她像作结论似的说道:

"哪一样都好,一百个好! 只有一样不好——是在楼上屋子里生的。我说过,我们差巴的儿女没有一身好气力是不行的呀!"

"在屋子里又有什么不好呢? 你知道,刚生下来的孩子总归是没有力气的,就连一根小草也拿不起来。要等长大了,长成了人!才会有力气。可是,要想让孩子长成人,头一样就是先得让他活。要是他不能活,他怎么长大呢!阿妈!你想过没有?要是你那几个女儿,也能像这样,不要到牛圈里去……"

看样子,女主人想做什么辩解,但她什么话也没有说,只无可奈何地摇了摇头,回过身,开始去擦洗碗、盘。是啊!她说什么呢?想要自己的孩子有力气,想要自己的孩子长成人,那就得要他活,活呀!

"我听说,卫生院想要办一个接生训练班。他们跟你讲了没有?"倪慧聪又问。

"讲了,讲了。还要我到庄子里去找女人们,跟她们说,让她们去学学呢!"

"是吗?你说,这该有多好啊!阿妈!你就帮帮这个忙吧!"倪慧聪请求说,"要是她们不愿意……"

"愿意!这样的事可有什么不愿意哟!我就是怕……山里人,女人们,什么也没有见过,能不能……"

"能!"倪慧聪断然说,"怎么不能呢!要学就能会!这跟学步犁一样。开头还不都是说学不会!学不会!可是,这会儿哪一家不在使用步犁翻地!去跟女人们说吧,只要她们愿意学,一定能学会。让她们大大方方到训练班去吧!你看,我自己不也是个女人?可是我觉着我什么都能学会呢!"

"唔!听你说的有多容易!"老妇人高兴了,她看出倪慧聪是真心真意地认为他们山里的女人也同样什么都能学会。她倒上一碗奶茶时满口应允说,"要是真能学会,那我就找女人们说说看。下晚我就到庄子里去。要是她们不乐意,我非得骂她们不识好歹……"她又沙声地笑了起来。

"你呢？阿妈！要是这么讲，你可得头一个去呀！"

"我？要是人家不嫌我，耐烦教我这个老女人，我就去试试……得学！得要学！有用啊！"

倪慧聪双手接过木碗，见女主人脸上现出肃然异常的表情。她一定是意识到："去试试"，实际上便等于要给自己身上加上繁难而庄严的责任。老妇人能不推却而又心甘情愿地来担当这种责任，是受着母性的爱的力量所支持。很显然，生育，已经和这个衰弱的老女人根本绝缘了。正像她所说的，她再也不能用自己的奶水喂养自己亲生的儿女了。但，这不是顶要紧的，顶要紧的是要使每一个到世上来的小生命——不管这是谁的骨肉——都能在世上站住脚，都能长成一个人，不要来了又走了。因此她才郑重地说："得学！得要学！有用啊！"

这当儿，没留意斯朗翁堆走进来了。他皱着眉，愁丧着脸，一句话也没说，径自把靠墙的柜移开，在黑暗的角落里翻寻什么。仿佛他猛然记起了那儿埋藏着什么贵重物件。

"找什么？找什么？"妻子见他那么粗手粗脚移动快要散摊的木柜，立刻就生了气，"你到底想要什么东西？"

老头子不作声，尽管在翻腾。龌龊的烂布、破靴套、碎麻绳成堆地被抖了出来，并且被装进了条筐。

"怎么回事？你做什么？你把这些脏东西收拾出来做什么？"

在犁末后一块坡地的时候，斯朗翁堆发现小黄马——就是借用农业站的那匹马——开始发赖，一步都不想走了。他不愿意像抽打自家的牛一样抽打借来的马，所以拼命挥舞皮鞭威吓着，勉勉强强才算把地耕完。可是，等送回马厩以后，发现它既不吃料，又不饮水,就地一倒,站都不愿再站起来。农业站的人认为是它在满身大汗的时候受了风,而斯朗翁堆却断言它是中了邪气:他记起昨天下午路过玛尼堆的时候,它曾用鼻尖在经石上磨蹭了一下。而驱赶邪气只有一个从古流传下来的可靠的"绝方":要用最污秽的烟冲着马的鼻孔里熏,直到它嘶叫着跳起来为止。背筐里的烂布、破靴套、碎麻绳便是作为那种有着特定效用的燃料而被收集起来的。

倪慧聪得知,立即放下奶茶,匆匆忙忙下楼,向马厩跑去,使背了条筐的斯朗翁堆远远掉在后边。

天色已经不早,陆续从地里回来的人差不多都到马厩来了。大家都在为"十五号"(苗康的编制)的突然病倒着急呢!而最最着急的要算叶海了,这正是他从骑兵团带来的那匹,干脆说,这正是叶海的马。但,光是着急有什么用?

"兽医呢?"有人嚷道,"兽医同志怎么没有来呀?"

"去找他吧!快去把他找来!"

"可是他在哪呢?哎!谁知道兽医同志到哪儿去了?"

"我,我知道!"刚刚赶来的倪慧聪高声说,"到河湾里去找找看吧!或许能在那里找见他呢!快去吧!"

叶海从人群中钻出来,向河湾奔去……

8

站长陈子璜像所有在场的人一样,听到兽医的诊断结论之后便释然地离开了马厩。但他刚刚回到家,苗康却跟进来向他提出一个有待决策的问题:

"怎么处理呢？'十五号'怎么处理呢？"

这问题颇使人难解。他为小黄马诊断的当场曾满不介意地说："一般疾病。"可现在竟又提出怎样处理。

"不！它不是一般疾病。"苗康语势沉重地说，"是鼻疽！"

谁都知道，鼻疽是一种相当可怕的慢性传染病，现时还没有根本治疗方法。所以，听到这话之后，陈子璜和他的妻子都不禁为之惊愕了。

"你看清楚没有噢！肯定是鼻疽病？"站长问。

"肯定！"兽医沉沉地回答道。

陈子璜不再说什么，皱了皱眉头，便端过李月湘预备好的一盆水，开始洗脸。仿佛这是不关紧要的事。待了一阵，苗康以含含糊糊的、试探的语气说：

"站长，你明天不是还到牧场去拉粪吗？我看你顺便把'十五号'……带去。带到牧场去……我是说，当然，这匹马是不怎么行了，不过还能使用一段时间。如果有人愿意要，不妨……当然，价钱可以便宜些……"

这话一经出口，苗康立刻就有些自觉羞耻。作为一个兽医，他本能地感到这样做是绝对错误的。但是，他觉得，如果农业站因为牲畜的不治之病而蒙受了损失，那么，兽医的威信和体面便也直接会受到损害；如果能把得病的牲口在有收入的条件下出脱掉，便会消除大家的受损的感觉。所以，他暗自希望站长能够同意这样做。并且他想，为了能捞一点"本"回来，站长会同意他的意见，悄悄把小黄马带到牧场去……

陈子璜一听，顿时勃然大怒了。他猛然仰起他的涂满了肥皂沫的脸，两眼瞪着苗康，由于骤然的激怒，一时没有说出话来。的确,陈子璜是气极了,特别他又联想到昨天的事,更是火上加油。

昨天从牧场回来,卸完车,陈子璜就去找兽医,说牛场上有几条牲口得了病,让他明天随着马车队去看看。按说,这是兽医的本分工作,可是苗康竟表示惊讶道:

"怎么?要我到山里去!"

"你随第一趟马车去,可以在牧场上工作几个钟点。等我们第二趟返来,你也随着车回来。"

"怕不成吧!事情太多,脱不了手呀!唉!也不知怎么弄的,整天忙得昏头昏脑!"兽医现出很伤脑筋的样子。

"还是去一下吧!牧民们一般是不愿意求人的。他们既开了口,那就是说他自己没多少法子了。再说,这也是我们一项重要任务,应该……"

"是啊!应当去。可是的确为难,我们站上有这么多牲口,每天都得检查,照顾。此地环境条件不太好,一时注意不到就会出岔子。"

"我们自己的事好说,搁一搁没关系!就这样,你明天就去一趟。"

"让他们把牲口牵到这儿来就诊不好吗?"兽医提醒道。

"那为什么呢?你去很方便,只有一个人,提一个小皮包就行。可是人家要来就不方便了,好几个人,拉好几头有病的牲口。"

"那有什么办法……嗯!如果再有一个兽医就差不多,哪怕能力弱一点的也行。那我们两个人可以经常轮流值班,轮流出诊。"

兽医不仅坚持不肯答应,而且还以攻为守,提出了兽医干部缺少的问题。实在说,假如是从前,苗康早已痛快地接受了站长给予的这项任务。可是,现在他不能这样做。自从前次工作队在牧场遭到袭击后,苗康便暗暗决定不能轻易进山:那不是闹着玩的,弄不好就是毁灭自己!是的!那里有公安部队,马车队的同志也带有武器。可是他们不能总守在你身边呀!况且,要是打起来,子弹是不长眼睛的。万一碰到致命处,你就完了!一切都完了!就是受点伤——像倪慧聪那样,也够可怕的。谁乐意去谁去好了。我是来做医生,不是来当兵,犯不上去冒险。……

陈子璜已经承许了牧人们,说明天一定派兽医来。但苗康却无论如何不肯去,列举了几十条理由。陈子璜憋了一肚子气,当时没好发作。可是现在呢!一匹马得了鼻疽病,他却不知耻地要把它弄到牧场去卖。这怎么不叫陈子璜愤怒呢!不过,他还是努力让自己暂时莫出声,他知道他一开口就要刺痛人了。

李月湘正在为丈夫张罗晚饭。听见苗康的话,立即从灶房出来反对道:

"可不能卖呀!要真是那种病,怎么能卖呢!要是谁买了,那不是坑了人家?"

"这怎么能算是坑人哪?"兽医辩解道,"我又不是不明白它得的什么病。在马群里是一天也不能留。不过,要是把它弄到远处去,弄到山里,让没有牲口的人去单使,我想没有多大害处。况且,我也说过,要价可以便宜些,哪怕到不能再便宜的地步呢!这样两方面都有益,买主只花很少很少几个钱……"

"钱!钱!钱!亏你说得出口!"陈子璜再也压制不住自己了,"对这样的钱你有脸伸得出手去?想想吧!按住自己心口想一想!人家牲口得了病,苦苦地来求,我们都不肯到牧场去一趟。可是我们的牲口得了鼻疽,倒是暗暗盘算把它弄到牧场上去……同志!不要说卖给人,就是把这匹马随便送给哪家老百姓都是农业站的罪过！你听见没有——罪过！"

苗康从来还没见站长这样动怒,他甚至有点害怕了。因为自知理屈,也没有再作任何论争。在十分难堪的情势中待了一阵,他终于以疑惧的、惭愧的目光望着站长问道:

"那么,你看怎么处理'十五号'呢?"

"这个你比我明白。没有什么考虑的余地。"站长断然说。

"你的意思是……"兽医现出严重的神色,"进行最后处理?"

"是呵! 既然这样,那你就利利落落地把它杀死吧!"

屠杀在山坳里进行。

这件事,叶海得知最晚。终因隐瞒不严,他还是知道了。于是,他把黄油桶向拖拉机履带上一放,手也没顾得擦便向山凹赶去。

路上,虽是在跑,可是他心念中一刻也离不开那匹身架不高然而英俊的、皮毛像兔子一样的青海马。这是他多年来相随相伴的朋友。不! 这是他多年来贴身并肩的战友。是的! 如果懂得"战友"这个平凡的词句有着什么样的意义,便会懂得这匹平常的小马对于叶海有着怎样的情谊。从叶海做骑兵的第一天起,一直到而今,始终没有谁使得他和这匹小黄马分手。他在它的背鞍上不知度过了多少个白天和黑夜。它驮着他翻越过多少道山冈,蹚涉过多少条江河。在难忘的、如火的解放战争年代里,他骑了这匹骏马,几乎驰遍了整个中原的广阔的田野。曾有多少次,随应着冲锋号音,他俯伏在它的鬃颈上,箭一般地穿过枪弹织成的火网,有如从天而降,出现在敌人面前。于是,他呼喊着,挥劈着闪闪的、带血的战刀,而它则狂嘶着,踏着敌军的残断的尸体……

最难忘的是:三年前,他被选拔参加了骑兵侦察队。途中意外和大队敌人遭遇。当他执行排长命令卧在地下射击，完成了掩护同志们撤退的任务后，忽然发现自己两处受伤，腿上的伤较重，已经无法站立，就是说，无法再踩镫上马了！前途只有一个，用最后的一颗手榴弹和敢于来俘虏他的敌人同归于尽。但这时，它——除了不会说话之外和人一样晓事的战马——应时在他身旁卧倒了，并且曲转脖颈用头去推扶他。他明白了，强持身体爬上马背。接着，它平地跃起，在敌人密集的射击和蜂拥追赶中飞奔而去。

现在呢？它要被杀死了！无缘无故地被杀死。并且连尸骨也将要被大火焚毁。

一切都已经准备就绪。苗康用他的白净的手不慌不忙地在马脖根寻找静脉血管的所在。正在这时，叶海赶到了。他不顾一切，冲到圈子里边去——病畜身边用浇过汽油的干柴枝围成了一个圆圈——早已在惊慌不解的马一见叶海，像找到依仗似地摆了摆尾巴便向他靠拢过来。他一只胳膊环抱住马头，另一只手狠狠推开苗康，摆出一副十足的打架姿态，强硬、蛮横地说：

"做什么！你想做什么！"

苗康连连往后倒退，护着针管——他觉得叶海要把针管夺去，并且以求助的目光望望站长，还说了两句什么话，但听不清，因为他差不多整个的脸都遮没在又大又厚的双层口罩里。

陈子璜把叶海拉过来，以同情的然而是命令的口吻说：

"让开！这，已经决定了！"

"谁决定的？谁？"

"我！我决定的！"站长说。

叶海没再说什么，脸涨得通红，脖颈上暴出青筋。愣了片刻，他猛然背转身，像被打倒了似地爬到柴堆上去，把头埋在自己的双臂中,显然由于激动和伤心而肩头微微颤动。

乘这机会,苗康上前两步,以纯熟的动作将针头插入马体。于是,随着针管中石炭酸的渐渐减少,"十五号"的四腿慢慢软瘫,倒下去了!

从始至终站立在旁的倪慧聪没有立刻离开,也没有注意人们怎样无言无语地燃起大火。她以近似仇视的目光,久久地盯住兽医的双手——这双手,在整个"最后处理"的过程中竟是那样果决不疑,未曾有过丝毫的虚怯。

9

以往,总是由苗康担任会议的主席,但今天他在会议上将处于另一种地位。所以由团支书雷文竹担任主持人。

这是支部扩大会。除全体团员参加而外,还吸收了农业站其余所有的青年同志,刚从卫生院出来的秋枝也应邀列席了。

有许多事项,秋枝是不能对自己作解释的。比如:开会以前,那些人为什么要从口袋里掏出钱来,集送给某一个人?大约请他代买东西吧?看来不像,当他们把钱交到他手中时,什么托付的话也没说——趁着人员齐全,小组长们在收团费呢。又比如:为什么女教师领着大家唱一支歌?因为高兴吗?看来不像,当他们唱歌的时候,规规矩矩站着不动呢!——这是青年团员之歌。她看见许多人都举起了手,于是自己也赶忙举起来。可是旁边的人立刻对她说,秋枝,你不消举的!这又是为什么呢?既然大家都举了,我也得举呀——这是在表决是否允许一个候补团员转正。但,会议最重大的一个项目秋枝是明了的——给牲畜治病的"门巴"有了过失，人们对他生了气，一定要他当着众人的面来认错。

很遗憾！苗康并没有像同志们所期望的那样，知错认错。他在做检讨时，态度虽然恳切，甚至沉痛，但那长篇大论的发言，让人印象明确的不是由于他工作浮飘，疏于职守，因而给农业站带来了什么损害；相反，从他那婉转曲折的言语之间，倒可以有系统地了解到他曾对农业站有过一些什么不可抹煞的建树。因之，这番自我批评顿时激起了到会者的责难。恰如在平静的水面上投下一块石头，当即浪花四溅。几乎是所有人都同时喊出"报告"，请求发言。

雷文竹准许了那位刚刚成为正式团员的青年人。

"……我有这么个感觉。对不对大家说吧！我觉着苗康同志的话有点像吓唬人。你说修了马厩，这不假！谁都看得见，马厩是修了。可这是你一个人修的吗？不是！压根儿不是你一个人修的。我们支部里每一个团员都出过一份力。伐木料的时候，差不多全农业站的人都上了手。"他望了望大家继续说，"就看在这儿坐着的人吧！一个挨一个数一数，谁没有参加过修盖马厩呢！还有，你说到饲养管理有次序，说马匹都编了号……"

"提起编号的事——报告——提起编号的事，我对苗康同志还要补充点意见呢！"另一位青年团员插上说，"那天，我见两匹牡马在槽头上干架呢！又咬又踢。我就问老饲养员：'你为什么不把它们弄开，偏偏要拴在一起呢？'他说了：'你往它们身上看，一个烫着八号，一个烫着九号，没法子！兽医不许把号数弄乱哪！'我真是摸不透。为什么宁肯让牲口打架都不肯错乱号头呢？我说完了！"

兽医刚准备就牲畜编号的重要性作一些解释，但这时，在对面的叶海却冷丁向他提出一个看来是不着边际的发问：

"苗康同志！你能不能在支部会上讲一讲,那天你在河湾做什么?"

苗康和悦地笑了笑,表示这"戏闹"是不屑于作答的。

"讲吧!"叶海认真地追问,"你就讲一讲吧!"

"你想让我讲什么呢?"苗康仍旧微笑着,仿佛这问题真的没有使他难堪,"我们大家各自有事,都应当同样尽力去工作。至于完成任务以后,怎么样去开销其余的时间,那各人有各人的喜好……"

"不是说这个。我是问,那天我跑去找你的时候,你正在河湾做什么?"

"怎么的? 难道我做了什么犯罪的事! 我说过了,每人都可以根据自己的喜好去开销……"

"行了! 不要开销了吧! 再开销就把农业站的牲口都开销完了!"叶海气鼓鼓地嚷道。随又转脸对大家说,"那天,小黄(叶海这样称呼他的马)病得要死要活。我跑到河湾去找他,你们说他在做什么? 钓鱼! 在钓鱼呢!"

钓鱼本来是平常事。但从会场的反映来看,这却像是耸人听闻的奇谈。可不是吗? 现在,人们都恨不得把太阳拴死在树梢上,而他,竟能在短促的、可贵的白天里找得出这么多"其余的"时间。现在,人们恨不得身上多长出几双手来,而他,竟能够坐到河边,用两只手握着钓竿……

会场开始紊乱了。三三两两,议论纷纷。甚至于还有几个团员不经许可便大声地向兽医发出责难。兽医本人也在这种哄哄的语声中要求辩驳。雷文竹把秩序加以整顿后,应允苗康发言。

"当然! 我是兽医,对于'十五号'的死亡,我应当承担责任。

这我方才已经检讨到了。不过,有些客观情况,同志们是不是也需要适当考虑呢?不是推卸,的确!应当注意事实。我们农业站的医疗设备大家都很清楚。"他无可奈何地摊开双手,"先不讲什么重要器具吧!就像樟脑酒、松节油这类普通药品我们也没有,消毒用品也不全。老实说,以往做过的几次手术,都是在没有安全保障的条件下进行的。说到鼻疽,也许同志们知道。这种病在潜伏期是不容易察觉的。需要使用玛来因①才能检验出来。是的,这不是种什么贵重药品,可是我们没有,一点也没有啊……"

假若倪慧聪不是坐在墙角里,人们一定会看见她怎样由于激愤而满脸通红。仅仅在不多天以前,苗康还亲口对她说道:"……至于畜病,用不着太担心。我几乎每天都按时检查。一旦发现有什么不好的征候,我会立时采取行动的!虽说我们农业站医药、器具各方面条件都很差……"现在呢!他却又毫不费力地说出了一整套完全相反的话。是的!他只不过是会说,最多也是穿起白罩衣戴起口罩摆摆样子给人看。要是真的每天检查口蹄,就算没有玛来因,也该发现点征候呀!

苗康又讲了些什么,倪慧聪根本没能再听进去,但她一直注视着他,注视着他的眼睛、神态以及每一个琐细的动作。他在讲话时忽然咳嗽起来,并且接二连三向脚下吐了几口痰——苗康素有这种习惯,只不过倪慧聪是第一次发觉——这些使她感到异常厌恶。

林媛是会议记录,但她什么也没有写下来。她费了不少工夫在调理桌上的蜡烛,但总是不能调理好。灯芯亮了,可是紧跟着一阵"劈啪"作响,冒几颗火星便又要熄灭。起先以为是风吹,关了窗子仍然无济于事。原来这是一支外表精美而内中有假的、掺了水

① 玛来因——药液。滴入牲畜眼中,可验疾病。

的蜡烛！于是林媛决然把它摔到一边，换点了一盏使室内异样光亮的煤油灯。

"至于叶海同志提到的事，是这样！"兽医退后一步，他仿佛不习惯这种过于明亮的灯光，"我不否认，那天下午是在河湾钓过鱼。不过，我并不是真想给自己弄盘煎鱼吃。钓上来几条我都扔回到河里去了。可以告诉大家，我只是想独自在野外待待。那几天，为了一些私人的事，我自己的心情不太好……"

林媛本来决定一言不发，只把写在纸上的建议交给主席，但这时她委实不能忍耐了，于是出人意料地把笔往桌上一丢立起来说：

"问题不在于你是不是想吃煎鱼。也不在于你的心情好或是不好，这都无所谓。我们也不需要知道这些。问题在于你是用什么样的态度去对待你自己应负的责任！刚才你讲应当注意事实，这我同意！是应当注意。事实比任何中听的话都要可靠。事实怎么样呢？事实证明你是在尽可能地欺骗自己，也欺骗别人。你总是说没有这，没有那，举手也是困难，抬脚也是困难。这还用得着嚷？我们的困难是够多的。可请问你，一个青年团员，怎么好意思去利用各种各样的'困难'修一道铜墙铁壁来保护自己呢？"气象员的神情严厉得不像她自己了，"讲来讲去一句话，你对待工作，对待别的方面也是同样，你只会耍花样。对不起！我这样讲当然不怎么好听。我觉得，你站到阳光底下都映不出影子来！"

"这不是批评！"苗康把头一偏，以愤懑的语调说，"我希望能够就事论事。不希望谁费心编一串俏皮话来教训人。"

"怎么是俏皮话？难道这对你不合适？我认为……"

"你认为那只是你认为！"苗康更为愤怒了。

雷文竹抬起双手制止了这种对口争辩，要求批评者和被批评者都能平心静气。

"好吧！如果这是俏皮话，我可以不再往下说。我也不愿意教训人。不过……"林媛随手把一张纸条交给主席，"我有这样一个建议，请支部大会考虑！"

所有人的眼光立即集中到那张小纸条上去了。雷文竹站起来，以冷静的、认真的态度讲道："我建议支部大会撤换现任组织委员。"

10

散会以后，夜已经很深了。

林媛回到气象台，像刚刚走下火线的士兵那样筋疲力尽地倒在铺上。她紧紧闭住眼睛，希望能够立时睡去。但这种努力是徒劳的，怎么能够睡着呢？她的心情差不多还像在会场上一样纷乱、激动。同时，依照习惯，不写过日记也是不可能安心就寝的。于是她爬起来点着灯。翻开那个用了一年多的黑皮练习本写道：

> 今晚的会议，是一个真正的团的会议。
>
> 从前我为什么竟是那样傻，那样蠢呀？
>
> 他只爱自己，除了自己他谁也不爱。
>
> 过去了的事就让它像河水一样流去好了！

（林媛的日记从来就是这样，顶多不超过十来八句话。别人看来不大容易懂，甚至觉得欠通顺。但无论过后多久，她仍然能根据这些独立的、不太连贯的句子去重温曾经体现了自己不同情感的各式各样的生活。）

写完日记，林媛觉得心情平静多了。但她仍然不能去睡。她想起了摆在桌上的一叠学生们的"图画作业"。这是必须今夜批阅的。父亲常跟她讲："当天的工作不应当推到明天！"

"图画作业"还不算是正课。

前天，学校发给每个学生几张"比布还厚的纸"和一支"奇怪的铅笔"——用这一头写是红颜色，用另一头写却是蓝颜色——果然，正像所预料的，这引起了孩子们极大的兴趣。为了能领到"比布还要厚的纸"和"奇怪的铅笔"，已经决定不再"坐板凳"的孩子们又自动回到学校来了。

全部十九名，不！已经是二十三名了，全部二十三名学生差不多都画了图画。显然，他们对于随心所欲地在纸上画物件比练习写字要起劲得多。可是，几乎全体学生还没有一个能写出自己的名字来——不论是藏文或是汉文——所以，每张画的作者是谁，教师都不得而知，只有在发画卷的时候，要他们各自认取。

第一张是画了一只五指分列的手，林媛认为这是一个偷懒学生的作品。显而易见，他是把自己的小手按在纸上拓下来的。不过，女教师还是用红笔在卷子上打了一个圈。第二张是画了一头四条腿的牲畜。脑袋上长出两只角，满身长毛。根据尾巴来判断，这是羊子而不是牦牛。第三张画最使林媛满意：虽然轮子歪扭四棱没能画圆，虽然忘记了画履带，但这毕竟是一头"狮子"。烟筒里还在冒着蓝烟。而且，"狮子"上还加了一个人，虽然这人的头几乎要占全身的一半，两根棍子一般的胳臂是从脖颈上长出来的，但这毕竟是人，是双手掌着轮盘的驾驶者。林媛忘记了一切，她颇为兴奋地、良久地观赏着这幅画，带着骄傲的心情暗自赞许着这学生的天才：也许，若干年之后，他会成为美术学院的高才生，成为画家呢！于是她不假思索便打上了三个很大的圆圈。她已告知学生们:要是我在你的纸上打一个红圈,那就是你画得好! 打两个,就是更好,打三个圆圈是顶好。但林媛立刻又认定这学生不会成为画家,而会成为很好的拖拉机手。因为,她发觉驾驶者身旁注了一个字,起初她没认出来,后来她猜到了,这是一个写掉了两笔的"我"字。作者标明了:这个驾"狮子"的人不是别人,正是他自己呀!

忽然有人敲门。进来的是倪慧聪。

从搬到仓房去住以后,畜牧师几乎没有再来过气象台。故此,深夜来访不仅使林媛感到十分意外,而且她自己也感到突然。所以,一见面两人都很窘。

"还没睡吗?"

"没有呢! 我在看学生们的画! 你坐!"

"他们可以画画吗?"

"还不错呢! 你看!"

于是,她们伏在灯前,开始一张又一张评阅图画作业,但谁的注意力也没有集中在画纸上。她们实际上是借了动作的掩饰,在进行一种"无声的谈话",并且,通过比语言更富表现力的目光的接触,她们完全知道对方"说"了些什么,也肯定对方知道自己"说"了些什么。就这样,许久以来相互规避的两位女友挨近在一起"谈着""谈着",深为彼此的无声的语句所感动。

图画看完了,视而不见地看完了。

"林媛,我来是想跟你商量点事呢!"倪慧聪终于说,"在仓房里住有些不太方便。只有一把钥匙,李月湘带在身上。她总是要锁门,我一天不知得找她多少遍……"

"还到我这里来吧!"

"可以吗？我倒也是这样想。"

"怎么会不可以呢！"林媛的语气不是应允，而是感激。感激倪慧聪愿意和她一起住，"你看，你的铺我一直没有拆掉。我想，你一定还会跟我在一起住呢！一个人住，真把我寂寞死了！来吧！倪慧聪，以后不管到什么时候，我们俩一直在一起住，要是我们俩一辈子在一起工作，那我们一辈子都在一起住。好吗？"

"好的！我明天就搬回来。"

"干吗要明天？现在搬不好吗？"

"行！就搬！现在就搬！"

真的，她们当下就到库房里去，古里古冬地拾掇着，把畜牧师的行李、用具弄到气象台来。邻近的人多半被闹醒了，他们惊奇地推开窗子；这两个姑娘发疯了吗？为什么黑更半夜像码头工人一样搬运起东西来了呢？

第 六 章

1

凡是步行到西藏高原来的人,都有这种深切的体验,你会觉得你仿佛是离开了大陆,到一个遥远的岛屿上来了。在你忙碌或快活时,这种感觉不怎么显著,一旦你空闲了,或是不太愉快时,你不禁就会感到孤寂、茫然。清爽碧蓝的天空也会使你感到压迫、发闷。因此,当你步履几十天艰难漫长的行程时,印象最深刻的是一座座高大入云的山,山!仿佛是一道道闸门留在你身后,断了你的归途。当然,这还只是一种精神作用。而真正苦恼你的,将是在实际工作中抬手动脚都会遇到的为难之处,仿佛你是一支没有接济的孤军。因此,你会迫不及待地盼望公路立即修到你跟前,就像所有的西藏人那样,殷切地希望公路能够尽快地通过自己的家乡。

农业站早已在密切地注意着筑路的进展,只要从后边来了一个人,他们总要把人家拦住询问。一个普通的行人怎么能回答这样的问题呢?可是他们总还要问——哪一天能够修到更达来呀!

这一天终于到来了。筑路部队带着一种不可阻挡的气势到更达来了。

现在,更达坝子几乎整个儿变成了喧闹的街市。你听吧!歌声和各种劳动的声音混响成一片。你看吧!到处是人,匆匆奔忙的人!

人们当中,有来自各地各省的体格强壮的民工,有不带武器的工兵、步兵,有脸孔已被晒黑了的女测绘员,有年老或年轻的、总在若有所思的工程师,有曾习惯于五万分之一军用地图而现在又习惯了线路蓝图的部队首长……山民们给所有这些人加了一个综合的称号——修路的人。

修路的人们有一种明显的、共同的感觉,觉得如今的工作太轻易了,轻易得不像是什么工作。在海拔四五千公尺高的雪山上,他们曾是怎样工作呢?那里空气是稀薄的,没有过这种锻炼的人不要说下力劳动,就是爬一个小坡都会气喘吁吁;那里,风像刀刃,终日割刺着裹在皮衣里的人们的身体;那里,岩石和冻土硬得如钢似铁,人们打钎时,手被震裂了,血顺着锤把往下淌;那里,处处是绝壁悬崖,人们必须像葡萄一样吊在空中穿孔点炮,被炸得横飞四散的石块向下堕入云雾,听不见一丝回声。在宽阔急湍的冰河上,他们又曾是怎样工作呢?在那里,为了河心里的每一墩桥桩,他们都要脱掉棉裤,整天站在刺骨的水中,忍受着像斧头一般的流冰的冲撞;然后上来用酒精摩擦自己没有知觉的双腿。在阴冷的绵延百里的原始森林中,他们又曾是怎样工作呢?他们必须忍受不知多少年的腐叶烂果的恶腥;为了路基稳固,他们不得不费尽力气,像淘井一般去挖出一条条深扎的树根;同时,必须时刻警惕防不胜防的蚂蟥的伤害,甚至于有时为了自卫还必须和猛兽搏斗。所有这些,跟现在比较起来,他们觉得在这样的平坝上筑路简直算不得什么正式工程。

本期工程原来预计是十五天完工的,今天是第七天,但看来,最晚在后天,这支浩荡的筑路大军便可以背起自己的房屋(帐篷)继续向前开进。去劈开横在他们面前的层层雪山,跨过横在他们面前的条条冰河——直到拉萨，直到边境。

或者有人会因此得出这样的结论：既然这段路后天竣工，那么后天便会有汽车开到当地来。不！这样想就错了。前三天已经有车队响着喇叭在这里往返开行了。康藏公路的每一公里几乎全是先通车而后竣工的。筑路者非常习惯这样，他们总是闪在一旁，动情地望着汽车在刚刚挖出的路基上缓慢地一歪一蹦地开过，随后又各就各位埋头于工作。

昨天上午，三部满载的卡车在贸易公司门前卸货了——这里所指的"门前"是根据设计图样来说的。实际上这座相当阔绰的、高门大窗的两层楼房只是开始招工筹料。可是，工委书记苏易一看见货物运到，当即就做了一项不留余地的决定——明天开始营业。

这样一来可忙坏了贸易公司经理。他手下只有很少几个和他同样不熟悉业务的职员。于是他不得不到处"抓差"。找了几个机关干部来帮助清点、分类、标价、造册。又找了几个左近的男女山民，帮他在露天扯起了两块大帆布，在地下铺好木板。帆布在风中飘荡着，像个巨大的风筝。四外没有墙壁，顾客们从任何一个角度都可以走进公司。不管怎样吧！这样团团打转地张罗了一整夜，总算布置妥了。最后，柴经理带着郑重的神气，把墨汁未干的招牌趁便钉在就近的一棵白杨树上。招牌上以藏、汉两种文字写着：更达贸易公司门市部。

消息在夜间便被广泛地传播出去了，说宗政府开设了一个很大很大的地摊。在这个地摊上，你要买什么就能买到什么。（山民们暂时还未熟知"商店"或"公司"这样的名称。因为他们只跟摆地摊的流动商贩或者庙里的会手们打过交道。）于是，今天一早，各庄上和牛场上的人便络绎不绝地顺着被大雪遮埋了的小道向贸易公司来了。他们之中,有的是打定主意要买些什么东西的,而有的则是什么都不打算买,只是想来证实一下这个很大很大的地摊究竟是不是要买什么就能买到什么。

工委书记苏易已经靠在贸易公司招牌那里站了很久很久,顾客们谁也没有注意到他。不过,他却用心地留意着每一个顾客,留意着公司里的一切情形:女售货员们一面高声嚷着维持秩序,一面急急地往同时伸过去的多少只手中递交货品——茶包、食盐、针线、肥皂、烟丝、毛巾、糖果、热水瓶、长筒靴、丝绒头绳、象牙手镯……而土产公司代办处的几个工作员却忙于接纳山里人出售的东西——鹿角、麝香、虫草、红花、藏青果、狐狸皮……随即又把银元数给他们。在摆置棉布的地方被妇女们姑娘们所统治了,她们差不多把每一种花布都拉扯在自己的胸脯上比试过,反复地考虑着,以至于相互讨论着,但总还在挑呀拣呀的。这倒不是因为过于慎重,委实是难以拿定主意啊!瞧!随便哪一种花都是顶好看的,随便哪一种花也不比别的一种花差一点儿。末了,经挤在后边的人再三催促,她们只好马上选定一种。当售货员用剪刀裁下来的时候,她们立即就后悔了,十分遗憾地望着货架上样数众多的花布。孩子们借着自己身个儿矮小的方便,很容易地从人们腿边钻到前排去。他们大半都集中在卖手电筒的地方,那里有个售货员用一对电池在试验灯泡,这个小玻璃珠可好奇怪呀!只消在铜丝上一碰就亮了。在另一边,有一个年老的顾客——从穿着上看显然是个牧人——他买了一盒火柴,但他并没有走去,接过来便很认真地擦着一根。捏着火柴棒,等快烧到手的时候才扔开,接着又擦燃一根,又一根,一连擦了五六根。售货员发觉了,忙阻止说:

"老爷爷,你用不着试,随便哪一根都管火!"

"摆在上边的跟摆在底下的全一样吗?"老牧人怀疑地问。

"一样,只要有这颗黑头儿就能行。"

"好吧! 那我就不消再试了!"老牧人关了火柴盒,但随即又抽开,把火柴倒在木板上,一根一根数起来。

"老爷爷,你用不着数。"售货员说明道,"每一盒都是约摸一百根,你刚刚划了几根,那就还有九十多根。"

"好吧! 那我就不消再数了。"老牧人一面收起火柴,一面不住口地对售货员说,"九十多根,要是一天用三根就能用一个来月。可在我们牛场上一根也没有啊! 你知道不? 我们除了熬奶、烧茶,整天整夜都得点着牛粪饼。要是往别的草场移动,就得把火弄到铜锅里带着走。火一灭,那可就是大事呀! 说不定得要跑多少路才能借来火,草坝上很远很远还不见一个篷子。"

"唔! 这老头还是第一次看见火柴呢!"售货员们低声谈论道。

"看见过。"老牧人纠正说,"不错,这东西我没有使唤过。可我看见过。买卖人常到牛场上来的,他们有这种小东西——火,唔! 火柴。可是,这么一小盒,少了五张羊皮他们说什么也不换的。牛场上的人都知道,这是一种顶值钱的东西。可是,你瞧!"他晃了晃手中的火柴盒,"这算什么,算不了什么! 四个铜钱一盒,一盒一百根,就算一天使唤三根吧! 一盒还能使唤一个多月呢!"

随后,老牧人小心地把火柴揣在怀里。

也许,在别人看来,贸易公司里的一切情景都是平平淡淡的,一片嗡嗡嚷嚷的声音,拥挤,杂乱。买东西的人挑拣,发问;卖东西的人收款,发货……然而,苏易却几乎是以儿童的兴趣、不倦的目光久久地望着这一切。是的,这种情景是平常的。但,你要知道,这是在更达呀!

苏易终于从顾客们当中挤到最前边去了。

"买东西吗? 苏书记。"女售货员笑着问道。

苏易点了点头,并且在口袋里掏钱。

"你买什么呢?"售货员又问。

这是一个突如其来的问题。是啊! 买什么呢? 苏易根本没想到这一层。他只是要买东西,要在"更达贸易公司门市部"买东西。于是他盲目地向货架上一指。

"要纸烟吗?"

苏易又点了点头,很郑重地交了钱,又很郑重地接受了一包"大中华"。事实上,他是从来不吸烟的,待客的香烟也从来不是由他亲自过问的。

这时,贸易公司柴经理匆匆忙忙挤了过来:

"苏书记! 我正要去找你呢!"

"啊! 经理同志!"苏易愉快地握住这位年轻经理的手,显然是在祝贺他,"你怎么啦? 好像脸都没顾上洗。是啊! 你们昨晚上辛苦了! 不过没关系,等公司就绪之后,你就可以像老板那样高枕无忧了!"

"我有事找你。"经理郑重地说。

他们出了公司。走到无人处,柴经理说:

"我请示一下。俄马登登涅巴来找我,说他要买东西。"

"那有什么可请示的! 卖给他就是喽!"

"你听我说呀! 他只买两种货物:茶叶、盐巴。可是你知道怎么买? 包圆! 有多少要多少!"

工委书记微微怔了一下,立刻皱起眉头。

206

"你怎么答复?"

"我没有肯定答复。现在他还在我帐篷里等着。"

"那么,你打算怎么答复他?"

"我……你看情形吧!你怎么决定我怎么执行!"

"我是问你的意见!"

"要是依我的意见——卖!"随着"卖"字出口,经理满有气势地把手一挥。

"不行!我不同意!"工委书记坚决地说,"他倒是替自己盘算得挺不错,够多聪明的!有多少要多少!哼!"

"我看倒可以考虑。原先我们宣传过,说不管什么货,随便人买多少都行。现在他既然一心想要买,那就……"

"你怎么办呢?目前茶叶、盐巴是最主要的,要是这两种货物空了,未免有点不像话。"

"我就是想找你请示呢!看我们是不是还可以打别的主意补救。"

"不必打什么别的主意!你要知道,你的公司不是转运站,你的公司是要为所有更达人服务的,所有的更达人!当然,有买就应当有卖,可是要为更多的人着想,要为真正的买主着想。在现在这种情况下就不能那么做。"

柴经理虽有自己的主见,但工委书记的道理却是无法辩驳的。于是他不想再坚持,只发问道:

"那我怎么回答他呢?"

"很简单!限制购买量。就说目前我们货物太少,请原谅!不能批发!"

"就这么决定了?"

"决定了!"

经理得到指示后便转身走去,但没走出几步书记又喊他,他停住了。

苏易赶上来,以骤然改变的平静的语调说:

"我同意你的意见。"

经理抬起疑惑的眼睛望着苏易。书记重复说:

"我同意你的意见,包圆就包圆,卖给他!——去执行吧!"

2

俄马登登怀着极大的、凯旋的愉悦从贸易公司回来了。

到家后,他首先托故把妻女们以及佣人们一个个从屋子里支出去,随后才谨小慎微地从腰间取下那一大串样式多端的钥匙,打开内室。这小屋子几乎是完全黑暗的。他摸索着换上另一把钥匙,打开矮木柜,然后又换上第三把钥匙,打开放在木柜里的洋铁箱子,这才摸索着数起钱来。银元在黑暗中闪闪发亮,当啷当啷地响着。

几个专管经商的会手带着银元,赶着马到贸易公司去了。涅巴安静地坐在家里喝起酒来。他一面数弄着手中的佛珠,一面暗自窃喜。会手们将把贸易公司的茶包、盐巴统统驮回来,一点也不给他们剩下。不管谁,想要买茶叶,买盐巴,再到贸易公司去可就得空手出来。不过这不要紧,你们就到涅巴这里来吧!他所经营的地摊上将出现大量上等的茶叶和盐巴。而且他还决定"廉价"出售,比他地摊上原先的茶、盐价格要便宜一半。(自然,你最好不要拿这价钱去跟贸易公司比。不错,它比公司要高三倍左右,可是贸易公司已经没这种货物了呀!)俄马登登想到这里,不禁现出一个胜利的、傲然的微笑;呵哈！他们找出那么一个年轻人来做公司经理。你跟他交往一次就可以看得出,他不光算不得一把手,老实说,提到做生意这一行,他缺心眼缺得厉害。

然而,事情完全出乎涅巴的预计。第二天,当会手们兴高采烈把扩大了的地摊摆置妥当之后,并不像他们所想象的"顾客蜂拥而至"。好半天几乎无人问津。后来涅巴知道了,原来和昨天一样:人们照常到贸易公司去,照常拿着茶包、盐巴走出来。这是怎么弄的呢?

贸易公司实践诺言,不好不应承胃口很大的俄马登登。然而,谁也明白,这将会造成怎样的结果。难道这可以听其自便吗?不行的!就是说,门市部是不能没有茶叶和盐巴的。工委会已发出电报,让省公司尽速送来。但远水不解近渴,这几天怎么维持呢?大家都很焦虑。最后,柴经理提出一个建议,这建议说不上十分妥当,但苏易立即便同意了。当天黄昏,公司人员便带着公函,分头到各机关、团体以及筑路部队、民工大队去了。贸易公司刚刚开张,就遇上这样棘手的困难,谁能从旁观望而拒绝帮助呢?况且,从单位里抽借出一部分副食品,暂时对付一下,也算不了什么,过几天公司就会如数归还的。于是,积少成多,数量可观的茶叶和盐巴连夜送到了贸易公司。就这样,门市部不仅没有断绝出售,而且还贴出来一张大字预告,说贸易公司近日到货,茶叶、盐巴将大量供应。

俄马登登转兴为愁了!失神地数弄着手中的佛珠。他不得不承认,他干了一桩缺心眼的事。是啊!当时只要心眼里多转几个弯,就不至于如此失算。他曾想,一不做二不休,再拿钱到公司里去包圆,但立刻便打消了这种念头。他很量力,而且,依照他的经商原则,只要有一点点冒险性,就绝不从洋铁箱里取出一块银币去从事什么活动。那么,已经包来的这一宗买卖怎样出脱呢?很明白,照他的地摊价格、一把茶、一撮盐也卖不出手的;但假如照公司的行情,那他费尽心机,往返操劳,又是图什么呢?俄马登登左思右想,结果确定去找察柯多吉,请他把货物带到山里去,那里没有贸易公司,他可以按照自己的意愿去推销。

涅巴直接到女儿茨顿伊贞的屋子来了——到这里找察柯多吉相子要比到他自己屋里去找有把握得多——不巧,女儿屋里虽亮着灯,可是门关着,他推了推,里边上着栓,他只好耐心在外面等候。

虽然察柯多吉对茨顿伊贞早已不是外人了,但每次他到她屋子里来,总还是会受到照例的欢迎。这很自然,作为一个大涅巴的女儿,从小便要具备这种礼节教养的。可是,今天察柯多吉却受到了意外的接待。他刚进门,女主人便气汹汹劈头唾骂道:

"谁许可你进来的?滚出去!"

相子大为惊异,愣在一个欲前不能的姿态中,仿佛他误入了什么机要重地。

"听见没有!我要你滚出去!快滚出去!"茨顿伊贞从垫子上站起,指着当门喝令着。

"我怎么啦?我做错了什么啦?"察柯多吉纳闷着问道。

"哼!还装什么相,你做什么你自己明白!"

察柯多吉竭力回想他今天做了什么使她不愉快的事。可能又是因为在涅巴的某一个妻子屋里耽得时间太久了吧!不!或是跟她们谁说话时眼睛太专注了一点吧!不!那是为了什么呢?

"你今天到房后林子里去了没有?"茨顿伊贞禁不住指题究问

了,"你说,去了没有?"

"林子里?唔……不错,我去了!我是从林子里过了一趟。"

"过了一趟?哼!过了一趟!就是你自己从那儿过?还有别人没有?"茨顿伊贞继续考问。

"别人。我想想……记不清了。你说还有谁?"

"女人!还有一个女人!"茨顿伊贞尖声叫着,怒不可遏。

傍晚,茨顿伊贞到平顶上去,偶然向房后的林子留意了一下,望见察柯多吉正向林边走去。稍过一会,树后忽然闪出来一个女人,他们相遇了——显然是约定过的呀——随后,他们各自靠在一棵树干上说起话来,而且看样子是很隐秘、很紧张的。不一会,他们便分手走开了。不过,当那女人正过面孔时,茨顿伊贞已经认出她了。这便是前个月侥幸被释放的那个女犯。

察柯多吉暗暗吃了一惊,他原以为他的行动是绝对秘密的。不过他的惊诧并没让茨顿伊贞觉察出来。他随后扮出一副释然的态度,笑了笑说:

"哎呀!我当是怎么回事呢。你要早说不就是了。不错!我是碰见过那个女人。你知道不?她现在在农业站借住了一口破土窑,每天给人家洗衣服。听说总是弄不饱肚子呢……碰见她就顺便问了几句,我真可怜这种人!"

"呸!说得多耐听!你是看着她可怜吗?"

"啊哈!你呀!心太多了。往后,不论碰见谁,只要是女人,我一句话不答,扭头就走。怎么样?这可行了吧!"相子嬉皮笑脸说。并且走近去扯茨顿伊贞,伸出双手去捧她的脸腮。

茨顿伊贞狠狠打掉相子的手,鼻子哼了一下,极端轻蔑地说:"远点!不要面子!找她去吧!一个女偷马贼!"

一提偷马贼,察柯多吉恐慌了。显然,他怕有人听见,连忙转身去关好了门,随即压低嗓门,以哀求而又带有威吓的语调说:

"嚷什么!嚷什么!你轻声一点行不行!我求你不要再喊叫了。做什么你平白无故跟我动这么大的怒!"

茨顿伊贞着实动了怒。如果她自己能认真分析一下,便会承认,她的怒气一多半是针对那个偷马贼而发的。不过现在都得由察柯多吉来承担了。涅巴在后场上预备以规矩判处她时,茨顿伊贞去看了。她不禁为这盗犯的美丽所震惊。而且她留意到身旁的男人们,他们正贪婪地、痴痴地盯着那女犯。当时,茨顿伊贞真有些替她惋惜,长得这样好,可是立刻要被砍断双腿,挖掉眼睛。后来她意外得救,并且她竟然在本地住了下来。按说,这跟茨顿伊贞毫无关系,一个是江玛古修,一个是洗衣娘,一个住在庄院楼上,一个住在破土窑里。然而,这却使茨顿伊贞时刻感到不安。像是一个可怕的仇敌与之为邻了。以往,茨顿伊贞是被公认为本地最美的女子。她时时为此感到自得、满足。但现在不然了,她有多次听见过人们对于那个洗衣娘的啧啧称颂的议论,而她却像被遗忘了,不值一提了。这还不算,现在竟又发现察柯多吉跟她有着暗中往来。茨顿伊贞受不住了,她恨透了那个可恶的女犯,为什么当时不把她处死呀!假如此刻她在这里出现,茨顿伊贞一定会扑上去撕碎她。

俄马登登在门口等了好一阵,只听里边乱吵些什么,一直没有个完,他不耐烦了,便去打门。察柯多吉把门栓抽开,趁这机会,茨顿伊贞唾骂着把他推了出去。

回到自己屋里,相子松了一口气,倒在垫子上,随后有气无力地问跟进来的俄马登登:

"找我有事?"

"嗯！你也知道,就是从贸易公司弄回来的货物……"

"蠢哪!"没等涅巴说完,察柯多吉便把脸往旁边一扭,轻蔑地说,"你怎么总干这种蠢事!你没见他们在修路?有了路,他们什么都能弄来。你买吧!看你有多少银元。"

俄马登登没有对相子的训斥作什么反驳,他无从反驳,只无奈地挥了一下手道:

"还说什么呢!这宗货物总得找个什么法子出手呀!"

"你有什么打算?"

"我想,要不这么办吧,你把货弄到山里去。"

"那怎么行!"

"行啊!你帮帮忙,带去吧!等脱了手,看总共能弄多少钱……"

"得了!你放心,钱我是一块也不要你的。不过货太多了点,怎么能一下子推得出去的哟!你知道,我办药材、皮毛,总是各处走动。"

"那好说,我差两个会手跟你一路去,你安置他们住在山里,摆个地摊……有多便当。行吧?这不会碍你的事!"

"不!不!你不要差人去。"相子断然拒绝道。

"那还是请你……这不费你什么大事的呀!"俄马登登继续求告说。

"好吧!"察柯多吉显然是迫不得已地应承下来了,"不过,我最多只能带一半去。山里人少,要不了太多的茶叶、盐巴,你的价钱又定得那么死。"

就这样说定了,一半货物由相子的小商队负责批销。可是其余一半怎么出脱呢?俄马登登又数弄着佛珠谋算起来。

3

　　今晨的诵经提前结束了。因为呷萨活佛已代表寺庙接受了工委会和筑路指挥部的联合邀请,明日将去参加本工段通车典礼,喇嘛们需要做些事务性的准备。而且,寺庙还应约要为庆祝通车在典礼仪式之后演出一场古剧。更达寺里的喇嘛们唱戏是很有名声的。每逢藏历的重大节日,总要在寺外平场上演出,有时因为戏目较长,竟接连唱好几天。近处的就不用说了,远道的人都要携带吃食和行李前来观看。

　　呷萨活佛这几天身体不太好,所以他本人便不能去参加这个盛典。其实,按照他的健康情况看,他完全可以去的,但寺庙里几位重要的僧官执意反对。他们的理由很简单,说活佛没有必要为这样的事出庙一行。僧官们不赞成,事情就不能不另行斟酌,于是也只得作罢。

　　工委书记苏易带着礼品到寺庙来探病了。呷萨活佛在经堂里接见了他。按礼节问过病情之后,宾主便对面坐定,随便闲谈起来。活佛再三为自己不能参加典礼表示抱歉——他亲口说过他一定要去的。苏易便再三宽慰病人;既然病了最当紧的就是养病,不能参加典礼虽很遗憾,然而也还有法子补救。书记说,过两天他一定还要到寺庙来,负责把典礼的盛况详尽地介绍给活佛,并且送他一套当时拍摄的照片。

　　接下去,话题转到了小学校。呷萨又一次忽然记起了他是更达小学校长。

　　"学校,是啊! 开学校是一桩大事啊!"活佛感叹说。随后想起他曾应宗政府要求,指派过一个喇嘛到学校去教藏文,于是接着问道,"那个喇嘛怎么样? 他当老师当得了吗?"

"行! 满行的。他是挺有学识的一个喇嘛。就是有一点,他要是能不打学生就更好了!"

"唔! 不打不行呵!"活佛肯定地说,"寺院里的小喇嘛也是那样,总是发懒,不好好学。你实实在在打他一顿,下回准就能改改。"

"哪里话! 不全是这样。孩子们总是想多耍,那是免不了的。可是他们都很用心呢!"

苏易说着,从衣袋里取出一卷纸递给活佛。这是更达小学学生们最近写的字和作的画,女教师林媛本想亲自送给校长看看,但女性是不可以进入寺庙的,她便交给工委书记带来了。

活佛翻开卷纸,一个个规整、确切的藏文字母跃入眼帘。他立即疑惑地问:

"这是学生们写的?"

"是啊! 学生们写的。"

呷萨随手戴起眼镜,一张一张认真地翻阅起来。显然,他被学生们的字和画引动了。这是他怎么也没有想到的。更达寺的小喇嘛也是集中受教育的。他们除了读经也学认字、书写,但差不多过了整整一年,藏文字母还不能全都认得,即使能念得出也写不出,勉强写几个出来,也是歪三扭四,没有个样子。可是,更达小学刚开办没几天,学生们的字竟写得这样好,还能作画。活佛惊异了。他真想找个机会到学校去走一趟,看看学校是以什么样奇特的方式来教课的,看看那里的小学生是不是一个一个都要比寺庙里的小喇嘛精灵些。

"学校开在什么场子?"看完了卷子,呷萨活佛颇有兴致地问。

"就是原先赵尔丰的营盘。"

"那房子早多少年不就倒了？破破烂烂怎么能用呢？"

"是修了新的！"

"修新房子？谁出钱呢？"活佛担忧地问，"是学生们家里集凑的吧？"

"不！是政府拨款。"

"唔！——"活佛点点头，重又以叹赏的眼光翻看学生们的字卷。

而后，工委书记问起寺庙对于明日通车典礼的准备情形。他担心又会因为什么事故而寺庙忽然申明说连喇嘛们也都不能去参加了。那将使这隆重的庆祝仪式大为减色。

"预备妥了！"活佛保证说，"我早已吩咐过他们。你只管放心，什么都预备妥了！"

"要在场子上唱的戏呢？也练习过了吧？"

"练习？用不着的呀！他们全都死死地记在心里。你只消说给他们唱哪一个本子就行了！"

确实如此。唱戏只是喇嘛们的一种业余活动，并没有太多专门时间去习艺，但由于常常出演，他们记得很清楚。而且，这是更达寺的一种不懈的传统，也用不着谁来教授。哪一个喇嘛能够扮演什么角色，他一生将担负什么角色，待他因为过于年迈不能胜任时，那些早已看得烂熟的年轻喇嘛自然便可以挺身接替。

"那么，你们明天打算唱哪一个本子呢？"工委书记进一步问道。

"在这里，喏！就是这一本。"

呷萨活佛从矮桌上拿起一个又窄又长的木刻戏本给苏易看。

活佛热心地介绍说，这是不轻易出演的、顶好的、顶有名的一本戏。随便哪一个西藏人，你跟他谈起这本戏，没有一个不晓得的。更达寺自己的经验也证明，这一本戏诚然在观众中享有特别的爱戴，只是长了些，怕一时唱不到头，不过可以挑选最精彩的一段来演出。因为戏本是用古文体刻写的，苏易的藏文程度很难对付，所以他请呷萨活佛简单叙述一下这戏本中的故事。

……很早很早，不知多少年以前，一个相貌不凡的西藏王子转世来了。他的名字叫松赞干布①，他即位后，就开始和汉人皇帝以礼交往——这是他以前任何一个西藏王子所没有过的——而且，松赞干布还娶了汉人皇帝的女儿做王后。亲事由他的大臣却禄东赞②受遣前往办理。当却禄东赞带着聘礼到汉人皇帝宫殿时，有许多外国使者也正在请婚。这就难了！把女儿许给哪家王子呢？于是，皇帝取出一颗珠子来，这珠子上有一个曲曲弯弯的孔洞。他说，哪位使臣能用细线从这个洞里穿过去，就答应跟哪家王子成婚，结果，除了却禄东赞，随便哪一国的使臣也都束手无策——却禄东赞是西藏人，再没有谁能赶上西藏人的聪明呵——他把细线拴在蚂蚁腿上，放在洞口，用气一吹，蚂蚁便拖着细线穿过了弯曲的孔洞。于是乎，汉人皇帝当下把女儿文成公主③许给了西藏王子。

文成公主乘马走了整整一年，才到达拉萨。松赞干布亲自迎出去三日的路程……

苏易对这段史话原是并不生疏的，虽然这和他过去做历史教

---

① 松赞干布——七世藏王，在位时兵强地广，四邻畏之。
② 却禄东赞——大臣，具有才略，是时藏王称雄于西方，赖其力不小。
③ 文成公主——一说为唐太宗从女，于贞观十五年（公元641年）许给七世藏王。她对敦睦汉藏关系及对西藏文化的启发皆有相当贡献。

师时所读过的史料不尽相符,但他倒很喜欢这个古老而富有传奇性的藏族剧目的记述。他很高兴,在告辞时还一再对活佛说,明天他一定要事先选定一个最好的位置来看喇嘛们表演。

工委书记的探望使呷萨很快活——他很久很久以来不曾这样快活过——好大一阵才比较平静下来,准备重新开始诵经,但刚端起经文,又忽然改变主意,喊他的佣人去找管家来。

寺庙总管是一个中年喇嘛,他来时,面孔带着一股显然的怒气,看样子是刚和人吵了架。但活佛并未留意管家的神色,只简单地吩咐道:

"你拿出五封银子——不!九封,你拿出九封银子送到宗政府。就说是我捐给更达小学盖房子用的。去吧!"

管家对这吩咐感到很突然,很奇怪。小学校修房子跟活佛有什么相干呢?为什么要白白送人这么多银子呢?不过,既然活佛吩咐,那就没有什么话好回,只管照数送去就是了。他施了礼,退出门去。

"是你讲过要买茶叶、盐巴的吗?"管家出了门,又返回来问活佛。

"没有!我不记得讲过这话呀!"活佛纳闷地回答。

原来是这样的:俄马登登涅巴一早就到活佛这里来探病。临走时,他提醒活佛说,目前茶叶和盐巴的行价很低,寺庙应当抓住时机,大量购买,存放起来,不然,等涨了价,后悔也来不及了。俄马登登也知道,这类事根本不应当找活佛说的,难道他还过问寺庙里的吃喝不成?可是他却来找活佛了。不出所料,活佛只冷淡地回答说,你跟总管说去。够了!就这一句,对于俄马登登已经足够用了。他回头找到寺庙管家便说,活佛讲了,要趁着现在茶叶、盐巴的好行情,多多买些,积存起来。并且,很省事,寺庙也不消费神到市上去采购,只消把钱交给涅巴,他便会差人把代买的货物送到寺庙来。管家并不是一个外行,这方面的消息并不比俄马登登闭塞。寺庙里也有几个会手是专做盐、茶生意的。他一听就知道,这是俄马登登来打寺庙的主意了。于是他回答说,寺庙积存的茶叶、盐巴已经够用十年的,要买也是十年以后的事了。但涅巴变了脸,说管家过于放肆,竟敢违背活佛的意思办事。管家自然心中不服,但他在和涅巴理论时,未免就有点敢怒而不敢言,因为这是活佛的意思。现在呢,证实了! 活佛并没有讲过这话。于是,管家回去后,差了一个人往宗政府去送银子,他自己却摆出理直气壮的架势找俄马登登去了。

4

格桑拉姆醒来——所说醒来,只是因为早晨的阳光已经穿过窗幔,射进了她的幽暗的卧室,她不得不作为白天生活的开始而睁开眼睛。实际上,昨晚她通宵失眠,根本没有睡着——格桑拉姆醒来,第一件事就是抓起放在枕边的一份公文来看,仿佛这是谁刚刚才送来的,其实,这份不超过五行的公文,她昨天就已经读过不止十遍了。

格桑拉姆宗本:

明日上午十时于更达坝举行通车典礼。请即通知你宗所属单位、团体届时前往参加为荷。

到会人员应注意下列事项……

工委会没有像邀请呷萨和他的喇嘛们那样登门邀请格桑拉姆,只发来如上一份书信公文。这当然,因为她是宗本。

　　格桑拉姆宗本知道,即使没有她的通知,更达宗所属单位、团体也不会不去参加盛典。但,至于宗本自己是不是要像公文上所写的那样届时前往呢？直到现在她还没有作出决定。格桑拉姆明白,如果去了,她在大会上将处于一种特定的地位。就是说,在公众的观念中,她将不会是作为一个看热闹的人,而将被认定是作为宗本、作为政府人员出席的。这对格桑拉姆是绝对不习惯的。她从来还不曾以宗本的身份在任何场合出现过,连宗政府成立那天她也不曾到场呢！

　　然而,格桑拉姆在严守习惯的同时,也不能不从另一方面考虑,就是说,从实际的一方面考虑问题。这样,她便不可避免地要想到许多事情。当然,这些事也不是今晨才意识到,许久以前便反复地在脑子里绕来绕去,早都把她扰昏了。

　　……当格桑拉姆正式接到宗本委任书时,她简直手足无措了。她不顾自己的地位,竟到各大涅巴、头人家中去奔走请教。他们的说法是不一的。有人对这事极为赞助;而有人则劝她沉着,最好是把这事置之度外。他们断言说,汉人们虽然到更达来了,但是要不了太久就会要走的,像以往所有到西藏来的汉人一样,在这里扎不住脚跟。他们能举出上百条理由来证明这一点,其中有一条对格桑拉姆说服力最大:想想看,成千上万的汉人到这里来了,可是能带来的粮食却很有限。要是住久了,吃什么呢？西藏人没有多少青稞可以给他们的。等肚子饿得不好受的时候,他们就会想起来,该走了。

　　可是事情并不像这几位天真的贵人所设想的那样。

　　格桑拉姆听见了炮声。远远的,但却震撼着山谷和草地。

　　随着开山炮声的轰鸣,不知有多少人涌到更达来了。格桑拉姆从早到晚站在四楼平台上,凝神忘情地向坝子里观望。差巴们和牛场娃子们也都叫着,唱着,拿了家具前来做工。不几天,坝子里出现了一条大路,格桑拉姆从来没有想见过会有这样笔直的、宽阔的道路。于是,一串又一串的庞然大物像穿梭一般在路上来往奔驰了。这上边载着人,载着各种各样的东西,载得那样多,那样满——难道粮食不能堆在上边载来吗?

随后,格桑拉姆很自然地开始去暗自分析近几个月以来的情形。从她出任更达宗本之后,没有到政府去过一次。当然,公事还得要办的,于是便看见政府里藏族的、汉族的干部们络绎不绝地出入于更达庄院。格桑拉姆冷静地回想了一下,查对了一下。应当承认,近几个月来,更达所发生的值得注意的事,她都得到了有关方面的汇报。较为重大的事务,她都参与了商议。她清楚地记得,有几件民事的处理就是因为她的意见而有所变更了的。同时,凡目前宗政府所推行的大大小小的措施,也都是经过她的审虑,并且加以签署的。格桑拉姆一想起由她亲笔签署的那些批件,自己都有些惊讶了。她忽然省悟道,她的私人客厅实际上早已充作宗本的办公室了。

但,反转来,一想到庄院以内的情形,格桑拉姆立刻就锁起了双眉,闭起了眼睛,她有一种奇怪的、痛楚的感觉,觉得自己像一条置身于即将干涸的死水中的鱼。自从降泽工布去世后,这种痛楚的感觉没有一天离开过她。她的下属头人们,不仅像以前那样,公然显露出对土司的怠慢与漠视,而且近来更得寸进尺,甚至并不掩饰他们的雄心。前些天,包括三个村庄的很大一片地产,就被一位头人凭着不足为凭的历史根据而占有了。简直不敢想象,长此下去,再过若干年,他们还会给土司留下什么呢?格桑拉姆满腹怨恨,叹息了一声,不想了!想这些太寒心,太可怕。……

似乎是为了摆脱纠缠不清的思想,格桑拉姆从垫子上起来了。她无所适从地扶着墙,在她的放大照相前面站了一阵,随后走近衣柜,随手又以漫不经心的、也可以说是下意识的动作把并排的几个衣柜统统打开了。衣柜虽然都从来上着锁,但靠外边却落了厚厚的一层灰土——差不多十二年没有打开过呀!——里边发散出潮湿的霉气。那五颜六色的一叠一叠的衣裙立即吸引住了格桑拉姆。她没有伸手去触动它们,只是神往地一件一件认真观赏。每一件衣裙,都足以引起她久远的、欢悦而亲切的回忆。而她对每件衣裙的怀念,又都贯注了辛酸悲切的感觉。格桑拉姆不自觉地抽出一件在出嫁的前两天才赶做出来的桃红色的绸长衫,领圈上一道细细的黑边,是在母亲反对之下她坚持镶上去的。格桑拉姆将她昨夜和身躺卧的布衣脱去,换穿上这件长衫,还是很合身,不过颜色艳了些,现在穿来便欠妥了。她照原样折好放回去,随手又抽出一条以绿色占主要成分的花裙。这是丈夫死的那年买的,她不愿意再看,立即塞回原处。随又换到另一个衣柜里去挑拣,几乎把几个衣柜都翻遍了,她差不多觉得穿哪件都好,但又觉得哪件也不合适。最后,只好信手选定一套,穿将起来。好在所有的衣裙在制作时都经过再三考究,随便哪一身,都足以表现出主人的新鲜、庄重和富有。

换好衣服,格桑拉姆便坐到梳妆桌前了。虽然这么些年来她一直懒于装扮,连辫子也常常是松脱的,但动起手来,仍然可以看到她两只手的惊人的熟练,看也不看,一小会儿便梳理已毕,并且精确地安插了每件首饰。

当格桑拉姆完成了所有的步骤,探身向镜子里看去时,她几乎要叫出声来。这是我吗？我原来还是这样年轻的吗？这一刻，格桑拉姆的心情完全回复到她做江玛古修的年代了。她双手把大镜子高高举起来，带着惊异，对自己端详了又端详，看了又看。

这时，女佣人在布幔外边禀告道：

"政府里来了一个人。说是给你送薪金来的。"

里边没回答，佣人也没有重复禀告，只是在静候。过了一会儿，格桑拉姆才以沉着的声调隔着布幔答道：

"知道了！"

按习惯，只要女土司说："知道了！"那就是表明她没有非议。于是，女佣人从来者手里接过了沉重的钱袋。

女佣人撩开布幔，不禁愣在当门。她简直不相信自己的眼睛了。这女佣人是前五年才进庄院来的。她从未见过土司这样的装扮呢！

"你是……要出门吧？"女佣人又惊又喜地问。

格桑拉姆怔住了。女佣人的发问是一种提醒。她这才明确地意识到，原来她并非无意识地更换了服饰，修整了容貌。是的，她是要出门去的。于是她对女佣人点了点头，随即吩咐道：

"去！说给下边，备马！"

女佣人把钱袋扔下，兴致勃勃地转身走了。

格桑拉姆在镜前对自己作了最后一次审视后，撩开布幔，走出了内室。当她通过阳台时，被儿子拦住了。丹夏正在玩弄一只被拴着的小飞虫，看见母亲焕然一新地走出来，高兴极了。他扑上去急切地问：

"你要到哪儿去？到哪儿去？"

"我……到外边去。"

"我也去！走吧！我跟你一路去。"

"你不要去了。我出去走走就回来！"

"我要去！我要去！"丹夏就势往地下一倒,抱住母亲的腿,两脚不住地乱踢乱蹬,"不叫我去你也不能走！我要去！"

他这么一闹,格桑拉姆胸中顿时涌上一股无名的气性。她十分厌烦,并且凶狠地喝道:

"不中用的东西！就知道发赖。还不爬起来！"

这位年幼的王子不大识相,倒越发赖得厉害了。于是,母亲在盛怒之中抬手就是一巴掌。丹夏后脑上挨了一下,立刻放声嚎哭起来,并且越哭越痛。这使格桑拉姆陡然一阵心酸,她俯下身,一把将儿子搂在怀里,疼爱地将面颊贴住儿子的脸,并以各种好话哄劝儿子莫哭,而她自己的眼泪却悄悄跌落下来。

答应了许多条件,才把丹夏哄得不再嚎哭,这场小风波总算平息了——遵照公文上写的时刻,再耽搁就要误点的——格桑拉姆匆匆走下陡立的三层楼梯。在楼梯口,早已有十多个负有专责的佣人在恭候了。因为事情来得如此突然,出人意料,他们急于想知道女土司是因为什么紧要的事,并且是到哪里去。

"没什么事！"格桑拉姆淡然地回答,"今天上午坝子里很热闹,去看看！"

当院里,空闲了很久很久的上马台,现在又开始显示出它的必要了。

格桑拉姆骑马跨出了高大厚实的门槛,迎面送来一阵和风。她深深吸了一口清爽的新鲜空气,不禁觉得自己神志恢复、精神振作起来了。

5

今天是一个普通的日子，然而是使更达山民们、牧人们难忘的一个日子。他们在马达的雷一般的隆隆声中，在卡车所拖带起的云一般的尘土中，度过了这一天。他们在彩旗飘展中，在鲜花抛扬中，在歌中，在舞中……一句话，更达人在狂欢中度过了这一天。

工委书记苏易和更达人一样，从早到晚都处在极度兴奋中。如果不是这样，他的身体简直很难支持下来的。天没亮他便起来，到各处去奔走张罗。随后，便在典礼大会上讲话，这讲话虽很简短，但由于过分激动，所以也颇为吃力。随后，又和山民们挤在一起去看更达寺喇嘛们的古剧，聚精会神地看了几个钟点。接着，便去参加宴会，向筑路指挥部的负责同志们敬酒，又和格桑拉姆宗本以及其余的政府干部们一一碰杯。总之，工委书记觉得，假如还有些什么仪式而必须一连举行三天三夜的话，他会始终如此兴高采烈的。刚刚送完了客人，他便忽然感觉到已经疲乏得要命了，简直无力抬动两腿。他决心今天破例不在灯下工作，准备回去倒在床上就睡，一直睡到明天十二点。

但，苏易不仅没能这样做，并且改换了个相反的决心。他决定整夜不睡，一直待到明天早晨。

当苏易点着灯去铺床时，留意到日历牌，他恍然记起了今天是女儿的生日，于是立即喊来了公务员：

"你到农业站去把林嫒同志请来。"

"现在去？"公务员疑惑地问。是啊！已经是深夜了。

"现在。"

公务员去了。苏易从靠下边的抽屉里取出昨天就为女儿买好的礼物,郑重其事地在桌上摆好。礼物包括一盘软糖、一盒夹心饼干和一块绣花的白手帕。随后便在房里踱步,迫切地、难耐地等待女儿的到来。

等了好久,林嫒才到,一进门就用困惑的、询问的目光看着父亲。显然她不明白出了什么事而深更半夜把她叫来。

"怎么! 忘了?"父亲埋怨地说,并指指日历。

"唔——真是的! 今天通车典礼,光顾得忙了组织慰问队,就忘了!"林嫒恍然大悟地说,话语间带着颇为抱歉之意,似乎今天是苏易的而不是她的生日。

"坐吧!"父亲把椅子拉近桌边,邀请道。

林嫒几乎是从门口飞着到桌边去的。但,当她看清桌上所摆的东西时,怔了一下,脸上明显地掠过一阵阴云。

从林嫒记事起,每过生日,她总能得到这三样东西:软糖、饼干和一块小手绢。妈妈没有许多余钱去买什么华丽的、没有用的物件,可是她知道女儿最喜欢什么……林嫒看见这几样东西,简直想哭了。要是妈妈不死,要是她现在也坐在这儿。……

苏易要买这几样礼物,倒并不是为了迎合女儿的喜欢。她大了,这些东西对她不一定还有什么意思。可是,他特意到贸易公司选了这几样,因为林一楠总是给女儿买这几样来做生日,仿佛他是在接替妻子所留下来的一种义务。老实说,每逢林嫒生日。对于他是一个痛苦的日子。现在便是如此,他的心情是难以形容的,他竭力避免任何回想,他只想和女儿在一起待着,望着她,一句话也不说,一直坐到天亮。但,苏易觉察到他的礼物引起了女儿的伤心,于是他忽然改变主意,尽力想找出一些什么快活的话对女儿说,好使她忘掉悲痛而开心起来。林一楠平时对小女儿很严厉,甚至严厉得太过分,可是,女儿做生日时便格外不同了,她总是以各种各样的法子使女儿在这一天从早到晚地高兴。

开始,苏易搜罗出几件从前已经对女儿讲过了的趣事来讲,后来又以学校做话题。当然,他不过为了维持谈话而找话谈,但一谈起学校,林媛果真很快兴致起来了。

"……最近缺课现象还是很严重吗?"父亲问。

"哪儿的话!"女教师断然否认,"这几天空板凳很少很少呢!"

依照决定,学校不仅发了各种使学生们不忍释手的"稀奇"的文具,而且增添了足以使学生们兴味不倦的新课程。比如,老师讲完了天空为什么会出彩虹,随后就到阳光下去喷水,做有趣的试验。更重要的,每天还要利用课外时间,组织学生们去帮助困难的家庭做些杂事:背水、捡柴、放羊子、割干草等等。这样,家长们不仅觉得再没有从教室里把孩子夺回去的必要,而且对学校产生了良好的印象。因为他们明显地感觉到,孩子在做了学生之后,不用打,不用骂,忽然变得比大人还要勤于做活儿呢!

"不过,有件事我们弄得不大好。我正想问问你的意见呢!"林媛继续说,"这几天,发现有些家长不能按要求使用助学金。他们一领到钱,当下就还债,或是买些家里需要的东西,结果,学生们一点也沾不上。"

"那么你打算怎么办呢?"工委书记也不自觉地注意起来。

"我提出一个意见,在我们团支部里研究过。准备这样,助学金不散发,集中使用。先想法子弄些布、棉花,做几件衣服。有几个学生实在穿得太成问题,要不然,到了冬天,他们就得总围着火堆,最少是一早一晚根本不能出门。另外,还想让领助学金的学生每天中午和晚上在学校起伙，集体开饭。这样，孩子们要有保障得多了。"

"嗯!"苏易审虑道，"征求过家长们的意见吗?"

"谈过，有些赞成，有些反对。"

"为什么反对?"

"说起来这有些怪我呢! 原先，开家长会议的时候，讲到'助学金'这个词儿，我没法译，讲得含糊了一点，说这是政府帮助有困难的家庭。结果，家长们认为，只要自己有子女在学校里，就可以按月拿一笔钱，像按时领薪水一样。我们一说要改变方式，让学生们在校起伙，他们就不愿意了，说这钱不能光给孩子，家里得要用呵!"

"唔! 这样。"苏易禁不住笑了，"那就让家里受点屈吧:'薪水'主要应当是给学生的。好的! 我同意，集中使用……不过，那么一来，恐怕还得从助学金里抽一点钱出来雇一个做饭的人呢!"

"不用，暂且还用不着。我来吧!"女教师满不在乎地说，"我已经预备好了一个做饭围腰。这好办，让我们农业站事务处代买一些酥油、糌粑，买几口铜锅和一些小木碗。到时候，我只消烧几锅酥油茶，把糌粑面分发给孩子们就行了。"

苏易点点头。他想，从此往后，更达小学的女教师不仅要兼做护士，还要兼做保姆了。

接着，林嫒把拿起的一块饼干放回去，忽然换上十分庄重却又为难的态度说:

"爸爸! 趁着我过生日，我想跟你提一个要求，也算一个意见。今天我已经整整二十岁了，可是你，总把我当小孩子，总把我留在你跟前，我觉得……我想……"

苏易被调往西藏来时,朋友们劝告过他,说应当把林嫒留在内地。他也并不是不知道,在女儿这样的年岁,最迫切的不可延搁的就是求学。同时,她也完全能够并且应当独立了。但他没有接受朋友们的劝告,终究还是把她带来了。不行! 他征服不了自己,他不能没有亲女儿在跟前。

"啊! 这么说,你是不大乐意跟我在一起哟!"沉默了一阵,父亲才低低地、怨声怨气地说。

"可是我总离不开你也不行呀! 你想,那样,将来我像一个什么人,我觉得我简直像一只不长翅膀的鸟,没有一点力量,太空虚!"

"力量不力量的……干脆说,你想到哪儿去! 你是打算怎么样远走高飞呢?"

"我想去考学校。"

父亲轻声问道:"考什么学校?"

"师范学院。"

又是良久的沉静。显然,父亲是在定夺他将采取的态度。随后,他不以为然地说:

"你总是这样,热起来一阵子。从前非要去学跳舞,后来又一心想进气象学校。现在呢,做了几天教员,又要……"

"不! 不! 这绝对不一样。"林嫒打断父亲的话,激动而着急地申言道,"从前要学舞蹈,那是爱好,而且我基础太差,条件也不行,不会有什么特别的成就。说要去学气象,也不过是一时兴趣。可是现在……我觉得,我相信我会成为一个很……很不错的教师。真的!"

"你最好能从各方面考虑一下,不要过急,乱下决心。"

"那还用说,这不是什么随随便便的事,我想了又想才决定的。

还跟我们支部里好几个同志交谈过,他们都挺支持。"

"恐怕还是有不小的困难吧!"苏易显然是以阻挠的语调说。

"有是有,不过我倒并不太害怕。'升学指导'上边介绍得很清楚。只要按照要求狠狠准备它几个月的功课,我想不至于考得太不像样。"

"不是说那个。我是说,你看,现在又是更达小学的教师,又是农业站的气象员,如果你一走……"

"我也没有要求马上离职呀!"

"行! 那就慢慢看情形吧! 也许……"

"怎么慢慢看情形!"林媛简直生气了,她站了起来,"得尽快找人接替我,要不你让我等到哪一年?"

苏易在走动。他转过身,郑重地对女儿端详了一会儿,仿佛他原不大认识她似的。最后,他终于严肃地说:

"你是在向我个人提出这个要求的吗?"

"嗯! ——不! 不是! 是向工委会。"

"好吧! 那我倒可以考虑!"

6

林媛所说的慰问队已经组织就绪了。青年团几个支部委员都是当然的领导人物。各项准备工作都已经作了布置。但,拿什么做慰问品呢? 既然号称"农业站慰问队",那就得像个样子。难道能光带着一份讲演稿和一包千篇一律的慰问信去吗? 在讨论时,大家不免都有点发愁。其实,支部书记雷文竹心中已有打算了。

当农业技术员弄来菜籽时,已经有些过了季节,所以,除温床育苗试种外，在田里播种的样数不多，出苗情形也不算太令人满意。但毕竟是出了土，长起来了。特别是冬小白菜，长得和内地没什么两样……雷文竹一讲，大家立即兴致起来。的确，对于筑路部队来说，这是最好不过的慰问品。照供给情形看，部队简直阔气得很，尽是香肠、腊肉、咸鱼、干海带、蛋黄粉……只是由于不可克服的困难——路太远——不能运来青菜。长时间不吃青菜的日子是难熬的呀！同时，丢开这种实惠的意义不讲，农业站的人也很希望人家知道他们的田里有青菜，并且长得很不坏。

雷文竹和慰问队的几位积极分子正在地里割菜，站长领着一位客人来了，看样子是参观菜园的。到跟前，站长首先把农业技术员介绍给客人，随又介绍了客人的姓名，并补充说：

"……筑路指挥部来的。工程师。"

工程师点点头，随后向农业技术员伸过手去，稳重而谦逊地接上说：

"讲到公路工程还勉强可以这样说。可是水利方面就完完全全是门外汉了。不过，我试试看吧！能做什么就插手做点什么。"

农技员和畜牧师一时没能弄明白，工程师想试着做什么呢？

为了修堤坝，雷文竹和站长陈子璜曾坐在马车上争得脸红脖子粗。随后，雷文竹便把这事提到工委会去了。虽然他不承认这是告状，不过总意味着想得到上边的决定性的支持。很遗憾，工委会并没有站出来给他撑腰。第一，缺少技术人员的科学勘察，想得再美，未必不是徒劳；第二，即使可行，没有精确的设计也显然有些冒险；第三，权当不出差错，也还很难动工，山民们全都忙于耕作，大量劳动力从何解决呢？

那么，看来陈子璜是得住理了，他应当很畅快了，不然！为这事,他有好几天心里不舒坦。雷文竹的话刺痛了他,他一想起来,心里就有说不出的难受,脸上都有些发烧——这就是你的逻辑,造成计划送上去,你就在上边批上"缓办"两个大字。找你谈,你就是"以后再说"——这是什么话!难道我是农业站的一块绊脚石?难道我吃饱喝足之后,光会拖拉?陈子璜简直觉得这是辱没,难以忍受。也许是印象太深的原故,他总是满怀怒气地念着这几句话。然而,陈子璜也发觉他对这话无法作什么正面的反驳。冷静回想一下,真的!难道不是这样的吗?他想着,他怎样以潦草的笔触在纸上挥画,纸边上出现了很大的两个字。他想着,有多少次人家兴致勃勃来找他,提出一些什么大大小小的建议,但多半都是垂头扫兴地从他这儿走开。因此,他开始带着惊觉、愧感重新去体味雷文竹的那些话。同时,他也开始带着惊觉、愧感重新去体味苏易曾几次跟他推心置腹的交谈。不错,作为领导者,你是具备了许多许多可贵的让人敬慕的东西。可是,有很重要的一个方面,你是缺少的。老兄!太缺少了。你缺少幻想,缺少进取心。你缺少进攻的精神,使工作做得更多更好的进攻精神。这和你这个军队出身的人太不相称了。自然喽!就职务范围而论,你可以兜揽一切——你常常说,多想想职务以内的事吧!但是你要明白,职务范围并不是为了束缚你、阻拦你而圈定的界限。你应当根据责任的要求去做,做得多,更多!做得好,更好!

陈子璜再回想他跟技术员的争吵时,觉得自己是那样无理蛮横。……

昨晚,宴会结束后,陈子璜和指挥部一位负责同志闲聊时得知,部队在结束这期工程后本应立即向前推进,但因下期工程全在山区,粮食一时运不上去,因此不得不留在更达,进行一个短期休整。于是,陈子璜心里一动,随即向人家提出了试探性的要求。要求部队能抽一个连来帮农业站修堤坝。当然,由于时间短促,恐怕也不能一下子全部完成。但至于可以把沟挖出来——修堤得要挖沟打根基呢——余下的工程就可以到冬天去进行了。这要求当下被应承下来。现在,指挥部派这位工程师前来勘察,如果顺利,准备很快就兴工。

弄清是这么一回事,农业技术员简直高兴得无可言喻了。他重新去跟工程师握手。并且还随即向陈子璜伸过手去,竭力克制住激动说:

"谢谢你!站长!"

站长陈子璜的手被雷文竹紧紧握住,他莫名其妙了。

"谢谢你!要不是你这么一来……我们的堤坝还不定哪年才能……"雷文竹感激地说。显然是代表他和女畜牧师两个人的。

"唔!你们的!"陈子璜抽回手,打趣地说,"这么讲,堤坝跟我不相干?"

"哪里话,不过总还是应当谢谢你的呀!"雷文竹快活地说。

"那!要是非谢不可的话,那就先等等,待部队同志来了,你们到工地上一个人一个人挨着去谢他们吧!"站长说着笑了起来。

而后,雷文竹把慰问队的事情交代给别人,便同工程师一起到畜栏那边去找倪慧聪——这事情少了她怎么行呢!路上,雷文竹突如其来地问工程师:

"同志!你觉得我们站长怎么样?"

这问题太意外,太生硬,把客人都弄得不知所云了。他对农业站站长,几乎还是完全陌生的,能说什么?所以他只不自然地笑了笑,算是回话。

"当然,我不知道你对我们站长印象怎么样。不过,"农技员郑重地说,"如果你觉得他冷淡——不管对人或是对事——那你就错了!可能从表现上看,你会觉得他对什么都是那样冷淡,其实根本不是那么一回事!"

工程师完全摸不着头脑,他觉得这位农业技术员真有点奇怪。为什么无的放矢,给我讲这些呢?但雷文竹却仍在专注地谈论,带着解释的意味,仿佛工程师曾经讲过他们站长的什么坏话似的。

"确实,完全不是那么一回事。你是不了解呀!我们站长就像一个暖水瓶,皮面上是冰凉冰凉的,可内里是滚烫滚烫的。"

7

将近一公里长的堤坝动工了。

投入施工的不是一个连队,而是四个连队。战士们全都以突击姿态在工作,想尽量在转移之前完成这项工程。农业站当然更加紧张,凡是能抽动的人,全都抽出来参加施工。

但,有一个人却没有去做工。这是马车队长糜复生,他病了。实际上,他是为了躲避到河堤上去而突然病倒的。怪事,为什么他如此害怕到河堤上去呢?这不能不从七年以前说起。

解放前,糜复生在国民党军队里给一个炮兵营长作卫士。这个少校营长是温和、随便、耿直而公正的,不像别的长官。他不只凭权限,而是凭良心办事。他从不打骂士兵或者像长嘴蚊子似地吸吮士兵的血。而且,他不把自己的马弁当做随声使唤的奴仆,而当做一个亲近可信的"手下人"对待。所以,他的一切,糜复生都觉得是值得崇拜的。在他跟他做卫士的两三年当中,从他那里听到了不少本来存在着的但他不曾发现过的事情。也可以说是从他那里获得了最普通的也是最重要的真理。而且,从他那里得知了许多关于共产党的各种各样的事情。这在起初他是很难理解的,一个国民党军官,竟能这样懂得共产党,敬服共产党。一天,他问营长:"既然是这样,那,要是有人来找你当共产党,你干不干呢?"营长没回答,反转来问他:"你呢? 要是有人找你,你干不干呢?"縻复生说:"不知道!"营长笑了,在他肩上拍了一巴掌:"讲吧! 讲对讲错都不怕!"他便大胆说:"干! 要是有人找我,我就干!"在这话讲过之后,完全出乎意料的,縻复生的最要好的朋友——一个上等兵——真的便来找他了。于是,怀着兴奋、神秘和恐惧不安的复杂心情,縻复生做了共产党员。

那位上等兵不曾想到,当他把这个聪明能干的青年带给党的同时,也把无可挽回的危害带给了党。

縻复生原来就和营部副官的太太保持着一种实际的关系。这在他是无所谓的,好像途中干渴时顺便在河渠里弄点水喝喝,而这女人却是当真少不得他。她丈夫是一个又瘦又小的烟鬼,整个身体几乎没什么分量,作为男人,对于她简直没有用。就在这女人面前,縻复生失口透露了自己的"另一种身份"。倘使这只有她知道,也还不太碍事,因为这类事在她眼里是最不关痛痒、和她毫不相干的。可是,通过她的嘴,那位副官捡走了这个价值不小的情报——一次,因为她从床上把丈夫蹬下地来,他一气之下,用棍子捶了她一顿。她于是哭闹着咒骂他说:"看你那副鬼样子,你活不了多久! 早晚让人家共产党把你收拾了,把你剁成碎块喂狗吃……你别得意,你身边就有共产党。"

第二天,副官笑眯眯地吩咐縻复生送一封要件到团部政工处去。在那里。他被扣上了手铐。当夜进行秘密审讯。一边摆着烧红了的铁锹和一粒手枪子弹,另一边摆着厚厚的一叠金圆券和一副少尉领章。这是一个岔路口,他需要选择,需要有当机立断的选择。

随即,那位炮兵营长(糜复生最尊崇的人)和那位上等兵(糜复生的好友)一同被逮捕了。

就这样,糜复生双手捧着同志的血,换取了那厚厚的一叠金圆券和一副血红色的少尉领章。

发生这事不久,糜复生开赴前线,投入了对他们那个师说来是最后的一次战斗。这一仗打得很苦,包围圈里没有几个完整的人走下战场。糜复生身受重伤,被收容在野战医院。四个月后,他便作为一名解放军战士入伍了。从这天起,他时刻处在惊觉和恐慌之中。他觉得以往的事随时随地都有被查觉的可能。就是说,他时刻都有被处死的可能。但,很幸运,一年一年地过去了,他依旧安然无恙,相反,凭着临阵的勇敢和百发百中的枪法,他很快便把自己变成了一个小有名气的战斗英雄。几年后,他被提升为侦察排长,紧跟着,他被接受入党了——只有他自己知道,这是第二次做共产党员——不过,深深的犯罪的感觉并没有因此而被摆脱。糜复生仍然常常做着可怕的梦,梦见满身血污的炮兵营长和上等兵……虽然,每当他完成一次侦察任务,或是在阵地上击中一个敌人的时候,都意识到是在暗自偿还对于党的亏负。可是,他始终感到这一项债负是永远偿还不清的。

通过异常曲折的线索,掩埋多年的事实终于被掘出来了。于是,刚由候补转为正式党员的糜复生突然被开除出党。并且,因为不适于继续留在部队,他不得不立即交出了胸章和帽徽,算做复员

236

被安插到农业站来了。

现在,前来帮助农业站修筑河堤的正是糜复生原先所在的部队。这里有他很多很多的熟人,确当些说,有很多很多知道他底细的人。难怪他要像躲避大火一样躲避着,坚决不到工地去。

糜复生躺在铺上——病人当然是要在铺上躺着的——心中烦闷得要命,好像是谁强把他囚禁在这昏暗的土窑中了。他正想到门口去晒晒太阳,有人推门进来了。

"糜复生队长!听说你身子不好?"洗衣娘蛛玛一进门就体贴地问候道,"请'门巴'来看过了吧?"

"看过了!看过了!没什么厉害。你坐!来!坐!"马车队长一边说,一边往里移动了一下身体,在铺边让出地方来。

蛛玛坐下,随手把一条洗过的被单放在铺上。

"瞧!又麻烦你给我洗东西。"糜复生过意不去地说。

"哟!怎么讲这样的话!快不要这么说吧!这是该当的呀!"

农业站的人和当地居民们都承认,马车队长是这个洗衣娘的重生的恩人。他不仅从刑场上把她保救下来,而且,从蛛玛在这里居留下来之后,他始终在周到而又适当地照顾她。糜复生这种救死扶弱的行动得到了人们普遍的赞同,因为这个无亲无故的异乡女子受着人们普遍的怜惜。至于蛛玛,自然也是知恩的。不过,她没有别的能力,而只有尽自己职业的能力来报答糜复生——替他洗衣服。她说她该当一生一世都给糜复生做佣仆。常常,糜复生的衣服被单还根本用不着洗的时候,蛛玛就拿去洗了。而且,当然的,和别人不同,她从不收他一个小钱的。

随后,马车队长关切而担忧地问起蛛玛住得怎么样。蛛玛住那间土窑,委实是让人不放心,不仅透风漏雨,而且,从各种迹象看来,都有倒塌的趋势。要不然,女畜牧师来的时候早已占用了。

"不怕的！我能有一个场子住就满好了！"蛛玛回答说。

"这样吧！过几天,等我能起来以后,找几个人帮你修补修补。那样将就可不行啊！"

马车队长跟洗衣娘说到要为她修补土窑时,态度是慷慨而庄重的,并带有父亲般的关怀意味。向来就是这样,糜复生从不对蛛玛随便。因为在客观印象上,以及在他的观念中,他是这可怜女子的仗义的保护人。

不过,在言语间,洗衣娘像历次一样发觉马车队长的两只眼睛在看着她的脖颈——是那样地在看。这目光像历次一样,立即引起了蛛玛强烈的不安和恐惧。实在说,在她心目中,这个消瘦的大个子汉人是奇形的,可怕的。于是,她暗暗一怔,顺手扯掩了一下斜散的胸襟,站起来告辞说:

"我走了！"

"怎么来了就要走？坐坐吧！再坐坐吧！"病人连忙欠起身竭力挽留。

"不行。我还有一堆湿东西没有晒开来呢！"蛛玛谢绝道。随又问,"你有衣裳要洗没有？唔！这儿有一件！"

洗衣娘看见铺头有件白衬衫,用两个手指提了就走,就像取走了一块龌龊不堪的烂布。其实,只要她稍为留心一下,就会看出这件衬衫是干净的,还用不着洗的,不过糜复生也没提醒她。洗衣娘常来常往,有时拿衣服走,有时送衣服来,这对他和对她都已是一种习惯了。

第 七 章

1

当前农业站的任务是尽快地推行雷文竹的冬麦播种计划。这是压倒一切的,刻不容缓的。因为,昨天发现在河湾里居住已久的雁群忽然不见踪影了,可见气候将有迅速的决定性的变化,要不,它们为什么不经告别就匆匆离去呢?这就是说,必须尽快行动起来,最迟在十月中旬要下种完毕。如果再晚,必定会影响出苗;同时,等来年麦粒灌浆时,怕又会赶上淋破头的连阴雨季。

不过,近月来同志们未免太辛苦一点。除掉坚持岗位工作之外,还组织起来为筑路部队尽了些义务。随后,又组织突击队投入堤坝工程。每天差不多总是干个两头不见太阳,实在太辛苦。所以站长决定牺牲一天,放假,让大家过个星期日(突击队的同志们已经没有"星期"这种概念了)。今天的天气也很帮忙,是一个真正的星期日的天气,很适于洗澡。

可是今天几乎没有一个人到温泉去。

根据倪慧聪建议,青年团支部举行了一个简短的支委会,会议决定在团内发起星期日劳动。他们考虑到,再有几天就过完了九月。如果赶紧些完成撒粪工作,就可以争取在十月一日正式开始播种。用播种作为对这伟大节日的献礼。

结果，不仅限于青年团员，就连上了年纪的人也都纷纷来找团支部报名。他们恳求着："把我的名字也写上吧！我不是团员，不过，我想到地里去活动活动手脚！"也有人采取强硬的态度："你们青年团凭什么把铁锹统统把持到自己手里呢？是你们从家里带来的吗？不行！得给我一把，我有用。"

参加星期日劳动的人集合在气象台门口，由团支部组织委员倪慧聪作了简短的讲话，便排成队伍准备往地里去。这时，马车队一个青年团员跑来找倪慧聪，他有些为难地说：

"组织委员同志，本来，我是要参加。可是……"

倪慧聪还没开口，正在分配农具的叶海却占先说："怎么？你不去吗？那就算了！支部说过，这完全是自愿。"

"我不是不自愿呀！"青年着急了，"我有事，队长要我们修窑洞呢！"

"修什么窑洞？你们队的土窑坏了？"倪慧聪问。

"不是我们的。是蛛玛的，修蛛玛的土窑。"

蛛玛住的土窑越来越表现出了危险的趋势。马车队长糜复生早就想帮她修补一下，但总没有得空。今天，趁星期日，他想完成这件事。一清早他便通知队员们到林子里砍几棵树，并且锯些木板，好把蛛玛的将要倒塌的土窑用几根柱子支撑起来。当然，没有人反对他这样做。农业站是应当尽可能地照顾这个孤苦的年轻的洗衣娘。

"好吧！那你就留下来吧！"倪慧聪从那个团员手中收回铁锹。

队伍向田野出发了。

按说，如此肥沃的生荒地，用不着怎么施肥。但为了帮助作物越冬，使收成更有把握，也为了使山民们相信肥料不是什么开玩笑

240

的事情,雷文竹坚持要这样做。

往大田上撒粪需要许多人,农业站就是缺人手。要是在早先,可以去雇一些小工。可是如今,山民们差不多都有了自己的地,只怕很难抽出身来了。但,完全出乎意料,每天都有一群群带着筐子的人到农业站大田里来工作。起初,农业站打算照过去的常情发给工资,这使山民们认真地生气了;现在,山民们认为,给工钱是对他们的一种不亲近的、甚至是有意轻视的举动。

今天,照样又有许多年轻人和姑娘们来了。面色依然有些憔悴的秋枝走在最前头。本来,昨天已经告诉了他们今天不要再来。大约青年团的队伍向大田开进时,他们从庄子上远远地望见了。

"怎么又来了?"倪慧聪迎上去,埋怨地说,"昨天不是讲过了今天你们不要来吗!"

"可是为什么呢? 为什么偏偏今天不要我们来?"

"礼拜日呵! 因为今天是礼拜日,才不让你们来的!"

礼拜日? 山民们愣住了,不知道倪慧聪在说什么。

"礼拜日是谁?"站在后边的一个胖姑娘大胆地问道,"他怎么不让我们来呢?"

这严肃的发问使青年团员们失声笑了起来。倪慧聪连忙用眼色制止住他们,回过头对那姑娘说:

"礼拜日不是一个人,也不是什么物件。我们不是一天一天地过日子吗? 每隔七天就要过一个礼拜日。"

"在礼拜日这一天,可以什么活都不做!"林媛帮着讲解,"可以随自己的意去耍。可以耍一整天。明白了吗?"

假如就字眼来解释礼拜日的意义,很可能会提到出自《圣经》的神话——耶稣在六天之中造完了万物之后,在第七天他休息了……自然,不能如是对山民们去解释,那将会引起不可克服的麻烦。但,倪慧聪和女教师所作的解释,山民们却又不大相信。为什么每隔七天就要有一天来当礼拜日呢?八天不行吗?十天不行吗?有的人已经暗自断定:这是汉人的规矩,每过七天就有一个犯忌的凶日,在这一天尽可能不要做什么事。因之,他们一半畏惧一半勇敢地表示说:

"还是不要打发我们走吧!既然你们不怕,那我们也不消怕的。"

"怕?有什么好怕的呢?"倪慧聪猜到了他们的心思,"礼拜日又不是个不好的日子,我们总是盼着过礼拜日呢!"

"我不是说过了,礼拜日的意思就是不做活。"女教师精确地结论道,"这是应分的,不会有谁笑话。忙了六天还不该歇一天吗?"

"那你们怎么没有歇着,又到地里来了呢?"

"站长本来是说今天大家伙都休息。"叶海插言道,"不过!我们这些人是自己高兴到地里来的。"

"那么说,我们不是自己高兴来的?"叶海的话引起了抗议,"我们也是自己高兴呀!又不是别人要我们到这里来的!"

终于,青年团不能不接受这一队名额以外的义务劳动者。

倪慧聪把所有的人混合起来重新编了组。为的是让农业站的铁锹和山民们带来的筐子配合使用。并且让团员们督促山民们戴口罩——前几天,站长从卫生院弄来一些纱布,制作了几十个口罩,专门发给来帮忙撒粪的人。可是有些人在最需要的时候仍然把口罩装在衣袋里。他们觉得也许在别的地方倒可以拿出来戴戴,在地里做活的时候戴起来会弄脏的,口罩有多白呀!

工作开始了。冬麦地里一堆一堆的牛马粪很快地被扬散开去,覆盖了新鲜的泥土……

拖拉机手朱汉才在会计室结算过油料账目之后,也到地里来了。因为已经没有空闲的农具,他想把倪慧聪的圆锹要过来——她正用左手握着锹把,很不得力地在工作——可是她说什么也不肯让给他。于是他只好加入叶海的一组。这组里有一个特别大的土筐,可以由两个人共用。

小组的工作很有顺序地进行着:秋枝把粪筐装满,朱汉才和叶海抬起来,一边向四处走动,一边把粪土均匀地撒开,然后把筐子交回给秋枝,秋枝再把它装满……这活计不算重,可倒挺累人。不一会儿,朱汉才和叶海便脱掉了早上穿起的旧棉衣,并且把鞋子也脱下来扔到一边去了。因为他们穿着部队所发的浅口胶鞋,很容易灌进一些碎石子小木棒,梗得脚底板不好受。

林媛吹了哨子——她负责掌管时间——休息了。

人们放下铁锹、背筐,向林子边有荫凉的地方走去,一堆一堆席地而坐,开始了两种语言混同掺杂的、毫无拘束的说笑。

朱汉才和叶海去穿鞋,鞋带不见了,真是怪事! 明明记得脱鞋的时候是解过带子的呀!

"喂! 谁看见我们的鞋带了?"叶海向众人喊道。

"怎么,鞋带不见了吗?"许多人同时反问,"什么时候不见的?"

山民们被轰动了,更正确地说,被这桩新鲜的事情振奋了。他们包围了朱汉才和叶海,以极大的兴趣察看他俩提在手里的四只没有带子的胶鞋。

"找她们! 到她们身上去搜吧!"一个矮矮的青年山民指着姑娘们告发说,"没错儿! 一准是她们拿了,我敢说。"

这一下,像惹动了蜂群。姑娘们叫了起来,嘴里胡乱骂着什么，一拥而上，用土块射击那青年人，以致使他不得不抱头逃窜，躲到朱汉才和叶海身后去。

山民们在哄笑，放纵地哄笑。有人已经笑得开始在地下翻滚。

怎么一回事呢？朱汉才和叶海完全摸不着头脑。

这时，秋枝露面了——刚才，哨子一响，她便匆匆地隐藏在一棵大树背后。她两臂抱住树干，露出半个脸怯生生地观看动静。她看见了朱汉才和叶海怎样团团打转地寻找鞋带，也看见了众人怎样为了鞋带的事戏逗打闹。现在，她觉得不能继续藏在树后了，应该站出去，于是她闪了出来，宛如故事中所说的住在树身里的仙女一般突然地闪了出来。凭感觉，她知道所有人的目光都转向自己了，所以，她的憔悴的面庞不可抵制地泛起了一阵阵苹果色的红晕。

"鞋带不见了吗？"秋枝近前来，好像不怎么在意地说，"我有！你们拿去吧！"

说着，她弯腰撩起裙角，很快把束在猩红长靴口上的带子解下来，伸出左手和右手交给朱汉才和叶海。

朱汉才没有接受，叶海也没有接受，只是不知所以地望望这两条显然还不曾使用过的、杏黄色的线绳。

"拿住！拿住呀！"围拢在跟前的姑娘们催促着，"这不是两根很好的鞋带吗？对了！拿住……拴上吧！快拴上吧！"

朱汉才和叶海终于在众目所视之下把线绳串到鞋帮上去了。

2

倪慧聪微微皱起眉，在地上踱来踱去。她在苦心审虑着"试行草原管理意见"的腹稿。这份意见书将是很长的。其中包括对当地草原及牧草情况的调查,牧民分布情形以及如何推广新的草种,如何组织轮牧,还包括如何动员漫游的牧民定居下来……所有这些,都是十分繁难的课题,但女畜牧师对每个课题都抱有不败的热情和强烈的信心。她想尽快写出来,农林厅公函中已经催促过这件工作了。

倪慧聪此刻的思想是会神而激烈的,所以,秋枝进来好一阵,她根本没有理会。但,当她过去抓住水笔预备起稿时,发觉秋枝站在桌旁,并且发觉这姑娘的神情有些不对劲:她正凝望着灯苗,眼眶里噙着两朵闪闪的泪花儿。

"怎么了?你怎么了?秋枝!"倪慧聪放下笔。

秋枝不作声,呆呆立在那里。倪慧聪又近前一步,她有点担惊了:

"出了什么事?你说呀,什么事呢?"

"倪慧聪姐姐!"秋枝颤颤怯怯地说,"你告诉我,他们,为什么……"

秋枝没有说出所以,把头靠在倪慧聪怀中,低声而又不加克制地呜咽起来。倪慧聪抚摸着她的微微耸动着的双肩,以承当一切的语势说:

"秋枝!这么大的姑娘怎么还兴哭呢!什么事?你跟我讲。"

事情是这样的:

下午,从地里收工回来,农业站的人要绕路到"温泉"去净净手脚。山民们虽然认为大可不必,但还是有不少人随着去了。

到泉边,秋枝解下围裙去给朱汉才、叶海拍落全身的灰土。随后才坐下去脱靴子。她费了很大工夫浣洗她的双脚,以致在这过程中别人都已经离开了"温泉"。只有朱汉才和叶海接受请求留下来在等她一起走。

穿好皮靴，秋枝从怀中掏出一团东西，用略略夸张的动作在朱汉才、叶海面前一抖——这是几条沾染了泥土的军用胶鞋的带子。随即，她低下头，十分认真地把带子束到自己的靴筒上去。

朱汉才和叶海大为惊奇——她在闹什么呢？——他们注视着秋枝的从容不迫的动作，又不约而同地望望自己鞋面上那杏黄色的绒绳。

快到家的时候，秋枝站住了，想跟身后的朱汉才和叶海讲什么，但没有讲，却背过脸匆匆跑进门去了。她完全忘掉了同别人一起走过自己家门口时，应当邀请人家进去喝奶茶的礼貌。

但，紧接着秋枝又从门里探出身来，轻声轻语问道：

"你们说，要不要告诉阿爸阿妈呢？"

朱汉才和叶海完全不明白她的意思。

"就是，我是想，想把我们的事说给阿爸阿妈知道。反正他们会知道的。"

这句话，秋枝不仅是用声音而且是用心灵表达出来的。当她这样讲的时候，她的睫毛下，她的嘴角上，都流露着不加掩饰的幸福与骄傲的感觉。

但，朱汉才和叶海却像受到了一种难以抗拒的突如其来的袭击，完全被怔住了。好一阵，谁也没说出话来。他们脸上现出同样僵化的异常为难的神色。这种意外的反应，使秋枝的心顿时收缩了，仿佛她惹下了不可挽救的灾祸。然而，她却没被意外弄得如痴如呆，她随即跨出门来，向朱汉才、叶海跑来，跑到前边去，用身子拦住他们的去路。她的审视的目光，从朱汉才脸上移到叶海脸上，又从叶海脸上移到朱汉才脸上：

"是后悔了？你们不愿意娶我做婆娘吗？"秋枝以明快的语调说。

请不要惊异，觉得这话过于缺少含蓄。不！年轻的山民是不注重在情人面前要如何把话说得委婉中听的。他们也很难做到这一点。他们所注重的是自己的情人是怎样的一个汉子，或是怎样的一个姑娘。同时，也请不要见怪，做两个男人的妻子这样的事，不是秋枝的异想天开。不！在山民当中，特别是在贫苦的山民当中，弟兄二人同娶一个女子并不算太稀罕。人们认为这样是比较合宜的，一者可以少添一个需要口粮的人；二者又可以因此而使弟兄之间永久和睦，避免分家。

当然，秋枝知道，朱汉才和叶海可并不是弟兄，他们的身材、面相以及口音，也全无共同之点。但她却固执地认为他们是没有理由拒绝同娶一个妻子的。不待说，这是因为她自己觉得不可能在他们两人之间进行任何选择。

坦率地发问后，秋枝便垂下头，摸弄着手上的"松石"戒指，等待回复。可是，站在跟前的两个男人，谁也没有当即作答。

"怎么你们不作声？"秋枝进一步追问道，"说呀！你们只消说'愿意''不愿意'就行了！"

终于，朱汉才说话了。不过他并没有照秋枝所要求的那样，干脆答复愿意或不愿意。他温和而严肃地带有训诫的口吻说：

"秋枝，你瞧你胡说了些什么！以后可不要再这样乱闹了！"

叶海也立即仿照朱汉才的神情语气附加道：

"就是。以后可不要再这样乱闹了！你瞧你胡说了些什么！"

紧接着，他们俩一左一右从秋枝身旁绕过，走了。走远了！

倪慧聪明白了，这姑娘受了多大的委屈呀！

3

朱汉才每晚都要给他的助手上一堂课,课目限于机械方面的某些基本原理,至于操作方法,要在开行着的拖拉机上时才讲。叶海虽然对机器一窍不通,但每课都能不吃力地消化掉。自然这和他的精灵好学分不开,不过更主要的还是讲授的成功。朱汉才的一切机械知识全是凭十个指头摸出来的。不用说,这比起住专门学校来,进步要慢得多,也苦得多。然而,当他把获之不易的经验传教别人的时候,却是十分方便的。他懂得用什么样的比喻,才能够把繁杂神秘的公式变得浅显无奇。他晓得抓住哪一些重要关节才能够使听讲的人顿开茅塞。

但,今晚大不相同。课讲完了,叶海却感到茫茫然无所得。是课程较前深奥费解了吗?是朱汉才忽然变得语无伦次了吗?不是。这全怪叶海自己,怪他心烦意乱,虽然,他仿佛和往常一样全神以赴,但实际上他却听而不闻,视而不见。他耳际总在不断地回响着秋枝的声音,他眼前总在不断地显现出秋枝的姿影。

记不得从哪一天起,叶海便发觉他自己在注意秋枝,并且是那样顽强地在注意她。早晨,每当他路过斯朗翁堆家门下地的时候,总希望能看见秋枝弯着腰在墙根贴粪饼。间或有一次没有看见,他便会感到若有所失。傍晚,每当他从地里回来路过河湾的时候,总希望能看见秋枝牵着缰绳在饮马。间或有一次没有看见,他又会感到惆怅不已。一句话,秋枝对于叶海,已经像深刻在他生活中的一种印记似的不可磨灭了。虽然像她这样的姑娘在庄子里不止有一两个。

现在,难以应付的事体摆在叶海面前。

朱汉才和叶海在秋枝的心目中是等衡无异的。但叶海可不这样想,他用不着掂量就知道,自己任何一方面都不能和朱汉才比。他明确地感到,秋枝要能有朱汉才那样的一个丈夫,比有他这样的一个丈夫要强得多。同时,他也不相信他自己有能力做一个女人的丈夫,真正的丈夫。他能给予她些什么呢?他能够对她负起一些什么样的责任呢?不能!他什么也不能!然而,这对于朱汉才来说,却是轻而易举的。凡是丈夫应当给予妻子的一切一切,他都能够给予她。凡是丈夫对妻子应当承担的一切一切,他都可以承担起来。叶海客观地明智地忠告自己:在这件事上,你根本用不着盘算,既然你喜欢她,你就应当尽力使她生活得更称心,生活得更满意……

接下去,叶海不能不以他全部想象力推度起以后的情形来:他想到秋枝已经不是一个只属于她自己和她父母的姑娘了。她有了自己的家庭。而他,叶海,却是和这个家庭全不相干的另一个人。秋枝将永远以平平常常的态度对待他,他如果到她家里去,她会像接待客人一样地接待他……想到这些遥远的但却清晰的情景,叶海立地便产生了一种难以忍受的空虚的感觉。于是,他一下子推翻了原先的想法,他又转念想到,或许朱汉才从来还没有注意到秋枝吧?不!这是在欺哄自己……

究竟怎么好呢?这桩事将要怎样终结呢?不知道!一点也不知道。他觉得他目前的处境很像在对付一团无法解开的死死的绳结。此时,他只希望他自己在秋枝的眼中忽然变得淡然起来,变得讨厌起来。这样倒会好些,会帮助他解开这死死挽成一团的绳结。

夜很深很深了,月光已经从窗格上消失,但叶海还没有入睡。

而且他知道躺在身旁的朱汉才也没有入睡，如果他睡着了便会响起轻轻的均匀的鼾声来。

一起床，朱汉才就对叶海说：

"烧喷灯，发动机子！"

叶海这才猛然记起来，站长通知过，今天上午有一场"表演"——昨天傍晚赶到一群来自东谷的年老的和年轻的种地人。他们翻山涉水，走了一百多里路，到农业站来，是为了亲自证实在山里传扬得尽人皆知的关于"狮子"的"神话"，并且集凑了一些硬币，准备买一架七寸步犁回山里去。因为对价格无从估计，所以还带了几头羊子，准备补其不足，实际上，他们筹措的钱买三架步犁还有剩余呢！这样的事，农业站早有预料，所以靠山根留下来一条未耕地，专门备以"表演"之用，以满足远道而来的参观者。

喷灯在燃烧，吐射出透明的蓝色火舌。机器在慢慢发热，冒出了淡淡的蒸汽。但由于天冷，最少还需要燃烧二十分钟，机轮才有转动的可能。趁这工夫，朱汉才和叶海提了洋铁桶到河里去弄水，"雄狮"的水量很大。

清晨，由村庄到河边的小道上，背水姑娘照常是络绎不绝的。她们深深弯着腰，辫子从脖根垂下去，胸脯上揽一条皮带，借以控制水桶。水桶又细又高，几乎成直角地竖立在背部，看来，随时都可能从背上倒向一边去呢！可是，这一点也不妨碍她们跟同伴们说笑，或是仰起脸来跟迎面走来的拖拉机手招呼打趣。

秋枝也在背水姑娘的行列里。可是，她把头低下去，好像没看见似地从朱汉才和叶海的身边错了过去。

就在这时候，朱汉才忽然小声说：

"喂！叶海，你觉着她怎么样？我是说秋枝。"

叶海惊愕了。这话对他完全是出其不意的。

"啊？你说吧！照你心眼里想的说吧！"朱汉才继续说，坦然地微笑着，"你觉得她怎么样？嗯？"

"谁知道呢！"叶海十分为难地回答，"反正我没有觉着她怎么样。"

"没有觉着怎么样吗？哎哟！你呀，真是一个傻小子。在这几个庄子上，你挨门挨户地想吧！谁家的姑娘能比得上斯朗翁堆的姑娘？要是我跟你一样，完完全全还是一个单身汉的话，那……"朱汉才以类似做媒者的口气说，并嬉笑着用铁桶碰了碰叶海。

叶海诧异地打量一下朱汉才。他从来没有讲到过关于结婚的事呀！

朱汉才见他的助手有些疑惑，随后补充说：

"讲实在话，我年轻的时候可不像你这样。你呀！太没胆量了。"

"你爱人在哪儿呢？"叶海突然反问。

"在家。当然在她自己家里嘛！"

"常有信来吧？"

"有，常有信。不过我看过就撕了。"

"有相片没有？"

"有呵！"

"我看看行不？"

"有什么不行呢！当然行。"

朱汉才把灌满的水桶放在石头上。从内衣口袋里掏出一个有拉链的小本子，从本子里取出一张二寸照片给叶海看。照片上是个剪发的年轻的北方女人，面孔端庄而秀气。

叶海把照片还回去的时候,脸上现出孩子般的天真的愉悦。

朱汉才迅速把照片收藏起来。实际上,他这样做是为了完成一种欺骗。如果他不是急于要叶海相信他确实有一个未婚妻的话,他是绝不肯把这张从未给人看过的照片拿出来给他看的。

如同熟悉汽车的机件一般,朱汉才熟悉叶海全部公开的和不公开的思念。他知道,秋枝已经在这青年骑兵的心中占据了显著的、不可动摇的地位——正像在他自己心中所占据的地位一样显著和不可动摇——关于这,朱汉才想了又想,他终于带着激动,怀着痛楚下此决策。这是充满了爱的决策。他决定替叶海解除矗立在面前的、无力逾越的障碍。朱汉才明白,除他以外再没有第二个人可以做到这一点。倘若他采取了与此相反的或仅仅是冷淡的态度,叶海便会死死地被阻住,他便不能够心安理得地、无可自责地去获得他渴望获得的一切。但是,那样做在朱汉才简直是想都不敢想象的。他多少次重复地对自己说:"无论怎样,我不能,不能欺侮自己的助手。"

那么,那张照片又是怎么一回事呢?

……朱汉才的家乡在抗日战争时处在边沿地区,建立了伪政权。我们政府派去的干部只能秘密从事开辟工作。在朱汉才家中,掩藏了一个实际上只比他大两岁的"姑母"(因为别人知道他家没有别的亲戚)。她在他家里待了很久很久。他们在一起度过了许多由于工作上某个小小的胜利而欢欣的时刻,也一起度过了许多由于敌人清查拷问而危急的时刻。朱汉才所以能在刚刚够年龄时便做了候补共产党员,也全是由于这位"姑母"的苦心教育。后来,为了需要,朱汉才带动了一群青年人到八路军里去。临走时,她把他送了一里多路,真像叮咛小孩子似地再三叮咛着他,到军队里应当这样、应当那样。

可是,他几乎没听见,干脆说,完全没听见。他有满腔激情的、欲阻不能的话要对她说,并且他也觉得她正在等待着他的这些话。然而,他终究没有说,什么也没有说。他们相别了。

由于部队转战不定,她又被派往新的地区。分开后不久,彼此便断绝了联系。直到日本投降的第二年,通过报纸上的"寻人启事",他们才又相互得知了对方的去处。随即,他接到了她一封信。拆开信封,从里边掉出一张照片来,他慌忙捡起。这是她!是她呀!他看了又看。简直想要喊叫着去告诉别人了。但,当读完了信,不!没读完,只是读到一半的时候,他的有如火一般的兴奋与希望便一下子被扑灭了,冰冷了。他冲动地把信纸和照片团成一团,塞到工具箱里去——她信上写到,她在前个月结了婚,并且说一切都很好,很愉快。

过后,朱汉才冷静地、设身处地站在别人的地位上想了想,立即为自己的发作羞愧起来,懊悔起来。虽然他的发作没有任何人晓得,但他总认为是做了一件难以挽回的、不光彩的事。他觉得十分对不起她。是啊!难道这是她的错?不!她没有错,应该的,应该是这样的,谁也没有错……于是,他从纸团里找出那张被揉皱了的照片,小心压展。就这样,他把她的这张照片连同那说不出的情意一起保藏起来了,秘密地、永远地保藏起来了。

4

近两天,庄子里传酿着一种怨语,说农业站的人不守信义。可不是吗?既然已经给人家换过了鞋带儿,为什么又不作数了呢?

(交换鞋带,意味着最郑重的、无可反悔的相互许定。同时,鞋带儿被认为是最好莫过的爱情纪念物;一早一晚,在穿鞋脱鞋的时候都可以看见。)

这种怨语,可以说是在责难农业站的人瞧不起西藏姑娘,特别是竟然瞧不起秋枝这样的姑娘,更是山民们所不能容忍的。

看来事态有些严重。站长把这作为一项工作交代给青年团,要他们根据情况进行适当解决。所以,支部委员倪慧聪准备亲自到秋枝家里去,跟她并跟做父母的开诚布公地谈谈。

倪慧聪还有另一项任务:劝说斯朗翁堆,要他拣自己最好的一块地来播种冬麦。陈子璜想,也许畜牧师能说活这个死硬的老头子,自从给母牛接产后,她已经成为斯朗翁堆的"大女儿"了。这老头有自己的主张,他坚持不肯接受农业站的建议。他不种倒还罢了,可是,有不少人家见老斯朗翁堆不种也就踌躇起来,仿佛在严防着什么坑害。因为斯朗翁堆是乡里著名的富有经验的老农,大家都想听听他的主意。可是他呢,不假思索便摇摇头,带着客观的而又不容置辩的口吻说:

"要是冬天当真能种麦子,只怕布谷鸟就要整年地乱叫了。是啊! 它分不清季节了啊! 想想吧! 冬天,坝子上长着青青的麦苗,那还算什么冬天呢? 那不是秋天跟春天就接连起来了?"

这可不大妙。特别是用步犁开了新荒的主户,土地那么肥,要是不种点冬麦,只等明年再种青稞,未免太可惜了!

不仅斯朗翁堆和山民们对冬麦大有疑虑。农业站某些同志也认为这样做太"玄"。这地方是高寒的,自古以来,也没有种过冬作物呀!

那么,雷文竹胆敢如此行事,岂不冒险吗? 不! 根据林媛对当地全年气温调查来判断,麦类越冬应该说是有把握的。特别是寒带的某些品种,更无需乎替它们害怕。如果冬天能厚厚地盖上一层雪,返青前后再灌上几次春水,并且施加追肥,促进生育,便完全可以抵御一冬的寒冻和干旱。同时,雷文竹力争多种冬麦,也还有另外一个重要的因由:当地多风,如果冬季地面上有麦叶覆盖,表土内又有麦根生扎,对于防止冬春期间土壤的风蚀作用,显然会有相当的益处。

倪慧聪刚要出门,却收回了步子。因为她看见苗康提着皮箱正从对门出来。

苗康要走,要离开农业站,倪慧聪事先并不是不晓得,并且她已经暗自确定了对这事的态度——淡然处之。但,现在当她看见苗康提着皮箱走出门来时,心中又不禁为之一震,仿佛这事是意外的。一种空虚的若失的感觉突然抓住了她。她不由得无力地靠到墙上去了。

过了一会儿,倪慧聪从激动慌乱的感觉中清醒了,她重新意识到他要走了,不可挽回地走了。最少应当送一送他吧!但,她没有力量走出去。她很难想象自己能对他说些什么送别的话。她很难想象他会对自己说一些什么告别的话。可是,不知为什么,她几次都几乎鼓着勇气走出去。她难以忍受这样互无语言的离别。同时,她怜悯地想:当他临走的时候她竟躲起来不给他看见,这会使他想起来就难过的。

林媛见倪慧聪出神地站在门旁,问道:

“你不是要到秋枝家去吗? 怎么还不去?”

“就去。我是想……”倪慧聪支吾说,“我一个人去,怕不怎么好说话,我们俩一块去好吗?”

“行! 不过你得等一会,我把气象月报表填起来我们就去。”

因为工作的虚伪失职，兽医苗康在行政上和青年团组织内都受到了处分。

公布处分的当天夜里，苗康便呈了一份报告给站长，请求调动工作，并且一定要离开西藏，回到内地去。理由是相当充分的，诸如"学识浅薄，能力欠缺，担负不了独当一面的工作。""心脏不健康，有失眠症。不适应海拔三四千公尺以上的高原环境。"站长还没有来得及看他那份冗长的报告，他便亲自找去了。陈子璜以时而柔和时而强硬的语调跟他谈了很久，劝他作罢，但他始终坚持自己的要求，于是只得答应替他向工委书记请示一下。陈子璜还没有来得及去请示这件事，工委书记已经接到了同样一份报告。并且，同样地，这报告工委书记还没有来得及看，苗康便找来了。听完他的恳切的陈述后，苏易开始不慌不忙地分析着，雄辩地证明他的每一条理由全都站不住脚，并且毫不避讳地、严正地指出他这种请求的错误、荒唐。然而，在这些谈话之后，苗康似乎受到了鼓动一样，更接二连三地呈交着报告。简直开始抗议了，声言组织上没有权利强制一个人在不适当的岗位上工作，更没有权利强制一个人在有害于健康的条件下工作。

结果，工委书记在苗康的最后一份报告上批了一行大字："同意回农林厅另行分配工作。"

苗康把行李收拾停当。但，当他在手握住皮箱提把的时候，却忽然犹豫起来：就这样走开吗？回到内地去，同学、老师、朋友以及所有认识的人看见自己会怎样想呢？他们会问长问短，他们会弄清一切，会知道一切的。于是他们便会带着轻蔑提起苗康这个名字，带着讥笑谈论他，说他从边地回来了，然而他在那里连值得告诉人的一点什么也没有做出来。就这样，他空着两只手，像一个逃兵似地回来了……苗康不由得重又坐下来,打量他的窑洞、桌凳、床铺以及样数不多的药品和医用器具。又隔窗望着马厩、气象台以及远山、河湾、森林和耕种过的宽阔的田野。他觉得这一切都在低低呼唤他,不肯让他离去。他甚至想跑去找陈子璜把自己的报告抽回。不过,这种激情没有持续多一会儿。他从动摇中坚定了:还留在这里做什么呢?一个人,特别是一个有过相当威信和声望的人,绝不甘心在失掉庄严、失掉敬仰的境况中,在周围人对之冷漠歧视的境况中生活下去的,就像一个病夫不愿意把有着暗疾的枯黄丑陋的身体在众人面前裸露一样……是的,不能继续在这里待下去!随便他们吧!爱怎么想就怎么想,爱怎么说就怎么说。横竖我得走。我要到新的地方去,在那里,我重新开始,一切都重新开始。哼!看吧!一切都会好起来,他们还会选我做青年团支委,女孩子们还会跟着我打转转。人们照样还会敬佩我,羡慕我……于是,他提起了皮箱。

　　农业站的人都下了地,所以没有谁来送行。不过这并未使苗康难过,没什么,没有人送也可以走的!他倒是希望这样,希望任何人都不要看见他走。

　　农业技术员看见了,他在库房外边做温汤浸种,一扭头见老饲养员正往马鞍上捆行李,苗康在一旁指划着。于是,雷文竹把工作交代给管理员李月湘,擦擦手,向苗康跑去。

　　行李捆绑好,苗康在马背上拍了一巴掌,正要走,雷文竹赶来了:

　　“苗康同志,真的要走了吗?”

　　“要走了,再见吧!”苗康告别,向雷文竹伸过右手。

　　“等等,你先别忙说再见。”雷文竹没去握苗康的手,却上前拉住马缰，"我还有几句话要跟你说,苗康同志! 希望你再重新考虑一下,慎重地考虑一下……"

"唔!"苗康笑容满面说,"昨天夜里我不是告诉过你? 我考虑过,很慎重地考虑过,并不是轻易这样决定的。"

"别走吧! 同志!"雷文竹紧紧握住苗康的手,"播完种,我们就要开办流动兽医站,这是非办不可的事情。你知道,附近大大小小有十几个牧场。先不要说预防瘟疫了,我们经常看见,牧民们的牲畜害了一点点病,因为得不到及时医治就活不成。可是,兽医站没有人怎么能行呢? 人是顶重要的,你知道……"

"我当然知道,可是我留在这里又有什么用呢? 无济于事呵!"兽医的语调仿佛充满了自卑感,"我能做什么呢? 我什么也担当不起来。"

"不! 你能担当起来的。"雷文竹近似央告,"留下来吧,苗康同志。趁现在还不晚,留下来吧! 我不是以个人名义请求你,我以十多个牧场的名义……"

"哎呀呀! 别开心了吧! 照你这么一说,好像我是个什么了不起的人了。"苗康谦逊万分地说,"雷文竹同志,你明白,假如我的确不能够离开这里的话,组织上就不会批准的。好了! 看耽误你的工作,该分手了!"

"怎么,你是一定要走喽?"农业技术员灰心地说。

"再见了!"苗康重又伸出右手,"常写信哪!"

"如果你非走不可,那么……照理,在临别的时候,不应当再讲什么难听的话让你一路上都不愉快。"雷文竹丢开马缰,直视着兽医的眼睛说,"不过,请你原谅,因为以后恐怕没机会让我讲这样的话了。坦白地说,你留在这里对于我个人没有什么太大的益处。

可是我从来都不希望你走,从来都不希望你离开农业站。你要知道,你是在农业站最困难的时候离开我们的。好了!我没有什么可说的了!请你记住我这句话,你将来会为你自己的行动感到羞耻的!"

"啊!也许。谢谢你的教育!"

兽医苦笑了一下,把伸去给雷文竹握别的手收回来,牵动了一下马缰,转身走了,昂首阔步像一只鹅似地走了!

雷文竹返回库房的时候,正碰上畜牧师和气象员迎面走来,他以为她俩是来给苗康送行的,于是说:

"你们来晚了!"

倪慧聪知道他是指什么说的,但她装着不理会。林媛可是真的不明白。

"喏!那里!"雷文竹向远处指去。

苗康已经绕过土包,正走在坡道上,因为他是下坡,所以走得很快。不多会,他的背影便被森林的黑暗处所吞没,无踪无影地消失了。好像道路上从来没有过他似的。

雷文竹无奈地叹息了一声:"非走不行呵!我说了又说,劝了又劝……"

"走就走呗!有什么好劝的呢?"林媛撇撇嘴,以不加掩饰的鄙弃的语调说,"我们离了他也能过得去的。像这样的人,顶好是让他走。你还记得他来的那天,在欢迎会上讲了些什么话不记得?够多热情,够多动听呵!哼!哄鬼去吧!现在我可弄清楚了,他主动请求到边疆来不是为了别的,只是为了装潢,为了镀金,为了往自己脸上镀一层金!"

5

藏文课已经结束,下边就是林媛的课,所以她只得出来,留下倪慧聪继续在和斯朗翁堆夫妇攀谈关于秋枝的麻烦的婚事。

林媛领着学生们走出教室到林场去了。不要以为她是带着孩子们去玩。哪里是玩?她是在给学生们上课,上着很重要的一课。

课程进行中,林媛望见坡道处走过来两个骑马人。

这是工委书记和警卫员。因为奔忙于本地区首届人民代表会议的筹备工作,苏易好些天来一直在各家土司以及各大寺庙里周旋,并且还到几个主要村庄和牧场去跑了一转,所以很久没有到农业站来了。现在他特意绕道,想到农业站来看看,当然也顺便到更达小学来看看。

林媛向父亲走去,苏易也下马迎上来。他本想告诉她说,他在路上遇见了背道而去的苗康,可是他没说。这倒不是因为他悟到提起兽医会引起林媛的特别不快——女儿的私事他从不过问——而是因为提起这个没有出息的青年人来会引起工委书记自己的特别不快。

"女教师!学校怎么样?"父亲快活地问,"空板凳比较前些天更少了吧?"

"为什么说是比较!"女教师也快活地回答,"最近根本没有缺课的!"

说话间已来到林场。苏易看见,学生们像一群忙碌的蚂蚁,围住一棵被放倒的挺直的红桦树。有的正满怀兴致地用斧头刮树皮,像河藕一样白白的树身被剥露出来。没有工具的孩子则在折断梢头,发嫩的树枝清脆地响着。

"你们做什么?"工委书记说,"这么好的一棵小树,为什么给砍倒了呢?"

林媛没作声,她含笑望望学生们,意思是让他们来回答。于是,一个小姑娘站了起来。苏易认得,这便是因为争夺小刀割破了同学手的那个女孩子。她仰起脸,带着显然是仿效成人的庄重神色说:

"这不是小树,是旗杆。"

"旗杆?"

"是旗杆! 插国旗的旗杆。"一位男同学讲解道,"国旗,你看见过没? 我们老师有,在她屋子里放着呢! 我们看见过,都看见过。"

"再没有哪一样旗子能比国旗好看的了! 那么红,红艳艳的! 天上的红云彩也没有那么红。"

"啊哈! 原来是这样!"苏易高兴极了,"那么说,你们学校是要……"

"要升旗!"孩子们抢先说,"你不晓得吗? 就要过节了呀! 过大节呢!"

"什么时候过节呢?"

"十月,十月的头一天就过节。"骑在树干上的一个学生说,"过节的一清早,我们就升旗。"

"噢! 我明白了。十月节早上要升旗。可是,在升旗的时候你们该怎么做呢?"工委书记进一步试问。

"要排队。"学生们同声说。

"要排得齐齐整整的。不许乱讲话,不许乱动,"一个孩子摆着架势,"要规规矩矩地站着——就像这样。"

"还有,要唱国歌!"最先答话的小姑娘说。

"国歌,你会唱吗?"苏易惊喜异常。

"会呀! 怎么不会呢!"

"唱给我听听好吗?"

"不!"女孩子摇摇头,习惯地眨动着她那长长的向上弯曲的睫毛,"我不唱。"

"为什么呢?"

"这又不是别的歌儿,不能随便就唱呢!"

苏易深深被这女孩子的庄严动人的话语和神色所打动了。他把她拉近自己,用手指梳理着她的鬈曲的头发,久久地望着她那洗得干干净净的黑红的小团脸,望着她那在眼下印遮了一道阴影的长睫毛。

"叫什么?"

女孩子眼珠转动了几下,想了想,随后回答说,"丹夏!"

苏易惊奇了。她怎么是丹夏? 这是没有即位的更达小土司的名字呵!

是这样的:照年龄说,丹夏应当是入学儿童。不过,倘若他要到学校里去的话,确实是有许多困难。别的且不说,有一桩难处是根本无法克服的。王子怎么能和别的孩子在一起坐呢? 但,在这一所从古未有的学校里,如果只是差巴们的后辈在求取知识,而没有贵人家里的子女,那又未免过于有失体统。格桑拉姆宗本觉得左右为难。最后,还是俄马登登涅巴出了一个主意,花钱顾了一个"学差"。顶丹夏的名字在学校里念书。这样,问题被两全其美地解决了。

女教师作过解释,苏易笑了笑,重又对那小姑娘说:

"我是问你,问你的名字。"

"学差"仿佛迫不得已地悄悄回答道:"我叫札茜。"

札茜是学校的光荣,不用说,也是教师的光荣。林媛常常趁各种各样的机会对人家讲起"我的小札茜",现在,在工委书记面前,她自然也没有放松。听过她的一番炫耀的言词之后,工委书记想考一考这个优等生。他要求札茜写几个字看。可是,小札茜有些不好意思,总望着女教师。女教师对她轻轻点了点头。于是,她便折了一根树枝,以十分有把握的但却过于歪扭的笔触在地面上划了几个很大的字。起先,工委书记没能辨认出小札茜写的是什么。但接着他看出来了,她是把藏、汉两种文字紧紧地靠拢,写在一处了,混同起来了。又过细地一看,认清了,藏文和汉文是写着相同的一个名字——毛泽东。

6

十月一日。

山民们很早很早便起来了。这时候,如果你能同时到各家去,你会看见,所有的人都在忙于完成自己的节日装束。特别是没有出嫁的或出嫁了的年轻女子,更不愿意马马虎虎度过这盛大节日。为了防备烈日和寒风侵害面色,有些人平时总爱往脸上敷一层极不雅观的树胶。现在,她们把胶液洗去了——只是在逢年过节或访亲赴宴时才要洗去——同时,女人们花费很大时间来重新编过自己的几十条辫子,并且随着发辫在身后加上一条又长又宽的红带,带子上结连着一串串的贝壳或银币,走动时便会发出丁丁的声响。她们换穿了绝不轻易穿出的衣服、筒靴以及华丽的围裙,戴起了平常藏在箱子里的耳环、戒指、项圈。甚至还把若干真正的蓝宝石附加在头饰上，山民们是顶重视头饰的。不过，在这方面一无所有的姑娘——秋枝便是其中之一——也并未因此而自甘逊色。她们蹚着露水跑到坡地上去，采集各色各样的野花，编成庞大的、发出香气的花冠，戴在头上。所以倒显得更为生动耐看呢！

太阳出来了，从东方出来了！仿佛是一个巨人的庄严温和的脸，开始把她那爱抚的光芒撒向四面八方。于是，这边远的荒漠的土地从沉睡中苏醒了，焕然地苏醒了！天边，低沉浓积的云层，像被点燃一般立时变成了缤纷的朝霞。在朝霞映照下，雪峰、树木、冰河、山庄、牧场以及一切一切都披上了异样的光彩。

农业站和更达的山民们用劳动迎接了这灿烂的一天。

人们成群成队，宛如在同一时刻正涌往天安门广场的行列一般，向田野开进。

走过刚刚落成的校舍时，大家不约而同停住了脚步。学生们正在异常肃穆的气氛中把一面国旗升向高杆顶端，鲜红的国旗像水波一样在晨风中飘呀飘的。

路上，不知道是谁引了一个头儿，人们都拼着自己的嗓音高唱起来——他们怎么能不唱呢！——这纵情的歌声掠过森林上空，向远方传开去，撞击在山崖上又折转回来，在宽阔的河湾里回荡着，仿佛群山、森林、河水以及整个的大地都随同他们歌唱起来了。

然而，在田里，当一切准备就绪之后，人们忽然停止了喧闹、说笑和任何声响。田野变得那么寂静，像激战尚未打响以前的一刻那样寂静。

一种并非正式的但却相当隆重的仪式开始进行了。同志们一定要工委书记掌管马拉播种机在田间作第一趟穿行。苏易知道，他不能把这件事完成得像个样子，田里的活计他什么也没有做过，可是他十分乐于接受。他一大早就怀着激动的心情跑到农业站来，不仅是为了能够看见，而且是为了能够像别人一样，亲手把种子埋进这不知荒芜了多少年的肥沃的土壤里去。

苏易郑重地扶着播种机。因为他驾驭不了牲口，所以站长陈子璜在前头帮忙拉着马嚼口。其余的人，全都不声不响紧紧跟随在背后走着，仿佛掌管一台小小的马拉播种机便需要农业站全体出动。而每个人的神情又都是那样振奋、严肃，每个人的眼睛都闪烁着光亮。要知道，播种机所投下的，是种子，同时也是每个耕耘者对这处女地充满了希望的心！也是每个耕耘者所要献给祖国的这一壮丽高原的全部的爱情！

起初，山民们显然抱有疑虑。他们依照自己的惟一的方法进行下种时，可以清清楚楚看见种子从手指间撒出去，落到泥土里。可是现在，农业站竟使用一辆小"车子"来播种。不错，"小车"上有木箱，木箱里装了种子，可是它从什么地方、又怎么样能够掉到地下去呢？只怕把一块地走完，种子还会好好地装在箱子里。于是，当播种机过去之后他们纷纷跪下去，在浅浅的壕沟里挖着，找着。结果，像发现奇迹似的，山民们发现金粒般的种子已经埋在土里，均匀地埋在土里。

站长陈子璜本想撇开一切事务，像一个真正的庄稼人似地在地里干一天活。他从入伍那天起，离开土地已经十多年了。现在，他回到土地上来，心中有难以说出的、像重见了久别的亲人一样的感动。他感到自己的精力正从身体内部洋溢出来。他感到自己的一双手正渴望把整个荒坝翻转过来。但他没有能够如愿，一会儿是这个庄子上的人来找站长，一会儿又是那个庄子上的人来找站长，他不能不一一接见，答复和解决他们所提出的问题。

有些人，原来只是为了适应农业站的需要，才答应在自己地里扯出一小条来种植冬麦。而现在，他们却忽然改变了主意，想要拿出整块整块地来种冬麦。甚至，原先对冬天种麦子大不以为然的山民，也忽然改变了主意，想舍出一片地来试试看。他们想，如果这样做是傻气、冒险的话，农业站就不会在大半个坝子里播种冬麦了！所有这些人，全都来找站长，要求能够借给他们种子。本来，在第一年，农业站不应当是出借而应当是赠送。但无代价地赠送更会引起山民们对于冬麦种子的不信任，所以还是决定出借。

因为大家都在忙，陈子璜只好自己去帮助库房管理员，把浸选过的麦种弄到地里来，并且分发给蜂拥而来的借贷者。起初，他还在小本上记着姓名和数字，李月湘认真地在过秤。后来，因为人挤得太多，也就顾不得这些了。他们俩一面忙手忙脚地分发，一面叮嘱说：

"你们自个儿记着吧，谁家借多少明年还多少！"

借到种子以后，山民们接着又纷纷来找陈子璜：

"站长'本布'，我想使使你们的'车子'！行不？"

"站长'本布'，让你的'小车'替我撒撒种子吧！我只有不大一块地。"

"站长'本布'……"

农业站总共有三台马拉播种机，为了满足山民们的请求，当即决定，用两台去帮助开荒户播种。

播种机像贵客一样被迎来接去。当它还在第一块土地上奔忙的时候，第二、第三块土地的主人已经站在一旁急切地等候它了。

不过,老斯朗翁堆不打算这么办。他挑选了一块不仅窄小而且很陡的坡地来种冬麦。这块地很不适于使用马拉播种机,因此,像往常一样,他挥舞着铁镐在打土块,让秋枝兜着围裙随在背后撒种。

虽然斯朗翁堆再三向女儿提示,不要她东瞅西望,以免种子撒得过稠过稀或遗漏重复。但秋枝今天格外不听话,她总时时把头偏过去,远望正在别人家地里穿来穿去的马拉播种机。

"你瞧!你瞧!"父亲突然嚷起来,"你在做什么?瞌睡了吗!"

原来,当秋枝侧身向平坝上久久地张望时,麦种像一道细细的山泉似地从她的裙角处悄悄流下来,在地上聚了一摊。于是她慌忙弯下腰去收拾。

"我说过多少遍了。"父亲唠唠叨叨不住地教训起来,"撒种不比捻羊毛。眼睛得要看清,得要留神,要不就会糟蹋种子,你又不是不知道,每一颗麦粒……"

"阿爸!"秋枝委实耐不住了,否则她不会截断父亲的话,"我看,我们也种一块冬麦吧!你看人家!"

"怎么了?我们这不是在种吗?你围裙里包着的是什么!不是冬麦种子?"

"可是,这块地算什么地呀!我是说,我们该把河湾里那一片平地种成冬麦。"

"行了!少废话。我种地已经是四十年了,还没有谁对我指手画脚告诉我该这样该那样呢!"

"那你说,农业站还能存心哄人吗?"

"我知道,农业站不会存心哄人。可是,"斯朗翁堆深思熟虑地说,"农业站的种子是北京种子。你明白吗?北京种子在西藏的土

267

里能不能生长,那可就难说了啊!"

7

为了使几台播种机不闲歇,节省往返走路的时间,陈子璜吩咐把中饭送到田间来,大家换班工作,换班吃饭休息。

担任送饭任务的人是洛珠。

苏易和陈子璜正预备吃饭,洛珠走过来,带着十分严重的语气说:

"'本布',有人在占我们的地!"

"怎么? 占地?"

"是啊! 占地! 占了我们的地。"老头子指着土岗后边说,"我在送饭来的路上看见的。"

"真的? 恐怕是你弄错了吧?"陈子璜有些似信不信,"走吧! 咱们去瞧瞧!"

在土岗背后,有一个两三户人家的小山庄。庄前有几片青稞地。原先,这几块熟地像不整齐的、窄窄的半岛一样,处在汪洋大海似的荒坝岸边。如今,荒坝被"狮子"整个翻转了,变成了农业站的大田。因为青稞地和农业站大田紧紧连成了一片,接壤处又没有任何足以为凭的明显的界线,所以,这几家山民便轻而易举地扩展了自己的地面。他们向外推进到将近原有面积的一倍,然后,按照新的地界摆一排石块,或是挖一道壕沟,借以圈完所属范围,好像他们的土地幅度从来就是如此之大。

苏易和陈子璜赶到时,几个山民已经完成了必要的工作。

看见这种情形,站长陈子璜顿然气恼了。他要立刻动手去搬掉石头,填平壕沟,消除这突然出现的不合理的地界。但,他还没有来得及动手,工委书记已经抢上前去,平静如常地向几个山民招呼道:

"忙啊! 老乡!"

山民们未能当即回话。他们直立在刚刚筑成的地界边,严密而警惕地注视着两位"本布"的神色,等待着可能发生的事件。

"这几块地,你们打算种什么呢?"苏易接上问。

"这地吗? 嗯! 不错,是要种的。"一个年老的山民以应战的口吻回答说,"这地我们种了很多很多年了。"

"知道,这我知道的。"苏易竭力在缓和眼前的紧张局势,"我是问你们打算种什么,是种青稞吧?"

"不! 我们想种麦子,种冬麦。"

"种冬麦? 好的! 借了种子没有?"

"借了! 都借了!"

"对! 应该种冬麦。你们的地很肥,种冬麦顶合适。"苏易抓起一把土,在手里搓捻着,随后又愉快地加上说,"好吧! 你们忙!"

陈子璜见工委书记说罢便自管走开了,心中有些不解,也只好跟随走去。仿佛他们两人是由此地过路,随便和种地的人搭了几句话便忙着要去办公事。

走出没多远,站长陈子璜便急躁地证明说:

"老洛珠没有弄错,这几个老乡是侵占了我们的地!"

"你觉得怎么样呢?"工委书记问道。

"我觉得……当然,照理说,这没什么大不了的。"站长带着明显的不快说,"不过,你知道他们多调皮! 先前我往他们家跑了多少趟,好劝好说,要他们给自己开几块荒地。他们总是推三推四,还嬉皮笑脸说:'开多少地才给我一个汉人姑娘呀?'步犁训练班开办的时候,各庄子都争着抢着学,可他们这几家人三番五次请不动。现在呢?好!倒省事,等我们翻好了,耙好了,撒了粪,什么都摆治得现现成成的了,他们来了,到我们大田里摆石头,挖沟……"

"你还记得不记得?几个月以前,你做这样的结论,"苏易打断了站长的话,"你说西藏人生性就懒惰,对土地不感兴趣。看,子璜同志,事实证明你的结论做得太早,也没有实在根据。如果真像你说的西藏人对土地不感兴趣的话,他们就不会想尽法子来扩大自己的耕田了。当然,这几家老乡没有像别人一样听农业站的话,这是他们的错。不过,那时候他们有自己的难处,他们害怕呀!"

的确,当农业站的人跑到这小庄上来动员垦荒时,居民们是感到新奇而又不敢相信的。虽说坝子上有的是荒地,可他们不相信有权利给自己弄一片养生田。实在的,作为一个"差巴",只怕他们世世代代都没有过这样的梦想呢!同时,国民党在这里的那些年,谁家有了地,就等于谁家有了难以摆脱的灾祸。不把地里的土块都变成银元简直就种不起地呀!另一方面,起先他们对农业站还有些疑心。这是明情,因为农业站的成员暂时还都是汉人。可是现在呢?他们看见,他们亲眼看见许多光身子人都忽然间有了自己的地,而且在冬天就下了种。于是,他们后悔了,着急了,所以他们谋算出那么一种简便迅速的方法——在农业站大田里打主意——为的是能赶上和别人一起种冬麦。

"不待说,这种法子不算妙。"工委书记放慢了步子继续说,"不过,事已如此,又何必一定要他们扫兴,一定要和他们过不去呢?我看,你回去可以通过支部给同志们打个招呼。关于这件事,谁也不许讲一句不必要的话,权当不知道。就给老乡种吧!我觉得,我们这样做,比起在那几块地里所能得到的收获要大得多,要重要得多。"

陈子璜没再说什么,默默地跟在工委书记身边走着。

"怎么样?"过了一会儿,苏易又问道,"你是站长,同意不同意由你决定。"

"同意!"陈子璜竭力收敛着气愤,"不过,我得告诉雷文竹,让他把图改一改。他已经按照转建国营农场计划画了一份可耕面积图,那几块地是画在图里的。"

"如果有必要的话,就改吧!"工委书记爽朗地说,"不过,请你给技术员转达我一个意见,耕地面积图最好是用铅笔画,这样改起来方便些。现在,因为老乡占用了几块地,我们把图往小里改。可是,等我们的农场真正地开办一些时候以后,又得要赶着把耕地面积图往大里改呢! 你相信吗?"

8

一则是节日,二则又为庆祝冬麦下种,农业站举办了盛大的晚会。

姑娘们来了,三三两两,牵手搭肩,若无其事地来了。她们一边走,一边吹着薄薄的树叶,发出细悠悠的悦耳的声音。

在姑娘们背后,总有一伙影子似地步步相随的青年人。他们的神气各有不同:有的像武士一样庄重,好像是在护送女人们通过什么凶险的关口;另外一些,则放着胆子对姑娘们动手动脚——这不会招致什么不好后果。

孩子们也来了,奶声尖气地嚎叫着,窜来窜去。虽然没有谁注意这些小角色,但对晚会的红火繁闹,却是绝对少不得他们的。

老人们由于种种原因，来得要迟慢些。不过，他们到场之后立即就选好位置，把自己固定起来，不去乱挤乱串。而且，从他们的态度看来，也比年轻人对这节日晚会要认真得多。

晚会是依照当地风俗组织的——所有到会的人都席地盘腿而坐，围成一个很大很大的圆场。在场子里，燃起十数堆篝火，多旺的火呀！好像天空都被烧着了。人们的脸被映得通红而新鲜。所以，姑娘们带着羡慕不已的心情，相互发觉别人变得格外好看起来了。山民们不时地把松枝柏枝像丢到烈火中去，把糌粑面撒到烈火中去。于是，会场被沉浸在一种奇异的野香里。场子正中，被火焰所封锁的地方，摆了一个极为粗大的木桶。桶里装的是水吗？是酒！像稀牛奶一般甜甜的，然而是性效强烈的青稞酒。桶旁边放着几十个木碗。无论是谁，只要高兴，就可以随时跃过火堆，用木碗从桶里舀酒痛饮。桶里干了，立刻又会被装满……

当远路人还未曾赶到时，坝子已经变成了一个正在翻滚着狂涛的欢腾的海。男人们的羊皮帽、狐皮帽以及绣金的偏舌帽不停地闪晃着；女人们的彩色衣袖令人眼花缭乱地扬舞着。艳丽的长裙，随着姑娘们连连旋转，宛如孔雀开屏一般飘撒开来；数不清多少只靴子同时在急促地踏动；尘土从地面扬起，和着篝火的硝烟，和着人们纵情的歌声，向夜空飞去，飞到很高很远的地方去。

往年，每逢望果节①，也照样举行这样盛大的、在山民们看来很够豪华的夜会，也照样在坝子上燃起篝火，为了祈祷来年的丰收，也照样毫不吝惜地把整口袋的糌粑面撒到烈火中去，也照样地笑啊，唱啊，跳啊。但是，他们觉得自己从来没有像今天夜会上这样若梦若狂地高兴过。

———————————

① 望果节——在旧历七月。届时昼夜盛会，欢舞饮酒并赛马比箭。

农业站所有的人，几乎全被卷进舞蹈的漩涡里了。这是没有办法的事，除非你躲得远远的——这时候谁又情愿离开坝子呢——否则，只要你站在看得见的地方，立刻就会有几双手伸过来拉你。仓库管理员李月湘本来是躲在一群老婆婆背后的，可是也被拥进场子当中去了。于是她只好仿照人家的姿势，笨拙地摆动两臂，错乱地迈动双脚。她不是在跳舞，而是在受罪。不光是李月湘，农业站的人大半都正被迫处在这种困境中。不过，也有几个人俨然是以内行的资格出现在舞群里的。特别是气象员林媛，出手抬脚都和一个山间姑娘没有什么两样。而且，她还能把现代舞的柔和幽雅之处和西藏民间舞的健壮原始的风味适当地融会起来。因此，她的舞姿倒越发引人注目呢！

陈子璜好容易从舞群里逃脱出来，见斯朗翁堆正在绘声绘色地对孩子们讲述什么，便也凑过来听，但还没有听出什么头绪，一个马车队员便跑来找他，请他出面去干涉一件事。

"站长，你去命令一下吧！他根本不听别人的话。"

"什么事？谁呀？"

"队长，我们队长。他在跟人比赛喝酒，不像话！喝得太多了。明天还有工作呢！去吧！命令一下吧！"

在大酒桶旁边，马车队长糜复生正以压倒的优势在击败所有胆敢和他对饮的人。山民们是素有海量的，他们之中有人达到了最高纪录——九碗。然而，糜复生却正满不在乎地弯腰舀起第十二碗。这使他的对手们也不得不对他伸出拇指，连声喝彩。

陈子璜跃过火堆，准备去制止这豪壮的酒赛。其实，这时候糜复生已经不再继续狂饮了，他满了量吗？不！（鬼晓得他还能再灌多少碗哪！）而是有人扰乱了这场豪壮的酒赛——当糜复生舀起第十四碗,正要仰面顺下口去时,看见跳舞的人都向四外退开去,空出一片场子来。

原来,有人忽然提起了几个月前那帮偷马贼的卖唱表演。于是,曾经在那次表演中担任过角色的蛛玛立刻引起了会场的举众注视。年轻山民打着口哨,喊叫着,要求她把高超的舞技重演一次。

洗衣娘蛛玛走进为她让出的圆场当中,既没有忸怩,也没有推辞,略略向观众扫视了一下,便起舞献演。遵照众人的要求,节目是重复的,和上次完全一样,只是没有戴起怕人的假面具。

糜复生挤在人群里,两眼发直地看着,仿佛生怕错过了表演者的每一个细小的动作。木碗在他手中倾斜了,酒,从碗里流出来,淌在人们的脚下……

夜已经很深,晚会宣告结束。

但,对于情人们,这仅仅是开始,只不过他们离开了坝子,隐没到他们约定的地方去了。这时候,假如你站在高高的屋顶上,歌声便从四处向你送来,这歌声带着浓重的黄昏的醉意。

> 草坪上的小黄花,
> 要开就尽量开吧!
> 明天我要到远方去,
> 免得为你耽误了行程。
>
> 你若是实心实意,
> 赤着脚我也愿长途相随。
> 对着纯净的月亮,
> 你敢发一个誓吗?

你像熟透了的果子，

高高地挂在枝头上。

虽说我并不灵巧，

树上的果子还能摘下来。

耐听的话儿少说几句！

请到市上买一把锁来。

把我们俩的心锁在一处，

钥匙可不要交给别人……

……

山民们都有这样一种能耐：几乎用不着思索，就能把要对自己情人的发问或回答编成一支动听的短歌。他们习惯于用歌词代替情语。

在林边，秋枝和叶海并肩坐在一条露出地面来的粗大的树根上。因为叶海还未能具有山民们的那种特别能耐，所以秋枝只好迁就他，用话而不是用歌来畅所欲言。他们低语着，除了树枝上归宿的鸟雀之外，再没有谁可以听见。

"……我们家那头小牛，你看好不好？"言谈间，秋枝提出一个莫名其妙的问题。

"不错！"叶海回答，"看样子它会长成一条真正的牛。"

"阿爸阿妈说，就拿它来做我的嫁妆。你喜欢不？"秋枝轻声地、羞怯地问，但从语音里可以听得出，她自信叶海对这样的陪嫁和她自己一样的喜欢满意。

"嫁妆？要嫁妆做什么！"

在叶海看来，这只是一种早已过时的风俗。可是，斯朗翁堆夫妇却认为这是一桩有关自家名声的顶重要的大事。他们独独地只有这么一个女儿，如果没有任何陪嫁把她送出门去，不仅自己心里过不去，连邻人们都会说长道短的。但，用什么给女儿做嫁妆呢？这委实使做长辈的犯愁。最后，还是老妇人想到了那头出世不久的小牛。这样的嫁妆虽说不上堂皇，但比起三十年以前她自己出嫁的时候要体面得多了。

叶海费了很大口舌才说服了秋枝。她同意了，到时候除去头上戴的、身上穿的以外，再不带任何一件陪嫁的东西。因为叶海说，他们家乡早已不时兴这样了。同时，秋枝也忽然觉悟到，那一头小牛对她的新的家庭恐怕不会有什么太大的必要。

"我的头发怎么梳？是不是得要改呢？"秋枝又问，"还有，这个呢？一定得要摘掉吗？"她双手捧住吊在胸前的一串黑色玻璃珠和明光发亮的刻有花纹的银质佛盒。

秋枝在庄子里听几个年老的女人说，谁要是嫁给汉人，谁就得改成汉人梳头的式样，并且，非把佛盒摘掉不可。这给秋枝增加了不少顾虑。倒不是她觉得汉人的发式不好看。她想，如果改成汉人的式样，就是说，照倪慧聪姐姐那样，剪得短短的，露着后颈；或者是照女教师林媛那样，只留两根又短又粗的辫子搭在肩膀头上。那么，现在加饰在几十根细辫子上的鲜艳的红绳和丁当作响的许多银币，不是就没有什么用场了吗？至于说摘掉佛盒，这对秋枝则不仅是觉得惋惜，而是引起了不安，甚至是恐慌。挂在胸前的念珠和佛盒，在山民们看来是惟一可靠的对自身的保护。据秋枝母亲说，她所以能被山匪掳走，遭到那么大磨难，就是因为她在小帐篷里烤衣服的时候取下了念珠和佛盒，忘记戴起便睡着了。

"哪里话！没有的事！头发样式当然是随个人高兴，你觉着什么样子好，就梳什么样子。别人管不着。这个呢！"叶海指指秋枝的佛盒继续说，"也是随你高兴，要是你愿意戴着，你就尽管戴着好了，没有谁非要你摘掉不可。要是你不想再戴它了，想把它摘掉，那你尽管摘掉就是了，没有谁非要你套在脖子上不可。"

叶海的回答是这样简单，简单得让人不能不信实。

"可是，"过了一会儿，秋枝又低低地说，"阿妈阿爸总还是有些怕呢！"

"怕什么？"

"怕你走！"

"走？我往哪里走？"

"是怕你走。这里不是你的家。你早晚总是要回家去，早晚总是要走的。是不是？"

秋枝举目凝望着叶海。他在她眼睛里看出一种忧郁的乞求的神情。于是他反问：

"你怕不怕呢？"

"我……"秋枝低下头回答道，"也怕也不怕！"

的确，关于这件事，秋枝还未能确定应当怕还是不应当怕。不待说，假若叶海要走，要回家，作为他的妻子，秋枝势必要同他一起走。可是，对于秋枝说，离开自己的家，离开生长了她的地方，像山里所说的"到外边去"，这使她感到神秘、茫然、不可想象，也可以说是可怕的，好像一只飞得太高的鸟很难再落回到地面上来一样可怕。但，从另一方面看，秋枝又觉得这正可以满足她的心愿，她老早就幻想"到外边去"了，在那里，可以亲眼看见许许多多新奇的她渴望知道的事物。同时，她已经完完全全属于叶海，叶海也完完全全属于她了。她觉得,跟他在一路,一切都会很好的。如果叶海邀她同坐一只牛皮船,从更达河顺水随浪飘去,她一定会欣然同意。飘到哪里她不问! 只要能和他在一起。

然而,做父母的对这件事却是当真害怕的(虽说他们忙着给女儿筹措嫁妆)。本来,斯朗翁堆和他的女人早已决计好要女婿来"上门"①。依照当地人的风俗习惯,如果家里只有一个独女,准定会招人"上门"的。这样不但可以使女儿永远留在跟前,不至于使老夫妇在凄凉孤独中度日,而且,这么一来,实际上便等于得着一个晚生的可以养老的儿子。可是,秋枝却找了这样一个丈夫,是农业站的人,是一个有本事的青年人。不错,斯朗翁堆夫妇知道,这是难得的女婿。不过,要让这样的女婿来"上门"只怕是办不到的。他不能离开农业站到谁家里去做姑爷。这一点办不到倒也事小,更使人不放心的是,迟早他总归要回家去,要走,要带着自己娶的婆娘一同走。这可怎么好啊! 那么一来,斯朗翁堆夫妇就不知哪年哪月才能再看见女儿了! 家里少了秋枝,可还像什么家呢? 同时,斯朗翁堆还听人说过,"外边"是万万去不得的,天气热呀! 热得要命,那里的河水在冬天也不结冰,山上没有雪,西藏人到那里简直很难活……

"不要怕! 秋枝! 我不会走。"叶海小声地说,"我往哪里走呢? 这儿就是我的家呀!"

"你不是说过你有自己的家吗? 家里还有你阿妈。"秋枝问。

"有! 不过,我要把我妈接到这里来。这里已经成了我的家,"叶海认真地指着脚下的土地说,"你别觉得奇怪呀! 秋枝,我虽不是西藏人,可现在,西藏已经成了我自己的家。"

————————

① 上门——入赘。

"当真?"秋枝仰起脸来,"什么时候接你阿妈来呢? 你写信了没有? 她愿意来不?"

"愿意。可现在还不行呵! 你没看见,我们什么都还没有来得及弄好,什么都还没有来得及安排好,连我们站长还住在土窑里呢! 不过这没什么,用不了多久,顶多一两年、两三年。我们什么都会弄得称心如意的。那时候,我们这儿就不是像现在这样,一个小小的技术推广站。是农场,国营农场。你知道吧! 秋枝! 是一个满像样的农场!"叶海做了一个莫名其妙的手势,因为一个满像样的农场是手势所无法表达的。"到那一阵,我就把我妈接来。我妈身子还很结实,她可以在农场做事。比方说:挤牛奶,喂猪,烤烟叶,或是在托儿所工作,在粉房里工作,都行啊!"

秋枝用心听着,以她自己的方法想象着农场的景象。随着想象,她的眼睛便开始在昏暗中闪闪发光。终于,她像性急的孩子一样打断叶海的话问道:

"我做什么呢? 我在农场里做什么呢?"

"你? 你不是说你要驾'狮子'?"

"是。驾'狮子',我要驾'狮子'。"秋枝猛地抓住了叶海的双手——四只粗糙坚实的手紧紧握在一起。但她随即又突然变得困惑异常地问道:"可是,农场里要女人驾'狮子'吗?"

秋枝这种顾虑是有原由的。前两天,庄子里有几个青年人趁着朱汉才在擦修拖拉机,要求他立刻教会他们驾"狮子"。朱汉才虽觉得有些好笑,但还是对他们讲了一些最浅显的关于"狮子"的常识。结果证明,除了卷着衣袖正在帮忙擦洗机身的秋枝之外,其余的人理解程度全是很差的。于是,庄子里的姑娘们便带着羡慕和骄傲的情绪谈论起秋枝来,并且,当面嘲弄那些青年人不中用,说他们比驴子还要笨些。他们自然不服气,所以便宣扬说:女人再伶俐也是枉然,横竖驾"狮子"这样的事该不上要女人去做的。

"谁说不要女人驾'狮子'!当然要!"叶海担保说,"只要你能学会就行。冬天里你就来学吧!朱汉才会好好教你的。家里有什么活儿,我可以帮你做一些。不要看现在我们只有一部拖拉机,等农场办起来,可就不止一两部了。秋枝,快点学吧!至少头一两年你能做助手。比方说,就给我做助手吧!"叶海神气地说,仿佛他自己已经不是一个助手了,"你想吧!那该有多好!春天,秋天,我们都在一部机子上工作。我们可以替换,你开一会儿,我开一会儿。翻地,耙地,或是开收割机,都可以替换着来。到了冬天,我们可以一块儿到牧场去,去当放牧员。我小的时候也放过羊,赶过很大的羊群。当然,那些羊不是自己的,是给有钱人放的……"

秋枝用臂肘支在膝头上,双手捧住脸腮,望着天空,在着迷地倾听。叶海的话句变成了一幅幅活生生的图景,映现在她的眼前。

忽然间,从对面山谷卷来一阵北风。深夜的风是很锋利的,秋枝不禁打了一个寒战。要知道,她没有穿毛皮坎肩,而是穿着薄薄的节日的服装。叶海本来要继续刚才的话说下去,可是见秋枝被寒风袭得身子抖动了一下,于是改口问道:

"你冷不?秋枝!"

"冷!"

"那,回家吧!"叶海说着便要立起来。

"不!不!"秋枝拉住叶海的胳膊,"天还早!"

"走吧!你看你冷成什么样子了!"

"要不,这样吧!"秋枝提议,"来!你搂住我,那样要好些。"

叶海迟疑了一下,随后才不果决地张开他那长长的粗壮的两臂,环抱住秋枝的双肩。然而,像抱一个竹篾扎成的纸人儿一般,松松地,不敢用力,仿佛一用力就会把她抱碎压扁的。秋枝却不然,她尽力把自己整个身子偎依在叶海的怀中。戴着花冠的头靠在他的胸脯上,她的脸颊紧贴着他的沾染着泥土的褪色的棉军衣。她清楚地听见他的心在跳,冬冬地,一下紧接一下在跳,于是她暗暗地、悄然地笑了:还是一个骑兵呢! 对姑娘多么胆小呵!

"搂住我呀! 你当真地搂住我呀!"秋枝梦呓一般地说,"对! 就这样。现在好多了,我一点也不觉得冷了!"

夜,是这样恬静。除了像拨弄琴弦一样的小溪在丁当作响之外,原野上和森林里没有任何声响来惊扰这一对年轻的恋人。只是月亮在这时悄悄拨开了云层,带着满心的妒意,从云缝里偷望着他们,偷望着此刻在别的什么隐秘的去处也正和他们一样被爱情的烈火所燃烧着的青年男女。

就这样,无言无语过了一阵,过了好一阵。随后,秋枝忽然脱出叶海的胸怀,望住他的眼睛,悄声叫道:

"叶海!"

"嗯?"叶海也像在梦中一样答应道。

"你当真会娶我?"

叶海没回答。由于意外,他一时不晓得怎样回答,只用惊异的眼光回望着她。

"你说呀! 你当真会娶我吗?"

"那还用说,当然是真的。"叶海的话带着显然的对于这种发问的埋怨,"要是你愿意,等冬麦地播完种,我们就结婚。"

"你哄我。我才不信呢!"

"为什么?"叶海急了,"我哄过你吗?"

"你是青年团员不是?"秋枝认真反问道,"是不是呢?"

"是! 团员。"

"可我不是呀!"秋枝怯怯地以至于悲伤地说,"我不是青年团员呀!"

在农业站,存在有"青年团"这么一回事,这秋枝早就知道了。但究竟是怎么回事,她并不十分明了。起先,见团员们交团费,她以为是大伙凑钱要人从内地代买什么用的或吃的东西。她还问过叶海,为什么光见你们掏钱,也没见谁带什么东西回来分给你们呢? 于是叶海就给他解释团费的用处,说这绝不是为了买什么东西,要买的话,也是买书买报给团员们看。自从列席了上次的团支部扩大会之后,秋枝觉得像把握到悬荡在空中的绳索一样,把握住了青年团是怎么一回事。当然,对于一个山民姑娘说,青年团员庄严的信念以及一切应当具有的条件,一时半时是难以全部理解的。但,根据那次会议的情形,秋枝确乎得出了一个不为不当的结论:青年团员,应当是一个实实在在的人。心眼里不能隐藏一丝丝虚假。兽医苗康就是因为不实在,所以众人才不高兴他,瞧不起他。总之,秋枝明显地感到,青年团员和平常的青年人是不同的,团员受着人们特别的信赖,也受着人们特别的关怀。于是,散会以后她问倪慧聪,她是不是也可以算一个团员。倪慧聪很喜欢她问的话,跟她谈了很久,告诉她青年团是怎么一回事,什么样的人才能做团员。秋枝明白了,原来做青年团员不是太容易的,也不是自己想做就做了。问题就在这里,虽然她也想法跟人交换鞋带,虽然她也暗中催促父母替她办理出嫁的事,但她一想到这一层,便开始着急和恐慌起来了。既然他,叶海,是团员,而她,秋枝,却不是团员,这怎么行呢? 她觉得,一个不是团员的女子配不上做一个团员的婆娘。

同时,一个团员也不会真正甘愿娶一个不是团员的女子做婆娘。

"这不怕,你也可以做团员哪!"叶海释然地说。

"我?怕是不行吧!"

"怎么不行!"叶海站在对方的地位上信心十足地说。

"真的?"秋枝兴奋异常地问,"你真觉得我能行?"

"真的。能行!可是你知道不知道应当怎么样才算一个真正的团员?"叶海反问。

"这我知道!"

"知道?你说给我听听。"

"就像倪慧聪姐姐那样!"秋枝简短而中肯地回答。

"对!就像那样。不过,既然要做团员了,往后不要总是姐姐、姐姐的,应当称同志!"叶海严肃地说。

"喊姐姐不好吗?那我以后就喊同志。"秋枝说着,把垂在肩头的发辫扔在背后,随即又投靠在叶海的胸前,然后仰起脸来说,"叶海,你等我吧!过一些时候,我一定能当团员。我一做了团员就嫁给你,你等我,可好?"

"好!"叶海用力拥抱住她,"我等你!"

9

在田间劳累了一天,晚上又蹦闹了一夜,人们已经声哑力竭,一个个回到窑洞便跌入了梦境。

马车队长糜复生无论如何睡不着,虽然他努力合住眼,避开从窗格上透进来的雪亮的月光。这是由于酒的关系,不过,这并不是说他喝醉了,只是因为他喝得"差不多"了。酒徒们有这种体验:喝得"差不多"的人总是精神旺盛,并且会产生一种异常强烈的讲话的欲望。糜复生便是如此,现在他渴望有人跟他说笑。更主要的,他渴望能够说话,说什么都行,只要能说,滔滔不绝地说。可是跟谁说呢?队员们都呼噜呼噜地睡"死"了。于是,一种莫名其妙的烦恼紧紧抓住了糜复生。他仿佛觉得自己的手脚被绑起来了,并且他此刻是被抛在一间窄小闷热的牢房里。他觉得窑洞的土顶沉沉地压在他的胸口。他猛然撩开身上的棉被和大衣,但还是感到憋得难受,好像心中有一团火在燃烧,顺着喉咙冲上来,窒闷着他的呼吸。他想灌些冷水,把这团火扑灭。于是他霍然翻身站了起来——当他站起的时候,几乎栽倒在墙角里——他摸出窑洞,勉强保持住身体的平衡,向厨房走去。他用木瓢舀起一瓢冷水,可是忽然记起,醉酒的人喝冷水,肺就要炸的,他没有喝水,把木瓢扔在地下,走了出来。到哪里去呢?回窑洞去。不!他再也不愿意回到那间闷热的"牢房"里去了。他想在外边走走,因为寒冷的夜风对他很合适。可是,走起来感到吃力,于是,他想靠住停在窑门口的一辆马车,半躺半立地歪下去歇一会。但,当他意识到面前是一辆马车时,心中的烦恼骤然加剧起来,并且越发明确起来了。马车!马车!他用鼻孔哼了一下,又在胶皮轮上踢了一脚。我是什么人?马车队长,哼!听吧!多了不起,队长!实在一点说,赶车的!吆牲口的。可是,这为什么呢?为什么要这样捉弄我呢?他愤愤不平起来。觉得满腹怨气无处发泄。糜复生想,到现在,他无论如何也不应当是一个吆牲口的,无论如何也不应当落到这步田地。

当站长陈子璜正式把五部马车交托给他时,糜复生心中涌上一阵自卑的绝望的感觉。仿佛他正在向高处爬去,突然间脚下的梯子折断了,把他从空中抛了下去,一直坠入深渊。他感到凄然无望,不可自救。他觉得事实上他已经不存在了,变成了一个空壳,一个再不能够产生任何欲念的、将完全被人们所遗忘的什么东西……

何以至此呢?用糜复生的话来说:"怎么栽了这么大斤斗呢?"这全是因为女人!假如那个副官的女人不多嘴,一切不堪回首的事都不会发生的。女人!女人!糜复生痛恨地想。现在,女人这个概念在他意识中只是祸害的根源,以至于他忆及那副官老婆结实的富有弹性的身体时,都感到一阵厌恶。

正在这时,忽然有人在唤糜复生的名字,声音是轻微的,不太真切,像梦中常听到的。糜复生烦恼的回忆中断了。他用心辨别这声音,是一个女人在低低呼唤他。他立刻想要发作,因为这是女人。可是,他没有发作。这不是别人在唤他,是蛛玛。不过他也并没有应声,仿佛根本没有听见。

"糜复生!"蛛玛从她自己的窑洞里探出上身来,连声不断地呼唤,"糜复生,糜复生队长!"

"做什么!"糜复生终于回答了,闷声闷气。

"怎么黑天半夜在外边呆着?这么大的风!"蛛玛体贴地说,"到我棚子里来坐坐吧!"

"不!这儿很好。"

"要是不来坐……"蛛玛停了停说,"你来把你的衬衫拿回去吧,还有袜子。我都洗好了!来拿走吧……来呀!糜复生!你来呀!"

现在,蛛玛那里并没有糜复生的什么衬衫和袜子,这一点糜复生很明白。虽然他此刻的头脑不是百分之百地清醒,但他仍记得,前天她拿走一件衬衫和一双布袜去洗,昨天下午已经晒干送还了他。但,他却没有作什么说明,身子摇晃了几下,从马车上爬起来,向蛛玛的土窑走去,仿佛他也感到有取回自己衬衫和袜子的必要。在门口,糜复生忘了低头,额头被狠狠地碰了一下,不过他也并没有觉着痛,一猫腰推门进去了。

"你等等,我来给你找。"

蛛玛半仰半卧地倒在铺上,开始在一堆洗晒过的衣物中翻寻。油灯放在铺头一个木垫上,灯光正照着她姣美的脸,照着因为胸襟斜散而裸露着的白净丰满的颈项。蓬松的长发由肩头拖下,直拖到铺草上。显然,她没有想从哪一堆衣物中找到什么,只是懒散地一遍又一遍翻寻着。现在,蛛玛开始紧张,并且是恐怖起来了,因为她在翻寻衣物时发觉,或者说是感觉到了,站在铺边的糜复生是用那样饥饿的、可怕的目光在凝视着她。忽然,糜复生一抬脚,将油灯踢翻。接着,蛛玛在昏暗中看见糜复生倒扑下来⋯⋯由于胸部受到沉重的挤压,她顿时感到无法呼吸了。应该说,这对她不完全是意外。然而,少女的防卫的本能使她立即展开了凶猛的反抗。但,随即她觉得自己的身子无力了,瘫软了。于是,她放弃了所有抗争的手段,失去了最后的一点主动⋯⋯

糜复生从蛛玛的土窑里出来,一时弄不清要往哪里去。过后他才想起来应当回家了,于是他拖着疲惫不堪的身体,向马车队寝室走去。当他刚到门口时,正巧遇见了从旁边走来的朱汉才。

"老糜!你看见叶海了没有?"朱汉才问。

"谁?叶海,唔!"糜复生扭回头,以突然的、兴高采烈的语调说,"看见了!看见了!"

"在哪儿?我得找他回来,该休息了,明天一早还得下地呢!"

"在林子里。"糜复生向远处指指，但随着又意味深长地说，"不过，该休息你就休息你自己的吧！不用找他，找也没用。我想，只要他还有一小点力气，他是不会回来休息的。"

"怎么?"朱汉才不解。

"傻瓜！他不是一个人在林子里，是两人！你没见？晚会一散场，秋枝扯住叶海的袖子就跑，跑到林子里去了。"

"唔！"朱汉才微微一笑，"好的！我就先休息吧！"说着便要转身走去。

"你不去找他了?"糜复生问。

"不找了！让他玩吧！今天是过节呀！明早上我先起来发动机子，让他多睡一阵儿就行了！"

"去吧！你还是找去吧！就在林子里，很容易找到。"糜复生凑近朱汉才，压低了声音醉洋洋地说，"讲实在的，老斯朗翁堆的那个姑娘可不坏呀！"

"你这是什么话！"朱汉才骤然严厉起来，"酒坛子，你又喝多了！"

"怎么什么话?"糜复生认真辩解说，"一开头，秋枝也不是单找叶海一个人的呀！也有你。没说的，你也去吧！都有份儿！"他说着，咧开嘴笑了起来，笑着又接二连三打了几个喷嚏。

"住嘴！"朱汉才喝道，"你哪点儿像一个人！是一只狗！一只公狗！"

"公狗？呵哈！不错！公狗！"糜复生显然由于挨骂也突然气恼了，"不过公狗也没有那么蠢，它总还知道找母狗去呢！可你……当然喽！你不喜欢沾别人便宜，这很好。可这算得了什么！你当是叶海真心想娶一个藏姑娘做老婆吗？我看不见得。他不过暂且……"

糜复生正还要说下去,没防备一记重重的、响亮的耳光已经落在脸上。

"怎么?打人哪!"马车队长应声用双手捂住热辣辣的左颊,得理地说,"还是党员呢!开口骂人,动手打人。没见过你这样的党员!"

"没见过!我这就叫你见一见!"朱汉才说着便到马车跟前去抓一根木棒。

糜复生虽然个头高大,但他自知对付这个极端愤怒了的拖拉机手是有困难的。同时,经受了朱汉才的巴掌光顾,他忽然醒悟到自己的话也未免过于缺乏保留了。于是,他一边推门钻进土窑,一边咕噜道:

"打人,好吧!咱们明天见!"

第 八 章

1

初雪,然而却是一场稀有的大雪。

若是往年,更达地方大大小小的道路,早已被这覆盖一切的大雪和冻结一切的严寒所封锁了。但今年,更达的道路畅行无阻,像一条流通着的巨大的动脉。时时刻刻有隆隆的卡车来往飞驰,扬起了路面的积雪……

畜牧师倪慧聪一早就到公路边去等车——虽说当地已有长途公共汽车,但车票不大容易抢得到,所以要回内地去的人员总是站在路边搭乘返空货车——她带了自己的"试行草原管理意见书"要到农林厅去。同时,关于培育新羊种的计划也要到那里去研究一番。

为了不耽误别人工作,倪慧聪昨晚上就找同志们一一告辞过了,她不要任何人来送行。可是现在,当她真的要独自离去的时候,又不禁有些凄然之感。她总觉得她还应当再去见见谁。不然她真不甘心走开的。接着她对自己承认了,她是想去见见农业技术员,就好像她昨晚上不曾到他那里去作过告别似的。

农业技术员正在温室忙于工作,口里轻轻哼着什么调儿。每当在温室里侍候他亲手培育的各种各样小植物时,他总是这样愉快,并且暗中怀着骄傲的感觉。因为他将用自己的手来证明,从前某些只凭推测的农学家对西藏高原所作的论断完全是一派胡言。不!它并不是贫瘠的、无望的。这里的泥土,照样可以生长出多种多样从未生长过的根、叶和果实。

"你忙啊?雷文竹!"女畜牧师出现在温室外边,像喊叫似地大声说——因为隔着玻璃顶。

"噢!就走吗?我以为你还得过一会。好吧!我送送你。"农技员也高声说。

"不!我不是说过不要你送吗?"

但,雷文竹已经开门出来。不过迎面一股冷风又把他推了回去。在温室里,身上是极单薄的,他忘记穿棉大衣就跑出来了。

他俩并肩向公路走去,默默地走去,谁都找不出什么言语。告辞的话,送行的话,昨晚就已讲过了,而除了辞行送别的话,再谈论别的,又显然不切时宜。

"倪慧聪,我想送你一点东西,算是纪念。"好容易雷文竹才打破沉默,"虽说你很快就会回来,可现在总是要离开啊。"

"真的?送我什么呢?"畜牧师快活地说。

"送你……等等!我得先对你提一条意见。"雷文竹以似真似假的语调说。

"对我?"倪慧聪有些惊异,"请提吧!哪一方面的?"

"前几个月,你受了伤,住在卫生院。你还记得吧!"雷文竹无头无脑问。

"记得。那还能忘!"

"那时候,同志们都去探望你。我也去了……可是,我对你不满意也就在这儿。你说,你为什么让护士关住门不许我进去呢?"

"什么？不会的吧！你一定弄错了。"倪慧聪着急地说，"那怎么会。是我让关住门不许你进来的？"

"可不是！护士说，你不见。我说，那就把我送的东西拿进去也好。护士说，病人不要，不收。不知道我什么时候得罪了你。现在你可以解释一下了吧！"

"哟！哪儿的话呀！对不起！真对不起！我想，那时候……一定是我的伤口痛。伤口一痛，心里就乱，所以就不想见谁，也不想要什么东西……请你原谅我，雷文竹同志！"

雷文竹没有立即作什么表示。不知他对倪慧聪抱歉的解释是否满意。随后他接上说：

"本来，我那时候想送你一些保养的东西，像白糖、奶粉什么的。可是，我觉得这些东西不必要，反正卫生院什么都齐全的。后来，我就跑到河那边谷地上采了一把野花……真叫我难看，护士说，你不稀罕。我现在还是把它送给你——我有这么股怪劲，要是想送谁什么东西，无论如何就非强迫他接受不可！"

雷文竹掏出记事本，从里边取出一朵野花，十分郑重地送给倪慧聪：

虽然由于时间过久，这朵野花早已焦干，并且已被压成薄片。但它还是花，是倪慧聪惟一喜欢的奇特而小巧的花——一共八片叶子，下边的五片仍旧是叶子，而上边的三片都变成了红色的花朵。

很明显，女畜牧师被这保存了数月的小小的赠品打动了，被深深打动了。她小心翼翼地捏着花枝，无言地看着，看了又看。并且，她站住了，打开手提包，取出一本精装封皮的什么书，郑重其事地把花朵夹进书页中。不过，直到最后她都没有记起道声谢谢。

他们继续并肩向公路走去,又变得默默无语了。

不知有什么根据,倪慧聪断然地感觉到农业技术员不是没话,而是有话要跟她说,她时时都觉得他就要开腔了,她暗自怀着异常激动而紧张的、戒备的心情,在等待着他的话。

然而,农业技术员没有再讲话,一句也没讲,仿佛他不是来给人送行,仿佛和他并肩走去的只是一个同路的陌生人。

这时,工委书记苏易从背后赶来。显然由于走得太急,口里不住吐出雾一般的哈气来。

“倪慧聪同志!哎呀!你年纪轻轻的,耳朵就不好使了吗?”工委书记喘着气埋怨道,“我在背后喊了好几声,都没有喊应你。”

“是吗?对不起!真没听见。”倪慧聪抱歉地说。

“苏书记!到哪儿去?专意来给倪慧聪同志送行的不是?”雷文竹插言道。

“不!”工委书记回答道,随又转对倪慧聪,“坦白地说,如果我没有事要托付你的话,我绝不来,把我赶死了!我以为你一定已经上了车呢!”

“让我办什么事?”畜牧师跟着问。

“第一,你一定要到师范学院去看看林媛。”

“这还用你托付!”倪慧聪笑了,“我当然要去的,到机关里一报到,我马上就去看林媛,我还带着同志们给她写的十多封信呢!”

“好吧!这一项取消。第二,麻烦你了解一下林媛的身体情况,确实报告给我。”工委书记边走边说,态度变得认真起来,“她写信总说很健康、很健康。可是,我总觉得她不大好。我知道,对她来说,师范学院的功课是重了一些。”

“行!我尽力去了解吧!”倪慧聪点点头。

"还有,第三,我这里开了一份单子,另外,这是一张汇票。你照单子上的东西,买了给林媛送去。她呀!那么大了,总还料理不好自己。"

听苏易的语气,你会想象他的女儿要比倪慧聪的年龄小一半。其实,这对要好的女友只差一两岁。但苏易总觉着,女儿离开了大人的照看,一切都会是糟糕的。所以他琐琐碎碎、不厌其烦地对倪慧聪再三嘱托,让她转告给林媛,什么事应当这样,什么事应当那样。

不过,苏易并没有来得及把所有的托付交代完毕。因为有一辆回返的车子顺路开来了。这辆"吉斯",看来已经相当破旧,可是跑得一阵风,又稳又快,倪慧聪赶忙向公路上跨近两步,扬起右臂把手一招。于是车子虎地一下在跟前煞住。随后,车门开了,一个衣帽不正的相当年轻的司机探出身来,十分和悦地问倪慧聪:

"是带信还是搭车?"

"搭车。"

"那好吧!"司机显然是相当好客的,"请到驾驶室来坐!"

雷文竹一下子就认出这个司机了,几个月以前,他和倪慧聪就是坐他的这部吉斯车从内地来,车子上载运着农业站的拖拉机、步犁。这是一个顶有意思的青年人。于是,雷文竹装得一本正经地对小司机说:

"哼!你们驾驶员都是这样。男同志要拦车,你们一踩油门忽地一下就过去了。女同志要搭车,只要一抬手,马上就停车,还请到驾驶室里坐。"

他这么一说,小司机也恍然大悟了。他重新打量了一下雷文竹和倪慧聪,把帽子向后脑勺一推,格格大笑起来,一边跳下车,脱掉手套，和他的老乘客握手，一边说：

"对不住。上一次给你们打了几句官腔，找了点麻烦。不过，也怨你们，正赶在节骨眼上。那一阵子，我们同行们正说定要纠正别人的脑筋呢！哈哈……请上车吧！畜牧师同志！"

当雷文竹和倪慧聪再三握别并送她上车时，苏易和司机闲聊起来：

"怎么样？"苏易问，"这种路够受的吧！"

"这有什么够受的！"司机用脚踩一下路面，滔滔不绝地说，"依我瞧，这简直是一级路。我早就要求到前边去跑'毛路'，可是总不批准。在前边，嘿！那才能看出方向盘玩得怎么样呢！每一期工程，都能参加通车典礼。就说装运吧！也总是最重要的任务，不是拉人就是拉工地上吃的大米，或是拉工具。"

"这么说，这一段路已经算后边了！"苏易说。

"当然，是后边！"司机把手一挥，异常懊丧地说，"在后边真泄气，尽拉一些不关紧要的东西。就拿这一趟来说吧，我给贸易公司拉了一车纸，整整的一车纸！"

"纸？"苏易急忙问，"运来了吗？是什么样的纸？"

"还不是白纸，印报的那种白纸！"司机不以为然地说，"你讲讲看，弄这么多纸，卖给谁呢？"

"唔！不能这么说，纸是有用的东西哟！"苏易论证道。

"当然，纸并不是没用的玩意儿。可现时，依我瞧，无论如何也卖不出去。"司机反驳道，"无计划！混乱！这就叫运输计划混乱！一塌糊涂！可贸易公司还说，这是工委会直接要的货，不晓得哪一位是此地工委书记，反正我敢说，他许是有点发昏！最少是头脑不大清醒。"

2

涅巴俄马登登因为一块草场所有权的纠纷,竟在东谷奔走了半月之久。直到昨天才回来。一到家,管家便跑来禀告他说,他要的纸贸易公司已经送来了,把一间小屋子堆得满满的。并且,又把贸易公司开的一张两千多块钱的发票交给了涅巴。

俄马涅巴和贸易公司这一桩交易,几个月以前就讲定了,并且有过正式定约——依照当地的成交惯例,大宗订货事先必定有文字定约的。

起先,俄马登登以土司的名义调集了附近各庄的差巴们到林场来造纸。而当时,差巴们正要动手秋耕,同时,有许多家山民正在农业站的影响和帮助下准备给自己开一块养生地。这样便形成了一种不可调和的矛盾状态。自然,差巴们没有权利表示任何非议,这从来就是他们的责任。虽说纸和他们毫无关系,但世世代代,没有哪一个差巴不会造纸的。不过,这件事立即就引起工委的注意了。书记苏易觉得,这件事必须解决,也完全有可能得到适当解决。于是便派人去见格桑拉姆宗本。女土司回答说,可以直接找涅巴去商量。于是苏易便把俄马登登请到工委会来了。没想到,事情解决得并不十分繁难。

"……造纸得要多少天呢?"工委书记终于提到正题上来。

"大约摸得要……"涅巴掐弄着随手带着的串珠,"得要三个来月。"

啊哟! 三个月。三个月之后土地完全封冻了,不要说开垦生荒,就是熟土也无法耕种了。

"造纸是不是可以推迟一些日子？我想是可以的！"

"只怕不行吧！书记'本布'，你是没有看见哪！各庙子里的经本都破了，破得不像样子。这怎么行呢？呷萨活佛吩咐下来说，得要重印。我已经请人在整版了！"

"是啊！我也看见了，经本是旧了些。"苏易说着，把茶杯递给俄马登登，"不过，印经的事冬天照样能做。可是，你知道，翻地的事也当紧的，一落雪就翻不动了。"

"嗯！这倒是……地里的事怕是要耽搁些日子。"俄马登登把鼻烟倒在大拇指甲盖上，犯愁地摇摇头，无可奈何地说，"可有什么法子呢？更达，可不比汉人地方。这里的生意人不少，就是没有一家卖纸的。要是有人卖，那我情愿出钱买。横竖造纸也是要费钱的，买现成的纸倒省事多了呢！"

"是吗？"苏易站起来，"我们可以帮你买呀！"

涅巴抬起眼望了望苏易，用力把鼻烟吸进去。当他用手指在揉按鼻子的时候，露出一丝几乎看不出的戏弄的笑。随即不慌不忙说：

"那再好不过了！可是，更达的庙子多，用纸可不只一斤两斤。"在此地，纸是论斤论两的。

"要多少？"

"三千五百斤！"涅巴沉沉地、一字一字地说。显然要用语音表现出"三千五百斤"这个非同小可的分量。

"够吗？"

"差不多。"

"好的！三千五百斤。什么时候要呢？噢！你刚才说，造纸得要三个来月，那么，过三个半月，我们把纸送去。行吧？"

"行! 行啊!"

于是,苏易把这件事转交给了贸易公司,由他们料理具体事务。柴经理领受任务后,按照本地经商常规,当下和这位订货的主顾办妥了必要的手续。

当俄马涅巴传话下去停止造纸,并且宣布让差巴们各自回去的时候,他还没有完全明白自己为什么这样做。实在说,事情来得太突然,太意外。他甚至还没有弄明白事情是怎么发生的。他只知道,他和书记"本布"当面讲了愿意买纸的话,并张口要了具体数字。如果他们没能够应承代购,这话自然是不足轻重的。可是他们竟然应承了,并且订了约。于是,事情确定了,不可改变了。不过,认真一想,俄马登登的心很快便稳定了。他们从哪里去弄这么多纸呢? 三千五百斤哪! 好吧! 就算他们有,怎么运来呢? 人背? 牦牛驮? 雪已经封了山。从内地到此地,只有等到明年开春的季节才可以通行。于是,当他预计这桩事的最终结果时,很自然地偏重于考虑到订约上的末后一款——如期不能交付全部纸张,公司应负责赔偿对方所受损失。

上月,为了茶叶和盐巴的生意,俄马涅巴把自己弄得骑虎难下。当时,他便开始发愁从前给贸易公司订的三千五百斤纸的文约。他暗暗想,也许到了日子他们弄不来的。只要过期一天就好办,那就不要了,一张也不要了。因为过了日子呀!

现在,恰好是三个半月,纸送来了,如期如数送来了。

俄马登登反复地看着那张发货单,好像这是一封足以引起他极大焦愁的什么通知书。他决定去找察柯多吉相子——有什么为难的事,他往往要找相子共谋主张的。

涅巴的女儿茨顿伊贞正在修改一条宽了一寸的裙子。见父亲

进来,头也没抬,问道:

"做什么?"

"我找相子。"

"那你到他自己屋里去找呀!为什么跑到我这儿来。"

茨顿伊贞不耐烦地无端地顶撞着父亲,仿佛到没有出嫁的女儿屋里来找一个男人使她恼怒了。事实上,父亲是凭了多次经验,才把握住寻找察柯多吉的这个可靠地址。不过,这次意外地扑空了。他不明白,女儿的这种无名怒火,并不是针对他,而是针对察柯多吉而来的。她听说,有人亲眼看见了,昨天黄昏,相子又跟在农业站当洗衣娘的那个小女人一道在林子里——这已经是第三次了——不晓得在那里做什么。

察柯多吉相子的门从里拴着,俄马登登推了几下。

"谁?唔!是涅巴,你稍等等,我在换衣裳呢!"

相子从容不迫地把尚未完成的一封信——这信是用没有标点的阿拉伯字码书写的——收藏起来,又把床铺上的衣服乱翻了几下,随后便去开门。

俄马登登什么也没说,伸手把发票给相子看。相子并没有接过那张发票,燃着一支烟,频频埋怨说:

"我不是没跟你讲过,他们在修路。路!只要有了路,挡不住他们,什么都能弄来的!可你,不知道是什么迷了你的心窍,开口给人家要货,还要跟人家订约。你看吧!他们是照约办事,既不马虎,又没拖延,可你……"

确实,俄马登登从柴经理那里一回来,察柯多吉就说过这话,并且直截了当地指出他是愚蠢的。可当时,涅巴并不觉得自己不聪明。修路,难道他们是什么神吗?就算是神吧!要在西藏这样

298

数不尽的大山之间开一条路,也不是十年八年的工夫所能办到的。

"订约! 订约! 什么话也不消讲了。"涅巴光火地说,"我来找你是要问问你,看这该怎么处置。"

"收货,付款!"相子以生意人的平淡而又干脆的语调说。

"付款! 我还不知道要付款? 可是……"涅巴没把话说完,重又伸出手掂量着发票。他的动作,十分明白地表达出那张小小的薄薄的发票是怎样沉重。

"不错,两千多块,这不是小数。"相子改用了劝解的口吻,"不过,各寺庙的经本也真的该换一换了。要是造纸,花费的钱只怕比这个数要大得不止一两倍呢!"

"用不着,用不着换的。"涅巴打断相子的话,"我看过了,经本还不算太破,顶少还可以用五十年。就算是破旧一点吧! 那还不照样可以念? 呷萨活佛也没提过非要重印不可。再说,我是谁? 我既不是格西,又不是庙子上的总管。凭什么要我过问经本的事呢?"

纠缠了许久,没能作出精明妥善的决定。末后,相子察柯多吉深思熟虑地说:

"这样吧! 纸总是要收的,收下。不过,还是把它交给贸易公司,请他们给代销。就这样讲,卖得掉就卖掉了,卖不掉呢,还算我们的。我想,准可以卖脱手的。你说呢?"

"这倒可以试试看。"涅巴不坚定地说,"可是,我怎么去说呢? 这话,不大好说得过。你想想,当初,话是我先开口说定的……"

"为什么你自己去呢? 你可以跟格桑拉姆讲讲,给宗本讲讲,让她去说一下,我想很方便。她明天要到政府去开会,开人民代表会呢!"相子沉沉地说。

3

　　格桑拉姆多少年来严守着的生活习惯,在近几月中,发生了人们意想不到的变化。她离开了日夜寝居的垫子,离开了幽静空洞的内室,离开了高高的四层楼,常常骑了马到野外去走走,到公路上去转转,到贸易公司去看看,到工委会去坐坐,更多的是到宗政府办公室里去。原先,政府机关有些工作人员还没有机会能够认识自己的直接首长。现在,他们几乎每天都可以看见她了。并且在这短短的几十天中,格桑拉姆以实际行动纠正了某些人的错觉。有些外来干部,主观地认为格桑拉姆一定相同于素常所见的那些贵族妇人,只比较善于掌理家事财务。不!全然不是如此。她懂得很多,她熟悉很多。凡是应当由宗本来主持的大大小小的公事,她都可以得心应手地主持起来。凡是应当由宗本来决断的民事诉讼,她都可以敏快不疑地决断下来。

　　明日的会议,就本地区而言,可以说是一个具有历史意义的会议——从上月起,工委已经在开始筹备了——不仅是格桑拉姆,本地区各宗的宗本、土司、头人,各寺庙的活佛、格西、大喇嘛以及各地有名望的人,农民代表,牧民代表,商界的重要人物,全都要前往出席。更达寺呷萨活佛自然也在其列——现在活佛的健康情况,是允许他走出寺庙的。

　　呷萨活佛要到政府去出席会议,那就是说,他要骑了马走过整个的更达坝。这是一件惊人的事,在喇嘛们看来,这件事的本身比起会议本身的意义来,可要重大得多了!所以,天还没亮,格西和僧官们以及被指定要随行的喇嘛们便在着忙了。

在古典戏剧中，若有一位帝王或贵人出场时，舞台上必定要出现一番喧闹的盛况。现在，呷萨活佛出庙了，情形十分相似，但就气氛而论，这要比戏剧中所见的更为真实，更为隆重。

不知有多少面皮鼓沉沉地捶击着，不知有多少个海螺瓮里瓮气吹鸣着，汇集成一片仿佛从地下发出的哼哼之声。就在这种神秘的音乐中，庙门敞开了，一二十个铁棒喇嘛抢先奔了出来，他们个个都是粗壮的汉子，穿着铠甲式的衣服，手中执一条包了铁皮的大棒，一出门便向两旁列开，并且个个都摆出一副防御或进攻的姿态。在铁棒喇嘛后边的，是格西和僧官们以及主事的管家们。紧接着，便是呷萨活佛本人了。他穿着平时被供奉在坐床之处的金色的锦缎袈裟，从左肩上斜披下一条宽宽的红色哈达，头上是一顶圆锥形铜帽，因为太重，很容易歪倒，所以用一条细绳束在脖子上。活佛所骑的马是相当高大的，从头到脚，到处披红挂绿。他坐在马背上，好像坐在垫子上那样声色不动，微微闭着眼。不过，除去一个专门牵马的人以外，两边还各有一名喇嘛显然担任着扶保的职责。马背后，又有个喇嘛高举着一柄万民伞，伞顶像一个巨大的华贵的灯罩，总是随遮在活佛头上。而跟在最后的，又是一群铁棒喇嘛。

就这样，呷萨活佛被前簇后拥地出了寺庙，顺坡道向平坝上走去。

假如事先有人到各庄去传传话，那么，从黑夜便会有成百成千的人到活佛必经的路口上去迎候。但这事寺庙里并没有宣扬，所以没有谁知道。不过，既出来了，难免要被发现的。凡是在半道相遇的山民们，无论是谁，全都立即采取了同样的行动，他们把这次不期而遇认做是上天降赐的恩福，因此，谁都在向前拥挤，谁都想靠近活佛。他们全都抱着一个同样的目的,想让活佛用手在自己的头顶摸一下——只消一下。活佛的手在谁的脑袋上轻轻抚摸一下,那么,谁一生除了幸福之外,就不必担心还有什么灾祸会轮到自己头上了。

老斯朗翁堆刚到土产收购处出售了积存已久的一袋虫草,正要回家,远远看见了被包围着的骑在马上的活佛。于是,他不顾一切地奔了过去,并且立刻像所有的人一样,拼命往前挤去。斯朗翁堆刚刚懂事的时候,呷萨已经在更达寺做了二十多年的活佛。虽然斯朗翁堆家离更达寺这样近,虽然他每年都在留心着可以让活佛摸头的各种机会,但直到如今,他整整五十五岁了,始终未能如愿以偿。而现在,活佛忽然间出现在眼前,他一生中最重大的愿望就可以达到了,这怎么能够使他不去奋勇争先呢?

这里有必要提一提铁棒喇嘛们。就其职责来讲,铁棒喇嘛可以被称为寺庙中的执法队。他们有权干涉甚至逮捕违犯教规的僧人。在活佛外出时,他们便兼任卫队,主要任务就是保证一般俗人不能接近活佛。现在,山民们蜂拥而来,大有不可抵挡之势。铁棒喇嘛们不得不履行自己的义务了。他们抡舞起铁棒,并不答话,尽自向挤在最前边的人乱敲乱打,没头没脑地打呀——在这种情况下,他们的铁棒无论怎样施展,是不受法律约束的。

许多人,因为经不起铁棒的考验而退缩了。但斯朗翁堆却不然,他抬起两只粗壮裸露的臂膀,东挡西架,保护住脑袋,奋不顾身地向前扑去。虽然他不知挨了多少棒,但总是接近了活佛。于是,他打散了自己的长发,向外伸出舌头,连看也不敢向活佛看一眼,只是等待着,屈身垂首地等待着,等待着活佛的施恩的手。

其实,呷萨活佛本人对于这样的事是丝毫也不吝啬的。既然他的一个不费吹灰之力的动作就能够给人以永久的好运,那么,他为什么不乐意这样做呢! 所以,每逢此时,他总是抱着对于他的信仰者爱惜的感情而伸出双手。现在,他便抱着同样的感情,轻轻地在斯朗翁堆苍白的头顶抚摸了一下。

呷萨活佛被簇拥着走了,走远了。但老斯朗翁堆还呆呆地站在原地,四肢微微颤抖着。幸福的眼泪从他的久经风霜的脸上流下来。

斯朗翁堆回过头,见一个寺庙中的管事喇嘛站在他身后。于是他立刻觉悟到,他还不曾敬献佛礼呢——照例,在请求摸头之前,幸运者总是要交上一些什么作为献礼的。至于礼品的多寡贵薄,那就要看各人对于神的感激的深浅和虔诚的程度了——可是,老斯朗翁堆是半途而遇,他没有任何准备。于是,他随即从怀里掏出方才出售虫草的钱,双手捧着交给了那位管事喇嘛。当后者顺手把他的白花花的银洋尽数接受去的时候,老斯朗翁堆自愧自责地想,太少了! 太少了! 只有三十块。

斯朗翁堆如梦如醉地回到家里来。妻子和女儿正熬了奶茶在等他吃午饭。

"看看天什么时辰了。你怎么才回来?"老妇人怨声怨气唠叨着。

"是啊! 才回来!"斯朗翁堆不在意地答应后,坐在火边。

"阿爸! 虫草卖了没有?"秋枝问。

"卖了! 那还有卖不了的? 只要虫草不假,有多少,土产公司要多少。"

"给了多少钱?"老妇人性急地问道。

"三十块。"

"三十？"秋枝惊奇了，"是给了三十块银洋吗？阿爸！"

这确实是令人惊异的。斯朗翁堆早上出门时，他们全家人预测，可以卖到将近二十块，因为他们知道土产公司出价高。如果他们那一小皮袋虫草卖给地摊商贩的话，顶多顶多给十块钱就了不得了。可是结果呢，土产公司给的不是二十，是三十块。

"是啊！三十块，整整三十块。"斯朗翁堆尽力压制着兴奋说，"不管多少吧！秋枝，去舀一碗米酒来，阿爸要喝酒了！"

"喝酒，喝酒！"老妇人气兴兴地说，"快吃碗糌粑到庙子上去吧！"

"庙子上？到庙子上去做什么？"

"做什么！你到庙子上还能做什么！欠人家的钱你不还了？"

去年春天，因为秋枝得病，请更达寺刻了三块经文石送到玛尼堆去，又请到两个念经喇嘛，念了一天一夜，总共应当付给寺庙十五块钱。但当时，斯朗翁堆连一块银元也拿不出来，结果便作为债务拖欠下来。如果去年年终能够付清，还好办一点，可是去年老斯朗翁堆的虫草没有卖出去，过了一个冬天，于是照规矩，债务由十五块变成三十块了。

"他们又来要了？"斯朗翁堆的语调骤然变得沉重了。

"来要了！"秋枝说，"刚刚有一个会手来过。说他不愿意一趟趟地跑路了，叫把钱送到庙子上去呢！"

不消说，假如老斯朗翁堆走出土产公司就径自回家的话，他现在一定毫不怠慢地带了正够付债的三十块银元到庙子上去了。老实讲，欠人家的钱，他心里时刻都感到过不去。可是，偏偏在路上获得了那样一个千载难逢的机遇，用金钱难以衡量其价值的机遇。

听完丈夫简单的讲述后，老妇人也不禁被震动了，斯朗翁堆所有过的那种醉心的幸福的感觉,也从她那昏花的双眼中闪现出来。不过,她随即又陷入困惑中了。原来她和丈夫把偿还债务的希望全部寄托给那一皮袋虫草。现在,虫草卖掉了,钱呢? 一个都没有拿回家来。

奶茶在火上咯咯答答翻滚着,但一家三口谁也没把它倒进碗里去。他们坐着,无言无语地坐着。

"舀酒啊!"斯朗翁堆忽然愤愤地对女儿嚷道,"我不是叫你给我舀酒的吗? 我要喝酒!"

秋枝默默地舀来一碗酒。斯朗翁堆接过去,仰起脸一饮而尽,随即把木碗狠狠丢到矮桌上。

事情碰巧了。正在这时,农业站的会计来了。他首先很抱歉地讲起为什么直到今天账目才结算出来,因为忙,刚翻过地就参加修路,接着就是下种,修堤坝。他虽然是会计,可是他在屋里待不住,什么劳动都要去参加的。紧接着,他一口气把秋枝的账目报了出来:讲总数,从秋枝正式被聘请担任农业站放牧员以来,应当领取工资五十六块整。

这是秋枝预先没料到的。她慌了! 红着脸,认真地和会计争辩起来,以致她当真生起气来。因为她"早已是农业站的人了",为什么还竟像请小工一样来付给她工钱呢? 不管怎么说,她都不肯接受。末后,会计把钱往桌上一放,拔腿就走。

当秋枝拿起钱准备赶出去还给会计时,母亲拉住了她。

"秋枝,就先拿住吧!"老妇人小声说。

"拿住? 这钱怎么能要呢?"秋枝更急了。

"怎么不能要? 你给农业站放马了呀! 放了这么些天。"

"放马! 放马就该要钱?"秋枝对母亲动起气来,"农业站给我们家做了多少事,人家要过我们家半个小铜子儿吗?"

"你瞧你! 使什么性子!"母亲缓和地说,"我是说,这钱先拿住,先去还到庙子上。等有了钱,我们再还给农业站。"

"那怎么行! 总是要了人家的钱呀!"秋枝说着就想走。

"你等等!"母亲阻止道,"这怎么是要呢,是借呀! 我不是说,等有了钱,我们再还给农业站就是了。啊? 秋枝,听阿妈的话!"

"不!"

"不! 不! 你就知道要你那个扭性子!"母亲训斥道,"该庙子上的钱怎么办? 你知道不知道,那是因为你得了病才……"

"我不管,我不管!"秋枝执拗地摇晃着身子,"反正给农业站放马是我自己愿意的,是我自己高兴的。我可没想得人家的一个钱!"

母女俩相持不下,最后,都把求助的目光转向斯朗翁堆,想得到他的支持。

"去吧! 秋枝,"父亲终于抬起头来,果决地说,"去把钱还给农业站。"

秋枝拿了钱,迫不及待地跑出门去了。

"那! 庙子上?"老妇人颤声问道。

"庙子上,我去跟会手讲讲,等明年。"斯朗翁堆沉着地说。

庙子上是可以等明年的。只不过,自然得照规矩,又过一个冬天之后,老斯朗翁堆的负债便不再是三十块了。

4

遵照议程,苏易用上午四个小时向大会作了"关于民族区域自治问题"的报告。下午,代表们根据这个报告,并且参照有关文献,分组进行了讨论。讨论得很热烈,且有激烈的争论。看来,讨论一时很难结束,不过,从基本上说,认识已经趋于统一。另外,一致同意由本届会议产生一个参观团,到康定藏族自治区去进行参观访问。代表们相信,所有不容忽视的实际问题在那里都会得到可靠的证实。

休会了。远路来的代表们,膳宿全由工委安排招待。呷萨活佛和格桑拉姆住在本地,所以要回去的,工委书记按礼节相送。

在门外,早就聚集着等候已久的人群了。

据说,这是呷萨活佛二十多年以来第一次走出寺庙。(事实不然,前个月,当头一辆试路车在更达坝驰过时,呷萨活佛便到庙外观望了。只是他距离公路较远,而人们的注意力又全部集中在卡车上,所以谁也不曾发觉罢了。)因此,不少人都想在这里得到老斯朗翁堆所得到的那种幸运。和斯朗翁堆不同的是他们已有了充分的准备,差不多个个手上都捧着尽力而为的相当贵重的佛礼。

斜冲着大门,在约摸二三十步远的地方,有一道残断的半环形的土墙。因为这里比较隐背,没有人来,所以,工委的公务员们常常图了省劲,一出门便把渣灰垃圾倾倒在此处。现在,洗衣娘蛛玛和农业站马车队长糜复生便待在这道破土墙后边。

本来,糜复生是说什么也不来的,他正在修理马具。可是蛛玛一个劲地连劝带缠,说几十年也难得这么一次,活佛出来总是热闹得很,不来看一看,以后要后悔的。终于,还是把他弄来了。但糜复生仍然有些不安,为了在工作时胡走乱串,他已经受了站长好几次斥责。

"算了!你在这儿看吧!"糜复生哼哼唧唧说,"我还是得回去。"

"别急呀！就出来了！"蛛玛劝道，"活佛就要出来了！"

"我见过，我到过更达寺，看见过活佛。"糜复生说着站起来。

"别走！你别走啊！"蛛玛扯住糜复生的衣袖，"我有件事要跟你说。"

"有事，有事！"糜复生有点烦了，"我得回去！我老蹲在这儿怎么行呢？"

"你听我说。真的！我有事求你！求你！"

蛛玛说着，突然激动起来，赤红的面颊生硬地抽搐了几下。双眼死死地盯住糜复生，以致使他暗暗吃了一惊。他回过身来：

"什么事？"

"你知道。我想，你早知道我想求你什么事。"蛛玛阴沉地说。

糜复生越发诧异了："什么事？你说啊！"

"你当真不知道？想想！你该知道呀！我不是没跟你讲过，我讲过的。我们家做了几十代土司。我们有五座庄园，光是背水娃子就用着四十多个……可是，你听我说，"洗衣娘凄厉地、颤颤地说："杀光了！我们全家一下子让他们杀光了。杀光了呀！就是她，格桑拉姆，就是她的男人……领着他手下的人……"

蛛玛不能再说下去，她简直要尖声喊叫起来了。她双手痉挛地抓着胸襟和领口，借以控制住自己。随即，她移动了一下，把身子挨近糜复生，仰起脸来，又死死盯住糜复生的眼睛，以完全是机械的、阴沉的语调接上说：

"我求你，只求你一件事。我已经把我自己给了你。我什么都不要，独独求你这一件事！"

"什么！做什么？"恐怖的预感抓住了糜复生，他不禁倒退了一步,"你要我做什么?"

"不做什么,这在你很容易,不费你什么事!"洗衣娘忽然变得沉着地轻声慢语地说,"你瞧!那个大门口,瞧见没有? 一小会,格桑拉姆就从大门洞里出来了。你就从这儿对着她放一枪,只要一枪!"

洗衣娘从裙子下面掏出一支小巧的、乌黑发亮的"八音"。

縻复生呆愣了,完全呆愣了。他看见站在跟前的不是一个女人,不是一个他所熟悉的姿色引人的年轻女人,而是在凹凸不平的大镜子里所见过的那种变了形的人。他恍惚感到他应当呼喊,应当用尽全力把她击倒。但是他没有动,他没有力量,一点力量也没有呀! 他既不曾呼喊,也不曾举起他的拳头……

这时,人群里骚起了一片喧哗,并且开始向前靠拢。显然,院子里有人出来了。

蛛玛万分焦急地狠命地把八音枪塞到縻复生手里去。縻复生的手是僵硬的,它失去了把握任何东西的能力,手枪落到地上去了。

格桑拉姆第一个出现在大门口,接着是呷萨活佛,再接着是苏易,再接着是别的许多人。大约事先没料到门外竟有这么许多迎接者,所以,格桑拉姆和所有刚走出大门的人都在原地站住了。不过,看来他们马上便会走下台阶的。

洗衣娘向大门处望着,她的眼闪着可怕的光。她的脸扭歪了。她已经不像她自己了,完全不像了。她转过身,看见縻复生仍旧像木桩似地呆愣在原地。于是,她不再说什么了,只恶狠狠地向縻复生脸上啐了一口,随即,她弯下腰,像只小兽一样迅速地捡起了那支八音。

跟着,枪响了。

在门口台阶上,一个人,应着枪声摇晃了几下,终于栽倒下去。

人群动乱了。叫嚷! 拥挤! 多半的人都并未弄清发生了什么事,但都在叫嚷,都在拥挤……

縻复生好容易才使自己清醒过来。他立刻觉悟到,得走! 得跑! 赶快跑! 此地一刻也不能再待了。于是他抬起腿,准备翻过土墙。但,晚了! 一只手死死地从背后抓住了他,把他从土墙上拉下去。他回过头,看见一个熟识的、狰狞可怖的面孔——这是察柯多吉相子。

"想逃?"相子用力把縻复生推倒。

人们开始向这里拥来。很快,縻复生的四周便结成了不可逾越的、人的墙壁。

"他! 就是他! 就是他开的枪!"察柯多吉高扬着手臂,向各方面喧叫着,"你们看,看哪! 这是什么? 这是什么!"

乌黑的八音口朝上躺在縻复生脚前,近旁还有一颗小小的金黄的弹壳。

愤怒的、怕人的吼声,如雷雨一般地从四面八方轰轰而来:

"是他! 就是他! 这里有枪啊!"

"他是谁? 是谁?"

"汉人! 他是一个汉人!"

"不! 不是汉人。他是一个鬼! 是一个活鬼!"

"捉住他! 把他打死! 马上打死他!"

"打! 打呀! 前边让开。打呀!"

縻复生傻了。他像全身被灌满石膏固定在那里了。既不知道求饶、辩白,也不晓得挣扎、反抗,仿佛这一切全和他不相干。

不知是谁,向仰卧在地上的糜复生打下来第一块石头。接着,第二块、第三块……又不知是谁,把一块很大的石头向糜复生的头上抛去……

事情就是这样发生的,很短促,前后不过十几分钟,糜复生便作为一具尸体,很难看地被放在断墙旁边的垃圾堆上了。

5

教士马银山照例先把木梯抽上阁楼,然后再回过去招呼"客人"。

"水!"察柯多吉一坐下便理直气壮地吩咐,仿佛教士不是这阁楼的主人,而是饭馆里跑堂的。

马银山连忙把水端过去,察柯多吉接过杯子便倒进喉咙,接着又要第二杯。一路上,能骑马的地方他骑着马跑,不能骑马的地方他拖着马跑,所以他又累又干,觉得自己的肺都要炸了。直到他灌了五大碗温开水,然后仰面歪倒在板床上平息自己的微喘时,教士才小心地开口问话。

"你的'生意'还不坏吧?像我们预计的那样吗?"

"何止!比我们预计的还要好,好得多呢!告诉你,一切顺手!"察柯多吉望了望教士的无变化的脸,随即加上说,"是要好,不相信吗?"

"我,不敢相信。"马银山冷冷地说。

"啊!这不奇怪。我要是你,整天安安静静待在这个小楼上,我也是不敢相信的。不过,我可以正式报告你,你那支八音打中的不是女土司,而是活佛,更达寺的呷萨活佛!当然,他还有别的头衔,小学校长,人民代表。"

教士露出他的老鼠一般的牙齿,脸上迅速地闪过一个似笑非笑的表情,随即又变得庄严起来。他在最兴奋的时候往往是最严肃的。的确,结果使他们意外地满意。原先,他们作了这样的预计:女土司格桑拉姆被谋杀了,被一个汉人,特别是被政府里的人给谋杀了。于是,整个更达的差巴们立刻便会被征集起来——包括自愿的和命从的——他们会以一切可以使用的武器、以自己的性命去为土司复仇。并且,事态还会逐渐地无止境地扩展起来。而这件谋杀案所引起的成果,也将逐渐地无限量地扩展起来。现在呢,被谋杀的不是格桑拉姆,而是呷萨,是能够使更达人获得生存和幸运的活佛。毫无疑问,这将激起每一个西藏人的不可平服的仇恨。以察柯多吉相子的话说:"这样一来,西藏人更不能轻易饶过他们了!"

"那位马车队长大概是喝多了一点吧?"教士打趣道,"以他那样的枪法怎么会……噢!我明白了,明白了!有本领的射手总是不喜欢向女人开枪的!"

"不!不是他!"相子解释道,"他倒是按时到场了,可他不肯下手。临了还是那个江玛古修开的枪。"

"那么他呢?"教士慌张地问。

"放心!"察柯多吉换了一个舒适的躺卧姿势,安闲自得地回答道,"马车队长已经不能再赶马车了!"

"那一个呢?洗衣娘呢?是不是照你信上写的,作了善后处理?"

"没有!事情完了她没有回土窑去。"相子沉着地说。

"没回去?你信上不是写着,已经跟她讲定……"教士吃惊而焦急地说。

是的！察柯多吉相子原来在房后林子里已经跟洗衣娘讲定了，等事情一完，马上钻回农业站，就好像她哪里也没去过一样。当然，如果她真能这么办，回去了。她住的窑洞当晚就会忽然间塌下去的。就这样，一切都可以按算计进行。可是洗衣娘没回她的土窑里去。

"哎呀呀！这怎么能成！"教士摇头晃脑说，"不成！得赶快把她找到手，万万不能大意哟！找她！越快越好。怎么样？她的去向你有些揣测没有？"

"噢！看把你急的，如果我现在还得去揣测她的去向，那我凭什么敢跟你说'一切顺手'呢？"相子的语气是谦恭的，但他的目光却显出对于教士的嘲弄。

"怎么？你把她安置起来了？"

"不是我，有人替我安置的。"

"安置在什么地方了？"

"别担忧，这地方最牢靠不过。"

"嗯！得慎重！这可不是闹着玩的呀！"教士仍旧焦虑万分，"弄得不好，让人家把她给扭扯出来，那可就……"

"笑话！让他们找去好了！哪怕他们一个个都是福尔摩斯。"察柯多吉连连喷出几个烟团，坦然地以至是愉快地说。

……洗衣娘蛛玛的手震抖了一下——枪响了！这一刻，她简直不明白发生了什么事。不过，她很快醒悟过来。随即，她把八音枪往马车队长的脚边一丢，翻身越过矮墙。趁着人们乱动啸嚷的当儿，她跑了！然而，她并没有照原先跟相子约定的那样，躲回自己的土窑，而是沿着僻静的小路，直奔察柯多吉房后的树林而去了。她贴在一棵大树背后,希望能够看见相子从他房屋的后门走出来。但等了好久,仍是不见人影——此时,察柯多吉正在"凶犯"的尸体跟前,重复地对人们述说,他看见这个高个子的汉人怎样对呷萨活佛瞄准——蛛玛不得不贸然去拍相子的后门。

俄马登登涅巴的女儿茨顿伊贞正在相子屋里,等候他回来观赏她刚买到的一个新项圈。听见有人拍门——为什么要走后门进来呢?连忙去开——唷!原来是她!是这个小女人!茨顿伊贞顿时气上胸来。看吧!在林子里跟相子约会对她已经不够了。她照直从后门到他屋子里来了!茨顿伊贞简直要冲这小女人劈脸打去,并且用棍子把她赶走,让她抱着脑袋逃去,再也不敢来。但她没有这样做。茨顿伊贞是心窍敏快办事果决的,她转念决定采取另一种行动来对付这小女人——好!就这么办!让相子在他自己的屋里痛痛快快地看看他的迷人的洗衣娘吧!——于是,茨顿伊贞把客人让进屋来,请她坐下等等,说相子很快就回来。她还立即到自己屋里去给客人端来一碗浓浓的、放了糖的"奶茶"。

蛛玛自进屋来,一言未发,目瞪口呆,靠墙站着。她不认识,同时也根本不理会谁在接待她。当她以机械的动作接过"奶茶"一饮而尽之后,才仿佛从呆愣中清醒过来。她随即低声地、凄厉而怨怒地叫出声来,脸上现出了抽搐的、难看之极的神情,双手疯狂地撕扯着自己斜敞的衣领和散乱的长发,并且咬牙切齿地说:"没打中!没打中呀……等着吧!这不算了结,你等着吧……"

她在讲什么胡话?茨顿伊贞一点也不明白——她怎么明白呢?——然而,洗衣娘的样子和她的胡言乱语已使茨顿伊贞害怕了,以至于慌忙逃了出去,转身从外边上了锁,背依在门上,怀着极端恐怖的心理谛听着屋里的动静。

起初，茨顿伊贞听见屋里发出痛苦的、隐忍的叫嚷。接着，又听见碰撞桌凳和什物以及什么瓷器打碎的声音。仿佛有两个人在格斗，越来越激烈。不过，这没有持续太久，冲撞挣扎的声音逐渐缓慢了，微弱了，最后完全平息了——茨顿伊贞的毒茶见效是很快的。

原先，察柯多吉和马银山对情况估计得过于乐观了些。他们想，在更达的机关政府总共没有多少人，公安部门的武装力量也很有限，而大部队又开到前边山区修路去了。可是更达的西藏人是很多的，并且差不多个个都有枪，至少腰里也有一把刀。只要事情弄得妙，弄得快，一切都会得心应手。不过，他们及时地醒悟了，看出原先的盘算未免太天真，太简便，对方并没有在睡觉呀！再说，西藏人也不傻，一点也不傻。这一年来，也没有谁蒙住他们的眼睛，许多事物，他们都渐渐地看得一清二楚，且有切身的经历了，他们能够想都不想就跟政府动起干戈来吗？

教士本来决心不因为这场事变去劳动"王子"邦达却朵。这是可以理解的，一个精明的生意人，绝不把所有的资金端出来，做一锤子买卖；一个老练的赌客，也绝不过早地把自己所有得力的牌一下子摔下去。但现在看来，却不得不这样做了，不得不劳动"王子"邦达却朵的大驾，请他统领自己几百名勇武的骑士出山远征——目前，最最当紧的是把火引着，引大。火大了，干柴湿柴全能烧。倘使不能把火引起来，木柴堆得再多有什么用！

……马银山又在"王子"的木碗里斟满了白酒，随后低沉沉地说：

"我听到了信。有人从更达来了，说契梅姬娜……"

"怎么！她在哪儿？"一提契梅姬娜，"王子"立即急起来。这几个月，他总在时刻惦念着外甥女儿，他甚至于不大相信她是在更达的，"你说给我，她到底在什么场子？还是赶紧把她弄回来吧！我……"

"迟了！"马银山惋惜地说。

"……"邦达却朵震动了一下，静止在一个预备喝酒的动作中，没作声，用慌恐焦虑的目光望着教士，等他说下去。

"她让人给捉住了，让政府给捉住了。就是格桑拉姆，你知道，她现在是宗本，是政府的大'本布'……"

邦达却朵仍然没出声，眼睛里像在冒着火。

"这真是万也没想到的事。"教士的话语显然富有同情心，并且深有谋虑，"依我看来，趁这时候，你就出山吧！你也早该行动了！格桑拉姆虽说做了宗本，住在政府里，那又怎么样？吓唬缺胆子的差不多，没什么厉害的。你的人这么多，又是一个当一个的，还怕会失手？"

"王子"依然没作声，眼睛里仍像在冒着火。

"你想想吧！这时候再不动，你再等到什么时候去。"教士继续指点道，"再说，契梅姬娜让他们逮去了。他们还不定要怎么杀她刮她，把她剁成碎块。你要不赶早去……"

马银山这句话未说完，"王子"邦达却朵已啪的一声把手中的酒碗摔在地上。随即虎地站了起来，以呐喊般的斩钉断铁的语势说：

"出山！"

教士马银山没想到事情竟进行得这样迅速而顺畅，他对自己满意极了。不过，他也没想到，"王子"邦达却朵竟在最后对他作了

那样一项申明,这小小的申明使他大为惊异而措手不及:

"就这样,我立地就差人去送信。"邦达却朵果决地说。

"给谁送信?"教士莫名其妙。

"给她,给格桑拉姆送信。得要把日子告她说。"

这是西藏历来传行的风习:无论是大大小小公开的械斗,主动的一方总要像古代那样事前给对方送一封告知书。而且还要约定开战时刻,甚至于还要交涉相互参观,以了解敌方的阵地和实力。假如谁暗中行事,不宣而战,无论胜负,总是要遭世人鄙弃的,更何况,邦达却朵早已是一个堂堂皇皇的"王子"了呢?

6

情势相当严重。成群的山民终日聚集在政府门前的场子上,而且连房后靠土山的地方也有若干人在守候。他们几乎每人都带有长枪或藏刀。

事情一发生,苏易当即吩咐把呷萨活佛抬进屋,并快马到卫生院去请大夫。随即,他召集了一个紧急会议,对这意外事件进行了初步的分析和检查。并且决定机关日常办公暂时停止,派出一切可能派出的人员,到外边去作解释教育工作。但,人民代表大会却没有因此而受到影响,更没有因此而中止,照程序,该怎样还怎样。

大会今天讨论了关于支援筑路部队的问题。开向前面去的筑路部队已经进入新的工段。那里是险峻的山区,在路未开出不能通车之前,对扎营在雪山的部队首当其冲的最严重的困难就是给养供应。听说他们有时竟因为给养间断而不能不缩食,每天三餐中有两餐是喝稀粥。因之,这就给沿线藏民提出一项急迫的任务:

需要组织浩大的牦牛驮运队前往支援。当然,山民们是十分明白的,明白那些开山架桥的人是为什么和为了谁,正在历尽艰难困苦。所以,只要政府号召一下,他们立刻就会赶出自己的牦牛去参加运输。不过,自然的,现在少不得还要照陈规来行事的。比如说,在更达则需由格桑拉姆开了口才算数。否则,在未得许可之先,差巴们,连同他们的牲畜都是不可以自行出走的。

中午,会议不得不暂且停顿一下了。因为外边人声嘈杂,喊闹不止。甚至有人从山坡上向政府的院子里丢土块。

在门外场子上,工委、宗政府以及各单位的干部正夹挤在带有武器的山民们当中,讲呀! 讲呀! 口干声沙地、不停止地讲呵。农业站站长陈子璜也在这里。平时,因为职务关系,他和当地山民之间切实的接触和实际交往特别多,在山民们心目中已经深刻地留下了诚实、纯良的印象。无论在哪一个山庄,也无论在哪一个牧场,农业站"本布"的话总是说一句当一句的。所以,此刻围在他身边的人特别多,简直挤不动。

陈子璜列举了各方面的客观的论证,来解释这次意外的不幸事件。但,对于山民们正面提出的质询,他却未能作什么具体而有力的说明。"为什么你手下那个赶马车的大个子要向活佛放枪呢?"是啊! 为什么呢? 陈子璜只能重复地说,这件事需要调查。目下什么都说不上,什么都不能肯定。接着,山民们又以担惊的、质询的口吻问到呷萨活佛的伤势。陈子璜回答说:

"不要紧的。子弹从这里擦过去了。"他抬起右臂,指指腋下,"没有伤着骨头,包扎得快,流血也很少。"

"你这话是当真的? 你看过了吗?"山民们乱问道。

"看过了,我看过了! 我什么时候对你们说过一句不靠实的话？"

"那！让我们自己进去瞧瞧吧！"山民们七口八舌喊道，"对！进去！我们要进去瞧瞧才算！走吧！进去，我们进去！"

"可以呀！那你们就进去瞧瞧吧！可是，等等，等一等！"陈子璜随又阻拦道，"这样多人一起拥进去怎么行？里边还在开会，再说，这对病人也不好呵！这样吧！你们大家选出几个人来，让他们进去看，看了出来说给大家听。好不好？"

"行！也行！"山民们同意了。

于是，很自然地，两位德高望重的老者和两个喇嘛，当下被众人推为代表，站出来了。陈子璜反倒觉得代表少了一点，恐怕山民们仍然觉得不足为信，便又和悦地邀请道：

"还有谁？还有谁愿意一道进去？"

"我！"在人群后边，一个响亮的声音答应道。

陈子璜应声望去，他不禁有些暗暗吃惊，以至于有些寒心之感了。这是老斯朗翁堆。

斯朗翁堆早已来了。不知为什么，他总不愿意，或者说，他总是很害怕让"政府里的人"特别是让农业站的人在这里看见他。因此，他一直躲闪在人群背后。可是，对呷萨活佛的安全，他是万分担忧和焦虑的。他很想立刻看个究竟。所以，当陈子璜发出邀请时，他摆脱一切顾忌，应了一声。现在，人们向两边分开，让出一条夹道，老斯朗翁堆迈着稳重的步子向前走来。陈子璜注目留意着他。他发觉，斯朗翁堆没有背着他的长枪，也没有横着他的腰刀——大约，他是山民当中惟一忘记携带武器的人吧！

被推举的五个代表由陈子璜引着走进大门……

没过多一会，他们出来了。由于过度紧张，人们一时没能向代表们发问。可是,五位代表的面部神情已经明明白白地宣布道:呷萨活佛是安然无恙的。

紧跟着代表们,工委书记苏易出现在门口台阶上了。他迅速地自然地向人群各方面望了望。随即双手叉在腰间,稳静如常地微笑着,提高了声音,像迎接蜂拥而至的客人那样说:

"你们来了,老乡们!呵!小朋友们,你们也来了!"苏易上前抱起一个拖着鼻涕的受惊的孩子,"怎么样?孩子们,你们是要来看看呷萨校长的吧?对呀!这很好。要是你们不来的话,不要说校长自己,就连我也要生你们的气呢!可是你们来得不巧呵!呷萨校长正在睡觉呢。要是我们进去一吵,就要把他吵醒了。不过,我告诉你们,校长的伤很快就会好的,卫生院那个戴眼镜的'门巴',你们不是认识吗?他是顶有能耐的'门巴',就是他守着呷萨校长在给他治伤。校长说,等伤一好,还要到你们学校去看看呢!你们就等着吧!……唔!看我,光顾了给小学生们说话。"苏易把抱着的孩子放下,回转来又对山民们说:"你们来得正好!老乡们,格桑拉姆宗本有几句话正要跟大家讲呢!"

苏易说着,望望后边,退了两步,让出台阶上最显著的地位来。仿佛场子上是专门召集的群众大会,而他则是这个大会的主持人。

格桑拉姆宗本站上台阶。

人群中立刻哑然无声,像无风的林木那样齐立不动了。

山民们以不寻常的目光望着女土司。她胸前,飘动着宽宽的一条绸子,因为这绸条鲜红夺目,所以谁都首先注意到它了。离近的人可以看清,绸子上以藏文写着:"人民代表大会主席团"。山民们觉得,站在台阶上的格桑拉姆正显示着某种从未显示过的新的尊严。

"回去吧！都回去吧！"宗本以冷静和蔼的家长的语调说，"你们一天到晚待在这里做什么呢？事情已经是这样了。政府总是要弄清楚的。早晚总要原原本本地告诉你们知道就是了。都回去吧！回去吧！"

对于别的人，或许格桑拉姆的这些话是根本无力的。可是对于更达人，格桑拉姆这短短的几句已经足够了！不需要添加什么了。所以她说完便欲转身走下台阶去。不过，她马上又记起什么，随即回过身来接上说：

"还有。趁众人都在这儿，有件事我要说给你们一声。你们也都看见了，修路的解放军不是都开到前边去了吗？在前边，他们全都住在山上。得要用牦牛往山上送大米。凡是有两条牛以上的家户都回去预备预备。我们更达宗共总要出六百头牦牛，去给军队运粮食。听清楚了没有？"

7

因为格桑拉姆宗本出面说了话，所以山民们逐渐地疏散了。不过，根据许多迹象看来，情势并未因此而稳定、缓和下来。特别是天色一暗，政府各机关、各单位便近乎处于一种备战状态。农业站也是如此：白天，当他们被派到山民们当中去时，谁都是寸铁不带。可是一到黄昏，长短枪便不离人了，并且，在土窑四周布了若干流动哨。

洛珠比所有人显得更其警惕和着忙。虽然人们并不以为这个做过乞丐的衰迈的老头子真能挡什么事，可是他自己却觉得，他既然是农业站的守夜人，在这样紧张的日子里，不用说，应当切实地发挥自己的作用。所以,天刚擦黑,他便开始四处巡游起来。他掌握的武器是用原先那半截藏刀所改铸成的长杆矛子。

在林场,洛珠忽然发觉一个骑者顺小道向农业站而来,他于是喝问道:

"谁?那是谁在往这厢走?"

骑者不应声,尽在向前驱马。借着月光,可以模糊地看到这是一个相当魁梧的汉子,身后斜背了一支带架子的步枪。

"谁?"洛珠更为厉声地喝道,并且抖动了一下矛子,"还走,还走,你还不停住!"

然而骑者已经到了跟前。他坐在马上,随便望了望洛珠,大约看见洛珠身上穿着汉人的黑色棉制服,于是他大模大样反问道:

"你是政府里的人吧?"

"不错,政府里的人。你做什么?"

"那好,我这里有封信,你拿去!交给你们顶大的'本布'。我本该要亲自去交给他的,可是天晚了,我还得快些赶回去呢!"骑马人一面在怀里抓摸,一面傲气十足地补充说,"我先告诉你吧!我们要跟你们打仗了!我们'王子'差我来送信。本来'圣主'讲,可以不来送信给你们的,可'王子'还是差我来送了。偷着放枪,我们'王子'可不是那样的人。"

守夜人听了来者的话,一时没有摸着头脑,不过,还是伸手接住了从马上递下来的信。但,当他凑近去,正面注意到骑者的年轻的面孔时,他突如其来地惊叫了一声,长杆矛子从手中掉脱到地上,他并且不禁倒退了两步,随后才以临时变得沙哑了的声音喊道:

"郎加!郎加……"

骑者完全被怔住了，僵硬地挺坐在马背上。

"郎加！郎加！"守夜人顽强地唤着，"郎加！儿子，你不愿意认我了吗？"

那青年汉子急于翻身下马，但他忘记把靴子脱出镫圈，于是栽倒在地上了。老洛珠抢上去把他抱起。

"站起来，站好！儿子！我看看你，让我过细看看你！"

父亲以他抖动的手死死地抓住儿子的双臂，仿佛稍一放松他便会立刻逃走的。儿子站着，不知所云，不知所措。只是痴痴地注视着父亲，注视他那苍老多皱的、过度激奋的脸。

"你怎么连一声阿爸都不知道喊呢？喊呀！你喊呀！"

"阿爸！"郎加憨里憨气地叫道。

"对！这就对了！"两颗泪珠从守夜人的脸上跌落下去。

"阿爸！你是？"

"唔！我知道，"父亲打断了儿子的话，"你是想问我这两年是怎么活着走过来的，是不？你先讲吧！你这两年是怎么活着走过来的？还有，你如今在哪儿？做什么？你说吧！全都说给我听……不！先不忙，这有工夫说的。走！我们先回去。"

"回去？"儿子问，"回哪儿去？"

"回家呀！现在，我们有家！"洛珠已经是七十多岁的人了。他差不多什么都做过，做过兵士，做过喇嘛，也跟生意人做过牵骆驼的。他什么样的"路子"也试着走过。他跑遍了前藏后藏，也到过印度。可是他从来没有家，从来什么都没有过。所以，提到"家"，他的声音、语气便格外地郑重起来，"听我说，郎加！不要奇怪，现在我们是有家的，该有的我们什么都有！走吧！回家去！"

回去，回家去，跟着父亲回自己的家里去，对郎加该是多么动心的事呵！然而，他却依旧呆在那儿不动，仿佛不曾听见似的。不！他听见了，但他在想：应当回去，回山里去。要不，打完了仗，"王子"找见我要怎么处置我呢！

"走啊！你愣着做什么！"父亲催促着，"回去，先到站长那儿去一去，我领你去见见站长'本布'！"

不提则已，提到站长"本布"，一句话震惊了郎加。呀！原来他已经走到这个地方了！几个月之前，就在这林子里，为了"抢福"，他曾举刀砍刺过那个站长"本布"，结果被捉住了，但，他逃走了。既然从他这儿逃走，怎么能再让他看见呢！第二次落到他手里，可就绝不比第一次了呵！

"嗯……不！以后再说吧！"郎加含糊不清地说，"我，我得走呢！"

"走？胡说什么！你往哪儿走呢？回家！回家去！"

洛珠训斥着，并且拉住了马缰。正在这时，从农业站那边走来几个持有武器的人，郎加看见，为首的正是陈子璜，正是他呀！于是，他以敏捷而突然的动作抓住马鬃跳上了马背。

"做什么？郎加！"父亲用力拉住缰绳，"你要做什么去？"

儿子没有回答，代替回答的是以几乎听不见的急促的声音叫了一声阿爸。随即，他拨转马头，双腿用力在马肚上一夹……

洛珠没有松开缰绳。然而，他的微不足道的力气怎么能扭住跃起而去的马呢？于是，他被拖带了几步便侧身栽倒了。

摔倒在地上，洛珠没有即刻起来。他用力辨别这是不是在梦中。不！不是梦。他清醒了。他忽然记起刚才儿子说的话："我先告诉你吧！我们要跟你们打仗了！我们'王子'差我来送信的。"洛珠像受伤的猛兽一样叫了一声，他抢起拳头向自己当胸一捶，随即

324

顺手抓起那根长杆矛子,骨碌一下立了起来。

"停下!停下!"父亲咆哮道,"你停下!狗崽子!你停下!"

马,驮着它的魁梧的骑者,尽自顺着林间小道奔去。洛珠跌跌撞撞在背后追赶着。当他意识到追赶不上时,他止住步,拿稳姿态,把手中的矛子作为镖枪平着向前掷去。然而,儿子早已隐没在林间了,他的愤怒的镖枪嘭的一声插入前方的一株树干上。

8

洛珠把他的"逆子"送来的书信交到陈子璜手中。陈子璜未敢停留,连忙又把它送到工委来了。然而,它却并没有引起工委书记什么特别的兴趣。他接过来粗粗看了一遍,顺手往桌上一丢,回过头来问起另外的事:

"进行得怎么样?有点头绪了吗?"

"什么?啊!你是说她呀!"陈子璜应声道,"还没有什么可靠线索。不大好找啊!你知道,她又不是本乡本土的人,先前,她是随着一帮卖唱的人到此地来的。当时我们想……"

"好了,好了!她怎么来,我们怎么想,这以后再仔细检查,总之这责任是在我们肩膀上,别人顶替不了。现在,最重要的就是要赶紧找到她!"

"是在找!"陈子璜晦气地说,"今天下午,我们又增派了两个人去帮助公安局了。"

"对!要找,还得很起劲地去找。目前说来,这件事是举足轻重的。找得到,我们就可以很快转为主动;找不到,只有让敌人扯着我们耳朵,再扯一阵。"工委书记讲解道。忽然,一个轻蔑的微笑在他脸上闪现出来,他回手拿起桌上的那份"战书",用食指弹了一下说,"至于这个,对不起! 他们送来得似乎晚了一点!"

当农业站派往牧场去的工作队受到意外袭击之后,有关部门便对这事进行了多次暗中侦察,也对于受着险山恶水和"圣主"所维护的邦达却朵"王子"进行过必要的了解。但,由于部队都在执行着更为紧要的任务——筑路,因此没来得及进山去"照顾"他们一下。现在,根据各种新的情报,采取适当行动已是迫不及待的了!

将近五百匹战马的一支骑兵,从分散的工区被调集起来了。可能有人会觉得这未免有些过于铺张。应付散漫的山匪,何需三倍于其兵力呢? 不! 我们万分轻视敌人,不过在行动时,总是把一只猫也当做老虎来打的。这支受遣而来的骑兵就在当晚赶到了更达。请注意,这里说到"赶"! 并不是随便说的。这就是说,从出发地到目的地,他们所费时间之短和里程之长极不相称,甚至令人难以相信的。因之,到达之后已是真正地人困马乏了。如果允许,骑兵们伏在马脖子上立时便可以睡去的。但,情况只允许他们在这里停留四十分钟,而且,在这一小段时间里,人要吃饭,马得喂料,还要完成一切不可忽略的准备事宜。

四十分钟后,部队分为三路出发了。左右两翼是担任迂回任务的。摆在他们面前的途程,不仅漫长,而且艰难。他们必须连续翻越几架几乎没有道路的陡峭高耸的雪山,必须连续涉过几道淌着流冰的急湍的山水。但,全部行军过程又必须在夜间结束,明日拂晓,要和正面部队同时进入指定防地。总之,要在邦达却朵"王子"和他的勇猛的骑士们出征之前,出其不意地从四面八方向他们发出劝降的信号。如果需要的话,也向他们发射出密集的无情的枪弹,在他们之中挥起闪光的无情的马刀……

从正面进发的一路部队是顺山谷而去的,照理说,路要好走些。可是,为了严守秘密,他们不得不设法避过沿途的村庄和牛棚。幸好他们有一位对任何小道都了若指掌的向导,不然,可就要大费周折了。

向导是一个山民女子。她走在队前,战士们不能看见她的脸孔。只见她挺腰坐在马上,双肩随着战马的小跑动作而微微耸动着。她头上戴了一顶黑羊毛皮军帽——这是战士们给她的,夜风很凶呢——所以俨然像一个骑兵。

队尾,在驮弹药的牲口背上,坐着一个高大的年轻人,这是农业站机耕队助手叶海。本来,站长说他是夜盲,无论如何不许他来的。可是他说今晚有月亮,地下又有大雪反照,完全不妨事的。为了表明什么都能看清,他还把一枚铜扣子扔出几步开外,然后又去找回。结果只好准许他了。可是现在,月亮故意捣乱,钻到云里去了。于是叶海开始狼狈起来,呆头呆脑坐在驮子上,只能隐隐忽忽看见,或者是感觉到他的马是跟随着前边的马在走。尽管如此,部队能有那样一位得力的女向导,却不能不归功于叶海。原由是这样的:

部队既分三路进军,更必得有若干本地工作人员或藏民随队前往。一则是带路,二则在需要时可以充任"通司"。不消说,各单位的干部,特别是来自军队的人,对于这样的"旅行"是争先恐后的。然而,要讲对道路和地势熟悉,谁也不如放牧员秋枝。她跟父亲到山里挖过药材,而且又曾被掳去过一次。但,秋枝在她自己家里,骑兵开到更达来,她根本不知道。于是叶海决定去叫她。

从门缝看,里边明明是亮着灯。可是叶海一敲门,灯立刻就熄了。而且，不管他怎么喊，里边也没人应声，好像斯朗翁堆一家早已熟睡了，并且睡得很死。现在说来，叶海基本上已经可以算是这家庭中的一员了，为什么竟然会遭到如此绝情的对待呢？

老斯朗翁堆亲自探望了活佛的伤势，（真的，他很快便会好的！）并且亲自听过了格桑拉姆宗本讲的话。但这险恶的事件所引起的疑惑与气愤，在他也并未根本消除——不管怎么样，枪是一个汉人放的呀！然而从另一方面说，他又很懊恼，今天不该在政府门前抛头露面，还让农业站"本布"也看见了自己。一种暗暗忏悔的感情时时撞击着他，痛痛地撞击着他——他们全都是心眼好得不能再好的人哪！他们替更达人做了多少事！可是更达人却带着枪，带着刀，围住政府的院墙……他的思想混乱了，无根无着地混乱了。他不知道自己对待这事应该怎样想，应该怎样做。因此，他决定关门闭户，既不再外出，也不再待客。一家人要像脱离尘世似地守在屋里，任什么也不问，任什么也不管。是呵！事情既然随着它自己的意思爆发了，那么，还是让它随着自己的意思去平息吧！

叫不开门，叶海并未气恼。不过，他确实十分着急了，部队已经开动，小路上一匹马接一匹马在往前去。于是，他慌忙绕到房背后。在那里，他靠着院墙轻轻打起口哨来。

这口哨立刻就惊动了坐在灶火边沉沉欲睡的秋枝——叶海在地里，特别是在开"狮子"的时候，总是这样打口哨的——接着，秋枝站起来，到角落里抱了一些干草，便闪出门去。这表明她要去喂小牛了。然而出了门，她就站在屋顶上把干草往牛栏里一丢，随即像一只机灵的猫那样，身子一转便无声无响迎着口哨跑去了。她爬到屋后墙头上，居高临下地望了望，虽然她并没有立刻望到人，但她已经用压低了的仿佛很生气的语调说道：

"讨嫌鬼！来做什么！你来做什么！"

"秋枝！"叶海从月暗处站出来，高高仰起脸，紧张地说，"怎么死蹲在屋里头！你不知道吧？部队来了，我们部队来了。骑兵！"他着重地说到骑兵两个字。

"真的？在哪儿？我怎么一点也没听说。"

"来了！又走了！要去打土匪。就是去打他们，你忘了？他们把你捉到山里去的。"

"走了吗？"秋枝忘了压低声音，"是已经走了吗？"

"轻点！走了，不过还没走远。秋枝！你愿意去不？领路，给骑兵领路。"

"要我吗？"秋枝着急地问。

"怎么不要！这不是！我不来喊你了吗！"

"你等等，我去告阿妈说一声。"秋枝就要返去。

"嘘！"叶海阻止道，"别作声！她一准不许你去。"

"那怎么办？就跟你走吗？"

"是呵！跟我走。下来吧！你下来吧！"

"好吧！那，你站过来，近点！靠着墙。"

叶海靠墙直立，拿稳了架势。秋枝反转身，双手扒住墙头，垂下腿来，踩着叶海肩膀下来了。当秋枝跟叶海跑到那棵大树跟前去时，发觉那里只拴了一匹马。糟了！他慌里慌张忘记了给秋枝预备一匹马。

"不怕！部队有驮东西的马。快吧！只要赶上去就行了！"

叶海说着，在马脖子上轻轻拍打了几下，那马乖乖地卧倒了。他先自骑到皮鞍上，接着，指定秋枝坐在他身后。秋枝束了束围裙，把拖在背后的长长的发辫紧紧盘在头上，然后坐了上去。

"搂住我的腰,小心,搂好了!"

叶海把嚼口顺势一抖,那匹有训练的军马便平地跃了起来,向着部队前进的方向飞奔而去……

尾　声

1

大约是初秋——西藏高原的四季确实不太分明——山岭上已经积了很厚很厚的雪……然而,山下却是真正的秋天。

年前下种的冬麦和年后下种的春小麦同时成熟了。坝子里,一望无边,到处是黄澄澄的。宛如落到地下来的金色的云霞。

虽然暂时还没有"康拜因",但收割的情形已使山民们惊叹不已了。几架摇臂机一字儿排开,像旋风似的哗啦啦啦扫过去,眼瞅着麦田里便留出宽宽的一条空地来。更达的姑娘们(这是一支自动组织起来的突击队)跟在摇臂机后边,应接不暇地打着麦捆子……

照收割速度看来,应当有几部载重卡车往返于大田和打麦场之间。可是只有马车。陈子璜总是嚷叫着,嫌太慢,他甚至把一个不敢开跑的马车队员拉下来,自己上去驾牲口了。当他驾着第三趟空车顺路向田间奔去时,遇见了苏易。

"苏书记,是要到我们地里来看看吧?"陈子璜收住了马。

"为什么是看看呢? 不是看。"苏易愉快地回答,"我是想试一试马拉收割机,行吗? 你知道,我不外行,去年我驾过马拉播种机的呀!"

"行！太好了！上来吧！"

陈子璜抖动了一下套绳，两匹军马继续小跑起来。

"另外还有一件事，顺便告诉你。"苏易在车板上坐稳后说，"大概你也听到一些风声。我们研究过几次，确定了！要你到内地去学习。"

这事，陈子璜是听见过一些传言，但他认为那只是传言而已。现在工委书记下了正式通知，他不得不相信了。然而，他像听到一个意外的不幸的消息，一阵没有回出话。过后，他平白无故向前边的马抽了一鞭子，闷声怨气地说：

"怎么？觉得我调皮不是？"

陈子璜不知从哪里得来这么一种印象：凡是调皮捣蛋难以领导的干部，才会被送去学习。

"哪里。调皮这种本领，恐怕有专人教你你也学不会。"

"不用说……我自己也明白，我不行！我不称职。"

"正相反！因为你称职，所以才要你去学习。"工委书记从容地说，"当然，这也用不着瞒哄我们自己。和职务相比，你是有些不很够的地方。不！很不够！你很不够！你已经不是一个技术推广站的站长了。你已是规模颇大的'启明星'农场的场长呵！"

陈子璜不作声，眼睛直直望着前方，仿佛只顾看路而没顾听什么。

"前几天，我看了你们的'十年建场计划书'。这，你比我还要熟悉。耕地面积那么大，要种植的作物又那么多，还有果木林、茶林，还有畜牧场、机械所、副产品加工厂，而且还包括水电站……所有这些，都是跟着就要去着手呢！不是光写成计划书送交上去就完事。当然，上边会派给我们各种人才。可是，子璜同志！什么事你都得要问哪！什么事都得要经过场长室呢！"

"那！可怎么学呢？"陈子璜忽然转过脸来，打断了苏易的话，"要我怎么个学法呢？我……"

"怎么学，你到省里再研究。总之，不会让你去上什么学校，那样什么都赶不及。我想，应当把你安插在一个老一点的国营农场里，担负些实际工作：秘书、科长，或是别的什么。摸一个时期就可以回来了。你说呢？"

陈子璜刚才那种无名的怨气很快消失了。他开始不安起来。无疑，工委的决定是正确的，适时的。他必须去学，需要去拼命地学。可是，天老爷呀！需要学的东西有多少呵！够多难呵！谁晓得我能学成什么样子呢？最后，他带着一半恐惧一半着急的口吻问道：

"什么时候走？"

"你自己看吧！越快越好。自治州政府有几个干部要到北京去，你可以搭他们的车，明天动身。"

"明天？"

"怎么？有问题？"

"不！问题是没有。我是说……你看，里里外外都正忙得抽不开手。最好能过这一阵子……当然，要是明天有车，那就明天吧！"

"噢！我懂！我懂得！"苏易省悟道，"你是有些舍不得离开。我知道，对于一个种地的人来说，一年到头最痛快最畅心的要算是收割、打场……是不是？"

陈子璜无言地笑了笑。

"好在这样的日子往后还长着呢！"苏易接上说，"好吧！就这样决定了。你准备一下，明天走！"

2

陈子璜对场里的各项事务都作了交代、安排。但在动身前,他总觉得还有必要到田里去巡视一下,看看田间工作怎么样。同时,他不能不向正在收割的田野道别便离去。

穿过森林时,忽然见松树背后站出一个人来,把夹道一般的林中小路完全挡住了。陈子璜被吓了一跳,不禁有些悚然之感——一年之前,就在这个地方,也就是这个西藏人,冷不防从树后跃出,并不答话,只见一尺多长的、明光发亮的腰刀抽了出来,整个从铁鞘里抽出来了啊……不过,陈子璜在片刻间便从惊愕中清醒了。出现在他面前的已不是那个瘦削、肮脏而且凶恶的汉子,已不是那个赤脚光腿、穿着破烂的人;这是一个体格健壮、穿戴整洁而且年轻英俊的西藏人,这是农场生产队的队员郎加。

郎加是怎样到农场来的呢?这不能不重又提起那年冬天的那一场平地而起的"风暴"。

……郎加怀着无可言喻的隐痛,把年老的父亲甩开,随即纵马奔走,连夜赶回山里去。

第二天一早,邦达却朵的骑士们一个个精神抖擞,披挂齐备,在场子上聚集起来,准备出山远征。将要到哪里去,将要跟什么人开战,骑士们不大清楚,他们也不大理会这些事。在他们头脑中只有一种简单的公式:拼杀,不知死活地拼杀,随后便是以战胜者的权利心安理得地去劫掠自己所需要的一切——吃食、财物、银钱、女人……但是,当他们整装待发的时候,忽然发现四周的山地都已有围军。并且,邦达却朵随即接到由一个牧羊人带来的劝降信。

信上说,要他立即停止任何武力行动,至于后事可以面对面谈判解决。"王子"看都没有把这封信看完,便撕得粉碎,随手拔出盒子枪,向空中打了一枪。于是,他的骑士们一个个奋勇当先,嚎叫着向山口冲去。不消说,在早已布置好的、密集的火力下,他们倒下了,前边的栽倒,后边的又奔上来,又栽倒了……特别是不曾领教过的山炮、迫击炮,使"王子"完全被震惊,被慑服了——这是一种什么样的东西啊!为什么能同时射中许多人呢?他看着他的勇士们的一片片尸体,不得不重新盘算一下。终于,他写了个字条,叫人用弓箭射到对方阵地上去。

谈判在两方之间的一块草地上进行。

部队派出两个精通藏语的干部作为谈判代表,当他们俩向草地走去时,忽然从对方的人群中传来一声刺耳的、难听的惨叫。他们不禁为之一惊,出了什么事呢?

原来,坐在"王子"跟前的教士马银山见部队的两位使者向草地走来,他偷偷地从袈裟(现在他是西藏喇嘛的装扮)下面掏出了手枪。这情形谁也没留意到,但立在他身后的郎加却看见了。郎加觉得这是万不可容忍的,既约定要面对面讲话,怎么能偷着向人家开枪?另一方面,此时郎加看见"政府的人"已有某种亲近之感了,因为他父亲洛珠也已经是"政府的人"了呀!所以,郎加没有来得及再作什么计较,眼明手快,抽出腰刀便向教士的手腕上砍去。教士马银山惨叫一声栽倒下去,他的握着枪柄的手从腕上断下来,血染污了嫩青的草地……

这件惊险的奇闻,很快便在部队、在更达传开来了,直到今天,人们只要提起生产队队员郎加,总不免还要以赞叹不已的口吻讲述这件事。

"郎加！是你呀！在这儿做什么呢?"场长陈子璜带着回忆微微一笑,迎了上去。

郎加不言语,憨里憨气地,但显然是情感冲动地望着陈子璜。

"你是在等谁吧?"陈子璜又问。

"有人说你要走了!"郎加忽然说。

"是呵!"

"当真的?"

"真的。要走了!"

仿佛有谁推了郎加一下。他向后紧紧靠到树身上去。陈子璜发现,这青年人的眼眶里已经湿晶晶的了。

"怎么了? 怎么了?"陈子璜笑着说,"你看你,像什么话。一个生产队队员,这么大的个子,好好地就掉起眼泪来了!"

他这么一说,郎加的泪真的从脸上掉了下来。

"你为什么要走呵?"郎加怨道,"不要走吧! 你怎么想起来要走呢?"

"哪里是我想走,非走不可呀!"陈子璜感叹说,重重地在郎加肩头上拍了一巴掌,"好了! 用不着这样。我又不是去死。我还回来的呀!"

"还回来?"郎加惊问道。

"是呵!"

"当真的? 我当是你一走就不再回来了呢!"

"我能到哪儿去! 当然要回来。"

郎加没有再说什么。他的噙满泪水的眼闪着光,重新望了望陈子璜,随后,弯腰从地上拾起他的扁担,匆匆跑去了。他跑了一段,又扭回身来,放声喊叫道:

"场长！我要挑麦子去,不能送你了呵!"

出了树林,陈子璜在麦田里兜了一遭,随后便打算到自治州政府门前去上车。可是,他忽然从远处发现有人在实验地里搬动什么。看清楚了,他不禁吃了一惊,于是立刻折转来,慌里慌张向那里赶去。

十多个山民正在奔忙着,把玛尼堆上的经石一块一块搬出大田,送到靠山根的空场上。在那里又垒起一个新的玛尼堆来。一群放了秋假的小学生也在兴高采烈地帮着搬运……仿佛有一条船在这里靠岸卸货了。

陈子璜走近去,见搬运者当中没有农场的人,这才比较放心了。但他依然以阻拦的口气打问道:

"怎么回事? 你们这是做什么?"

"移一移! 把玛尼堆移个地方。"一个山民回答说。

"行吗? 玛尼堆能随便移动吗?"陈子璜疑惑地说。

"能! 这怎么不能!"一个老年人直起腰来,"只是换一换地方。在这里在那里横竖没有什么两样。你知道吧,神,和人是一样的心境,他也不乐意总待在一个地方不动。"他说着又弯下腰去。当他双手搬起一块刻满了字的青石时,口中便开始含糊不清地重复地诵念着一句什么经文。

这时,斯朗翁堆搬送转来,看见陈子璜便近前来说:

"场长,你来了。我正想找你去呢!"

"什么事呵?"

"听说,你们农场种的地,全都画得有图。是不是?"

"是,是都画得有图。"

"这个玛尼堆图上画得可有？"

"有！图上画了玛尼堆的。"

"那就快把图拿来改一改吧！你看！"斯朗翁堆向山根指指，"玛尼堆在那里，不在这儿了。往后，'狮子'开到这地方，再也不消绕圈圈打回头了。是呵！总绕圈怎么行呢！又费油，又费工夫。"

陈子璜想说什么，被阻止了。斯朗翁堆接上道：

"还有，我这么想，可不知行不行，我说给你，不行就算了。我想，请农场把河湾里我那两块地也画到图里去，要犁，要耙，要种，直直地一趟开过去就是了。要不，'狮子'到了我的地边上还是得绕弯，播种机、收割机到了我的地边上也得绕弯……"

"太好了！我们怎么谢谢你呢，斯朗翁堆。没说的！我们在别处开一块顶好的地来跟你换！"陈子璜异常兴奋。农场曾经考虑过给斯朗翁堆交换这块地的。

"看你说的是什么话！不！我可不是要跟你换地。"

"那！你打算……"陈子璜问道。

"我这样寻思，可不知行不行，不行就算了。我想，坐下，我们坐下慢慢说吧。"陈子璜随着坐到地上。老头子显然已有准备，继续道："你知道，这快有整整一年了，秋枝在农场里做放牧员，差不多也就是农场的人了！我看，把我这一家子都算成农场的人吧！不错，我是不很年轻了，可是，除了开'狮子'以外，要讲起地里的活，我比他们青年人可差不到哪里去……我早就私下里这么胡想。说真的！你看能行不？"斯朗翁堆一气说完，然后像个孩子似的歪着头，急切地等待着答复。

陈子璜还没有来得及回答，围在身旁的另外几个山民也接二连三插起嘴来。这几个山民，陈子璜是熟识的。去年冬麦下种时，他们曾经轻而易举地扩展过自己的地面——在农业站的已耕田里挖沟摆石头。

"只要农场愿意,这倒很方便。"一个山民说,"只消把斯朗翁堆地界上的石头搬开,把沟填平就行了!"

"是呵!很方便。"另一个接上说,"只消把沟一填,把石头一搬,就连成一片了。要犁,要耙,要种,直直地一趟开过去就行了!"

"能行不?场长!"斯朗翁堆问。

"行!"由于极度高兴,陈子璜想都没想,脱口便应许下来了。会有什么不行的呢?当然行。

这就是说,斯朗翁堆将作为农场的成员被吸收了。当陈子璜意识到这一点时,立刻感到事情是十分复杂的,甚至于是严重的。想想看!这可不同于上边派到农场里来的干部,也不同于转业复员的军人哪!陈子璜对这样的事还不曾作过认真的考虑,不经请示和研究,他个人当然不能随意作什么答复。他只好推说等商量商量明天再讲,可是,他马上就得上车走了。怎么办呢?他决定把这件迫不及待的工作交代给农业技术员雷文竹——不管什么样的事,只要托付给雷文竹,那你就尽管放心好了——于是,陈子璜回头对正在忙于搬送经石的小学生们说:

"喂!孩子们!你们谁愿意帮帮我的忙。到那边去找找雷文竹叔叔。"

"我去我去!"一个女孩子抢先应声站过来。

"好!小札茜,跑着去,叫雷文竹叔叔到这儿来一趟。就说我找他有事。快!跑吧!"

"嗳!"小札茜应道。习惯地眨动了一下她那长长的向上弯曲的睫毛,随即回过身,一阵风地顺着田间大道跑去,像面小旗子似的红领巾在她肩后一飘一闪。

3

雷文竹在河湾进行田间选种。他一面寻找最出色的麦穗切下来,一面愉悦地想道,如果哪里举办农业生产展览会,这些麦穗尽可以放心大胆去参加展览呢!

畜牧师倪慧聪沿着河岸小道走来,看见雷文竹在地里切麦穗,便远远招呼道:

"雷文竹同志! 忙啊! 在做什么? 采集标本吗?"

"噢! 倪慧聪,你好啊!"雷文竹迎过来和畜牧师握手,"哪里是采集什么标本,离标本还远着呢! 我在选种。我们这一行就是这样,第一年的还没有收下来,就得忙着对付第二年的了!"

"测产了没有? 测过了,怎么样? 告我说,怎么样?"倪慧聪急切地问。

"一般说,还不错。每亩地总在五百斤至八百斤当中。比较出众一点的怕要算这种黑麦了!"雷文竹谦逊而骄傲地说,晃了晃手中的一束黑麦穗,"别克多斯克亚种,每亩总在一千斤以上。"

倪慧聪拿过来那束麦穗。好沉哪! 沉甸甸的。她重新握了握农业技术员的手。

"你刚从牧场回来?"雷文竹转问,"怎么样? 你那些小羊好吧?"

"好! 很好! 我替它们谢谢你的问候。"倪慧聪笑了,"唔! 几乎忘了,路上遇见了邮递员,我把我们农场的信件捎来了,还有你一封呢!"

雷文竹接过去，一看信封便兴奋起来：

"你知道这是谁给我的信？柳雨人教授！"他以略微激动的动作拆开了信，并凑近畜牧师，显然是邀她一同来看的。第一页，是对回信迟慢的解释，雷文竹眼一扫翻过去。第二页纸上，教授开始写道：

"……小茶树枯死，这对我是一个噩耗。不过，我想你不至于竟因此而失去信心。自然，更重要的还不只在于信心，你应当尽力去查究其中原因。它既已发了芽，出了土，为什么竟很快枯死了呢？注意！在查究时要下苦心，不可忽略任何细节。

寄来的'七年轮作制'草稿已阅。虽然你的说明很详细，毕竟我对西藏高原知道得太少，所以很难提出多少有用的意见，容考虑后再复。我基本上是同意的。"

显而易见，这简单的答复已使雷文竹相当满足了。他是怀着甜蜜和惶恐的心情把那份草稿寄给教授的。像初学写作者把第一篇习作投寄给刊物编辑部那样，时刻盼望着热烈的赞扬，也时刻等待着无情的贬责。而结果："我基本上同意。"够了！这就是说，至少没有什么大的偏差。雷文竹如释重负地轻轻舒了一口气，接着看下去：

"你每次来信都提及希望我去。其实，我何尝不这样想呢！有时我甚至希望会忽然任命我到'启明星'农场去担任一件什么工作，即使是临时性的也好。但想来这是困难的。不过，最近有一个很好的机会。要组织科学考察团到西藏去。地质、农业等方面都有人参加，我正在努力争取。

你们在那里已经待久，也许不再处于新鲜的感觉中了。

可是我们这里，只要提起西藏，师生们都是异常向往的。的确
如此！或者你会觉得，你周围各方面都并没有什么特别，每个
人都有自己的事，都在平平凡凡地做工作。甚至，从某些工作
范围来看是微不足道的，是不能和内地相比较的。但你要了
解，那些平平凡凡的工作引起了怎样不平凡的结果呀！在我
的观念中，整个西藏高原似乎是一个被晨钟惊醒了的巨人。
他一醒来便跃身而起，奋力向前赶来，那无形的强有力的步
伐，一下子便跨越了几个世纪的门槛。

　　最后，我想对你个人的事谈一点感想。按说，我不便对这
方面发表意见的。不过你既在来信中告诉了我……"

读到这里，雷文竹连忙把信纸折住了。倪慧聪本来是偏着头
站在一旁的，这一下也突然觉悟了，怎么看人家私人的信呢？于是
她随口道了一声再见，便转身走了。

畜牧师走出去好远了，忽然雷文竹又在后边叫起来：

"倪慧聪！倪慧聪同志！你站站！"

畜牧师回转身，停下了。雷文竹赶上来。

"有事吗？"倪慧聪问。

"没事。我是说……我们一路走吧！我也该回去了——不！
我是说，你把它看完吧！"雷文竹口舌不灵地说，并以试探的动作把
那封信给倪慧聪。

倪慧聪没有伸手接信，直用困惑的眼睛望着农业技术员。

"看吧！看完吧！"雷文竹的态度坚决起来，顽强地要求道，"我
请你看完它。"

倪慧聪迟疑地接过信，随即便埋下头去看：

　　"……你既在来信中告诉了我，我当然就不能沉默。虽然

我并不了解你们的女畜牧师同志,也不知道你在她心目中究竟占着怎样一种地位。但我明显地感觉到,在你这方面是过于畏缩了些。你总是阻拦自己。怕什么?尽管从正面去开始好了。也许会很困难,可是你应当有充分的自信,你应当相信你能征服她……"

倪慧聪读着,再也没有抬起头来,仿佛这封信是读不完的。并且,她把身子背了过去。

在沉默无言的当儿,雷文竹靠近女畜牧师,他陡然地用双手捧起她的面颊,吻她。

倪慧聪起先仿佛并未弄清发生了什么事。直待雷文竹放手后,她才连连倒退两步,现出一副好像随时准备格斗的警惕的姿态。她的脸红得像一团火。

"干什么呀!你干什么呀你!"

说毕,她扭身就走,仿佛是带着非同小可的恼怒走了。

雷文竹僵立在原地,好大一阵子。他觉得旁边有人在望着他,于是连忙向四周环视了一下。比人要高的别克多斯克亚遮挡着,不会有谁看见的。但他总觉得有人发现了,心跳着,跳得通通的。为什么竟会这样呢?他自己也不曾料想到过。想必是他把积蓄了一年之久的勇气一下子使用出来了。无论怎样吧!总之是糟了!彻底地糟了!她会怎样想呢?粗野!无聊!讨厌!以后怎样再跟她见面呢?怎样再跟她说话呢!简直不能想象呀!雷文竹懊恼万分,他完全不知所措了。

农业技术员好容易才从腾空一般的昏眩中觉醒过来。理智告诉他,现在根本还不到回去的时间,连第一筐还没有采满呢!于是,他担起条筐,重新回到地里去,他继续工作起来。但过了一会,他忽然发觉自己并未按照严格要求去挑选,而是挨着把大大小小的麦穗一股脑儿都采到筐子里了。他无可奈何地对前额拍了几下,并且决定到冰冷的河水里浸一浸头,好使自己真正地镇定和清醒起来。

到河边,雷文竹把帽子扔在地上,俯身把脑袋浸进水里去。……

扑通一声在附近溅响,谁往河里抛了块石头。雷文竹站起身,是女学生札茜站在背后。

"你在这儿做什么呀?雷文竹叔叔!"

"我……你没看,洗头呢!"雷文竹说着,不由得打了一个寒战——河水是刺骨的。水珠从头发上向四外溅出,并且顺脖颈往下淌,引得札茜格格笑了起来。

"我当你是钻到水里找什么东西呢!"札茜说,"快去吧!雷文竹叔叔,场长叫我来找你呢!"

"场长找我?他在哪儿?"雷文竹问,一边用衣襟揉擦头发。

"在玛尼堆那里。走吧!场长叔叔说叫你快去!"

雷文竹牵了札茜的手随她去。当他们顺小道穿过无边的麦田时,听见有什么鸟在头上叫,叫得不大好听。雁,是大雁!

雁群飞得很低很低,并且已经不保持队形了。这就是说,它们想要着陆了。但它们并没有落地。来来去去像鹰一样尽在盘旋。

札茜高兴得跳起脚来。雷文竹也显然被这情景吸引了——他是很乐于看见大雁的。他甚至在一时间把什么都忘掉了。他高仰着头,一只手遮挡着阳光,视线紧紧跟随住低空的雁群,满筐子麦穗快要在他手中倾翻了。

"你看哪!雷文竹叔叔,大雁怎么不落下来,总是在天上转呀转的?"札茜扯着雷文竹的衣袖问,"它们是看见地里人多,害怕吧?"

"不是害怕。不是! 它们不害怕人的。"雷文竹激情而认真地解释,"它们是不认识这个地方了。你知道吧,札茜,去年秋天,这些大雁在这里住过很久的。可是,那时候这坝子上、这河湾里是什么样儿呵! 现在这坝子、这河湾又是什么样儿呵! 它们怎么能认出来呢? 它们没有认清楚地方,就不好冒冒失失落下来……"

"真的? 真是这样的吗?"札茜惊奇地问。原来大雁像人一样懂事呢!

"真的! 就是这样。你喊吧! 小札茜,喊它们,请它们落下来!"雷文竹说着,把札茜高高地举在自己肩上。

小札茜当真招着手放声地向空中喊叫起来:

"大雁,请落下来! 落下来吧!"

1956 年 4 月,于京。

"新中国70年70部长篇小说典藏"书目

书 名	作 者		书 名	作 者
风云初记	孙 犁		白鹿原	陈忠实
铁道游击队	知 侠		长恨歌	王安忆
保卫延安	杜鹏程		马桥词典	韩少功
三里湾	赵树理		抉 择	张 平
红 日	吴 强		草房子	曹文轩
红旗谱	梁 斌		中国制造	周梅森
我们播种爱情	徐怀中		尘埃落定	阿 来
山乡巨变	周立波		突出重围	柳建伟
林海雪原	曲 波		李自成	姚雪垠
青春之歌	杨 沫		历史的天空	徐贵祥
苦菜花	冯德英		亮 剑	都 梁
野火春风斗古城	李英儒		茶人三部曲	王旭烽
上海的早晨	周而复		东藏记	宗 璞
三家巷	欧阳山		雍正皇帝	二月河
创业史	柳 青		日出东方	黄亚洲
红 岩	罗广斌 杨益言		省委书记	陆天明
艳阳天	浩 然		水乳大地	范 稳
大刀记	郭澄清		狼图腾	姜 戎
万山红遍	黎汝清		秦 腔	贾平四
东 方	魏 巍		额尔古纳河右岸	迟子建
青春万岁	王 蒙		藏 獒	杨志军
许茂和他的女儿们	周克芹		暗 算	麦 家
冬天里的春天	李国文		笨 花	铁 凝
沉重的翅膀	张 洁		我的丁一之旅	史铁生
黄河东流去	李 準		我是我的神	邓一光
蹉跎岁月	叶 辛		三 体	刘慈欣
新 星	柯云路		推 拿	毕飞宇
钟鼓楼	刘心武		湖光山色	周大新
平凡的世界	路 遥		大江东去	阿 耐
第二个太阳	刘白羽		天行者	刘醒龙
红高粱家族	莫 言		焦裕禄	何香久
雪 城	梁晓声		生命册	李佩甫
浴血罗霄	萧 克		繁 花	金宇澄
穆斯林的葬礼	霍 达		黄雀记	苏 童
九月寓言	张 炜		装 台	陈 彦